AMOR A TODA VELOCIDAD

LAUREN ASHER

AMOR A TODA VELOCIDAD

Traducción de Ana Robla Vicario

Obra editada en colaboración con Editorial Planeta – España

Título original: *Throttled*

Ilustraciones del interior: Macrovector / Freepik
Composición: Realización Planeta

Bajo el sello editorial CROSSBOOKS M.R.
Avenida Presidente Masarik núm. 111,
Piso 2, Polanco V Sección, Miguel Hidalgo
C.P. 11560, Ciudad de México
www.planetadelibros.com.mx

Primera edición impresa en España: octubre de 2024
ISBN: 978-84-270-5317-5

Primera edición impresa en México: febrero de 2026
ISBN: 978-607-39-3716-0

Impreso en los talleres de Impresora y Editora Infagon S.A. de C.V.
Escobillera número 3, Colonia Paseos de Churubusco, Ciudad de México
Impreso en México – *Printed in Mexico*

Para mamá.
Gracias por todo, incluida
el agua bendita con la que me regarás
después de leer este libro

Playlist

God's Plan – Drake	3:19
High Horse – Kacey Musgraves	3:34
HUMBLE. – Kendrick Lamar	2:57
I Think He Knows – Taylor Swift	2:53
Antisocial – Ed Sheeran y Travis Scott	2:42
Mixed Emotions – Emily Weisband	2:40
Animals – Maroon 5	3:51
Bailando – Enrique Iglesias	4:04
Torn – Ava Max	3:18
Sorry (Latino Remix) – Justin Bieber ft. J Balvin	3:40
Never Be the Same – Camila Cabello	3:47
Dusk Till Dawn – Zayn ft. Sia	3:59
Locked Out of Heaven – Bruno Mars	3:53
Proud – Marshmello	3:11
Anywhere – Rita Ora	3:36
Die a Happy Man – Thomas Rhett	3:47

Prólogo

Noah

Hace dos años

Respiro hondo, disfrutando el olor a caucho y a escape del motor, antes de bajarme la visera del casco. Agarro el volante de mi Bandini Formula 1 con las manos enguantadas; los dedos me tiemblan por las vibraciones del motor y la carrocería traquetea. El buen resultado en la clasificación de ayer me pone en la primera posición de la parrilla de salida, y, si no la cago, obtendré el título de campeón del mundo.

Una a una, las luces rojas van encendiéndose encima de mí, reflejándose en el rojo brillante de la carrocería de mi coche. Los aficionados guardan silencio, expectantes. Las luces se apagan y da comienzo así el Gran Premio. Piso a fondo el acelerador y el coche sale disparado por la recta inicial antes de tener que frenar para tomar la primera curva. Los neumáticos derrapan en la pista, y oigo tras de mí los rechinidos de los otros coches que siguen mi estela. Pero en el circuito nada me distrae: solo estamos el asfalto y yo.

—Noah, te informo que tienes detrás a Liam Zander, seguido de Jax Kingston y Santiago Alatorre. Mantén el ritmo y ten cuidado en las curvas. —La voz del jefe de escudería me llega a través de la radio del casco.

Adopto una estrategia defensiva para complicar los posibles rebases en las curvas. El zumbido del motor me llena de euforia cuando recorro otra recta a más de 320 kilómetros por hora. Los aficionados gritan cuando paso por delante de ellos. Aprieto el pedal de freno con el pie unos segundos antes de entrar a la curva siguiente, y los neumáticos blandos rechinan sobre el asfalto. Ese sonido es música para mis oídos.

Las primeras vueltas transcurren sin complicaciones. La adrenalina me recorre el cuerpo entero cuando el monoplaza de Liam aparece al lado del mío en una de las curvas, con la reconocible pintura gris metálico resplandeciendo bajo el sol del desierto. Su motor ruge. Me arriesgo y piso el freno unos segundos después de lo recomendado para pasar por una banqueta. El metal se sacude cuando las ruedas derechas se levantan del suelo y se desploman de nuevo. Liam se queda atrás, incapaz de rebasarme, y mi coche pasa por delante de él.

Un ingeniero de pista me habla por radio.

—Una curva peligrosa... Relájate, aún tienes cincuenta y dos vueltas por delante. No hace falta que presumas.

Me río para mí al oír el consejo. Después de una temporada agotadora compitiendo contra Liam, Santiago y Jax, lo único que me separa del título de campeón del mundo es un Gran Premio.

—Santiago ha rebasado a Liam en la última curva. No lo subestimes, quiere ganar —me comunican.

Y, hablando del rey de Roma, el coche azul cobalto de Santiago aparece en mi retrovisor. Niego con la cabeza mientras trazo otra curva. No deja de comportarse como un niño engreído cuyo único objetivo es hacerse valer en su equipo y conseguir renombre en el mundito de la Fórmula 1. No lo hace mal para ser nuevo, pero ha provocado suficientes sustos durante esta temporada para que no quiera dejar que se me acerque demasiado.

El cabrón se me pega al alerón trasero, haciendo que apenas haya espacio entre nuestros coches; pésimo para las curvas que se nos vienen encima. El corazón se me acelera. Agarro con fuerza el volante mientras hago unas cuantas respiraciones profundas. Inhalar, exhalar..., todo ese rollo del yoga. No tengo ninguna intención de ceder la primera posición, así que no pienso dejar que Santiago me rebase. La pista gris se desdibuja mientras la recorro a toda velocidad. En la recta siguiente, Santiago se me planta justo al lado y por poco hace que nuestras ruedas se toquen; apenas las separan unos centímetros.

Los motores de los dos vehículos se revolucionan cuando pisamos a fondo el acelerador. Me las arreglo para recuperar la primera posición en la curva siguiente, cuando mi alerón delantero pasa frente al suyo.

«No puede ser».

Pero Santiago, en lugar de alejarse, acelera de nuevo. «Maldito imbécil».

Todo pasa a cámara lenta, como en las películas, cuadro por cuadro. Yo no soy más que un mero espectador. El jefe de escudería de Bandini me grita al oído que retroceda, pero el sonido del metal al crujir me revela que ya es demasiado tarde.

El vehículo de Santiago entra en contacto con el mío a unos 305 kilómetros por hora, una colisión catastrófica de la que es imposible recuperarse. Maldigo mientras las ruedas de mi monoplaza abandonan el suelo y acabo volando por los aires antes de volver a tocar el suelo.

Mi coche da dos vueltas de campana y se arrastra por el asfalto, haciendo que salten chispas alrededor de mi cabeza y con el cemento del asfalto rozándome. Gracias a Dios que existe el maldito halo protector. Aún me duelen los oídos por el estridente sonido de la fibra de carbono raspándose cuando el automóvil se detiene al fin. Me cuesta respirar, solo unos ásperos resuellos son capaces de atravesarme la garganta constreñida.

—Noah, ¿estás bien? ¿Tienes alguna lesión? El equipo de seguridad está en camino.

—No, no creo que haya lesiones. Ese imbécil me ha dado como si estuviéramos en los malditos carritos chocones. —La rabia se apodera de mí cuando pienso en la imprudencia de Santiago. Voy a meterle un puñetazo en cuanto aparezca en la sala de descanso después de la carrera, a ver si así le quito esa sonrisita arrogante de la cara.

—¡Mierda! ¡Noah, prepárate!

Un escalofrío me recorre la columna. Sin poder moverme, atrapado, veo cómo Jax da un volantazo a su coche antes de estamparse contra el mío. «Maldita sea». Nuestros coches salen despedidos dando vueltas fuera de control y la cabeza me rebota contra la cabecera sin parar. El impacto me sacude con violencia, me duele todo el cuerpo de una forma que no creía que fuera posible.

Ya puedo ir despidiéndome del campeonato. Todo gracias a Santiago y a su maldita insensatez, por hacer un movimiento que no debería haber hecho solo para ponerse unos segundos por delante. Se me nubla la mente cuando la adrenalina empieza a desaparecer y mi cuerpo sucumbe al dolor.

—Vete al diablo, Santiago. Disfruta de tu título, porque va a ser el último que consigas. —Me importa una mierda que todo el mundo pueda oír las comunicaciones por radio. Que se enteren, tanto él como los fans, de que lo odio con todo mi ser. Me da igual que vaya con aires de grandeza por ahí, pienso acabar con él. El muy imbécil ha declarado una guerra que no puede ganar.

Unos puntitos negros me nublan la vista. Es normal, estando cabeza abajo tras haber sufrido dos colisiones. No hay nada que pueda hacer mientras el equipo de seguridad da la vuelta a mi coche para que quede de nuevo de pie. Me regodeo en mi estado de ánimo ponzoñoso y doy manotazos al volante al ritmo del martilleo de mi corazón.

Gruño a los médicos que me examinan para ver si tengo lesiones. Mi cuerpo pasa el visto bueno sin nada que declarar más que un ego herido y una presión arterial por las nubes. El equipo de seguridad me deja en las instalaciones de Bandini, y rehúyo a toda prisa al personal de la escudería; no quiero oír cumplidos vacíos ni que me den palmaditas en la espalda mientras me dicen que todo saldrá bien, que seguro que gano el campeonato el año que viene.

Subo los escalones hacia mi habitación privada de dos en dos, preparándome para encontrarme con quien me espera tras la puerta. Los pulmones me arden cuando tomo una profunda bocanada de aire. Pero, carajo, una respiración no es suficiente para nada. Continúo inhalando y exhalando otras diez veces, dejando que el ritmo pausado me llene de calma.

Abro la puerta y veo a dos personas a las que preferiría no tener que ver justo ahora. Ni en los próximos diez años, de ser posible. Mi padre deambula por la pequeña habitación con el pecho subiéndole y bajándole al ritmo de sus pasos; casi ocupa todo el espacio, con lo ancho de hombros que es. Tiene el pelo oscuro despeinado, algo extraño, y me clava los ojos azules con el ceño fruncido. Mi queridísima madre está reposando en el sofá gris. No me cruzo con su mirada de hielo, pues tiene la vista fija en sus uñas. Con el cabello rubio peinado a la perfección, como siempre, se apoya en los cojines en una postura digna de la modelo que fue. Tremenda suerte la suya: se aferró a mi padre con uñas y dientes, y se llevó el premio gordo al quedar embarazada de un famoso piloto de Fórmula 1. Por si fuera poco, le tocó también la lotería del ADN: un hijo con un talento capaz de hacer sombra al del hombre con el que se casó.

Vaya familia, ¿eh? Una ruinosa historia de cumpleaños olvidados, fiestas sin celebrar y gradas vacías en la mayor parte de las carreras. El único motivo por el que han venido a este Gran Premio es porque mi padre quería rememorar los viejos tiempos y mi madre quería alardear con sus amigas de lo fantástica que es la vida cuando has engendrado a una estrella del automovilismo. Ninguno de los dos ha venido por mí.

—¿Qué demonios ha sido eso? —La voz de mi padre me atraviesa la piel como un cuchillo. Me analiza con ojos incisivos como si tratara de encontrar algún punto débil.

Tiene un gesto de desprecio permanente en el rostro, lo cual hace que se le formen un montón de arrugas en la piel sensible de alrededor de los ojos. Para mi desgracia, me parezco mucho a él: pelo negro ondulado, ojos de un azul que no tiene nada que envidiar al mar Caribe y una estatura alta que me permite enfrentarlo.

Me llevo una mano al traje de carreras.

—Pues una mierda. Me dijeron que iba a correr para una escudería de primera, pero no debí haberlo creído.

—A mí me dijeron que ibas a ser campeón del mundo este año, pero tampoco debí haberlo creído —me espeta mi padre.

«Ahí está el ser despreciable que tan bien conocemos». Mi padre será para muchos una leyenda de la Fórmula 1, pero para mí es una víbora salida del infierno por orden del mismísimo diablo. Un hombre ruin que no deja de echarme bronca, que me financia la carrera solo para poder darse el gusto de reprochármelo a cada oportunidad que se le presenta. Eso sí, delante de los demás finge ser un padre cariñoso que me apoya tanto económica como emocionalmente. Habría sido mejor actor que padre.

—¿Qué? ¿Tanto te asusta que pueda superar tu marca de tricampeón del mundo? Ya sé que preferirías que me quedara a tu sombra, intentando alcanzar siempre al «legendario» Nicholas Slade. —Un toque de repulsión se cuela en mis palabras.

Él acorta la distancia que nos separa y me agarra del traje de carreras como en los viejos tiempos. Aprieta con fuerza los puños, apenas capaz de contener la ira que le asoma a los ojos. Es evidente que se debate entre pegarme o destruirme verbalmente.

Pongo los ojos en blanco, simulando indiferencia a pesar de que el corazón me late a toda velocidad.

—Eres tan predecible que me aburres. ¿Qué vas a hacer? ¿Darme de bofetadas para que no nos olvidemos de lo imbécil que eres? —No me tiembla la voz.

Mi padre y yo tenemos un historial turbulento, por decirlo de alguna manera. Los primeros tres años de mi vida fueron bastante divertidos, pero cuando empecé a conducir karts fue el principio del fin. Qué paradójico, los que deberían haber sido los mejores años de mi vida acabaron siendo los peores. Adiós al padre que me llevaba al parque a andar en bici o a dar patadas a un balón. Cada año que pasaba era peor, y eso que todo lo que hacía era para complacerlo; me esforzaba al máximo para ser uno de los mejores pilotos de karts. Después comencé con los coches, siempre intentando ganarme su amor y su aprobación a costa de mi infancia, haciendo lo que hiciera falta con tal de no tener que sufrir los castigos a los que me sometía en privado. Los fans no saben nada de mí, no son conscientes de toda la mierda por la que he pasado tratando de impresionar a mi padre, de las palizas semanales que recibía si quedaba en cualquier lugar por debajo del primero. No me ha gustado ninguno de los cinturones que han pasado por mis nalgas.

Las bofetadas pasaron a ser puñetazos que acabaron transformándose en azotes verbales cuando lo igualé en altura. Mi padre me jodió la infancia y por el camino me despojó de toda humanidad. Porque para sobrevivir a la peor calaña tienes que convertirte en la peor calaña.

Miro a mi padre directamente a los ojos y observo al monstruo que me ha hecho como soy. Consiguió lo que quería. Para complacerlo y para protegerme, he acabado siendo igual que él, solo que sin ir por ahí golpeando a la gente. Soy un cabrón con un muro alrededor más alto que el maldito Gran Cañón del Colorado.

Él me devuelve una mirada asesina, y las palabras le salen como un gruñido entre los dientes apretados:

—He perdido un dineral por culpa del numerito que has hecho. Felicidades por la segunda posición. ¿Cómo te sientes después de haber tirado por la borda un año entero de tu vida? No estás ni a mi sombra, ni siquiera te mereces respirar el mismo aire que yo.

Su rabia no perturba lo más mínimo a mi madre, que sigue ahí sentada contemplando la escena con unos ojos fríos, muertos, igual que su personalidad. Un desperdicio de persona que interpreta el papel de madre solo cuando le conviene. Cada vez que mi padre se pone así, se hace de la vista gorda; no puede ser más indiferente. A decir verdad, si no fuera por las veces que me llama para pedirme entradas VIP y acceso exclusivo a las carreras, no me acordaría ni de cómo es su voz.

—Pues más te vale alejarte. Dudo que quieras estar cerca de mí, por lo visto ser un perdedor se contagia. —Le agarro las manos y le doy un empujón.

Él no se acobarda, sigue sosteniéndome la mirada con una mueca de desprecio en la cara.

—Eres un maldito fracasado, lo has sido desde que naciste. Si has llegado hasta aquí ha sido solo gracias a mí y a lo que he invertido en ti, porque nadie en su sano juicio te habría patrocinado nunca. Un niñito pretencioso que no paraba de llamar la atención, fingiendo ser un malote cuando en realidad llorabas en la cama todas las noches porque tu mamá no te quería y tu papá controlaba hasta tu sombra.

Me encojo de hombros, esperando parecer impasible. Por dentro, en cambio, me hierve la sangre, tengo los nervios crispados y lo único que deseo es agarrarlo a golpes..., una desafortunada herencia del hombre que tengo delante.

—Lo siento mucho, papá. ¿Quieres que te limpie las lágrimas con billetes de cien? Vaya decepción debe de haber sido criar a un hijo que ya tiene tres campeonatos mundiales.

—La decepción no ha sido criarte, sino ver el hombrecito patético en el que te has convertido. Disfruta de tu segundo lugar. Hace bastante tiempo desde la última vez que estuve ahí, pero me han contado que la vista desde lo alto del podio es una locura. —Me dedica una sonrisa malévola antes de retirarse.

«Jaque mate».

1

Maya

—Maya Alatorre, graduada en Comunicación Audiovisual —anuncia una voz tanto en inglés como en español.

Mis padres y Santi me dedican una sonrisa radiante desde sus asientos a un lado del escenario, agitando pancartas entre los familiares del resto de los graduados de la Universidad de Barcelona. Yo agarro el trozo de papel más caro del mundo y, al sentir la textura rugosa en las yemas de los dedos, me acuerdo de todos los esfuerzos que he hecho para llegar hasta aquí.

Vuelvo a sentarme en el mar de alumnos ataviados con togas de poliéster barato. Después de unos cuantos discursos, cambiamos la borla del birrete de lado y acaban así nuestros días en la universidad. Cinco años y dos cambios de carrera más tarde, por fin puedo decir que estoy graduada. Por lo visto, no estaba hecha para la biología (me desmayé durante una clase de laboratorio en la que teníamos que practicar una disección cuando mi compañera abrió el vientre a un cerdito), y el derecho no terminó de convencerme (me fui corriendo a vomitar a un bote de basura en medio de mi primer debate, justo antes de que empezara el turno de preguntas). Puede que alguien vea estos cambios de rumbo como fracasos, pero a mí me parece que me han forjado el carácter. Además de brindarme una tolerancia inmensa a cagarla.

Al hacer prácticas en empresas descubrí que lo que me interesaba eran el cine y la producción. Ya me veo aumentando el número de graduados desempleados, porque encontrar trabajo en esa industria es mucho más difícil de lo que me imaginaba.

Me uno a mi familia afuera, con las preciosas vistas de Barcelona recibiéndonos mientras el aire fresco de diciembre me eriza la piel; es lo que pasa por ir con el trajecito horrible de graduada en estas fechas. Nos unimos en un abrazo grupal y después se ponen a tomarme fotos. Recibo un cargamento de felicitaciones y besos, además de un sobre que me desliza Santiago, mi hermano, sin que nadie lo vea.

—Para la graduada. Mira que te ha llevado tiempo... —Me dedica una sonrisa antes de dar un manotazo de broma al birrete.

Se nota que somos hermanos, pero también somos bastante distintos, gracias a Dios. Ambos tenemos el pelo castaño oscuro, grueso, que combina a la perfección con nuestros ojos, pestañas largas y piel aceitunada. Y ahí se acaba el parecido. Santi ha heredado el gen de la altura de algún pariente lejano, mientras que yo dejé de crecer a los catorce años. Él luce una barba de varios días y una sonrisa bobalicona, y yo prefiero optar por una sonrisita traviesa a juego con el brillo de mis ojos. Él hace ejercicio todos los días; yo, en cambio, considero subir y bajar las escaleras para ir a clase mi entrenamiento diario.

El teléfono de Santi suena y se aleja para contestar.

Mi madre me coloca en otra pose para seguir tomándome fotos. Ella y yo también nos parecemos: bajitas, ojos grandes color miel y cabello ondulado con volumen suficiente para estar presentables en cuanto nos levantamos.

—¡Estamos tan orgullosos de ti...! Nuestros dos niños están triunfando —se congratula mi madre mientras me toma una foto en el momento exacto en el que pongo los ojos en blanco. Su acento tiene algo reconfortante; será cosa de haber aprendido inglés de los huéspedes del hotel en el que trabajaba.

Suelto un gruñidito cuando me planta un beso enorme en la mejilla, dejándome una gran mancha de labial.

Mi padre masculla algo sobre que debería empezar a tratarme como a una adulta. Vaya, vaya, así que ahora soy una adulta madura, todo por haberme puesto un birrete de graduación en la cabeza. La sonrisa se refleja en sus ojos cafés, lo cual hace que se le formen unas arruguitas en la comisura de los párpados mientras me mira. Él también tiene el pelo denso, como Santi, luce una barba corta y es bastante delgado. Santi es como una versión más joven y musculosa de nuestro padre.

—¿Quién quiere ir a comer algo? —pregunta este mientras se frota la barriga.

Santi vuelve adonde estamos con el rostro más pálido de lo habitual. Se acerca a mí y me dice al oído:

—Lo siento por esto, pero se van a enojar si se enteran por alguien que no sea yo.

Me giro hacia él, confundida por sus disculpas.

Mi hermano respira hondo antes de esbozar una sonrisa.

—Mi agente acaba de decirme que Bandini me ha ofrecido un contrato para la próxima temporada.

«Mierda».

No es que Santi me quite protagonismo, es que siempre ha sido el personaje principal.

Coloco el jugo verde de Santi en la mesita que está al lado de su banco de pesas, poco más de 100 mililitros ridículos que ponen en evidencia lo improbable que es que se me vaya a ver en la cocina en algún futuro próximo. Sobre todo porque aún hay líquido verde goteando del techo de la cocina. Qué desastre. Todo es muy divertido hasta que me olvido de ponerle la tapa a la licuadora y el contenido sale volando, salpicándolo todo, incluyendo mi pelo y mi ropa.

—No hace falta que te desvivas tanto por mí. Deberías salir a divertirte, vamos a tardar un tiempo en volver a casa. —Suelta un resoplido cuando levanta una pesa por encima de su pecho.

—Quiero ser útil y no sentir que me estoy aprovechando de ti por quedarme aquí gratis. —Me retuerzo las manos con nerviosismo mientras él cuenta las repeticiones y lo único que llena el silencio son sus exhalaciones profundas.

Las modernas máquinas de entrenamiento relucen bajo las luces del techo, un testimonio claro de su compromiso con la Fórmula 1. Su nueva casa está a años luz del dormitorio que compartíamos de niños. Cuenta con seis habitaciones, un gimnasio personal, una minisala de cine y una piscina olímpica. Casi seiscientos metros cuadrados, una barbaridad.

—El dinero ya no supone ningún problema —dice mi hermano con un suspiro.

—Sí, ya lo sé. Pero quiero ser alguien por mí misma, no puedo vivir siempre a tu sombra. —Mi mano amenza con agarrar un mechón de pelo y empezar a darle vueltas, pero reprimo el impulso nervioso.

Creo que no podría olvidarme nunca de que su cuenta bancaria está plagada de ceros. El primer sueldo de la Fórmula 1 sirvió para pagarme toda la universidad. Sin condiciones. Santi ni se inmutó cuando firmó el cheque, como si diera por hecho que ahora que tiene éxito es su deber mantener a la familia, lo cual no podría estar más lejos de la realidad. Nosotros valoramos lo que hace Santi, pero que esté dispuesto a ayudar en todo lo que pueda no es por un sentimiento de obligación, sino por un deseo genuino.

Cuando éramos pequeños, nuestros padres tenían dos trabajos para poder ahorrar cada céntimo y costear la carrera automovilística de Santi. Mi padre reparaba karts en su tiempo libre, y mi madre limpiaba casas los fines de semana. Al contrario que la mayoría de los niños ricos mimados de la Fórmula 1, mis padres son como mucho clase media. Santi ha triunfado él solo, sin respaldo financiero ni un apellido conocido en el mundillo. Ahora por fin tiene patrocinadores que creen en él y en su capacidad, lo cual le facilita bastante la vida y hace que competir sea mucho más divertido.

—Quiero que vengas a las carreras esta temporada. Así puedes tomarte un año para decidir qué quieres hacer con tu vida. Además, nos la vamos a pasar bien; por fin tenemos una oportunidad para viajar juntos. —Me dedica una sonrisa de oreja a oreja desde detrás de la barra de pesas.

Santi va a correr para Bandini, la mejor escudería de Fórmula 1. Competir con ellos es un sueño hecho realidad para él. Cuando me preguntó si me quería ir con él, no dudé ni un segundo en decir que sí, porque mi hermano es básicamente una superestrella. Me molestó un poco que soltara el bombazo en mi graduación hace unas semanas, pero me esforcé en pasarlo por alto porque lo hizo por un motivo de peso: no quería que nos enteráramos por los paparazzis. Yo no soy como otras personas con hermanos, no siento el impulso de acaparar toda la atención.

—Ese es el plan. Tu asistente me ha enviado toda la información del viaje y las reservas.

Se me hace raro hablar de «su asistente», ya para empezar. Lleva todos sus asuntos, como buscarle los hoteles, asegurarse de que tiene comida en el refrigerador y contactar con patrocinadores.

—¿Te ha llegado la cámara que te compré?

No tengo ni idea de cómo devolverle toda esta generosidad, sobre todo cuando me hace regalos tan caros. Ya me paga todo y, aun así, me compra cosas. Últimamente me debato entre los sentimientos de culpa y de gratitud.

—Sí, gracias de nuevo. Ya lo tengo todo preparado, me muero de ganas de ponerme a hacer *vlogs*. Incluso me he comprado un estabilizador de cámara para grabar cosas de Fórmula 1. —Le sonrío.

Él no pierde el tiempo, sigue levantando pesas por encima del pecho mientras continúa charlando:

—Y yo veré todos tus videos cuando empieces. ¿Has hecho ya las maletas?

—Sí, papá, tengo todo listo dos días antes, como me pediste —repongo con un gesto de desidia.

Él se ríe en voz baja y sus ojos almendrados me buscan la mirada.

—Espero no tener que soportar esta actitud toda la temporada. No sé si voy a aguantarte con tanta hormona adolescente.

—Solo tienes un año más que yo. Y no te asustes con lo de «adolescente»; cualquier problema de hormonas ya es cosa del pasado. Tengo veintitrés años, no quince.

Él se estremece. «Bueno, eso te pasa por hablador». Debería empezar a tener cuidado con lo que dice, porque pronto va a tener un equipo de grabación a su alrededor todo el día.

Se levanta y pasa un trapo a todo lo que ha usado del gimnasio porque así es él: cuidadoso, ordenado y responsable. La gente decente limpia su equipo después de hacer ejercicio y se asegura de colocar todo en el lugar que le corresponde; la gente como yo, en cambio, ni siquiera va al gimnasio.

Mientras que Santi transmite confianza y seguridad, yo tiendo a tener buenas intenciones pero unos resultados desastrosos. Y aunque respeto las decisiones vitales de mi hermano, por ahora estoy en una etapa de transición. Así que mi plan es viajar por el mundo, conocerme a mí misma y crecer. Nuestra familia sabe que aclararé mis ideas tarde o temprano, y estoy convencida de que pasará. Solo es que, como el buen vino, necesito algo de tiempo para madurar.

Y en ese tiempo puedo beberme unas copas en la piscina mientras Santi compite en veintiuna carreras en otros tantos países. No, bromeo. Como a toda europea que se precie, me encanta la Fórmula 1, por lo que estaré animándolo a cada paso que dé. O a cada vuelta de rueda... Bueno, se me entiende.

Mi hermano y yo hacíamos todo juntos cuando éramos pequeños. Sus carreras de kart eran la única actividad de la que disfrutábamos en familia, y a nadie le sorprendió que acabara siendo piloto de Fórmula 1 (a los veintiún años, ni más ni menos). No me puedo imaginar lo gratificante que debe de ser para Santi pensar que Bandini reconoce su potencial y quiere exprimirlo al máximo. Este nuevo contrato es la confirmación de que todos los esfuerzos que ha hecho a lo largo de su vida en la comunidad automovilística han valido la pena, y supone un nuevo capítulo en su carrera como piloto.

Vaya, que a mi hermano mayor no hay quien lo frene. Literalmente.

Así que le hago una promesa a Santi en su sala de pesas.

—Juro solemnemente que mis intenciones son buenas.

—¿Acabas de soltarme una cita de *Harry Potter*? —dice mi hermano, y frunce el ceño.

—No del todo. La he cambiado un poco para que vaya más conmigo.

—Eres única —replica con una risita.

«Ay, hermanito, eso lo sabemos bien».

Nuestros padres aparecen una hora más tarde para la cena del domingo. El aroma a las tortitas de papa de mamá me inunda las fosas nasales mientras disfruto de un buen vino. Cuando Santi y yo les contamos que pretendo acompañarlo durante la temporada, los dos sonríen llenos de orgullo y felicidad.

—Todo el trabajo duro ha dado sus frutos, Santi. Esos días eternos en pistas de tierra antes de pasar a las ligas mayores: la Fórmula 3, la Fórmula 2... Valoramos mucho los sacrificios que has hecho, incluyendo tus estudios. —Mi padre inclina su copa hacia él antes de dar un sorbo a la bebida.

A nuestros padres les gusta explicitar su gratitud por todo lo que ha hecho Santi desde que firmó ese increíble contrato con Bandini: pagar lo que les quedaba de hipoteca, abrirles una cuenta de ahorros y mandarlos de vacaciones. Más actos desinteresados por su parte. Siento una punzada incontrolable de celos al pensar en lo poco que le cuesta cuidar a la familia. No saber si voy a poder estar nunca a la altura de nada de lo que haga él me asusta. Me alegro de su éxito, no quiero que se me malinterprete, pero me pone nerviosa pensar que nunca voy a lograr nada parecido.

—Me muero de ganas de conocer los entresijos de Bandini cuando te toque correr en Barcelona. —Mi madre da una palmadita y deja las manos juntas cerca de su cara, un gesto que tiendo a copiar. Los ojos le brillan de la ilusión bajo la luz del candil del comedor de Santi.

—Y yo me muero de ganas de competir en España. Las carreras en casa son las más importantes para los pilotos —dice con una sonrisa.

Brindamos por sus palabras.

—Me parece genial que vayas con él y le hagas compañía, Maya. Seguro que a veces se siente solo con tantos viajes. Además, así podrás hacer *vlogs* —comenta mi madre mientras come.

Es un detalle que me incluya en la conversación. Está comprometida también conmigo, mandándome artículos y videos sobre cómo promocionar mi canal y hacer crecer mi audiencia.

Aunque no considero que vaya a ir con él para hacerle compañía, eso sería un caos. Mis ideas son importantes para mí, pero entiendo que hacer *vlogs* no se puede comparar con pilotar los coches más rápidos y caros del mundo.

—Voy a poder filmar todo, porque Santi me ha comprado una cámara. Espero conocer a gente interesante en el camino y hacer contactos, porque pretendo mantenerme activa mientras él está ocupado. —Alzo la barbilla intentando expresar una seguridad en mí misma que no siento del todo en este momento.

—Nos alegra mucho tu decisión. Tu madre y yo nos preocupamos por ti y esperamos que descubras qué es lo que quieres hacer. Aprovecha al máximo ese grado en audiovisuales. —Mi padre se pasa una mano por el pelo canoso. No lo dice con mala intención, y, teniendo en cuenta que mi historial no es el mejor, no estoy en posición de juzgarlo.

Aun así, su comentario hace que me afloren las dudas, pero me las aparto de la cabeza.

—Santi tiene suerte de que su vida haya ido tal y como quería. Es una superestrella con veinticuatro años. Yo solo tengo veintitrés, así que aún me queda todo por delante. —Esbozo una sonrisa forzada, ignorando el pánico que me produce la sola idea de decepcionarlos.

—Maya y yo ya hemos establecido unas reglas básicas para que no se meta en problemas. Solo me faltaba encontrármela de nuevo borracha llorando en el suelo de un baño mientras escucha una canción de los Jonas Brothers.

Le lanzo la servilleta a Santi.

—¡Eso solo ha pasado una vez! Era mi cumpleaños y acababan de anunciar que iban a volver. Estaba muy sensible, ¿de acuerdo? Me cayó todo de golpe mientras me lavaba las manos.

Todos se ríen alrededor de la mesa.

—Y también le he dicho que no le deje la cámara a ningún desconocido por nada del mundo, no vaya a ser que se repita lo de la última vez. —Un resplandor de picardía asoma a sus ojos.

Yo me contengo para no poner cara de exasperación.

—¿Cómo pretendes que supiera que el tipo ese iba a salir corriendo con mi celular si le pedía que me tomara una foto? ¿Quién hace eso? Va contra todas las leyes del civismo.

Si soy sincera, muchas veces lo que me pasa es el resultado de estar en el lugar equivocado en el momento equivocado y encima confiar en personas de aspecto sospechoso.

—Pues gente sin ningún tipo de moral. Deberías tener cuidado con ese tipo de gente cuando se marchen. Ya nadie va a la iglesia, así estamos. —Mi madre se santigua para rematar el comentario.

Solo mi madre podría pensar que la religión es capaz de solucionar cualquier cosa. «Dios la bendiga».

Disfruto del resto de la cena con mi familia, agradecida de que la conversación ya no se centre en mí. Nadie es consciente de lo difícil que es estar a la altura de todo lo que hace mi hermano. Tampoco es que me obsesione, pero, aun así, Santi deja las expectativas muy elevadas. Da igual, voy a dejar atrás toda esta negatividad y a aprovechar los viajes que tenemos planeados para divertirme.

Porque solo hay una cosa peor que quejarse de tu hermano mayor.

Quejarse de que tu hermano mayor sea absolutamente perfecto.

2

Noah

Me pongo una almohada en la cabeza para que no me moleste la luz que se cuela por la ventana. Algo se revuelve a mi lado y una mano cálida encuentra mi miembro por debajo de las sábanas.

—Bueno, creo que te toca agarrar tus cosas e irte. —Señalo la puerta con una mano mientras el otro brazo sigue sosteniendo la almohada contra mi cara. «Por favor, no me hagas un escándalo».

—¿En serio me estás echando de la cama mientras te la estoy tocando? Nos hemos acostado hace tres horas. —No consigue ocultar su incredulidad.

«Es lista, no se le escapa una».

—Pues sí. Lo de anoche fue muy divertido, pero tengo que levantarme para ir a entrenar. Gracias, me la he pasado bien.

Ella responde quitándome la almohada de la cara, dejándome a la vista a una mujer peleonera con el pelo rubio desmelenado y todo el maquillaje corrido.

Sonrío al ver un trabajo bien hecho. La chica me fulmina con la mirada con un gesto de desdén.

—No lo puedo creer, eres tan despreciable como dicen. ¿Siempre te portas como un imbécil con la gente?

Parpadeo unas cuantas veces; no estoy de humor para aguantar esto. Otra que tampoco se parece en nada a como era anoche. «Esperable».

—Me alegro de que mi reputación me preceda. Ya te has quedado más tiempo del que eres bienvenida; asegúrate de haberte marchado para cuando salga de la regadera. —No tiene sentido quedarme en la cama. Me levanto con el miembro colgando y el trasero al aire.

Se queda boquiabierta cuando le cierro la puerta en las narices, dando por finalizada la conversación. De todos modos, siempre se han ido cuando termino.

Alargo el baño para no volver a ver a la rubia. Amber, o Aly, o comoquiera que se llame; imposible acordarme, se me mezclan todas en la cabeza, no son más que un acostón tonto tras otro. Y, ahora que va a empezar la temporada de nuevo, no voy a beber como anoche en bastante tiempo. Tengo que estar alerta y dar a los patrocinadores motivos para estar contentos. De todas maneras, no suelo emborracharme; necesito conservar una perfecta forma física. Al fin y al cabo, soy uno de los mejores pilotos de Fórmula 1, lo cual significa que tengo una imagen que mantener.

O sea, contestando a la pregunta de la chica rubia, sí me porto como un imbécil. Pero no es que vaya ocultándolo. La gente como ella no se acuesta con gente como yo esperando que le haga arrumacos y le diga tonterías al oído después de un buen revolcón. No termino de entender qué pretenden las mujeres como ella cuando se alteran después de coger y me llaman de todo. Para mí las chicas son de usar y tirar, no puedo evitarlo. Y ellas saben lo que hay, y aun así hacen fila en las discotecas y me adulan deseando que me las lleve a la cama. Me usan igual que yo las uso a ellas. Un acostón rapidito sin compromiso para liberar el estrés.

Y yo tengo mucho estrés del que liberarme.

Hace unas semanas, Bandini contrató a Santiago Alatorre como segundo piloto. Mi rival es ahora mi compañero de escudería. Un niño insufrible al que le gusta ir con todo sin importar las consecuencias.

Es cierto que conduce bien, y eso lo respeto, pero aún le falta mucho por aprender del deporte. Un montón de lecciones que estaré encantado de enseñarle, como cuándo retroceder y cómo pedir perdón por un maldito accidente casi mortal que has provocado tú. Cosas así.

Es alucinante que Bandini lo haya contratado a pesar de nuestro historial de desencuentros.

Así que me he dedicado a hacer lo que cualquier persona sensata habría hecho para matar el tiempo durante el descanso de invierno. Anoche me puse una borrachera tremenda, una copa acabaron siendo cinco, y aquí estoy, despertando al lado de una chica que me llama imbécil a la cara. A decir verdad, algunas me consideran atento; me aseguro de que tengan varios orgasmos antes de venirme yo, porque mi abuela me educó para ser un caballero, al contrario que mis padres.

Pero no puedo culpar a la rubia grosera por mi mal humor. Mi ira se debe al nuevo contrato de Santiago con Bandini. Ahora tengo que compartir escudería con un tipo que ni siquiera me cae bien, y nuestra rivalidad no ha hecho sino empeorar desde que chocó contra mí durante el Gran Premio de Abu Dabi. Vaya desastre causó, mi coche quedó irreconocible tras la colisión, inutilizable, hubo que retirarlo. Y Santiago se benefició de mi derrota. Ganó el campeonato mundial gracias a mi accidente.

Santiago parece despreocupado, pero es una farsa. Incluso en esa clase de situaciones tan tensas, calcula con precisión qué movimientos llevar a cabo en el terreno, dispuesto a hacer lo que haga falta para acabar en el podio. Es un cabrón con pelotas.

Me queda poco respeto por él después del choque, aunque no lo culpo, como dice la gente. En su momento sí, pero, tras mucha reflexión, he llegado a la conclusión de que no fue él quien me costó el campeonato mundial. Fui yo. El motivo real por el que no lo soporto es que su temeridad casi me deja ingresado en un hospital, y eso es algo que no se olvida fácilmente.

Pretendo tener un trato cordial con él, ya que debemos actuar como compañeros de escudería. No hace falta que nos pongamos a compararnos el tamaño del pene para ver quién es el mejor, mis habilidades como piloto hablan por sí solas. Es decir, que puedo limitarme a esperar sentado mientras él demuestra que merece el dinero que le han pagado este año. Me causa curiosidad ver cómo se desarrolla todo, quién rinde mejor. Se acabaron las excusas, porque en igualdad de condiciones ganará el mejor piloto. Y todo el mundo sabe quién es el mejor.

Suena mi celular encima de la cómoda. Mi padre.

Me debato entre contestar el teléfono y dejar que responda el buzón de voz. Me decido por lo último y empiezo a alejarme cuando se pone a sonar de nuevo. Procuro evitar todo tipo de contacto con él, pero no quiero retrasar lo inevitable, así que acepto la llamada.

—Papá. ¿Cómo estás? —Me pongo el celular entre el hombro y la oreja mientras agarro la maleta de deporte.

—He leído las noticias. Bandini ha metido al tipo ese en la escudería. ¿En qué están pensando? Apenas ha demostrado valer para nada. —Su voz áspera reverbera a través del pequeño altavoz, saltándose las formalidades.

—A mí también me alegra saber de ti. —Mis palabras encierran el rencor habitual, porque lo de ser unos imbéciles lo llevamos en los genes.

—No estoy para tonterías, Noah. Esto es serio, el tipo este ya te ha jodido antes. Tienes que andarte con cuidado esta temporada, no dejes que te tome la delantera.

—Lo del accidente ya es pasado, podemos olvidarnos de eso. No me preocupa lo más mínimo un piloto que tuvo suerte una vez.

Compruebo que la rubia de antes se ha ido de verdad, no quiero otro encontronazo con ella. «No hay moros en la costa». Tomo las llaves y cierro bien la puerta de mi apartamento de Mónaco.

—No he invertido una millonada en esa empresa para que se dediquen a poner en peligro tu carrera. Si creen que un niño va a tener los mejores recursos sin mostrar si vale para algo..., están muy equivocados.

—Mejor esperemos a ver cómo se las gasta antes de ponernos a despotricar de Bandini —comento frotándome los ojos—. Dudo que pueda superarme así otra vez, fue pura suerte. Un golpe fortuito que me hizo perder el control.

—Exacto, no volverá a pasar. No la cagues más; no puedes ceder a la presión cuando estás en la cima de tu carrera.

«Gracias por el apoyo, papá».

—Sí, suena a algo típico de mí. En fin, hablamos luego. Adiós. —Cuelgo sin esperar a que me conteste.

Mi padre no puede evitar ser un imbécil, pero al público le cae bien, así que toda la ira reprimida la descarga conmigo. Siempre se sale con la suya. Todos los problemas los resuelve con dinero, amenazas o portándose como un déspota.

Mudarme al otro lado del océano Atlántico no ha sido suficiente para alejarme de él. Incluso con la loquísima diferencia horaria entre Europa y América, se las arregla para contactar conmigo.

Todas las carreras en las que se digna honrarnos con su presencia acaban siendo un espectáculo desastroso. Los fans dicen que pertenezco a la realeza de la Fórmula 1, el príncipe heredero del «increíble» Nicholas Slade, del que se sigue hablando como si fuera uno de los mejores pilotos de la historia de la Fórmula 1. Qué afortunado soy de tenerlo siempre encima, recordándome todo lo que hago mal y señalándome en qué debo mejorar. Sí, mi carrera comenzó gracias a él, y agradezco todo lo que ha invertido en mí para ayudarme a llegar adonde estoy ahora, pero yo corro todos los fines de semana, demostrándoles a él y al mundo entero que también voy a ser una leyenda. El mundo del automovilismo ha cambiado mucho desde que él competía, hace veinte años. Los monoplazas de ahora se mean en las chatarras que conducía él, y son lo que hace que la Fórmula 1 siga siendo tan popular hoy en día. Un deporte lleno de tensión, riesgo y velocidades extremas.

En el teléfono suena una notificación. Un mensaje nuevo.

Papá (24/12 10:29): Acabo de comprar los boletos de avión para Barcelona.

«Feliz Navidad a ti también, papá».

3
Maya

Han pasado tres meses desde que Santiago se comprometió con Bandini Racing. Sigo viviendo con él mientras se prepara para la temporada que se acerca y me entretengo preparando mi *vlog*. Quiero compartir todos mis viajes con Santi a lo largo y ancho del mundo. Tengo la computadora repleta de información que he recopilado sobre qué hacer en cada ciudad en el tiempo que él pasa ocupado con los entrenamientos. Me llena de orgullo ser tan previsora.

Inhalo el aroma exótico de Melbourne (Australia). Bueno, okey, el olor no es tan exótico como me esperaba; lo que percibo es más bien una mezcla de humo de tubo de escape y combustible para aviones, ya que el Outback queda bastante lejos de aquí. Por ahora no voy a conseguir nada mejor. Pero sin duda se siente extraño en cierto modo, y me regodeo en mi primera experiencia visitando otro continente.

El primer Gran Premio que le toca disputar a Santi es lo que los expertos llaman una carrera *flyaway*, es decir, que tiene lugar en un continente que no es el europeo, donde por tradición se encuentra la mayoría de los circuitos. Me he esforzado en ponerme al día con la terminología del deporte, no quiero que los fans piensen que no sé de lo que hablo.

Intento despedirme de una de las azafatas con una expresión típica de Australia al salir del avión, pero me sale el tiro por la culata y acaba pareciendo que me estoy riendo de su acento. A la mujer no le hace ni pizca de gracia mi intento de broma, así que elimino la expresión de las notas de mi celular en cuanto piso el aeropuerto.

Tengo una lista de frases típicas de cada país para no hacer el ridículo, al menos no más de lo habitual. «Nota mental: no volver a imitar acentos».

Estiro bien las piernas medio dormidas tras veinte horas de viaje desde Madrid, y mis músculos lo agradecen. Santi recoge mi equipaje de la banda mientras yo ubico la limusina que dispone Bandini para nosotros.

Nos dejan en el hotel donde se aloja toda la escudería. Echo un vistazo al elegante recibidor y me entretengo contemplando una pintoresca obra de arte mientras Santi habla con el recepcionista. Después escribe a su asistente para asegurarse de que todas las reservaciones de alojamientos son de suites con dos habitaciones, porque a veces no es capaz de comportarse como un adulto independiente.

Nuestra suite tiene un aspecto muy limpio y moderno, con una paleta de color minimalista y un balcón que da al circuito. Me lanzo al sofá de la sala. Los comodísimos cojines me envuelven por completo como si me estuvieran dando un abrazo después de un día difícil.

—Tengo que ir a un par de reuniones con patrocinadores antes de probar el coche nuevo. ¿Estarás bien sin mí? —Me observa con sus ojos cafés mientras se pone una gorra de Bandini.

—Claro. Tengo planes para todo el día, no te preocupes por mí. —Le dedico una sonrisa amplia.

—Siempre me preocupo por ti. Eres un desastre.

—Puedes ahorrarte las críticas —digo poniendo cara de ofendida.

Él se limita a despedirse de mí con la mano y sale de la estancia. Le lanzo una almohada, pero la puerta se cierra antes de alcanzarlo y fallo por unos segundos.

Echo un vistazo a mi alrededor. Esta suite no tiene nada que ver con las habitaciones donde se alojaba Santi antes: la tele es igual de grande que la cama de mi departamento, hay una mesa de comedor en la que cabrían ocho personas y un enorme sofá modular.

Tras ponerme el traje de baño y agarrar la cámara, salgo de la habitación. Me ruge el estómago mientras recorro el hotel, así que decido comer un bocadillo antes de ir a la piscina. Me relajo en una tumbona y siento la tentación de echarme una siesta. Mi cuerpo finalmente cede al *jet lag* y acabo quedándome frita con el sol envolviéndome como una manta y bronceándome la piel. Más tarde me arrepentiré de esta decisión.

—Tengo una rueda de prensa hoy y me gustaría que vinieras —dice Santi mientras entra a mi cuarto y se desploma en mi cama. Los entrenamientos libres lo dejan sudado y pegajoso, y la piel sucia resalta sobre el edredón blanco.

—Ay, sí, acuéstate en mi cama con esa ropa llena de mugre. Por favor, como si estuvieras en tu casa —espeto sin ocultar el sarcasmo.

Él me ignora y agarra una de las almohadas. Yo prosigo con el maquillaje: sutil y ligero, como a mí me gusta. La piel me brilla en el espejo después de la larguísima sesión de bronceado convertida en siesta de ayer.

—Noah es un imbécil, y tú me mantienes calmado. No me portaré como un idiota si tú estás allí. Ven, porfa —me pide, y da un resoplido.

Sus palabras me distraen y me clavo el aplicador de rímel en el globo ocular. «Mierda. ¿Hay algo más doloroso que meterse rímel en el ojo?».

El corazón se me acelera al pensar en Noah Slade. Es un Adonis, endiabladamente atractivo. El pelo alborotado, tan oscuro que parece casi negro, pómulos definidos y unos labios que cualquier mujer envidiaría. Veo fotos suyas en todas partes: anuncios, periódicos, revistas de espectáculos... Por no hablar de que mi hermano ha estado en el podio junto a él en varias ocasiones. Puede que lo haya puesto en la tele de casa un par de veces... o treinta. Es imposible resistirse a la imagen de Noah regado en champaña en el podio de un Gran Premio sonriendo al trofeo que sostiene en la mano.

Suelto un suspiro. Noah no es el típico chico al que presentarías a tu madre; es con el que tendrías una aventura desenfrenada antes de encontrar al que sí querrías que conociera tu madre para que supiera que ya has sentado cabeza y has dejado atrás las locuras de la juventud. Su lista de exparejas es más larga que mi lista del súper y mi lista de tareas pendientes juntas. Es repugnante y a la vez fascinante que a las mujeres les atraiga eso.

—Estás consciente de que eres una persona adulta, ¿verdad? ¿Cómo es posible que me necesites cerca para comportarte?

—Porque nunca diría nada que pudiera corromper a mi hermanita pequeña. —Parpadea batiendo esas pestañas largas y oscuras en un gesto ridículo que hace que me ablande.

Malditos sean él y su candidez. No hay forma de no caer rendida a sus encantos, soy víctima de su personalidad infantil.

—Esa artimaña inocentona tuya es lamentable. ¿En serio así es como ligas?

Me lanza una almohada a la cabeza, y el rímel vuelve a hacerme una gran mancha en la cara.

—¡Ay, me estás arruinando el maquillaje! De acuerdo, iré. Pero sal de mi cama ahora mismo.

Se levanta de un salto con actitud triunfante porque su plan ha funcionado. De principio a fin.

—Nos vemos luego. Voy a pedir que venga a buscarte alguien cuando se acerque la hora —dice, y se pone a teclear en el celular.

—No puedo creer las cosas que hago por ti... Intentaré no quedarme dormida delante de todo el mundo, pero no prometo nada.

Él suelta una carcajada.

—Las ruedas de prensa son divertidas. Te la pasarás bien, estoy convencido.

No sé si habla en serio o no, porque mientras lo dice se frota las manos como un genio del mal, miradita de reojo incluida. Se va con una sonrisa dibujada en la cara.

Termino de prepararme. Un trabajador me indica el camino a la rueda de prensa, donde mi hermano me saluda con la mano desde la mesa donde están los entrevistados. Se me contagia su sonrisa. Siento una calidez en el pecho al verlo ahí, viviendo su sueño, vestido con el uniforme escarlata de Bandini..., lo que siempre ha deseado desde que era pequeño.

Tomo una foto rápida para mis *stories* de Instagram. Me deja un mal sabor de boca desilusionar a todas las chicas que suspiran por él, pero yo soy su fan número uno. Cuando dejo el celular, levanto la vista al podio y mi mirada se encuentra con los ojos azules de Noah, de un color intenso que resalta aún más enmarcado por las pestañas y las cejas oscuras del piloto. Sus gruesos labios se tensan mientras me analiza. Me acaloro bajo su escrutinio, plenamente consciente de lo guapo que es, porque seré muy tonta, pero tengo ojos en la cara. Me resulta imposible controlar mi ritmo cardiaco, el corazón me late con fuerza contra el pecho mientras lo observo. «Demonios». Creo que nunca había pensado que pudiera definir a un hombre como precioso hasta ahora.

Él se pasa una mano por el pelo grueso y ondulado para acomodarse unos mechones rebeldes. Su peinado parece el resultado de repetir ese mismo gesto una y otra vez a lo largo del día. Tiene los brazos musculosos y bronceados encima de la mesa, con lo que deja a la vista asimismo unas manos grandes que me hacen fantasear con cosas no aptas para menores. El tipo de musculatura esbelta de Noah es perfecto para pilotar. Maldición, y para empotrarte contra una puerta, en la regadera o en la barra de la cocina. Una serie de imágenes muy gráficas de Noah en posturas comprometedoras recorre mi mente. Mi cuerpo responde con fogosidad cuando Noah esboza una sonrisita pícara, y me queda claro que mis partes bajas no entienden la diferencia entre el peligro y el deseo. No sabía yo que la rueda de prensa iba a ser una experiencia tan placentera.

Me lamo mientras me fijo bien en sus brazos. Nada le hace perder la cabeza a una chica como un chico comprometido con su rutina de entrenamiento, pero es que este chico en concreto no piensa comprometerse con ninguna chica como con el gimnasio. Él se da cuenta de mi gesto y me guiña un ojo. Me sonrojo al ver que he captado su atención, una bochornosa demostración de que me siento atraída por él. «¿Puedes dejar de ser tan evidente?».

Me invade un sentimiento de frustración que aleja por fin las fantasías de sus labios contra los míos y sus manos enredadas en mi pelo. ¿Cómo diablos voy a sobrevivir una temporada entera cerca de alguien con ese cuerpo?

Dios se está riendo de mí. Justo cuando prometo portarme bien, me lanza directamente a los brazos del diablo. Los hombres como Noah solo sirven para sucumbir a las fuerzas del mal.

Me obligo a apartar la vista e intento encontrar algo interesante en la sala. «Vaya, mira, un hombre de mediana edad probando el micrófono. Fascinante». Ese mismo hombre me fulmina con la mirada mientras farfulla algo de que no se permiten buenorras en la sala de prensa.

La estruendosa risa grave de Noah me provoca un escalofrío. «¿Desde cuándo puede una risa sonar sexy?». Me cuesta físicamente ignorarlo, mis ojos sienten el impulso de mirarlo como si fuera un imán que los atrajera. Me contengo porque no quiero darle falsas esperanzas, pero hace que me mantenga erguida en una postura impropia de mí.

Mi interés por el periodista se esfuma cuando empiezan a oírse preguntas por toda la sala. Todos los reporteros intentan con desesperación sacar algún encabezado jugoso, levantando la mano con brío en cada turno de preguntas.

Una intervención hace que deje de mirar Instagram.

—¿Qué han estado haciendo para evitar que vuelva a pasar algo como lo de Abu Dabi?

«Buf, ¿otra vez eso? ¿No hay nada más jugoso que sacar a colación?». Noah parece compartir mi sentimiento, un quejido grave sale de su boca y reclama mi atención.

—¿En serio quieres que hablemos de una carrera de hace dos años? No esperaba esto de ti, Harold. Revisa si tienes alguna polémica más interesante por la que preguntarme, que esta ya me cansa.

Resulta que Harold es el reportero al que estaba observando antes. Me quedo con la boca abierta, pasmada al ver que Noah Slade se sabe el nombre de los periodistas y que además no tiene ningún reparo en replicarles.

Pero Harold se niega a dejar ir a Noah con tanta facilidad, sobre todo después de ese sermón.

—Se podría decir que la competencia es más dura que nunca ahora mismo. ¿Cómo te sientes trabajando codo con codo con una persona de la que has declarado públicamente que es tu mayor rival en la pista? —Harold se lame con satisfacción al pronunciar esas palabras tan provocadoras. «Estará orgulloso».

Noah tensa la mandíbula, lo cual acentúa aún más sus pómulos marcados. Su mirada de acero me hiela la sangre.

—Como sabrás, ahora que somos compañeros, su desempeño depende directamente del mío, y viceversa.

Por lo tanto, le deseo a Santi lo mejor; este año va a ser un reto para todos.

Mi hermano abre la boca e interviene tras las palabras de Noah:

—Hemos acordado estrategias de equipo para prevenir ciertas situaciones. Dudo mucho que Slade vaya a cometer el mismo error de nuevo.

Ay, Santi, tan avispado en la pista y tan torpe en la vida real... Noah gira la cabeza despacio hacia mi hermano. Me froto la cara con la mano como si así pudiera eliminar la imagen de la mirada asesina y los dientes apretados de Noah de mi mente. «Aborta misión, Santi». Sin saber muy bien quién va a decir qué a continuación, la sala de prensa se queda en silencio; los periodistas esperan con ansia una respuesta.

Noah se voltea hacia las cámaras.

—Todos aprendemos de nuestros errores. Este deporte se trata de crecimiento y desarrollo personal en la pista. A veces hay accidentes. Lo que cuenta de verdad es lo que haces después.

«Punto para Noah Slade». Maneja la situación como un profesional bien entrenado por un publicista. El resto de la rueda de prensa transcurre sin sobresaltos después del pequeño drama, para nada tan divertida como me la había pintado Santi. Una suerte para él, tras haberse cubierto de gloria.

Es un alivio cuando un miembro del personal anuncia el final de la rueda de prensa. Recuerda a todos los presentes que esa noche se celebrará una gala en honor a los pilotos de Bandini, y da detalles sobre otras sesiones de prensa que tendrán lugar tras los entrenamientos libres y la clasificación. Me dispongo de inmediato a elaborar excusas para librarme de ellas. Por suerte para Santi, puede hacer casi todas él solo, sin Noah y sin mí.

Noah se acerca a nosotros a la salida del edificio de prensa. Se me pone la piel de gallina al tenerlo tan cerca; me supera en altura de tal manera que me siento más pequeña de lo habitual.

—No sé cómo funcionaban las cosas en tu antigua escudería, pero aquí deja que me encargue yo de las preguntas importantes. Deberías volver a ver las grabaciones de Abu Dabi si crees que fue culpa mía, porque ni de broma lo fue. Esa es tu prioridad por ahora. Bueno, eso y mantenerte fuera de mi vista. —Noah aprieta los puños con fuerza y tensa la mandíbula.

—No pretendía decirlo así. Lo siento. No he pensado antes de hablar —dice mi hermano con total sinceridad.

—Fue evidente. Acabas de llegar, y aquí tenemos muy claro cómo se hacen las cosas. Contestar estupideces no entra dentro de la lista. Deberías preguntar a alguien si no estás seguro de cómo se hacen las cosas.

—No hace falta que le contestes así. Ya ha pedido perdón —le suelto, y le sostengo la mirada gélida que fija en mí.

No puedo aguantar que trate así a mi hermano cuando ya se ha disculpado. Santi parece duro, pero estas cosas le afectan más que a la mayoría, y las emociones se arremolinan como un tornado en su interior.

Los ojos zafiro de Noah me recorren todo el cuerpo. Se muerde el labio inferior, llevando mi atención a su boca; tiene el labio inferior más carnoso que el de arriba. Parecen tan suaves y blanditos... Perfectos para besar.

La piel me arde allá por donde pasan sus ojos. Me siento traicionada por cómo reacciona mi cuerpo ante su presencia, como si no pudiera controlar la atracción que siento por él.

—Tampoco pueden venir los ligues de una noche a este tipo de cosas, así que ella sobra. Tal vez así no seas tan imbécil.

Levanto la cabeza hacia él, toda la atracción de repente remplazada por rabia, como si hubieran accionado un interruptor. No puede haber insinuado eso.

Antes de que Santi y yo podamos abrir la boca, él continúa, sus ojos azules clavados en los míos, disfrutando la situación:

—Si acabas aburriéndote de él, yo siempre estoy disponible. La experiencia viene con la edad. —Me dedica una sonrisa ridículamente presumida, y me muero de ganas de borrársela de la cara.

Voy hacia él buscando traspasar su espacio personal, porque las miradas asesinas funcionan mejor a unos incómodos centímetros de distancia. Santi me agarra del brazo, deteniendo mi intento de acercamiento, pero lo que no puede hacer es impedirme hablar. «Oh, no». Mi boca actúa como por voluntad propia, porque las palabras me salen sin pensar:

—Es mi hermano mayor, imbécil. ¿No ves cómo nos parecemos? ¿O es que la nube de superioridad que te rodea es tan densa que ni te has fijado?

Me imagino los engranajes en la cabeza de Noah yendo a toda velocidad al hacer la conexión. Nos mira alternativamente a Santi y a mí, nuestro pelo castaño oscuro, la piel aceitunada, los mismos ojos color miel. Ladeo la cabeza y esbozo una sonrisa forzada.

Se ha quedado con la boca abierta y las mejillas teñidas de un tono rosáceo. Me regodeo en su bochorno, felicitándome en mi mente por mi comentario desvergonzado. No soporto a la gente que se cree muy lista.

—Lo siento. No debería haberles hablado así a ninguno de los dos. —Su voz tiene un matiz de arrepentimiento.

Yo me encojo de hombros, ignorando el piquetito que siento al oír su tono arrepentido, porque puedo ser bastante cruel cuando me enfado. Ningún imbécil se burla de mí, da igual lo guapo que sea.

Mi hermano le tiende una mano en señal de paz, porque es un caballero. Noah se la estrecha y se gira para irse. Me esfuerzo por no quedarme embobada mirándole el trasero mientras se aleja, pero sí le echo un vistazo porque reprimirse tanto no es sano. Él gira la cabeza para mirarme una última vez antes de desaparecer tras la esquina del edificio.

Suelto un leve suspiro, y el corazón deja de latirme aceleradamente por primera vez en una hora. Santi me observa unos segundos con expresión interrogante y después nos vamos cada uno en una dirección. La gala de esta noche acaba de ponerse de lo más interesante.

4

Noah

Doy vueltas a la conversación con Santiago y su hermana mientras como en la zona de Bandini. Pensaba que Santi era hijo único. «¿Dónde estaba durante el debut de su hermano?». Creo que la habría reconocido si la hubiera visto antes. En cambio, he quedado como un idiota el primer día. Tengo grabada a fuego en el cerebro la imagen de sus ojos cafés atravesándome como si quisiera despellejarme vivo. Es una mujer impresionante, incluso cuando está enfadada, con las fosas nasales ensanchadas, las mejillas coloradas y moviendo las manos sin parar.

Necesito urdir un plan para la gala de Bandini. En ningún momento ha sido mi intención empezar mal con Santiago, ni con su hermana, ya que andamos en esto. No estoy orgulloso de haber parecido un imbécil ya antes de que comience la temporada. Santiago y yo vamos a pasar un montón de horas juntos en eventos de prensa y reuniones con patrocinadores, lo cual implica que también coincidiré mucho con su hermana.

Se me han cruzado los cables al oír que me acusaba de algo que no fue culpa mía. Espero que le sirva de lección para no volver a abrir la boca sin pensar, ha sido un ejemplo perfecto de cómo cagarla de cara al público, con todo lo que eso conlleva. Aun así, no es excusa para meterme con su hermana.

Durante el recorrido de reconocimiento por la pista, le he pedido perdón de nuevo, porque me avergüenzo de lo que he dicho. Él ha aceptado mis disculpas a regañadientes, estrujándome la mano que le he ofrecido con la mandíbula apretada.

Me paso el resto del día atendiendo a más sesiones de prensa, la parte más desagradable de la Fórmula 1.

Regreso al hotel con el tiempo justo para vestirme para el evento. Santiago y su hermana van a asistir a la gala, lo he confirmado preguntando con discreción a gente de confianza. Solo me faltaba llamar la atención con esto.

La penumbra del bar del hotel me da la bienvenida y le pido un whisky al mesero. Veo de reojo a una chica sentada a una mesa, moviendo su bebida con un agitador. Se parece vagamente a la hermana de Santiago. Me dirijo hacia ella, confirmando que en efecto es la Alatorre con la que tengo que hablar. «El momento justo». Decido que lo mejor es pedir perdón al principio, porque no me gusta ignorar los problemas para evitar el conflicto.

Hay quien rehúye los contratiempos; yo, en cambio, los encaro a 300 kilómetros por hora, y que pase lo que tenga que pasar.

—¿Te importa que me siente?

Su cuerpo se tensa al oír mi voz. No tiene pinta de que esto vaya a salir bien, a juzgar por la mueca que pone, la rigidez de su postura corporal y la manera en que sigue sujetando el agitador, aunque ha dejado de darle vueltas. Bueno, algo me inventaré. Le dedico una sonrisa radiante de esas que hacen que se derrita cualquier mujer. «De eficacia más que comprobada».

No hago ningún movimiento mientras me observa. Se me acelera el corazón al contemplarla, disfrutando de sus ojos ahumados, que se enturbian bajo mi escrutinio, de sus exuberantes labios fruncidos y de esos pómulos que me gustaría acariciar con los nudillos. Tiene el pelo oscuro recogido en lo alto de la cabeza, pidiendo a gritos que lo suelten. Unos pocos ricitos se le escapan del chongo y caen por su fino cuello. El vestido escotado, con toda la espalda al descubierto, deja a la vista su piel bronceada. Siento el impulso de tocarle la piel y comprobar lo suave que es.

Maya me saca de mis pensamientos.

—¿Qué pasa si sí me importa?

«Mierda. No me acordaba de que le había hecho una pregunta».

—Probablemente me sentaría de todos modos. —Esbozo una sonrisa amplia, me divierte su insolencia.

—Bien, pues adelante. —Suelta un suspiro y señala con la mano la silla vacía delante de ella.

«No hace falta que me lo pidas dos veces». Me acomodo en el asiento, ajustándome los pantalones porque una media erección me aprieta contra el cierre. Mi garganta agradece el ardor del trago de whisky que doy. Un poco de valor en formato líquido para sobrevivir a esta conversación sin ligar con ella.

—Quería disculparme por lo de antes, no debería haber insinuado algo así. No me enorgullezco de lo que he dicho.

Sus ojos me analizan el rostro como valorando mi nivel de sinceridad. Yo aprovecho para mirarla de nuevo porque sigo alucinado con su capacidad para desarmarme. Su estructura ósea contribuye a su encanto, además de unos labios pintados de rojo, unas pestañas largas y unos dientes blancos y rectos. Tiene un aspecto exótico y despampanante; el pelo oscuro, la piel morena y un ligero acento revelan su ascendencia española.

Mi imaginación echa a volar: sus labios rojos alrededor de mi pene mientras me lo chupa, dejándome marcas de labial, mis manos jalándole el pelo... No soy capaz de controlar mi apetito sexual, porque tengo sexo tanto como conduzco: sin miedo, con desenfreno y muy a menudo. Es culpa del subidón de adrenalina, de ese sentimiento de ser como un dios al volante.

—No pasa nada. —Su voz monótona no dice lo mismo. «No pasa nada» es la mina terrestre que usan las mujeres: no tienes ni idea de cuándo ni dónde te va a explotar en la cara.

—No, claro que pasa. No quiero volver a portarme así con ustedes. En serio. Quiero dejar esto atrás y pedirte perdón por insinuar que te acuestas con tu hermano. —Procuro no dar más muestras del bochorno que me causa mi propia estupidez.

—Pues ya está arreglado. Disculpas aceptadas. —Se pone a juguetear con el agitador de su copa.

—¿Y qué estás haciendo aquí con tu hermano? —Doy otro trago de whisky, y el frío líquido me recorre toda la lengua.

—De hecho, voy a acompañarlo todo este año. —Inclina la cabeza hacia mí.

«Perfecto, va a pasarse diez meses con nosotros y yo ya la cagué».

—Vas a asistir a un montón de carreras entonces, ¿no? ¿Te gusta?

Un amago de sonrisa jala las comisuras de sus labios.

—Todos los fines de semana de mi infancia y adolescencia han consistido en seguir a mi hermano a todas partes. Carreras de karts, carreras de verdad, Fórmula 3, Fórmula 2... Tiene mucho talento. —Se mira las manos—. Estoy encantada de ir con él, claro, me siento muy orgullosa de lo lejos que ha llegado. Nuevo coche, nueva escudería y todo eso. —Levanta la vista hacia mí, con los ojos resplandecientes bajo la penumbra del bar y la boca aún intentando contener la sonrisa.

—Está en buenas manos. Los coches y los mecánicos de Bandini son los mejores. Por algo es la escudería más prestigiosa. Eso le será de mucha ayuda. Aunque tendrá que lidiar conmigo —digo mientras pongo cara de arrogancia.

Algo se mueve en mi interior cuando la oigo soltar una risita.

—¿Cómo haces para mantener tu ego a raya?

—No lo hago. —Ensancho la sonrisa.

Ella pone los ojos en blanco y, maldición, cómo excita ese gesto. Sus rasgos delicados me seducen, me tientan a acercarme más a ella para mirarla de arriba abajo y echar un buen vistazo a su escote. Pero me controlo, porque un error al día es mi límite. «No puedo creer que haya insinuado que se acuesta con su hermano. Estoy perdiendo facultades».

—Necesitas a alguien que te traiga cortito. —Sus mejillas adquieren un precioso tono rosado antes de negar con la cabeza—. No me refiero a mí, solo digo que siempre está bien tener los pies en la tierra. —Se coloca un rizo rebelde detrás de la oreja.

—Tener los pies en la tierra es un fastidio. No me dedico a pilotar coches que van a más de 300 kilómetros por hora para ser una persona aburrida.

Maya aprieta los labios y frunce el ceño.

—Tener los pies en la tierra no es aburrido. Es saber que cuando todo esto —señala a nuestro alrededor con los brazos— se acabe, seguirás teniendo gente a tu lado. Gente buena que debe de tener el cielo ganado, porque nadie en su sano juicio quiere estar con un imbécil.

«Y supongo que el imbécil soy yo». Reflexiono sobre lo que ha dicho y analizo mi situación actual. Claro que conozco gente buena, ¿quién se cree que es ella para juzgarme? No es más que una chiquilla ingenua.

Le suena el teléfono.

—Tengo que irme. Me están esperando.

—Te acompaño a la puerta.

Percibo un atisbo de sorpresa en su rostro, pero se pasa enseguida. Yo debo de haber puesto una cara parecida, porque no recuerdo cuándo fue la última vez que acompañé a una chica a la puerta si no era la de una discoteca.

Me levanto de la mesa y le ofrezco una mano, actuando como un auténtico caballero. Maya se queda mirándola un instante antes de colocar la palma sobre la mía. Se me eriza la piel ante este contacto físico. Ella se estremece cuando le paso el pulgar por el dorso, su cutis se siente suave bajo la piel endurecida de mi dedo.

«Interesante... Su cuerpo también reacciona al mío».

Aparto mi mano de la suya y se la coloco en la espalda desnuda mientras guío el camino hacia la entrada del hotel. Esta conexión física es un descubrimiento fascinante; ya lo exploraré más a fondo en otro momento. Ella inspira hondo cuando le acaricio las crestas de la columna vertebral de arriba abajo. No puedo evitar ser un descarado. Tiene la piel suave y cálida, y respira al ritmo de nuestros pasos.

Puede que al final no sea tan horrible tener a Santiago de compañero, la presencia de su hermana me resulta alentadora. Quiero ver de qué otras formas reacciona teniéndome cerca. O encima. O debajo.

«Ya, contrólate».

Salimos del hotel y nos encontramos con su hermano apoyado en una limusina frente a la entrada.

—¡Vamos, Maya! El chofer nos está esperando. —La voz de Santiago resuena en la fachada.

«Maya». Me gusta ese nombre.

Ella se aleja de mí de un salto y rompe nuestro contacto. Sus ojos me miran con profundidad antes de despedirse a toda prisa e irse. Yo sacudo la cabeza, tratando de apartar los pensamientos obscenos de mi mente; un intento lamentable. La tela ceñida de su vestido negro le resalta las curvas y me fijo en su trasero levantado. «Dios, definitivamente me va a encantar verla por aquí».

Su hermano la ayuda a entrar al coche y después se gira hacia mí. Su mirada encierra una advertencia velada que decido ignorar, y respondo alzando la barbilla y esbozando una sonrisita orgullosa. Él me da la espalda y se sube a la limusina.

5

Maya

El ambiente en el interior del vehículo es muy tenso, y no en un buen sentido. Las luces de la calle se reflejan en las ventanillas del coche mientras atravesamos la ciudad. Santiago ha alquilado una limusina con chofer para que nos lleve a la gala, lo cual no hace sino recordarme que no encajo nada aquí. Soy una farsante rodeada de gente rica y famosa.

—¿Por qué estabas saliendo del hotel con él? —pregunta Santi furioso.

—Bueno, ha venido a pedir perdón por lo que ha dicho tras la rueda de prensa. Hemos estado un rato hablando y luego me ha acompañado a la salida. No hagas una tormenta en un vaso de agua.

Apaciguar a Santi ha sido mi especialidad durante años. Tiende a estar a la defensiva, como casi todos los pilotos de Fórmula 1. Es lo que pasa al estar todo el día en situaciones de alta tensión.

—Deberías mantenerte alejada de él. Demonios, y de

cualquiera de los pilotos. A ninguno le interesan las historias románticas de cuento de hadas, no quieren tener una casita con dos niños y un perro. Solo quieren cogerse a cualquier cosa que se mueva. —Aprieta los puños encima de las rodillas.

—Eres consciente de que perdí la virginidad hace como cuatro años, ¿verdad? No hace falta que sigas protegiéndome.

Si las miradas mataran, Santi ya me habría asesinado un par de veces desde que nos hemos subido a la limusina. Okey, no es momento para bromas. Mensaje recibido.

—No quiero ser consciente de eso, la verdad. Mejor guárdate esas historias para ti. Estos tipos no se parecen en nada a los chicos con los que salías en la universidad. Son unos golfos de manual: alcohol, chicas, puede que incluso drogas... Qué sé yo. No he salido mucho con ellos, cuando estaba en Kulikov estaba muy centrado en mí mismo.

—Tendré cuidado. Pero Noah es tu compañero, vamos a vernos todos por fuerza, y no quiero que las cosas se pongan raras. Al menos no más de la cuenta.

No tiene sentido tratar de negar la atracción que siento por Noah, pero lo haré lo mejor que pueda por Santi. Le debo eso como mínimo.

Esbozo una sonrisa cariñosa y le doy palmaditas en la mano, confiando en apaciguarlo. Él sigue con gesto apesadumbrado; sí que debe de estar preocupado, no funciona ninguna de mis tácticas habituales.

—Eres mi hermana pequeña y es mi deber protegerte, pero no puedo estar encima de ti todo el tiempo. No hagas ninguna tontería, ¿sí? Y menos con Noah. Su habitación tiene una puerta giratoria y lista de espera.

Me tenso. «Gracias por el recordatorio». Nada como un depravado tan acostumbrado a salirse con la suya que es incapaz de ver más allá. Menos mal que ese tipo de relaciones no me interesan ni lo más mínimo.

—No te preocupes por mí, en serio. He jurado que mis intenciones son buenas, ¿recuerdas? —Esbozo una sonrisa bobalicona.

Él me devuelve una pequeña sonrisa y me jala para darme un abrazo que me deja sin respiración.

—Te quiero. Lo sabes, ¿verdad? —El pecho le vibra mientras habla.

—Claro que lo sé. Yo también te quiero —digo estrujándolo de vuelta—. Vamos, ahora, ¡a disfrutar de la fiesta!

Lo cierto es que el evento supera mis expectativas de cómo sería una fiesta de patrocinadores. Me imaginaba a señores mayores en grupo hablando de acciones y finanzas, pero es mucho más que eso. Llegamos a un salón de baile decorado con un gusto exquisito, con cristales y flores colgando del techo, meseros deambulando con comida y torres de champaña en varias mesas. Tomo un par de aperitivos con buena pinta mientras me paseo por la sala.

Veo a un montón de peces gordos que han venido solo para estrechar la mano a los mejores pilotos del mundo. Pero también hay barra libre, un DJ decente y un espectáculo de danza aérea. Parece más una boda despampanante que una gala en honor a pilotos de coches de carreras. La Fórmula 1 es bastante *cool*, la verdad.

Santiago me deja sola a su pesar cuando lo llama su agente. Me dedica una mirada de advertencia antes de alejarse, pero le quito importancia al asunto agitando una mano. Obedezco la regla de no hablar con ninguno de los otros pilotos. Pero no me puede culpar si me hablan ellos, porque no puedo controlar lo que hacen los demás. Las reglas están para romperlas. Si no, la vida no sería interesante.

Ocupo un asiento en la barra y «el que no debe ser nombrado», cuyas intenciones desde luego no son buenas, aparece y se sienta a mi lado. El aroma embriagador de su perfume me altera las neuronas. De alguna manera, ya tiene el pelo alborotado y el moño torcido en la camisa recién planchada. Su indocilidad me provoca una sonrisa. Las manos fuertes que hace una hora me acariciaban la espalda sujetan ahora otra copa de whisky. Me arrepiento cuando lo miro a los ojos; su mirada penetrante me toma desprevenida.

La sonrisa genuina que me dedica hace que me palpite el sexo. No puedo controlar la forma en que mi cuerpo reacciona a su presencia, y menos aún cuando parece como si quisiera besarme.

—¿Qué hace una chica guapa como tú sola en un evento como este? —Noah tiene la voz un poco ronca, como si llevara toda la noche bebiendo y de fiesta; es provocadora y áspera al mismo tiempo.

—¡Oh, crees que soy guapa! Qué adorable. Santi me ha dejado sola porque está ocupado lamiendo culos. —Lo señalo con un dedo; está hablando con un grupo de patrocinadores.

—*Guapa* es quedarse corto. —Noah sonríe de una manera que hace que me dé un vuelco el corazón. «Vaya, vaya, sí que tienes labia»—. Hummm... Ya veo. El pan de cada día. A veces es un suplicio ser famoso.

—No sé si voy a acostumbrarme nunca a eso —replico con una risa en voz baja—. A que hablen de mi hermano como alguien famoso. Se me hace raro.

—Lleva tiempo. Ya verás cuando esté todo el día rodeado de paparazzis y no pueda ni comer ni cagar en paz. Este lugar corrompe hasta a los mejores: dinero ilimitado, alcohol, mujeres..., lo que se te ocurra. El paraíso de los privilegiados.

Me giro hacia él y echo un vistazo a su atuendo. Lleva un esmoquin que le queda como un guante y se le pega al cuerpo de una forma que le da un aspecto un tanto canalla. Contraigo los dedos cuando siento la tentación de pasárselos por el pelo revuelto.

Pero no lo hago porque eso tiraría por la borda todos mis esfuerzos de portarme bien.

—¿A ti te ha corrompido? —Intento mantener un tono de voz neutro, que no revele ningún tipo de sentimiento. Tengo delante a la última persona con la que mi hermano querría verme pasando el rato.

Su mirada se endurece.

—Yo ya nací rodeado de todo esto, por eso de ser el hijo de una leyenda. —Pone los ojos en blanco—. Así que técnicamente no, ya que es lo único que conozco. No puede corromperte lo que te ha educado.

—Nosotros no somos así. —Arrugo la nariz—. Hemos crecido en una casa pequeña con padres humildes. Santi ni siquiera ha ido a la universidad, para poder competir y ganar dinero. Ha sacrificado mucho por perseguir su sueño. Ya les ha devuelto a mis padres todo lo que invirtieron en su carrera, porque ayudarlos es lo más importante para él.

—Los orígenes humildes crean las mejores historias de superación. Pero tu hermano ha firmado un contrato de veinte millones; eso es mucho dinero, más le vale ser responsable. —Clava sus ojos en los míos con intensidad.

Yo suspiro, más que consciente de la prosperidad de mi hermano. Puede que se rodee de gente pretenciosa, pero él no es como esos tipos tan codiciosos y egocéntricos.

Noah da un buen trago a su bebida. Lo imito; no me caería mal algo que me calme los nervios.

—¿Cómo fue estar aquí siendo solo un niño? —Paseo la mirada por la sala, imaginándome a un pequeño Noah rodeado de toda esta gente.

—Lo cierto es que me parecía lo más genial del mundo. Y me lo sigue pareciendo. Pero mi padre no es el mejor padre que digamos. Quienes cuidaban de mí eran las niñeras, porque mi madre siempre estaba por ahí en yates con sus amigas. Pero, claro, pobrecito de mí, qué vida tan dura teniéndolo todo. —La tristeza que se cuela en su voz traiciona su intento de indiferencia.

—¿Van tus padres a ver tus carreras?

—De vez en cuando. Mi padre va a ir a la de Barcelona. Lo de mi madre es otra historia, solo aparece cuando les queda bien a ella y a sus amigas. —Inclina la copa y la choca contra la mía antes de que volvamos a beber los dos.

«Alguien tiene traumitas por culpa de sus padres...».

Me observa con un brillo en los ojos.

—¿Y tú qué? ¿Qué te trae a la vida disoluta de la Fórmula 1?

—¿Que mi hermano compita no es razón suficiente? —Le sonrío.

—Bueno, daba por hecho que estabas aquí por mí, pero, ahora que lo dices, tiene sentido. —En su cara aparece una expresión juguetona que desata algo en mi interior, así que niego con la cabeza.

—Acabo de graduarme y quería viajar por el mundo. —Me cuido de mencionarle mi *vlog* porque no quiero que me juzgue alguien como él, tan exitoso y popular.

—Pues has elegido el año perfecto para hacerlo. Vas a poder visitar un montón de lugares exóticos y, además, ver cómo le doy una paliza a tu hermano en el campeonato. Eso no lo encuentras en Pinterest.

Echo la cabeza atrás y me río. Su arrogancia no tiene límites, pero me gusta su forma de vacilar, como si no le importara nada, y con un destello travieso en la mirada.

—Me da miedo que los halagos de la gente se te suban a la cabeza, se te hinche como un globo y ya no te quepa en el casco. Ten cuidado con eso.

—Tranquila, me lo hacen a medida justo por ese motivo.

Seguimos bromeando hasta que alguien reclama su atención. Parece que le fastidia la interrupción, porque se queda parado en el lugar.

—El deber te llama. —Levanto la copa vacía hacia él.

Noah esboza una sonrisita y hace un gesto militar antes de irse.

El viernes me dedico a explorar Melbourne, ya que Santi está ocupado con los entrenamientos libres y las sesiones de prensa. Por muy interesantes que suenen sus planes, rechazo la invitación a acompañarlo.

Me paso el día tomando fotos y descubriendo la ciudad. Me produce curiosidad un recorrido para ver el arte callejero local, y disfruto del anonimato que me brinda el grupo, rodeada de turistas como yo. Cuando voy con Santi, siento que estoy demasiado expuesta. Me abruma la cantidad de atención que recibe. Todo el mundo le toma fotos, le hace preguntas o le pide autógrafos. Y yo odio sentirme observada. Él me dice que acabaremos acostumbrándonos y que dejaremos de notarlo al cabo de un tiempo.

Ese tipo de autocomplacencia me da miedo.

El resto de la jornada se pasa volando. Esta nueva privacidad me da tanta seguridad que decido comer sola, en una mesa para dos, ni más ni menos. Mi día a solas se acaba cuando un señor mayor se sienta en la silla que tengo enfrente. Tras quince minutos, reúne el valor de entablar conversación conmigo. Por pura educación escucho con diligencia mientras me habla de su artritis, afirmando con la cabeza como si entendiera lo duro que es sufrir dolores crónicos. Incluso me enseña como cien fotos de sus nietos.

¿Qué puedo decir? Es mi especialidad no decir nunca que no. ¿Cómo voy a mirar a este señor a la cara y a decirle que no quiero ver fotos de su patatilla, como llama a su nieto pequeño? Es superior a mis fuerzas. Así que acabo entreteniendo una hora entera a un hombre llamado Steve, e incluso ofreciéndole una gorra de Bandini firmada como regalo de despedida, además de prometerle que le mandaré una foto del circuito el día de la carrera. Desconozco los peligros de darle mi número de teléfono a un anciano, pero es tan adorable que termino cediendo.

Mi madre me llama cuando me meto por una callejuela.

—¿Cómo estás? —me pregunta. Mi madre sigue mi *vlog* religiosamente, comenta todos los posts con mensajes de ánimo y citas célebres. Es adorable. Incluso a veces pone gifs como forma de expresar sus sentimientos.

—Pues me la estoy pasando bastante bien. Santi está muy ocupado con todo el asunto de las formalidades del trabajo. No sé de dónde saca la energía.

Nos quedamos hasta tarde anoche y él se ha despertado al amanecer para ir a la pista a practicar. Yo, en cambio, he pospuesto la alarma unas cinco veces antes de levantarme.

—Vive para la Fórmula 1, así que es capaz de aguantar toda esa parte más social. Cuídalo, que a veces trabaja demasiado.

Así es mi madre, siempre la que más se preocupa.

—Haré lo que pueda. Yo sería incapaz de hacer lo que él hace, charlar y beber tranquilamente con toda esa gente tan creída y estirada.

—He estado leyendo chismes de los pilotos. Algunos, como Liam Zander y Noah Slade, salen todo el tiempo en las revistas, y deberías ver lo que dicen de ellos las chicas. Y no me hagas hablar de Jax, ese no deja de meterse en problemas. —Su tono de voz revela un desdén más que evidente.

No le pregunto al respecto, prefiero ahorrarme los detalles escabrosos.

—Ten cuidado con lo que lees. Igual un día empiezan a contar chismes sobre Santi. Los periodistas no tienen piedad, hacen lo que sea por sacar una historia interesante, da igual que sea verdad o no.

—¿Has conocido a su compañero? —No puede ocultar la curiosidad que le provoca Noah, y no la culpo.

—Sí, no es tan horrible como dicen por ahí. Aun así, el muy idiota pensaba que yo era la novia de Santi.

—Qué bruto. Deberían haberlo educado mejor, con más amor y atención. Vaya vergüenza habrá pasado.

—Creo que ese es justo el problema. Qué vida más solitaria, acostándose con cualquiera que se le cruza y sin tener a nadie con quien celebrar las victorias. Ni su familia viene a verlo a las carreras. O sea, su padre lo visita un par de veces o tres al año, y su madre menos aún. Me hace pensar en si esconde algo más tras esa fachada suya. Dudo que sea consciente de ello, de todos modos, sobre todo porque la gente como él siempre piensa que es feliz hasta que ya no lo es. Pero quién sabe, solo estoy especulando, y no está bien juzgar. —Todo esto me sale de golpe y sin filtros.

—Ten cuidado, hija. Detrás de toda esa burbuja de lujo y glamour, siempre hay un montón de mentiras y miseria.

Cambio de tema; no quiero seguir hablando de Noah. Me siento mal por haber divulgado la pequeña verdad sobre sus padres que compartió conmigo anoche. Mi madre y yo nos ponemos al día de nuestros planes para el fin de semana y, poco después, cuelgo el teléfono y vuelvo al hotel.

6

Noah

La clasificación del sábado es la segunda mejor parte de competir en la Fórmula 1, porque hacerlo bien el sábado es esencial para ganar el domingo. La posición de salida de la carrera del domingo depende de la clasificación. Si lo arruinas el sábado, el domingo estás jodido, a menos que te esfuerces al máximo para volver a la parte alta de la tabla.

La pole es lo que todos los pilotos deseamos. Aunque puedo arreglármelas saliendo segundo o tercero; no hace falta que me obsesione con hacerlo perfecto. La parte de atrás de la parrilla de salida suele ser lo peor. Llevo sin tocarla desde los inicios de mi carrera, por lo general siempre salgo entre primero y tercero.

El sonido de las ruedas al salir al asfalto rebota en las paredes de los boxes mientras camino hacia la zona de Bandini. Cada escudería tiene su propio *garage* en el *pit lane*, donde el equipo se prepara antes de la carrera, e incluso cuenta con unas habitaciones encima de la zona donde trabajan los mecánicos para que Santi y yo nos preparemos. Voy a la mía y me mentalizo para los libres.

Hago las vueltas de práctica justo como quería. Y la clasificación va aún mejor: consigo la pole para el Gran Premio de Australia. La mejor posición de la parrilla de salida. Santiago no se queda muy atrás; saldrá tercero, por detrás de Liam Zander. No lo ha hecho nada mal el nuevo.

Es verdad lo que dije. Por el bien de la escudería, le deseo lo mejor, ya que no solo competimos individualmente en las carreras. No soy egoísta, quiero que lo haga bien para que ganemos otro título, el de constructores, que se otorga a la vez que el de campeón del mundo. En veintiuna carreras se juegan dos campeonatos.

Santi puede conformarse con ganar el de constructores conmigo, porque este año voy a conseguir el título de campeón del mundo. Mi compañero puede quedarse con el premio de consolación.

Santiago, Liam y yo acudimos a la rueda de prensa que se celebra con el top 3 de la clasificación. Me siento entre los dos mientras los periodistas nos avasallan a preguntas.

—Liam, ¿qué puedes decirnos de la estrategia que tienes con McCoy este año?

—¿Aparte de cogerte a la mitad de la familia McCoy? —susurro entre dientes, de manera que el micrófono de solapa no detecte mi voz.

Liam se ríe en voz baja y niega con la cabeza. Siempre nos hacemos bromas, para hacer más amenas las sesiones de prensa y salirnos un poco de la rutina.

—Las estrategias de equipo son un secreto. No puedo rebelarles todos mis trucos a estos de Bandini, y menos aún al chico ese, con lo temerario que es. —Liam señala a Santiago por detrás de mi espalda—. Pero tenemos planes para las carreras que vienen, entre ellos nuevos ajustes en los coches. No tenemos nada que envidiarle a Bandini.

—Lo que está diciendo es que desde la segunda posición tiene unas vistas fantásticas. —Mi tono soberbio hace que los periodistas se rían.

—No, pero la segunda posición me permite darle a Noah por detrás en el ángulo perfecto. Ah, no, que eso es cosa de Santiago, perdonen.

Le quito la gorra que lleva para atrás de un manotazo.

Por suerte, esta vez Santiago se abstiene de hacer un comentario estúpido. Nos mira a Liam y a mí con extrañeza. Permito los comentarios de Liam porque es un buen amigo y mi mayor oponente, al menos hasta que llegó Santiago. Nuestras peleas verbales triunfan en YouTube.

Liam es un tipo alemán que corre para McCoy, otra de las mejores escuderías. Un hombre rubio de ojos azules con complejo de dios. Me cae muy bien, porque nos hicimos amigos cuando pilotábamos karts. Competimos mano a mano en todas las ligas hasta la Fórmula 1, incluso estuvimos en la misma escudería cuando empezamos, y llegamos a lo alto juntos.

Es un cabrón con las mujeres, lo cual es mucho decir viniendo de mí. Yo seré un imbécil, pero Liam es peor. Su cara de niño bueno engaña a cualquiera. Este año tiene mucha presión encima, porque va a finalizar su contrato con McCoy y, como si esto fuera poco, ha estado cogiéndose a la sobrina del propietario.

Si bien yo tengo preferencia por los ligues de una noche, Liam suele quedarse un tiempo con las chicas. No es culpa suya, ellas acceden por voluntad propia.

Lo que pasa es que, en cada temporada de Fórmula 1, va rotando entre un par de chicas que acaban con el corazón roto vendiendo su historia a las revistas de espectáculos. Es un ciclo anual. Pero ahora tiene que portarse como un buen chico, porque ya ha jodido suficiente a Peter McCoy.

De vez en cuando veo videos de chismes nuestros en YouTube; son todos basura, y no me enorgullece, pero debo admitir que me divierten. McCoy debe de estar muy enojado con Liam. Los últimos videos se centran en la falta de compromiso de Liam, que está por ahí de fiesta cuando tiene un año importante por delante. Acostarte con la sobrina de tu jefe suele suscitar muchas emociones.

Maya se encuentra en una esquina de la sala de prensa, tratando de camuflarse, como si eso fuera posible. Luce preciosa con esos *jeans* rotos y esa camiseta que se le pega al pecho. Tiene el pelo ondulado recogido en una cola de caballo que se balancea mientras se entretiene con el celular.

Me fastidia que solo preste atención y levante la cabeza cuando responde Santi. Es como si Liam y yo no existiéramos. Si no le interesa, no debería haber venido; seguro que hay un montón de periodistas encantados de ocupar su lugar. «¿Por qué le fascina tanto su hermano?». Me vuela la cabeza cómo lo mira, casi como si hubiera visto una aparición, se le llenan los ojos de orgullo y todas esas cosas cuando habla.

¿La relación entre hermanos es siempre así? Echo un vistazo a Santi; siento curiosidad por saber por qué le resulta tan alucinante.

—Santiago, ¿cómo te sientes habiendo firmado con la escudería de tu rival? ¿Estás nervioso por competir con uno de los mejores?

Controlo mi expresión como la marioneta bien entrenada por el departamento de Relaciones Públicas que soy, pero por dentro me hierve la sangre y por poco no puedo evitar poner los ojos en blanco. ¿Cuándo se van a cansar de preguntar por lo del contrato con Bandini? Son incapaces de pensar en nada original y fastidian con lo mismo en cada rueda de prensa, cuando podrían estar creando expectación por la primera carrera de la temporada.

—Bueno, creo que no se trata de qué haya firmado o dejado de firmar, sino de lo bien que lo hagamos en la pista. No pienso en dinero ni en Noah cuando estoy ahí afuera. Solo pienso en la próxima curva y en la línea de meta, y en la posibilidad de acabar en el podio.

«De acuerdo, no está mal». El equipo de publicistas debe de estar ayudándolo después del desastre de ayer.

—Noah, ¿quién consideras que es tu mayor amenaza esta temporada?

Pongo una sonrisa arrogante. «Comienza el espectáculo».

—Considero que yo soy mi mayor amenaza. Cuando corro, soy yo contra mis instintos. Todo lo que tengo alrededor desaparece. Me pongo a prueba, veo cuánto puedo esperar antes de pisar el freno o cómo puedo rebasar a otro coche. No pienso en el resto de los pilotos más de lo necesario. Ahí es donde meten la pata los demás.

Las cámaras que tengo adelante disparan flashes e inmortalizan mi sonrisa confiada. Maya niega con la cabeza; por lo visto no le ha gustado demasiado mi respuesta. La idea me contraría. Frunzo el ceño y aprieto los labios. La apariencia lo es todo en este trabajo, porque los fans se creen lo que les digas y les encanta.

Incluso hacen videos recopilatorios con nuestras estrambóticas ruedas de prensa en todas las carreras, sobre nuestra amistad o nuestra rivalidad o lo que sea.

Un periodista se dirige a Liam esta vez, para hacerle otra pregunta morbosa.

—Liam, ¿qué tienes pensado para limpiar tu imagen ante la prensa?

—¿Por qué no me lo preguntas dentro de unos meses? Prefiero mantener mis planes en secreto, no vaya a ser que salgan mal. —Liam se encoge de hombros.

Yo le doy un codazo amistoso.

—Es lo que le suele ocurrir.

Liam se gira hacia mí y se rasca la ceja con el dedo medio. Yo echo la cabeza para atrás y me río. Cuando miro de nuevo al frente, veo que Liam le está dedicando una sonrisita a Maya y que ella se la devuelve; ahora sí que está atenta, ¿eh? Aprieto los puños por debajo de la mesa y clavo la vista en un punto delante de mí.

Se podría decir que Liam es bastante atractivo. Un tipo mamadísimo de metro ochenta y tres que se deja barbita para ocultar la cara de niño pequeño que tiene. En definitiva, un idiota sobrevalorado. A las mujeres les gusta ese rollo de buena onda y actitud desenfadada, además del hecho de que tienda a repetir con ellas. Todo en él dice a gritos que lo han educado unos buenos padres, que le han dado azúcar, flores y muchos colores. No como yo, que apesto a amargura y malos recuerdos, intentando huir de mis demonios carrera tras carrera.

Terminamos la ronda de preguntas y salimos. No quiero estar ahí ni un minuto más. Mi mente ya ha tenido bastante por hoy.

No hay nada que supere la emoción del día de la carrera. Cada cual gestiona la presión a su manera, y la tensión aumenta a medida que se va acercando la hora del Gran Premio. Todo el mundo trabaja incansablemente tratando de anticiparse a las posibles eventualidades. Los domingos son mi día favorito de la semana. Quién quiere ir a misa cuando tienes un asiento en primera fila que da al paraíso.

Los pilotos hacen rondas rápidas para complacer a los aficionados y lamer el culo a los patrocinadores: *meet and greets*, desfiles, entrevistas... Después, hago las revisiones habituales al motor y asisto a un acto previo a la carrera con la esperanza de poder pasar al fin un tiempo a solas en mi habitación del *garage* de Bandini.

Este deporte es agotador. Me encanta, pero acaba desgastándote con el paso de los años.

Las diminutas habitaciones de Bandini no se parecen en nada a las instalaciones de los equipos durante la parte de la competición que tiene lugar en Europa. Tendremos que arreglárnoslas con un cuarto sencillo con lo básico para que los pilotos nos relajemos, incluyendo un sofá y un frigobar lleno de botellitas de agua.

La música es mi método preferido para calmar los nervios antes de la carrera. Tengo una *playlist* y todo para cada día de competición, porque soy un animal de costumbres que prefiere la soledad. Yo me espero para celebrar la victoria al final de la carrera, cuando efectivamente he ganado, no como otros. A nadie le gustan los tipos que se alegran antes de tiempo y al final ni siquiera suben al podio. Eso se lo dejamos a las escuderías de segunda.

La risa de Maya se cuela por las paredes de papel. Santiago se comporta de forma muy diferente a los otros chicos con los que he estado en Bandini, no le importa en absoluto que Maya esté pasando el rato con él mientras se prepara para la carrera. Estos cuartuchos dificultan la privacidad. Procuro no escuchar lo que dicen, pero me resulta complicado estando pared con pared, y me digo que no es culpa mía si oigo algo.

La voz de Maya inunda mi habitación.

—¿Te acuerdas de tu primera carrera de karts? Casi te vomitas en el casco, te pusiste histérico cuando el niño aquel estuvo a punto de estrellarse contra ti.

Me gusta el sonido de la risa de Maya.

—Fue muy intenso. No subestimes nunca los subidones de adrenalina, no son ninguna broma. Creo que pasó una hora hasta que el corazón volvió a latirme a un ritmo normal y las náuseas desaparecieron. Pero ¿tú cómo te acuerdas de eso? Tenías cuando mucho seis años.

—Mamá me enseñó el video de la carrera. El día que firmaste con Bandini se pusieron a rememorar el pasado, así que pude ver un montón de videos tuyos en los karts. Están orgullosísimos de ti. —Maya suena emocionada al hablar.

Mis padres nunca han grabado mis carreras, y mucho menos han vuelto a verlas en un ataque de nostalgia.

—También están orgullosos de ti, lo sabes, ¿verdad? Por atreverte a empezar con el *vlog* y por estar apoyándome.

Maya suspira.

—Sí, pero eres tú el que lo está logrando, y lo han sacrificado todo por ti. El *vlog* está aún muy verde, y este tipo de cosas llevan tiempo. Ya veremos qué pasa, pero no quiero decepcionarme ni decepcionar a nadie. Es difícil lograr buenos números.

—Yo voy a compartir tus posts, igual así consigues seguidores. Además, estás rodeada de un montón de gente famosa; se acabará corriendo la voz, ya verás.

La curiosidad me empuja a ver qué tipo de videos hace. Agarro el celular y tecleo su nombre en el buscador. No tardo en encontrar su canal, y lo pongo en favoritos para echarle un vistazo cuando tenga tiempo.

De paso, le mando una solicitud de seguimiento en Instagram, ya que tiene el perfil privado. «A la mierda, ¿por qué no? Tengo curiosidad, nada más».

Ahora hablan demasiado bajo para que pueda entender lo que dicen. Me cuesta imaginarme una infancia como la de Maya: soy hijo único y nunca he tenido que competir por la limitadísima atención de mis padres. Me ha tocado la lotería de la familia. Nunca se casaron, gracias a lo cual evitaron una debacle financiera, un divorcio desagradable y una pelea por una custodia que ninguno de los dos quería.

Me pongo los audífonos y definitivamente me desconecto del resto de la conversación. Ya me he distraído lo suficiente chismeando, va siendo hora de despejar la mente como hago siempre antes de las carreras.

Poco más tarde, Santiago y yo nos preparamos para montar nuestros respectivos coches. Nos abrochamos los trajes a juego y agarramos los cascos. Toco la pintura rojo escarlata, pasando la mano por la carrocería brillante marca de la casa, y siento el zumbido del motor bajo los dedos. Todo listo. Después de todos estos años en la escudería, sigo practicando el mismo ritual precarrera. El rumor del coche es mi canción de cuna favorita.

Me recuesto en el asiento del monoplaza. Uno de los ingenieros de pista me pone los cinturones de seguridad y me ofrece los guantes y el volante mientras hago varias respiraciones profundas para calmar los nervios.

Tras la vuelta de formación, me coloco como primero en la parrilla de salida y compruebo que la radio funciona correctamente. Sonrío para mí por debajo del casco. La pole siempre es la mejor posición de la carrera, y me llena de orgullo haberla logrado. Tenía que empezar el año a lo grande.

El corazón me late con fuerza en el pecho, a un ritmo parejo al del retumbar del motor. Los mecánicos retiran los calentadores de neumáticos antes de salir corriendo de la pista.

«Uno. Dos. Tres. Cuatro. Cinco».

Las cinco luces rojas se apagan. Piso el acelerador y el coche sale disparado por la recta inicial, alcanzando una velocidad vertiginosa, con los neumáticos desgastándose muy poco a poco por el roce contra el asfalto. Oigo cierto revuelo por el sistema de radio. El equipo técnico me habla y me cuenta que Liam sigue justo por detrás de mí y que Jax ha rebasado a Santiago.

Maldición, me encanta sentirme así. Los nervios toman el control de mi cuerpo mientras la adrenalina se filtra en mi torrente sanguíneo, y lo único que oigo es el sonido de la fricción de las ruedas contra la pista y el silbido del coche al avanzar como un relámpago. Estas sensaciones corporales me insuflan vida. El motor zumba cuando pongo el monoplaza a pleno rendimiento, probando los límites del nuevo modelo. Se me comprimen los pulmones en el pecho al aproximarme a la primera curva. Hago uso de mis reflejos, me vuelvo uno con el coche.

Ejecuto el giro a la perfección en un abrir y cerrar de ojos. Me desconecto de la conversación de las comunicaciones por radio que me llegan a través del casco y me centro en inhalar y exhalar para bajar las pulsaciones.

Mantengo la posición como líder de la carrera una curva tras otra, mientras recorremos el trazado una y otra vez. Si el equipo no me mantuviera informado, perdería la cuenta de las vueltas. Mi coche atraviesa la pista como si nada. Liam trata de rebasarme en una curva, pero no lo consigue; su monoplaza se queda atrás y se traga todo el aire sucio. El jefe de escudería me comunica quién más puede suponerme un problema.

Durante un tiempo, la carrera está muy reñida entre Liam y yo. Empezamos la temporada de forma parecida, disputándonos el primer lugar. Tenemos una relación muy competitiva en la pista, y sabemos cómo corre el otro desde que pilotábamos karts de niños. Nuestras escuderías diseñan estrategias con nosotros aprovechándose de esta información.

Santiago al parecer ni está cerca ni se le espera, porque no han dicho ni una palabra de él.

Hago una parada en boxes a mitad de carrera para cambiar los neumáticos. Detengo el coche en el *pit lane*, donde los mecánicos se ponen manos a la obra con toda la maquinaria. El proceso lleva apenas un par de segundos. Doy gracias a la escudería por radio. Los equipos de *pit stop* son los héroes olvidados de la Fórmula 1, los que hacen que la magia ocurra en cuanto pisas el *garage*.

Voy hablando con un ingeniero de pista mientras conduzco, del estado del monoplaza y de dónde se encuentran mis oponentes. Quiere saber cómo siento el coche en esta primera carrera. El equipo comparte conmigo algunas estrategias y sigo la mayoría, pero algunas decisiones las tomo por mí mismo porque no me pagan una millonada para obedecer órdenes sin pensar. Confían en mí cuando estoy al volante.

Me mantengo líder de la carrera en la mayor parte de las cincuenta y siete vueltas. Liam me rebasa un par de veces, pero lo dejo atrás arriesgando en los giros. Me hace una grosería con el dedo después de amenazar con chocarme contra él en una curva. Ya solo queda una vuelta; Liam quedará segundo y Santiago acabará cuarto.

No oigo nada más que el dulce zumbido de los motores. Agarro con fuerza el volante al trazar la última curva antes de la línea de meta. Piso el pedal unos segundos antes de tiempo, para pasar por delante de la bandera a cuadros a toda velocidad. Los fans gritan cuando se anuncia que he ganado el Gran Premio.

—¡Sí, carajo! Una victoria importante. Muchas gracias a todos, ha sido una primera carrera increíble. ¡Vamos, carajo! —Despego el pie del acelerador.

Oigo un jolgorio indiscernible por la radio.

Levanto el puño en el aire, orgulloso de una carrera bien hecha. «Chúpate esa, Santiago».

7

Maya

Se me acelera el corazón cuando Noah pasa por la línea de meta. Santi no tarda en imitarlo, su coche no es más que un borrón rojo mientras completa la vuelta de enfriamiento. Seguro que le frustra su rendimiento en la pista a pesar de que ha conducido bien. Aunque haya conseguido puntos para el Campeonato de Constructores, si quiere estar a la altura de los demás pilotos, con eso no basta. Es lo que tiene vivir una vida en la que cuenta hasta el más mínimo detalle; por eso le pagan tanto. Además, la presión de correr para una escudería importante y del contrato millonario debe de afectarle bastante.

Voy al encuentro de Santi cerca de la zona de boxes. Mi hermano sale del monoplaza, sonríe al equipo, da varios apretones de manos y agradece a los mecánicos su trabajo: todo un ejemplo de deportividad. Se le tensa la mandíbula mientras firma autógrafos a los fans en la barrera del público. Como no quiero interrumpir, decido esperarlo en su habitación en lugar de afuera. Es mejor dejarlo tranquilo.

Para cuando entra por la puerta, se le ve más calmado. Me levanto del pequeño sofá y voy a darle un abrazo. Su cuerpo sudado se pega al mío e inhalo su olor a gasolina, sudor y neumático. Es bastante asqueroso. Finjo una arcada cuando lo estrecho entre mis brazos y apoyo la cabeza en su pecho; apenas le llego al hombro.

—Lo has hecho genial. Quedar cuarto está muy bien, y seguro que te subes al podio la próxima vez.

Él me devuelve el abrazo.

—Estoy un poco decepcionado conmigo mismo, debería haber intentado encontrar más huecos. He ido sobre seguro porque tenía miedo de estropear el coche.

—No puedes pilotar con miedo. Nunca lo has hecho, y no deberías empezar ahora que estás compitiendo contra los mejores. Piensa que solo es un coche más, hay repuestos de sobra para arreglarlo si fuera necesario.

A pesar de la prudencia con la que ha conducido hoy, a Santi se le conoce por ser implacable en la pista.

—Tienes razón. ¡Se acabó! En la próxima carrera iré con todo. —Se separa de mí.

Santi se castiga cuando no llega al podio. Creo firmemente que puede hacerlo bien, tiene un montón de carreras por delante para mejorar sus posibilidades de ganar el campeonato mundial.

—Voy a tener que ir a la fiesta a felicitar a Noah. Es lo que quieren los patrocinadores, y no quiero parecer un mal perdedor. —Saca la lengua en un gesto cómico de desidia—. No está mal haber quedado entre los cinco primeros para ser la primera carrera. Remontaré. —Una sonrisa expresiva le cruza la cara. A Santi le molesta perder, pero no deja que eso le reste ni un poquito de profesionalidad. Se comporta como todo un adulto.

«¡Un hurra por el compañerismo!».

—Pues será mejor que lo hagamos de una vez. Anda, a felicitar a Noah por un trabajo bien hecho. —Esbozo una sonrisita traviesa.

Noah va de arrogante y engreído, pero lo justifica con cómo conduce. Cuando lo ves competir, es evidente por qué los fans lo adoran.

Siento la emoción y el entusiasmo del público alborotado cuando Santi y yo salimos al evento. Hay un montón de grupos de aficionados reunidos en torno al podio, saltando al ritmo de la música que sale por los altavoces del escenario y ondeando pósteres recortados con las caras de Liam y de Noah. No me puedo imaginar cómo es ser tan famoso que haya gente que compre carteles enormes con tu cara impresa. Yo me caería muerta de la vergüenza en el escenario si viera mi rostro observándome por todas partes.

Santi y yo nos quedamos en la zona VIP que está en un lateral, disfrutando del espectáculo desde una distancia menos sofocante y caótica. Mi lugar preferido. Desde aquí tenemos una panorámica perfecta del podio de los ganadores, incluyendo una vista privilegiada de Noah rociando de champaña a Liam. Se me escapa un suspiro. Santi me mira con cara interrogante. Sofoco una risita con una tos fingida, pero el rubor me tiñe las mejillas.

En la Fórmula 1, la champaña es la versión pegajosa de lo que en otros eventos deportivos es el confeti. Los pilotos agitan las botellas y riegan con el contenido todo lo que hay a su alrededor. El público grita cuando les salpica la champaña y abre la boca para atrapar algunas gotas. ¿Quién quiere peleas de camisetas mojadas cuando existen los podios de la Fórmula 1?

Santi sale de su pesadumbre de antes y su ceño fruncido se ve remplazado por una sonrisa cuando todos celebran su éxito en el escenario. Incluso aplaude y silba cuando anuncian el nombre de los ganadores.

Nos encontramos con Noah, Liam y el otro piloto a la salida del edificio de prensa tras las entrevistas poscarrera para felicitarlos. Yo opto por levantar el pulgar mientras los saludo, y me cuesta reprimir un resoplido al darme cuenta de lo torpe de mi gesto. «Muy bien, Maya. Qué bien lo haces».

Noah suelta una risita grave al ver mi pobre intento de felicitación, y Liam directamente se ríe a carcajadas, lo cual no hace sino exacerbar la vergüenza que siento. No es culpa mía, no tengo ni idea de cómo debo dirigirme a ellos.

Me quedo por ahí rondándolos nerviosa e incómoda. Santi felicita a Noah y a Liam con el típico apretón de manos con palmadita en la espalda de los chicos. La mirada de Noah se anima al verme, un remolino de tonos azules más profundos de lo habitual que recorre mi cuerpo. Me halaga. No sé si es que carece de sutileza o si es que le da igual que me dé cuenta.

Se me corta la respiración cuando le hago un repaso a su traje de carreras rojo. La tela ajustada se le ciñe a unos músculos bien definidos, revelando una estricta rutina de ejercicio. Tiene el pelo sudado y revuelto, con unos cuantos mechones de punta aquí y allá, y esboza una sonrisa radiante. Hace que el look desaliñado parezca de lo más sexy. Aparto la vista antes de que me descubra mirándolo como una tonta.

Estar rodeada de tantos chicos buenos me tiene medio lela. Tengo que hacer algo para controlar estos pensamientos intrusivos con Noah, sobre todo porque es el compañero de escudería de mi hermano. ¿Cómo hacen las demás mujeres para aguantarlo? Mi cerebro me bombardea con imágenes de cachorros y abuelitas para evitar que le eche otro vistazo.

Los ojos de Liam analizan mi cuerpo de los pies a la cabeza. Estos chicos me suben la autoestima en un segundo, no les importa un cacahuate mostrar su atracción. Me dedica una sonrisa perezosa cuando me ve de brazos cruzados con la ceja levantada, pero siento cierta decepción al notar que mi cuerpo no reacciona a Liam como lo hace con Noah, que no me da un vuelco el estómago con una sola mirada. No hay ni una chispa de atracción. Ni se me acelera el corazón ni se me extiende un calor extraño por todo el cuerpo bajo su escrutinio, solo veo que es guapetón.

—Soy Liam. No hemos tenido el placer de presentarnos, pero te vi en la rueda de prensa el otro día. No tenía ni idea de que eras la hermana de Santi. Eras todo un regalo para la vista, entre tanto reportero entrado en años. —Me toma la mano y me la besa como un príncipe de los de antaño.

«Vaya, vaya, este sabe cómo tirar piropos». Va a ser divertido pasar tiempo con él.

Suelto una risita.

—Me estoy esforzando mucho por tratar de evitar tantos eventos de esos como me sea posible. Es increíble que siempre salgan bien librados, con todas las burlas que se lanzan entre ustedes, y a los periodistas también.

Lo que hacen Liam y Noah todas las semanas es prácticamente un espectáculo de comedia, y tanto a la prensa como a los fans les encanta su franqueza.

Liam me sonríe de oreja a oreja.

—Aún no has visto nada. Espera a que haya polémicas, colisiones y rachas de perder. Ahí es cuando se pone todo interesante. —Liam se lleva una mano ahuecada cerca de la boca, como si estuviera contándome un secreto, solo que sigue hablando al mismo volumen—. Así como lo ves, Noah es un completo impertinente cuando se enfada.

Noah fulmina a Liam con una mirada que me provoca un escalofrío desde la nuca hasta el final de la columna vertebral. No me gustaría nada que fuera a mí a quien se dirigen esos ojos asesinos. «Prefiero ahorrármelo, gracias». Intimida, pero Liam parece impasible, porque se ríe y le da codazos a Noah.

—Te lo dije. —Liam me guiña un ojo. Sus ojos azules centellean mientras me mira risueño. Tiene una actitud desenfadada que me dibuja una sonrisa en la cara de inmediato.

Santi cambia el peso de un pie al otro, señal de que quiere irse, porque tenemos que hacer las maletas y prepararnos para el viaje al destino de la siguiente carrera. Malditos sean los vuelos largos y la agenda apretada del piloto de Fórmula 1.

—Nos vemos en Baréin. Maya y yo tomamos un vuelo temprano mañana por la mañana. Tenemos que irnos ya, para hacer las maletas y todo eso. —Mi hermano se pasa una mano inquieta por el pelo. Le gusta tenerlo todo preparado tres días antes del vuelo, así que debe de estar dándole un infarto por no haberlo hecho aún.

—Oye, la próxima vez vente en mi *jet* privado. Igual podemos mover algunos hilos para que puedan venir los dos conmigo. —Los ojos de Liam se iluminan con esa jugada tan hábil. Parece un lobo disfrazado de corderito, con el pelo rubio, los ojos claros y los dientes blancos y resplandecientes tras su enorme sonrisa. Por fuera parece inocente, pero sus ojos dicen todo lo contrario.

Le devuelvo una sonrisita, dudando mucho que la invitación tenga demasiado que ver con mi hermano. Más bien tiene que ver conmigo. Santi no se da cuenta de que Liam está ligando conmigo, lo cual es bastante impactante después de que se haya pasado todo el fin de semana fastidiándome con que a estos tipos solo les interesan dos cosas: los trofeos y las mujeres. De ser posible en ese orden.

—Claro, sería genial. Te tomo la palabra —contesta mi hermano.

Noah mira de reojo a Liam y se cruza de brazos. «¿Acaba de poner los ojos en blanco?».

No tengo ocasión de analizar la escena más a fondo, porque Santi me toma del brazo y me aleja.

Los seguidores de mi *vlog* han aumentado después de que Santi compartiera las publicaciones durante la semana que estuvimos en Sakhir para el Gran Premio de Baréin. Pasan de unos pocos cientos a más de mil. Se me ocurre subir a YouTube videos de cada parada de nuestro viaje. La semana pasada grabé bastantes cosas en Baréin, entre otras un video de los entrenamientos libres y varias entrevistas con fans por los alrededores del circuito.

Edito y comparto el video de Santi quedando de nuevo cuarto en el Gran Premio de Baréin. Lo ve como otra derrota, así que está triste y decepcionado. Aunque dice que ya le va agarrando el modo al coche nuevo. Y así va pasando el tiempo, de ciudad en ciudad, siempre por la siguiente carrera.

Los seguidores ponen comentarios diciendo que les encanta ver las grabaciones de los entresijos del día a día de la Fórmula 1. Por lo visto, a muchos de mis suscriptores les gusta esa parte de mi *vlog* y piden más. Al recibir tanto *feedback* positivo, empiezo a dedicar una parte de los videos a la Fórmula 1 y cosas relacionadas con la competición. No era mi plan original, la verdad, pero, oye, hay que darles a los fans lo que quieren. El cambio hace que mis números aumenten un montón en poco tiempo. Ahora, miles de personas ven los videos semanales que subo.

También tengo un montón de solicitudes de seguimiento en Instagram, entre ellas las de Noah, Liam y uno que otro piloto. Acepto las suyas y decido mantener mi perfil en privado para los fans; quiero separar el *vlog* de mi vida personal.

Liam y Noah comparten mi canal en sus perfiles de redes sociales cuando los etiqueto en videos de las competiciones. Mi audiencia se dispara, casi no lo puedo creer. Es increíble lo que pueden conseguir un par de chicos guapos. Para cuando volamos hacia la tercera carrera de la temporada, ya tengo más de diez mil seguidores. «¡Diez puntos para Maya por estar haciéndose mayor! ¡Mira, mamá, lo he conseguido!».

Aterrizamos en Shanghái para el Gran Premio de China. Santi se marcha corriendo al poco de instalarnos en la habitación del hotel porque tiene un montón de reuniones programadas. Yo me quedo en la suite relajándome tras el largo vuelo; me duele todo el cuerpo de estar sentada en la misma postura durante horas. Otra carrera, otra suite básica de hotel. Las sábanas blancas y las paletas de colores sobrios se han convertido en el pan nuestro de cada día.

Después de un rato me dirijo al paddock de Bandini, que está justo al lado del circuito de Shanghái. El fácil acceso a la pista permite que los trabajadores puedan tomarse descansos en los días atareados. En el paddock hay tanto habitaciones para que los pilotos estén a sus anchas como salas de reuniones para prepararse para la carrera o para hablar de los resultados después de la carrera, además del *garage*.

Cuando voy a agarrar algo para comer, choco con alguien. Mis ojos se encuentran con unos verdes que pertenecen a una mujer de una altura similar a la mía. Parece de mi edad, y tiene el pelo rubio recogido en un chongo hecho al aventón, con unos cuantos mechones dorados que se le escapan aquí y allá. Va vestida informal, con una camiseta blanca con una frase escrita, unos *jeans* con más agujeros que tela y unos Adidas blancos. Tiene unos aires como de chica playera de California, de las que se ven en las series americanas.

—Ay, perdón. Soy supertorpe. —Su cuello y su pecho se tornan de un tono rosado que contrasta con su piel bronceada.

—No pasa nada. Yo estoy todo el día pegándome con cosas. No te había visto antes por aquí. —«Uy, eso sonaba mejor en mi cabeza».

—Soy Sophie. Es normal que no me hayas visto antes, acabo de llegar. —Alarga una mano y se la estrecho.

—Maya. La verdad es que no he visto a nadie de mi edad salvo a mi hermano. Me alegro de haberme topado contigo... literalmente —añado, y ella sonríe.

—Es la primera vez que me uno a las carreras. He terminado las clases antes este año, así que he venido a pasar tiempo con mi padre mientras está de viaje por el campeonato. No puedo decir que no a unas vacaciones gratis.

—¡Yo me gradué en diciembre! ¿Y quién es tu padre? Me imagino que estará en Bandini, ¿no? —Gesticulo a nuestro alrededor, al vestíbulo del paddock de la escudería, lleno de ajetreo.

Sophie juguetea con la estrella dorada de su collar.

—Mi padre es el jefe de escudería. Vaya, es el que dirige por aquí.

—¡Vaya! ¿Y vas a estar aquí todo lo que queda de temporada? —Intento no sonar demasiado emocionada, no quiero que se asuste, pero me encanta la idea de tener una amiga nueva.

—Voy a tratar de convencer a mi padre de que me deje seguir las clases de otoño online para poder vivir todo el campeonato. Es la primera vez que vengo en años, así que tengo que aprovecharlo. —Al sonreír se le ven unos hoyuelos agradables en las mejillas.

—Genial, pues podríamos hacer planes juntas, porque yo también voy a estar toda la temporada. Sería una locura tener a alguien de mi edad cerca que me haga sentir joven. —Le devuelvo la sonrisa.

—Bueno, ¿y cuáles son los chismes que hay que saber? Cuéntamelo todo. —Ahora ya ha perdido todo atisbo de nerviosismo.

«¿Se pone tensa cuando la gente habla de su padre y de su trabajo?». Al fin y al cabo, es el que lleva todo

Bandini. Los jefes de escudería son los que dirigen la empresa sin ser propietarios.

Cuando llegamos a la cantina, nos sentamos a una de las mesas con ganas de charlar y comer.

—Por si no eres consciente, mi hermano es Santiago Alatorre.

Por poco se le salen los ojos de las órbitas.

—No puede ser. Ahora que lo dices, sí les veo el parecido. Él también tiene ese acento español tan sexy.

Reprimo un gesto de asco. Soy incapaz de pensar en mi hermano en esos términos, ni ahora ni nunca.

—Sí, nos parecemos bastante, aunque yo soy la más guapa de los dos. Pero no se lo digas; ya sabes cómo son los pilotos, con ese ego tan frágil...

—Debe de sentir mucha presión, ¿no? Siendo el nuevo y todo eso. Ahora compite de tú a tú con los mejores. ¿Cómo se lleva con Noah?

—Eeeh... Bueno, más o menos bien por ahora. No han chocado en las últimas dos carreras. ¡Celebremos!

Sophie se ríe por la nariz.

—A mi padre le daba apuro contratarlo. Le preocupaba cómo se lo pudiera tomar Noah, ya que lleva años en la escudería. Todo un chico Bandini. Además, no es muy habitual que confíen en pilotos jóvenes, es como una seña de identidad suya. Pero tu hermano es campeón del mundo, un bien muy preciado en esta industria. —Levanta una ceja.

—Sí, está muy agradecido por la oportunidad de formar parte de la mejor escudería. —Me encojo de hombros—. Me sigue pareciendo una locura que sea uno de los pilotos más jóvenes de la historia de Bandini. Pero creo que Noah ha llevado bien la transición; aún no le ha hecho ningún reclamo. Bueno, salvo después de la primera rueda de prensa.

Sophie resta importancia a mis últimas palabras con un gesto de la mano.

—Esas ruedas de prensa son mitad en serio mitad teatro. A los fans les encanta verlas, los tienen siempre en vilo. —Se queda mirándome unos segundos con seriedad antes de continuar—. Eso sí, ten cuidado con Noah. He oído de todo, tanto de boca de mi padre como de otra gente.

—¿O sea...? —Me inclino hacia delante; no quiero perderme ni media palabra de la información privilegiada de Sophie.

—Pues que es un imbécil arrogante que es muy orgulloso. Además, se acuesta con montones de admiradoras suyas. ¡Puaj! Es el tipo de hombre al que tu padre amenazaría con enterrar en un bloque de cemento. Bueno, al menos mi padre lo haría; lo dijo él mismo cuando decidí venir a seguir el campeonato. —Arruga la nariz. Me parece que su padre es un poco sobreprotector—. Pero lo cierto es que tiene motivos para estar tan seguro de sí mismo, con lo de ser tricampeón del mundo, y encima tan joven... Le esperan años y años compitiendo si quiere.

—Perfecto. Nada como una buena historia de un casanova para empezar la temporada con el pie derecho —suelto con la voz cargada de sarcasmo.

—Mi padre ha tenido que lidiar con bastantes llamadas de patrocinadores preocupados por su comportamiento. Pero ¿qué puede hacer él? Noah sigue siendo todo un profesional en la pista y ha demostrado de sobra ser uno de los mejores pilotos que hay en la actualidad. Solo que no pasaría nada si se le bajaran un poco los humos.

—¿Sabes, Sophie? Creo que tú y yo nos vamos a llevar de lujo.

Ella me devuelve la sonrisa y brindamos con las botellas de agua por nuestra nueva amistad.

8

Maya

Resulta que Sophie y yo, en efecto, congeniamos de maravilla. Las dos amamos a los Jonas Brothers, tenemos el mismo sabor de helado favorito y compramos en Zara en lugar de en Fendi. Los pilares fundamentales de una amistad.

Me encanta tener acompañante para ir a los eventos de los patrocinadores, las ruedas de prensa y ese tipo de actividades soporíferas. Y más aún si es divertida e ingeniosa como Sophie. No estoy acostumbrada a que mis amigas sean tan descaradas, pero me gusta que no le pase ni una a nadie.

Le digo a Santi que nos vemos directamente en el evento benéfico, porque Sophie y yo iremos juntas en coche. No consigue ocultar su curiosidad cuando me pregunta si puede conocer a mi nueva amiga, alegando que quiere asegurarse de que no vaya a corromper a su hermanita. Su instinto sobreprotector ha alcanzado niveles insospechados desde que ha empezado la temporada.

—Bueno, ponme al día de los chicos. Llevo sin estar por aquí tres años o más. —Sophie no pierde ni un segundo, quiere que le haga un resumen de todo antes de que nos encontremos con ellos en el salón de baile. Tampoco la culpo. Ojalá hubiera estado yo la mitad de preparada; esos chicos rezuman lujuria y seguridad en sí mismos.

—A ver, a Noah y a mi hermano ya los conoces, claro. Yo conocí a Liam la semana pasada, es un mujeriego. No puedo prometerte que no te vaya a coger con la mirada. Es una advertencia.

Sophie entrecierra los ojos.

—No lo veo desde que estaba en primero de carrera, pero he leído lo que cuentan de él en las revistas de espectáculos. Últimamente aparece por todas partes, con eso de que se cogió a la sobrina de su jefe. —Hace una mueca.

Me da pena el tema de Liam, qué mala suerte frente a McCoy. Todo ha salido en el peor momento posible, además, cuando le tocaría renovar el contrato.

—Sí. No sé cuánto se inventan las revistas de chismes sobre ellos, así que procuro no hacerles mucho caso. Pero bueno, no puedo contarte nada más, no he conocido a ningún otro piloto todavía.

—A este evento benéfico están invitados todos los participantes de la competición, así que seguro que hoy los ves a todos en su versión más sexy, al menos desde lejos. A veces me pregunto si ser absurdamente atractivo es un requisito para ser piloto de Fórmula 1. Está claro qué es lo que vende —comenta con una ceja levantada.

Niego con la cabeza. No debe de estar muy equivocada, al menos a juzgar por los videos y las entrevistas que he visto en YouTube a lo largo de estos años.

Entramos al salón de baile. Hay candiles enormes colgando del techo, que iluminan de forma tenue el espacio en el que suena de fondo música clásica mientras los meseros ofrecen bocadillos a los asistentes. Me encanta venir a estos eventos para ver qué se les ha ocurrido esta vez a los organizadores. El local está decorado de forma preciosa y extravagante al mismo tiempo, y las luces hacen que mi vestido de lentejuelas reluzca.

Sophie y yo nos abrimos camino hasta la barra, pasando entre un montón de hombres trajeados con los brazos entrelazados para no perdernos entre la multitud. El alcohol es indispensable en este tipo de eventos. Aprendí la lección tras demasiadas conversaciones aburridísimas sobre coches de carreras y cuentas bancarias.

Sophie consigue un lugar libre en la barra. Liam, de un modo muy oportuno, ocupa la zona que está justo a su lado, y no disimula ni un poquito cuando la mira de arriba abajo.

—Sophie, llevaba años sin verte. —Un fuego arde tras sus ojos celestes.

Procuro no ofenderme al ver que muestra interés por ella después de haber estado coqueteado conmigo. Supongo que no debería sorprenderme, estos chicos tienen la libido de un adolescente.

—Liam. —Sophie asiente con educación. Una forma un tanto extraña de saludar a alguien a quien llevas bastante tiempo sin ver...

—¿Qué les puedo invitar a dos bellezas como ustedes? —pregunta mientras mueve las cejas arriba y abajo.

—Creía que había barra libre. —La perspicacia de Sophie hace acto de presencia de nuevo, y me encanta.

Puede que acabe convirtiéndose en mi persona favorita de todo este asunto del campeonato.

—Bueno, pero eso no significa que no pueda pedir por ustedes. Así me siento un hombre útil. —Se lleva una mano al pecho y hace un puchero.

—Claro, como si te hiciera falta a ti justamente... En fin, un moscow mule para mí. —Sophie esboza una media sonrisa, haciendo que aparezca uno de sus hoyuelos.

Él le devuelve la sonrisa y luego me mira a mí, esperando que le diga qué quiero.

—Lo mismo para mí.

Liam nos entrega nuestras copas y cubre una propina generosa, con lo que al final demuestra ser un hombre útil.

—¿Y cómo se les ha ocurrido pasar la noche rodeadas de un montón de señores estirados? Son todos un fastidio. —Choca su botella de cerveza con nuestras copas antes de dar un trago.

Sophie se queda mirando fijamente los labios de Liam mientras bebe de la botella.

—He venido a buscar a mi futuro marido. Estaba pensando en alguien de entre cuarenta y cincuenta años. Lo bastante mayor para poder permitirse todo lo que quiero, pero lo suficientemente joven para no tenerla flácida y arrugada.

Por poco me atraganto. Sophie se encoge de hombros y los ojos de Liam tardan un segundo de más en apartarse de su escote.

«Tranqui, amiga».

—Lo bueno de los de más de sesenta es que solo tendrás que enjuagarte la boca con lejía durante diez años en lugar de veinte. —Liam hace un movimiento oscilante con las manos, como sopesando las distintas opciones, y la botella de cerveza sube y baja a su vez.

—Yo no quiero ser una novia por encargo como Sophie. He venido porque mi hermano me arrastra allá adonde va.

—¿Cómo se las está arreglando tu hermano con nuestro príncipe torturado? —Liam se dirige a mí antes de devolver la vista a su nuevo objeto de interés. Se le entrecierran los ojos cuando los labios de Sophie rodean el popote, y la observa con lujuria mientras sorbe la bebida.

Me giro hacia él con una expresión que confío en que le transmita el mensaje de que no puede cogerse a mi amiga, porque quiero que siga viniendo conmigo a los eventos. Mis ojos dicen: «Se mira, pero no se toca». Pasar sola este tipo de noches puede ser duro y aburrido, Santi siempre está ocupado.

Él parece entender la indirecta y asiente con comprensión. «Bien».

—El padre de Sophie se encarga de darles suficiente amor y atención a los dos para que ninguno se ponga celoso.

—Es un jefe de los duros. Lleva la escudería con mano de hierro, siempre espera que los pilotos estén en su mejor forma y rindan como se espera de ellos. No me imagino cómo debe de ser tenerlo como padre... ¿Te importaría iluminarnos? —Liam mira a Sophie con una expectación exagerada.

—Te encantaría saberlo, ¿eh? No pienso revelar ningún secreto al enemigo. —Sophie hace como que se cierra la boca con cierre.

—No somos enemigos, solo corro para otra escudería, no te pongas dramática.

—El burro hablando de orejas. A mí al menos no me persigue el drama a todas partes como a ti —dice Sophie con una sonrisa falsa.

La de Liam, en cambio, se ensancha aún más.

—No sabía que estabas tan pendiente de lo que hago —replica Liam con una ceja alzada.

Sophie se sonroja y da un sorbo interminable a su bebida con el popote.

Intervengo para interrumpir el momento de tensión.

—¡Vaya! ¡Miren a quién tenemos ahí! Pero ¡si es Noah! —Tomo al susodicho del brazo y lo arrastro a la conversación; no quiero seguir siendo la que sobra aquí.

Él mira mi brazo como si le ofendiera que lo tocara. «Estupendo».

—Noah, te presento a Sophie. Sophie, él es Noah —digo sin pensar.

—Ya nos conocemos. Llevo cinco años en la escudería de su padre.

El desconcierto en los ojos de Noah pronto se ve remplazado por una mirada hambrienta cuando repasa de arriba abajo mi vestido rojo. «Gracias, Sophie, por ayudarme a elegir la ropa».

Me da un vuelco el estómago cuando me fijo en cómo le queda el esmoquin; es mi nueva debilidad. «Vamos, Maya, solo es un moño». Verme todas las semanas en esta tesitura es un suplicio. «¿Qué he hecho para merecerme este castigo?».

Por mucho que le digo a mi cerebro que no vale la pena meterse en problemas por Noah, mi cuerpo discrepa. De repente noto que me acaricia los nudillos con el índice, y siento como chispas ante su contacto. Se me derrama un poco de la copa cuando instintivamente aparto la mano con brusquedad, y el líquido frío me baja por la piel.

Noah recoge las gotitas con el pulgar y se lleva la yema a la boca, sin apartar los ojos de los míos. «Dios mío de mi vida».

Inhalo hondo, me lleno los pulmones de aire. Él me guiña un ojo con picardía.

Suelto el aire aliviada cuando Noah empieza a hablar y se mete la mano en el bolsillo.

—Pero me alegro de verte, Sophie —dice con una sonrisa de afecto—. Tu padre está contentísimo de que hayas venido a vernos. No paraba de hablar de ello el otro día en la comida, y de que estás terminando la carrera y todo eso. Dice que deberías gestionar mis inversiones.

Sophie niega con la cabeza.

—A mí también me ha hablado mucho del equipo de sus sueños y de lo emocionado que está con todos los cambios. ¿Te estás portando bien con el hermano de esta? —Me señala risueña.

«Gracias por sacar a colación a su mayor rival, Sophie. ¿Demasiado tarde para retirar mi oferta de amistad?».

Noah se ríe.

—Me ofendes, creía que yo era el piloto de sus sueños. Pero sí, comparto todos los juguetes con Santiago y jugamos juntos en el recreo —contesta con un gesto de suficiencia.

Pongo los ojos en blanco y me pregunto por qué pensaba que traer a Noah era buena idea. Justo cuando creo que puede actuar como una persona normal se convierte de nuevo en un imbécil arrogante.

La conversación no llega a más porque nos interrumpe un tipo que, por su apariencia, identifico como otro piloto de Fórmula 1.

—¡Qué hay, chicos! Está buenísimo este evento, ¿no? —dice con un marcado acento británico.

Sophie y yo nos quedamos embobadas mirando al chico inglés que ha aparecido ante nosotras; su acento tampoco ayuda mucho. Tiene los ojos oscuros, la piel bronceada y un pelo rizado y revuelto que no se somete al yugo de ningún peine. Los tatuajes del cuello le bajan por la piel del pecho, que deja al descubierto su camisa negra desabotonada. Tiene dominado el look de chico malo por excelencia. Lleva una copa de cristal en la mano, también tatuada hasta los topes, nudillos y dedos incluidos.

Liam y Noah saludan al desconocido y nos lo presentan como Jax, el compañero de Liam. No me extraña que apenas haya mujeres trabajando en la industria de la Fórmula 1. Dudo que pudiera hacer nada productivo si estoy todo el día rodeada de guapuras como estas.

—¿Y estas señoritas tan guapas quiénes son? Se las tenían bien escondidas, ¿no? —Inclina la copa hacia Liam y Noah con una sonrisa traviesa.

Sophie se ruboriza de nuevo, incapaz de resistirse a sus encantos. Será cierto que en la Fórmula 1 solo contratan a los más guapos. A decir verdad, dudo que yo esté mucho mejor que mi amiga ahora mismo; debo de tener las mejillas a juego con el vestido.

—Yo soy Maya Alatorre, y esta es Sophie Mitchell. —«¡Hurra! He sido capaz de articular palabra».

—Vaya par tienen aquí. —Mira a Liam y a Noah, y niega con la cabeza.

—Queríamos ahorrarles el disgusto de ver esa cara fea que tienes. Si las espantas, no pueden pasar un buen rato con nosotros. —Liam inclina la botella de cerveza hacia Jax antes de darle un trago.

Noah suelta un resoplido que no se oye por encima de mi carcajada.

—¿Quién sabe? Igual podemos conseguir que apoyen a McCoy en lugar de a Bandini algún día. A las mujeres les encanta nuestro acento. —Se nota que Jax se esfuerza por exagerarlo mientras dice estas palabras.

—Prefiero morirme antes que apoyar a tu escudería. —Sophie finge asco ante la sola idea, con la nariz arrugada y una mueca.

—No digas cosas que no son verdad. Si pasas un día conmigo en nuestro paddock, desearás no tener que salir. —Liam le dedica a Sophie una sonrisa sugerente.

Ella responde asestándole un manotazo en el brazo antes de ponerse a mover su bebida con el popote de nuevo.

—Bueno, nos vemos luego. —Jax inclina su copa hacia nosotras y se aleja de la conversación.

Sophie prácticamente babea al verlo marcharse; no está en absoluto preparada para soportar la fogosidad de los pilotos de Fórmula 1. Yo he intentado advertírselo.

—Ha sido un placer hablar con ustedes, pero nosotras también nos vamos yendo. Gracias por las copas, Liam. —Le sonrío una última vez y tomo a Sophie de la mano para alejarla de ahí.

—Las copas son gratis. En serio, Liam, ¿te falta dinero? ¿No te pagan lo suficiente en McCoy? —La voz de Noah me llega por encima de la música.

Liam suelta una carcajada mientras yo huyo de Noah porque los moños son mi criptonita.

«Noah no. Ni por casualidad».

9

Maya

El público aclama con entusiasmo cuando los mecánicos preparan todo para el Gran Premio de China. Se amontonan alrededor de los coches, llevando a cabo revisiones en el motor y asegurándose de que todo está en orden. Es caótico pero eficiente al mismo tiempo. Hay cientos de personas trabajando para que la competición salga adelante, desde las que se ocupan de alimentar a los pilotos hasta las que prueban el rendimiento de los monoplazas de Bandini.

Noah está solo, llevando a cabo su ritual precompetición. No me extraña que prefiera estar a solas, con toda la presión que tiene encima los días de carrera. Además, los fans y las masas pueden llegar a ser agotadores. Santi y yo pasamos el tiempo juntos mientras él firma autógrafos en gorras y otra parafernalia de la escudería para los aficionados. Le gusta que le haga compañía, dice que así se le pasan un poco los nervios previos a la carrera. Si para él está bien, perfecto.

Después voy a la zona de descanso para pilotos. Me recibe un silencio casi absoluto, pues la mayor parte del equipo está en el *garage*, asegurándose de que los coches se encuentran en perfectas condiciones para correr.

De camino al baño, me estampo contra un cuerpo tonificado, con lo que confirmo que toparme con gente está convirtiéndose en una de mis especialidades. Una mano me toma del brazo y me devuelve el equilibrio. Levanto la vista y veo la cara de Noah; sus profundos ojos azules perforan los míos. Mantiene la mano en mi brazo y se me pone la piel de gallina.

Suspiro levemente ante el contacto físico; no terminan de gustarme estas reacciones fisiológicas incontrolables.

—Lo siento, debería mirar por dónde voy. —Primero Sophie, ahora él.

Él se quita los audífonos y se los deja colgando del cuello.

—No pasa nada. Estos pasillos son bastante estrechos —contesta con su voz áspera. ¿Por qué no puede tener una voz gangosa que me eche para atrás, o algo que le reste un poco de atractivo? No creo que sea mucho pedir.

Mis ojos actúan como por cuenta propia y lo repasan de arriba abajo. Madre mía, no tengo nada de autocontrol. El traje de carreras se le ciñe al cuerpo y resalta su tono muscular, y el color carmesí de la tela hace que destaque aún más su piel bronceada. Cierro los ojos en un esfuerzo inútil por apartar esta última imagen de mi cerebro. Ojalá Santi tuviera un compañero de escudería feo, porque esta experiencia está siendo una tortura.

—Aún tengo que acostumbrarme al barullo que hay los días de carrera. ¿Qué haces ahí dentro? Siempre se te ve... tranquilo. —Señalo con la cabeza la puerta de su habitación.

Él da unas palmaditas a sus audífonos.

—Escucho música y me pongo en modo carrera. Me suelto un discurso motivacional y hago ejercicio.

—¿Un discurso motivacional? ¿En serio? Imposible. Creía que el maravilloso Noah Slade no hacía nada mal, que ninguna hazaña era demasiado complicada para él. —Miro al techo con gesto teatral y me llevo una mano al corazón.

Su sonrisa flaquea, pero se recompone enseguida.

—Hasta los mejores necesitan un poco de motivación. Pilotamos coches que van a velocidades de infarto, a veces intimida bastante.

Me agarra el brazo de nuevo y me empuja contra la pared. Un ayudante pasa por nuestro lado con las manos llenas de bolsas con piezas de repuesto.

—Deberías andar con cuidado por aquí. Con lo pequeña que eres, podría arrollarte una carretilla o algo.

Miro a Noah a los ojos y me arrepiento de inmediato. Ese tono de azul va a acabar siendo mi favorito, me recuerda a las aguas del Mediterráneo.

—Está bien saberlo. Bueno, te dejo en lo tuyo. —Doy un toquecito a sus audífonos antes de girarme hacia la habitación de Santi. Necesito distanciarme de él, o cualquier cosa que rompa el contacto entre nosotros.

—Espera. —Su mano callosa me acaricia el brazo de nuevo, y la piel se me enciende en el lugar donde se queda quieta.

Me frustra la absoluta falta de consciencia del espacio personal de la gente que tiene esta persona. Su forma de toquetearme me abruma y me bloquea el cerebro, haciendo que lo anhele cada vez más. Mi cuerpo se niega a obedecer las órdenes de mi cabeza de mantenernos alejados de Noah.

—Eeeh... —Soy incapaz de formar oraciones con sentido con su mano en mi brazo.

No tengo claro adónde va a ir a parar esto, y cierta inquietud aflora en mi interior.

Entonces interviene Noah:

—¿Por qué estás siempre con tu hermano antes de las carreras? Seguro que lo distrae.

Parpadeo una vez, dos. Y una tercera, por si acaso. «¿Y a ti qué te importa?».

Sus dedos se empeñan en trazar patrones en mi piel como si no acabara de soltar una insolencia. Dudo que sea consciente de cómo se reciben sus palabras desde el otro lado. ¿Qué más da, si siempre consigue lo que quiere sin pedirlo por favor y nunca nadie le dice que no? Niñito consentido...

Me repugna la forma que tiene mi cuerpo de reaccionar a él, que el corazón se me acelere con un solo roce, que me desate ese calor por dentro. Me quedo mirándole las manos, deseando con todas mis fuerzas que me suelten. Tiene unas manos fuertes y grandes, perfectas para dominar. Unas manos que desearía que me tocaran y me apretaran.

Es encomiable que consiga resistirme a él. Yo también me merezco un trofeo, con baño en champaña incluido, sobre todo en estos momentos, cuando su aroma a limpio me embriaga los sentidos. Se me hace difícil pensar en nada que no sea él.

—A mi hermano no le molesta, y él es el único que me importa. No te ofendas. —El casi susurro que me sale no es tan cortante como esperaba que fuera. Culpa de sus malditas manos, que me atontan las neuronas.

—A veces los oigo a través de la pared. Y a ti te oigo reírte. Deben de pasarla bien.

Me tenso al oír su confesión. Parece sincero. ¿Incluso melancólico, quizá? Igual son ideas mías y me estoy inventando emociones que no son verdad.

—Procuraré controlar el tono de voz y no reírme demasiado. No quiero molestar al campeón. —El sarcasmo esta vez da en el blanco. «¡Hurra por mí!».

Le sostengo la mirada sin flaquear y él suelta un largo suspiro.

—Lo siento. No pretendía hacerte sentir mal.

«Un poco tarde para eso».

Sigo con la vista clavada en su cara, exhortándolo en silencio a continuar. Me muero de ganas de oír más disculpas.

—No estoy acostumbrado a tenerlos a Santi y a ti por aquí. Los días de carrera suele estar todo muy tranquilo. Mi antiguo compañero era como yo; se dedicaba a escuchar música y a hacer ejercicio. También se echaba alguna que otra siesta. No te lo tomes a mal, por favor, no era con mala intención. —Cambia el peso del cuerpo de un pie al otro.

De nuevo, parece decirlo en serio. Se pasa una mano por el pelo y se deja unos cuantos mechones oscuros de punta, su estilo habitual. Sonrío al verlo desaliñado, pues creo que he dado con el tic nervioso de Noah. ¿Quién habría dicho que el ídolo de la Fórmula 1 tendría un tic?

—No pasa nada. Yo tampoco quiero ser ninguna distracción para nadie. Intentaré hablar más bajito. —Le ofrezco una sonrisa genuina.

—Bueno, gracias. —Se gira hacia su puerta.

—Noah —su nombre se me escapa de la boca y hace que volteé la cabeza—, buena suerte hoy.

—Gracias.

Se me derrite parte del corazón al ver que me guiña el ojo antes de cerrar la puerta.

Me apoyo en la pared y espero unos segundos a que se me calme el corazón. Cuando por fin me tranquilizo, entro otra vez a la habitación de Santi.

Liam es quien va a la cabeza hoy. Por fin no es Noah quien sale desde la pole; esta vez sale desde la tercera posición, y mi hermano segundo. El señor Slade ha quedado tercero en la clasificación, qué tragedia. Bandini y McCoy siempre quedan por delante del resto de los pilotos; es un poco injusto que el dinero sea lo que más marque la diferencia en este deporte. Las mejores escuderías contratan a los mejores ingenieros y mecánicos. Algunas otras no se quedan muy atrás, e intentan diseñar coches mejores y subir posiciones.

Los monoplazas salen disparados por la pista cuando las luces rojas desaparecen por encima de la parrilla de salida. El olor a combustible inunda el ambiente, y de una manera extraña me tranquiliza. Entrelazo las manos cuando los coches pasan a toda velocidad por delante de mí. Me encanta quedarme de pie cerca de la valla de seguridad de la pista, sintiendo las vibraciones de los motores a través de las barras de metal a las que me aferro con fuerza.

Cuando ves las carreras por la tele, parece que los coches vayan a una velocidad normal, pero en persona se ven como manchas de colores que rasgan el aire, y el rugido de los motores ahoga las ovaciones de los espectadores. Los rizos oscuros de mi pelo ondean con el viento que levantan los vehículos rojos de Bandini al pasar volando cerca de mí. Van tan rápido que me cuesta diferenciar el de Santi del de Noah, así que atiendo a los altavoces para enterarme de cómo va la tabla; al parecer, Noah ha rebasado a Santi en la salida. Saltan chispas del asfalto bajo los neumáticos de un montón de coches de diversos colores que van desde el gris hasta el rosa. Hay varios modelos de coches de carreras, algunos más elegantes y otros con aspecto más rudimentario. Grabo el evento desde un lateral, procurando que el plano apunte a una curva destacada antes de la línea de meta.

No ocurre nada reseñable durante los primeros veinte minutos tras la salida, más allá de que en la duodécima vuelta un piloto acaba estrellándose contra una barrera protectora. El piloto se desabrocha el cinturón por sí mismo, sale del vehículo y lanza el casco mientras grita improperios. Acaba arrodillado junto a su maltrecho monoplaza, con el cuerpo agarrotado y temblando. Los aficionados no se hacen una idea de lo intratables que se ponen los pilotos cuando tienen un accidente. Es un fracaso no ser capaz ni de terminar la carrera; después de todo el esfuerzo y los sacrificios de la escudería, se marchan sin un solo punto para el campeonato.

Vuelvo a encuadrar la pista en la cámara, y saco unos planos fantásticos de los coches de McCoy y Bandini pujando por los mejores puestos, con las carrocerías a punto de tocarse cuando tratan de rebasarse. El estruendo de los motores me pinta una sonrisa en la cara.

Liam y Noah pelean por la primera y la segunda posición durante las cuarenta vueltas. A pesar de llevar una hora entera viendo su enfrentamiento, el entusiasmo no decrece, el público sigue clamando y aplaudiendo. A mí me da un calambre en la pierna de estar una hora y media de pie. En buen momento, veo que no habría estado mal traerme una silla y algo para comer.

En la vuelta cincuenta, mi hermano se pone justo detrás del monoplaza de Noah. El ímpetu de Santi me tiene con el alma en vilo. Me agarro a la valla mientras los veo volar por el circuito, con Noah aferrándose a su posición. El coche de Santi está peligrosamente cerca del de Noah. «Maldición, demasiado cerca». En una recta corta, mi hermano acelera antes de virar con brusquedad tratando de rodear a Noah.

Me quedo sin respiración cuando veo que el frontal del monoplaza de mi hermano choca contra la parte de atrás del vehículo de Noah. Santi sale dando vueltas por detrás de él, y los dos coches se sacuden mientras se deslizan por el asfalto totalmente fuera de control. Mi hermano acaba de colisionar contra Noah a 290 kilómetros por hora. Los coches de Bandini dan vueltas sobre sí mismos como dos yoyos rojos, sin que los pilotos puedan hacer nada por evitarlo. Se me hace un nudo en el estómago. El público se queda en silencio y solo se oye el rechinido del metal. Los coches de Bandini sueltan chispas tras de sí hasta que al final se detienen cerca de una barrera lateral. Un humo negro brota de los motores de ambos monoplazas y sube hacia el cielo azul.

«Mierda». Noah y Santi salen de los vehículos. El equipo de seguridad comprueba que ninguno de los pilotos presenta lesiones y un tractor levanta los destrozados coches de Bandini con una grúa. Noah agita los brazos alrededor de mi hermano. Avienta el casco a un lado, agarra a Santi del traje de carreras y lo empuja. Mi hermano logra mantener el equilibrio, pero se cae con el siguiente empujón.

Yo respiro hondo, aliviada al ver que están los dos sanos y salvos. Nadie olvida los riesgos que entrañan los accidentes en este deporte. En varias ocasiones ha muerto gente por accidentes. Sin embargo, la mayoría de los pilotos salen ilesos por todas las medidas de seguridad que se han tomado, como los trajes ignífugos, los cascos, el halo protector... Este accidente es una muestra más de por qué la Fórmula 1 tiene tantos protocolos de prevención de daños.

Por los altavoces se anuncia que Noah y Santi quedan descalificados del Gran Premio, lo peor que le podía pasar a Bandini: no va a recibir ningún punto ninguno de los dos. Además, es otro duro golpe a la seguridad en sí mismo de mi hermano.

Los espero en las habitaciones de la zona de Bandini, en el pasillo donde me he encontrado con Noah antes. Noah y Santi hacen notar su presencia nada más entrar.

—¿En qué demonios estabas pensando? ¿Qué clase de estupidez temeraria de novato estabas tratando de hacer? Esa mierda nos ha costado la carrera.

Se me tensa el cuerpo al oír cómo le habla Noah a mi hermano. Me asomo por la esquina del pasillo para presenciar el drama. Noah está de espaldas a mí y veo que Santi está hecho una furia, algo raro en él. Tiene las mejillas rojas, los ojos entrecerrados y el ceño muy fruncido.

—Ya te he pedido perdón dos veces, Slade. ¿Qué quieres, que nos demos un abracito para hacer las paces?

Llamar a alguien por el apellido y soltar comentarios sarcásticos nunca es buena señal...

—Si quieres demostrar lo que vales, la próxima vez intenta hacerlo sin arruinar un coche de un millón de dólares. Te irá mejor a la larga. Pero si solo querías llamar mi atención, no hacía falta que llegaras tan lejos. —La voz áspera de Noah retumba contra las paredes del pasillo.

—Vete al demonio. Actúas como si fueras un regalo del cielo, pero algún día seré mejor que tú. Y no seré el único. Supéralo.

Me arden los ojos y me llevo una mano a la boca. Noah no responde. Se gira hacia mi escondite y casi me atropella de camino a su habitación, pero sus manos me agarran y me estabilizan antes de que me caiga.

Me encuentro cara a cara con unos ojos apagados y unas mejillas encendidas.

—Lo siento —masculla antes de cerrar la puerta de su cuarto.

Me da un vuelco el corazón al ver lo afligido que está. No quiero sentirme mal por él, se ha portado como un imbécil con mi hermano, pero no puedo evitar que me inspire un poco de tristeza. Es una mierda que mi hermano lo haya arruinado. Va a afectar muy negativamente a la escudería, no solo por los puntos, sino también por un tema de confianza. Estos dos no podrían llevarse peor ahora.

Entro a la habitación de Santi, me siento en el sofá y oigo que suena el teléfono de Noah al otro lado de la pared. Casi nunca lo llaman, así que me gana la curiosidad. Intento con todas mis fuerzas no prestar atención a lo que está pasando en el cuarto de al lado. Y con intentarlo con todas mis fuerzas quiero decir que tengo un vaso apoyado en la pared para tratar de amplificar el sonido, pero no me llegan más que palabras amortiguadas. La misión de espionaje ha sido un fracaso, debo decir; solo entiendo algunas palabras como *padre* y *chocado*.

Santi llega mientras estoy buscando en internet cómo se hace lo de escuchar conversaciones ajenas con un vaso en la pared. Echa un vistazo al vaso vacío que tengo en la mano con gesto interrogante, pero no hace preguntas y decide ignorar mi sonrisa traviesa.

Se desploma a mi lado en el sofá y suelta un suspiro. La expresión derrotada de su cara me toca la fibra sensible. Se busca a tientas el cierre del traje de carreras para bajárselo mientras se quita los tenis con los pies. Después se apoya la cabeza entre las manos. El único sonido que se oye en la estancia es el de sus profundas inhalaciones y exhalaciones.

Le doy unos segundos antes de tantear:

—¿Cómo estuvo la charla con el ingeniero jefe y con Noah?

Aprendo de mis errores, así que procuro mantener la voz baja para que Noah no nos oiga.

—Noah está resentido, por decirlo con suavidad. Y lo entiendo, porque la cagué a lo grande. Pero le he pedido perdón nada más salir del coche y luego otra vez aquí. Aún no había visto la grabación, pero sabía que había sido culpa mía.

—No debería haberte gritado así delante de todo el mundo. No está bien y los deja en mal lugar a los dos. Y tampoco es nada maduro si ya te has disculpado.

«De acuerdo, creo que ahora he alzado la voz un poquito». Puede que Noah esté escuchando lo que estamos diciendo, pero esta vez no gracias a mí.

—Le he hecho perder bastantes puntos. Va a ser complicado recuperarse de eso. Yo también estaría enfadado si me hubiera pasado a mí. —Se pasa las manos por el pelo y las deja en la nuca, pero sigue con la cabeza agachada.

—Llevan poco tiempo siendo compañeros y todavía se están conociendo. Tienen estilos de conducción distintos, deben encontrar una sintonía para trabajar juntos a partir de ahí.

Quiero que les vaya bien a los dos. Tienen que dejar a un lado esta rivalidad, por el bien de Bandini y del Campeonato de Constructores.

—Después de la carrera nos van a obligar a hacer una rueda de prensa conjunta en representación de Bandini. —Al fin alza la vista y me mira. Tiene los ojos rojos y faltos de su brillo habitual, y me duele el corazón de verlo tan triste.

Respiro hondo; sé lo que tengo que hacer.

—Voy con ustedes. ¿Qué es lo peor que puede pasar? Tampoco es que puedan volver a chocar.

«Qué ingenua soy».

La rueda de prensa no es lo mismo que ver a Santi y a Noah chocar en la vida real. Cuando están en el circuito, no ves ni sientes la hostilidad entre los pilotos. Salvo por las comunicaciones por radio, que poca gente escucha a menos que acaben subiendo los videos a YouTube.

En una rueda de prensa, en cambio, las emociones se amontonan como una horda de fans enardecida. Los periodistas se relamen ante las posibilidades que crea juntar a estos dos en una entrevista. La tensión inunda el ambiente como una nube densa: mi hermano se mueve en el asiento, con la cabeza agachada, mientras Noah mira fijamente las luces que tiene delante. Me da apuro la incomodidad que se respira entre ellos. Tienen un montón de cámaras apuntándoles, es imposible ocultar nada.

Retiro las veces que he dicho que las ruedas de prensa eran soporíferas. Prefiero mil veces un festival de bostezos que el desastre que se viene.

La mandíbula de Noah se tensa cuando un reportero le hace una pregunta a Santi.

—No debería haber pasado esto hoy. La escudería ha perdido muchos puntos por culpa de esto.

El periodista no se rinde tan fácilmente, porque las respuestas adecuadas no venden revistas.

—¿Es cierto que los ingenieros te han dicho que frenaras y dejaras un poco de espacio entre Noah y tú, pero no les has hecho caso?

Mi hermano cambia de postura en la silla.

—Prefiero no hablar de eso. Ya hemos perdido mucho hoy. Ha sido horrible para todos. ¿Es necesario explicitar todo el proceso de cómo arruiné todo?

Noah niega de manera sutil con la cabeza y sigue mirando al frente con ojos mordaces. Se ha cambiado el traje de carreras por una camiseta con el logo de la escudería, y tiene el pelo perfectamente peinado para atrás, sin un solo mechón fuera de lugar. Prefiero mil veces su look encantador y revoltoso a esta imagen formal y triste. Tiene los brazos cruzados, y no puedo evitar fijarme en los surcos de sus marcados músculos y en su piel bronceada, que brilla bajo la luz de los focos.

Echo un vistazo a los periodistas que están en la sala tratando de encontrar una distracción, pero los ojos me vuelven una y otra vez a la mesa de la tarima y a Noah en concreto. «Maldita sea...».

Jugueteo con los pies sin moverme de mi lugar, dando pataditas a las losetas lisas. Me centro en mi hermano y decido ignorar la atracción que siento por Noah porque no puedo aceptarla. En su lugar, hago una lista mental de todas las razones por las que es mala idea plantearme algo con Noah.

«Es demasiado pronto».

«Apenas lo conozco».

«Es el compañero de escudería de mi hermano. Su rival, incluso».

«Es un mujeriego con más ligues que todos los tipos de *Jersey Shore* juntos».

«Tiene pinta de que se le daría igual de bien destrozarme la vida que destrozarme en la cama».

Pensar en todos los motivos por los que Noah Slade no vale la pena logra distraerme y mantenerme al margen del drama que se desarrolla delante de mí.

Conecto de nuevo con la realidad cuando los periodistas empiezan a hacer preguntas a Noah.

—Noah, cuéntanos qué opinas tú de la situación.

Por supuesto, a los reporteros les parece que hoy es el mejor día para hacer preguntas abiertas de ese tipo.

—Es una mierda de situación que no debería haber ocurrido nunca. Santi se ha disculpado y todos estamos apenados. El equipo de mecánicos va a tener que arreglar las consecuencias de este error, y estamos agradecidos por todos los esfuerzos que están haciendo para que tengamos los coches listos para la próxima carrera. Nos encanta este deporte, con independencia de los accidentes. No es agradable quedar descalificados y volver con las manos vacías. Este es el peor ejemplo de trabajo en equipo, pero nos ocuparemos de solucionarlo.

Contesta a las preguntas como un profesional. «No está nada mal».

La verdad es que no me esperaba ver a Noah siendo tan pragmático y diligente en un escenario como este. Deja todo rencor de lado frente a las cámaras y da una imagen de compañero de escudería perfecto. Ahora entiendo por qué Bandini sigue confiando en él, más allá de su talento al volante. No es de extrañar que sea un imán para las mujeres, con esa labia que tiene y esa capacidad de aparentar lo que haga falta para conseguir lo que quiere.

El resto de la rueda de prensa sí que es un aburrimiento. De vez en cuando echo vistazos a Noah, porque qué otra cosa puede hacer una chica como yo en un lugar tan aburrido como este. Me descubre mirándolo y me sonrojo al instante.

¿Y esa sonrisa traviesa que me dedica cuando las cámaras dejan de grabar? ¿Esa que me promete más? Sí, también la he visto.

«Ay, madre... Estoy perdida».

10
Noah

Definitivamente, Maya está intentando que no me dé cuenta de cómo me mira. Ya no creo que sea una ligera curiosidad, ni me parece que sus reacciones iniciales puedan atribuirse a que era el nuevo compañero de su hermano y quería ver cómo iban las cosas. Llevamos un mes rondándonos, buscándonos con la mirada y evitando todo tipo de contacto físico. Desde que comenzó la temporada, vaya. Me hace sentir una excitación desconocida..., ella y todas las cosas de las que se cree que no me entero.

Mi relación con Santi ha empezado, sin lugar a dudas, con el pie equivocado. No hace falta que lo complique todo aún más por un problema tonto, da igual lo buena que esté su hermana. Y está para ponerle un piso a una casa, vaya. No dejo de pensar en formas de profanarla; por ejemplo, agarrándola de la cola de caballo mientras me rodea el sexo con sus exuberantes labios y embistiéndole la boca hasta que me vengo. Soy un cerdo y un cabrón, pero no puedo hacerle eso a mi compañero, por mucho que lo desee. Así que me guardo las fantasías para otro momento con otra chica.

No mezclo lo personal con lo profesional. Y punto. No hay más que hablar.

Pero mi miembro no opina lo mismo que mi cerebro, porque sigo echando vistazos a través del *garage* hacia donde está Maya. Podría mentirme y fingir que es mera curiosidad. Aunque, a juzgar por cómo se me pone de dura cuando la tengo cerca, no es solo eso, y me llena de frustración contenerme.

Me avergüenza confesar que a veces tengo que masturbarme en el baño después de ver a Maya. No tiene sentido tratar de reprimir esta costumbre tan horrible. Suele pasar sobre todo después de las carreras, con toda la adrenalina acumulada deseando liberarse de alguna manera. Pero es que siempre está merodeando por donde estoy, así que últimamente he tenido que darme unos cuantos baños fríos en un intento por quitármela de la cabeza. Siempre va con esos shorts tan apretados que dejan a la vista sus piernas morenas, y además se le ven perfectas las camisetas de Bandini. Me saca mi lado posesivo; me encanta verla vistiendo los colores de la escudería, deambulando por la zona de boxes con la cámara a cuestas.

Tal vez puedo pedirle al jefe que prohíba ese tipo de indumentaria en las instalaciones de Bandini. Eso solucionaría la mitad de mis problemas.

Ahora se inclina sobre la cabina del coche de Santiago para ver el interior con uno de los mecánicos.

El mecánico se esfuerza por que no se le vayan los ojos al trasero de Maya, embutido en unos shorts, que ha quedado flotando en el aire. Menos mal que no se ha puesto esos shorts rotos que parecen estar a dos lavadas de caerse a pedazos. Tengo un límite. Ella no se entera de que ha cesado casi por completo la actividad en el *garage* mientras graba el interior del coche de Santi para su *vlog*.

Me acomodo los *jeans*, porque la erección me late contra el cierre y no es demasiado cómodo que digamos. Paseo la mirada por el resto de la estancia, y sorprendo a todo el equipo de *pit stop* mirándole el trasero parado. No me gusta para nada. ¿Dónde demonios está Santiago cuando se le necesita?

«Santiago, por favor, ven a buscar a tu hermana. Está jodiéndonos la jornada de trabajo».

Maya al fin saca la cabeza del vehículo, gracias a Dios. No lleva la habitual cola de caballo en el pelo, sino que los rizos castaños le caen por la espalda y le enmarcan el rostro. Diría que tiene un aspecto angelical, pero su cuerpo está hecho para el pecado..., para coger duro, largo y tendido. Mi perdición. Me aguanto la risa al ver un montón de cabezas volviendo a sus trabajos, como en una comedia. Se oye de nuevo el zumbido de taladros y los pitidos de las computadoras que vuelven a estar activas, ya nadie mira hacia donde se encuentra Maya.

Cuando se fija en mí, esboza una sonrisa de oreja a oreja, lo cual me llena el pecho de una calidez insólita. Le devuelvo la sonrisa, porque no soy tan imbécil, y entonces veo la pequeña cámara negra y la especie de tripié que agarra con su manita diminuta, y el objetivo parece burlarse de mí mientras ella se me acerca.

«Ah, eso explica la sonrisa». Niego con la cabeza, y la sonrisa de idiota se ve remplazada por una sonrisita de satisfacción. No es lista ni nada.

—Y aquí tenemos al mejor piloto de Bandini, aunque yo no opine lo mismo porque para mí el mejor es mi hermano. ¡Noah Slade! Dile hola a todo el mundo. —Me apunta con la cosa a la cara, sin tener mi visto bueno. Me gusta que sea de las que prefieren pedir perdón a pedir permiso. Me recuerda a mí.

No suelo hacer entrevistas si no es por obligación. Pero ¿qué demonios? Si la ayuda a conseguir seguidores, ¿por qué no?

Una sonrisa gigantesca se apodera de mi cara. Me miento y me digo que lo hago por los fans, pero mi entrepierna y yo sabemos la verdad.

—Un *vlog* que se precie debería ser imparcial —me quejo.

Su risita hace que se sacuda el tripié, y Dios me libre si no es el mejor sonido que oiré en todo el día. ¿Qué otros ruiditos podría conseguir que hiciera conmigo?

«Vamos, Noah, céntrate».

—Bueno, ya hablaremos de eso otro día, chicos. Entonces..., Noah.

Tengo una erección al oír cómo pronuncia mi nombre, arrastrando las vocales con esa voz melodiosa y sugerente. Cambio ligeramente de postura para calmar el ardor en mis partes.

Me encantaría que repitiera mi nombre en otras circunstancias. Tras puertas cerradas, donde nadie pudiera oírnos, de ser posible sin ropa.

Vaya broma del destino que solo quiera la atención de la única chica a la que no puedo tener. Y, lo que es peor, ella no tiene ni la más remota idea. Quiero pasar más tiempo con ella y absorber su felicidad como el maldito agujero negro que soy.

Maya continúa, ajena a mi conflicto interno.

—¿Qué te parecería enseñar tu coche a los fans? —Parpadea con cara de no haber roto un plato, exagerando sus encantos. Sus ojos brillan cuando me miran. Diablos, ¿quién podría resistirse a una expresión así?

—Pues me parecería de poca madre.

«Muy bien, Noah. Diciendo groserías en cámara».

Asiente con la cabeza entusiasmada al ver que accedo. Conociéndola, seguro que está evitando aplaudir por la cámara.

Vamos hacia mi monoplaza. Los ingenieros retiran la lona protectora para darme acceso a la cabina. Acaricio el frente del coche, deteniéndome un poco en el cofre. Los ojos de Maya se oscurecen cuando se fija en mis manos. Más pruebas de que yo también le provoco reacciones y de que nuestra atracción no es unilateral. Guardo esta información en el cerebro para más tarde.

Si no fuera la hermana de Santi, la invitaría a mi habitación de hotel y le enseñaría lo que es bueno; haría que cayera en la peor de las tentaciones. Pero, como lo es, tengo que ser respetuoso. Algo raro en mí.

Lo hago por el bien de la escudería, claro.

—¿Quieres contar a la gente que esté viendo el video cómo es estar al volante? —Levanta las comisuras de los labios.

Le doy un toquecito a un ayudante del equipo de *pit stop*.

—Eh, ¿podrías traerme el volante, por favor?

El ayudante sale corriendo a buscar lo que le pido.

—Mientras esperamos, voy enseñándoles algunas cosas. Los que estén empezando a ver la Fórmula 1 quizá no sepan que los pilotos estamos prácticamente acostados dentro del coche. A veces incluso nos cuesta ver algo por encima del volante, lo cual hace bastante complicadas las curvas, ya se lo pueden imaginar. —Me apoyo en el coche en una pose informal.

La sonrisa radiante de Maya me anima a continuar.

—Dependiendo de los daños que sufra el coche durante la carrera, el equipo de *pit stop* tiene varias piezas de repuesto para arreglar lo que haga falta. Y aquí está el volante —digo mientras lo agarro.

Maya se acerca más a mí e inclina la cámara para conseguir un buen plano. Yo inhalo el aroma floral de su perfume, un olor a todas luces adictivo.

Explico el mecanismo y los botones del volante. A Bandini le gusta mantener el pico cerrado con respecto a nuestra tecnología, así que me guardo algunos secretos marca de la casa. Maya asiente mientras presta atención a todo lo que digo, y sus leves sonrisas hacen que me dé un vuelco el corazón. Una sensación nueva se extiende por mi pecho, no se parece en nada a lo que siento al ganar una carrera.

Doy por concluidas las explicaciones y ella levanta la pantalla de la cámara y gira el tripié para apuntarnos a los dos. Apoya el cuerpo contra mi costado mientras intenta conseguir un plano en el que quepamos ambos, distrayéndome con el contacto de su piel.

Niego con la cabeza al ver el infructuoso intento de grabarnos a ambos con esos bracitos tan cortos. Me corta gran parte de la cara, así que agarro el tripié y ajusto el ángulo para que salgamos los dos bien. Su aroma embriagante me inunda de nuevo. Me excita mucho su olor, como si fueran malditas feromonas atrayéndome y haciéndome ver lo perdido que estoy.

—Y así es como se viven las carreras tras el volante. La semana que viene estaré siguiendo de cerca al equipo de *pit stop* durante el Gran Premio de Rusia —anuncia.

No puedo evitar sonreír. El entusiasmo que siente por su *vlog* es contagioso, hasta el punto de que he accedido a salir en el video a pesar de que no me suelen gustar nada este tipo de cosas. Por no hablar de que miro su perfil de Instagram todos los días desde que aceptó mi solicitud. Pero mejor que eso no salga de aquí.

Me digo a mí mismo que lo hago para no perderme los *vlogs* en los que aparezco, pero cuesta creerlo cuando también me devoro el resto de los videos de sus viajes para ver qué hace cuando no está en el circuito.

—¿Quieres dedicar algunas palabras a los fans de Bandini? —me pregunta mientras me da un golpecito exhortador.

—No se pierdan la carrera de la semana que viene si quieren ver cómo le doy una paliza a Santiago en la pista —suelto, y sonrío a la cámara.

Ella se ríe y me propina un codazo más fuerte esta vez, aunque apenas me hace daño.

—Y ahí está el Noah creído al que todos conocemos. ¡Nos vemos en el próximo video! —Se despide de la cámara con la mano y deja de grabar. Yo aprovecho para inhalar una última vez su adictivo aroma antes de que se aleje de mí y deje de sentir el calor de su cuerpo.

«Sí, estoy enfermo».

—Muchas gracias por esto. No sabía si lo harías, la verdad —admite, y se coloca un rizo suelto detrás de la oreja.

Vuelve a estar tan nerviosa como de costumbre, y la culpa se abre paso en mi interior. No puedo evitar portarme como un imbécil.

—No hay de qué. No puedo dejar que solo muestres la perspectiva de Santiago. Además, es buena publicidad para la empresa. —«Claro que sí». Hasta a mí me cuesta creerme la mentira, a pesar de lo fácil que me resulta soltarla.

—Sí, claro... —contesta con una voz que deja claro que no se traga la mentira—. A lo mejor puedes volver a salir, si quieres. Yo me voy ya, tengo que editar todo esto antes de la carrera de mañana. Felicidades por la pole —dice, y me dedica una última sonrisa por encima del hombro mientras se marcha.

—Gracias.

Pero ya se ha ido para cuando pronuncio esa última palabra.

11
Maya

Subo el video que grabé en el *garage* de Bandini y en el que Noah hace un cameo. La sección de comentarios se llena de entusiasmo y críticas positivas. Mucha gente dice que se alegra de ver a Noah en un entorno más relajado, lejos de la prensa y de la competición. Y es imposible ignorar el aluvión de mujeres desesperadas por ser la madre de sus hijos.

Cada día que paso cerca de Noah voy conociendo más en profundidad quién es realmente cuando no tiene una cámara delante. Antes de las clasificaciones le gusta tomarse un par de expresos, con lo cual está una hora entera como loco. Resulta que se pone muy hablador cuando la cafeína entra a su torrente sanguíneo. También procura practicar yoga muy temprano por la mañana los días de carrera, una tradición a la que me invitó a unirme durante el último Gran Premio. Hay que decir que el yoga no es mi tipo de ejercicio favorito... «*Namasté* solo en la cama, por favor y gracias».

De hecho, ahora incluso se toma la libertad de jalarme la cola de caballo cada vez que nos cruzamos. En algún momento, las líneas que separan nuestros espacios personales han empezado a desdibujarse, a medida que vamos aceptando nuevos grados de comodidad con el otro.

Descubro ciertos detalles sobre Noah que minan poco a poco mi determinación de resistirme a él. Ya no es solo un tipo tan engreído que me hastía. No quiero que se me malinterprete, sigue siendo un creído, eso no ha cambiado. Solo que ahora me gusta. Cuanto más tiempo paso a su alrededor, más me atrae.

Cuál fue mi sorpresa cuando descubrí que mis mantras habituales ya no servían de nada.

No es que mis intenciones no sean buenas.

Es que son directamente malas.

Involucrarme con Noah sería como caer en las ofertas dos por uno de los botes grandes Ben & Jerry's. Suena delicioso al principio, pero siempre sobrestimamos nuestra capacidad de autocontrol y, cuando menos lo esperamos, nos lo hemos acabado todo y nos duele el estómago.

Vaya, que Noah es un rompecorazones envuelto en un papel de regalo precioso con un listón a juego. Mucho más peligroso aún que el helado de brownie de chocolate.

Y ningún revolcón del mundo hace que valga la pena correr ese riesgo.

«¿Has visto qué bien lo hago, mamá? ¡Te dije que iba a ser más responsable!».

En la tabla de clasificación del Campeonato Mundial de Fórmula 1 están Noah en primer lugar; Liam, segundo, y Santi, tercero. Mi hermano ha conseguido remontar puestos después de quedar segundo en Sochi.

A Noah no hay quien lo pare. No me extraña que tenga esa seguridad en sí mismo, porque es un demonio al volante, con unos instintos y unos reflejos envidiables. Mi hermano podría aprender un montón de él si dejaran a un lado sus diferencias. Las cosas han seguido bastante tensas desde la riña de Shanghái, no han logrado volver del todo a la normalidad a pesar de que ya han pasado dos semanas.

Lo mejor del Gran Premio que se avecina es que toca en España. Me muero de ganas de volver a Barcelona, con su luz, sus calles, su gente... Nuestros padres vendrán para ver la carrera en vivo. Queremos mucho volver a nuestro país, porque los dos meses fuera se notan bastante.

De ahí también que mi determinación frente a Noah esté flaqueando. Llevamos ya meses rondándonos, demasiado tiempo tratando de resistirme a sus encantos. Bastante difícil, cuando lo veo cada dos por tres enfundado en el traje de carreras.

El chofer nos deja en el paddock. Se me abren mucho los ojos al ver todos los edificios distintos de las instalaciones de las escuderías. Nada que ver con las carpas provisionales que montaban para las carreras anteriores.

No digo nada mientras pasamos por los bloques de colores. Cada escudería tiene una zona en el paddock con su cantina, sus salas de reuniones y habitaciones amplias para los pilotos. Aquí sí hay lugar para relajarse en medio del trajín de la semana de preparación para la carrera. Tenemos habitaciones de hotel para pasar las noches, pero aquí es donde Santi y Noah descansarán la mayor parte del tiempo de inactividad.

Nos detenemos frente a las instalaciones de Bandini. La pintura escarlata resplandece bajo el sol, y le da un aspecto elegante y moderno al tiempo que mantiene el estilo clásico de la marca.

El paddock parece bastante más lujoso en comparación con las carpas de las carreras *flyaway*. Hay mucha gente en el bar restaurante de la planta baja. Santi me enseña los pisos de arriba, incluyendo las habitaciones privadas y una terraza al aire libre donde me veo perfectamente editando videos y contenido con mi láptop.

Las instalaciones de Bandini son una muestra clara de que los patrocinadores dejan un dineral en la marca, como el padre de Noah, que invierte muchísimo en la escudería. Al parecer, da buena imagen que una antigua leyenda del automovilismo apoye a una escudería.

Antes de poder entrar a la habitación, alguien me jala.

—Necesito tu ayuda —me susurra Sophie, a pesar de que el pasillo está completamente vacío. Al verla jadeando y con los ojos verdes tan abiertos, me temo lo peor.

—¿Qué pasa? ¿Y por qué estás susurrando?

—Tengo una cita —contesta entre dientes.

—¡Eso es genial! ¿Y necesitas que te ayude a elegir la ropa? —Iba a aplaudir, pero su mirada me detiene—. ¿O qué?

—No. Es horrible. Liam dijo que, si subía al podio en Rusia, tendríamos una cita. Y yo acepté porque era un evento de un patrocinador y estaba bastante borracha. Además, su historial de clasificación en Sochi dejaba mucho que desear, así que no pensé que fuera a conseguirlo.

Ahora soy yo quien abre mucho los ojos.

—No puede ser —digo boquiabierta. Todo el mundo sabe que las apuestas nunca salen bien.

—Ya lo sé, qué problema. Así que tengo que ir, porque siempre cumplo las apuestas. El caso es que... no especificó qué tipo de cita sería.

Su sonrisa forzada no promete nada bueno.

—¿Es que hay más de un tipo de cita? —replico; tal vez me estoy perdiendo algo.

—Es una cita doble. Y tú vas a venir conmigo —anuncia mientras me agarra de los brazos.

—¿Qué? ¡De ninguna manera! —espeto.

Está loca. No hay nada que quiera menos que ir en una cita doble con ellos. Sería incomodísimo. La tensión sexual entre Sophie y Liam es abrumadora, y dudo mucho que Liam quiera de verdad tener una cita doble, si se le cae la baba cada vez que tiene a Sophie cerca.

—Seríamos nosotras, Liam y Jax. Te acuerdas de él, ¿no? Británico, guapísimo, con pinta de que le gusta que le llamen «papi» en la cama... ¡Todos ganamos! —exclama con una sonrisa asquerosamente dulce.

—¿De dónde has sacado eso? —pregunto al tiempo que me echo a reír.

—Un presentimiento. Anda, ¿lo harías por mí? ¿Por la única amiga que tienes aquí? —me suplica Sophie entrelazando las manos.

Sabe jugar sus cartas, eso es innegable. Y me da rabia que le funcione tan bien conmigo, que tengo debilidad por ayudar a los demás con independencia de lo malísima idea que parezca.

—De acuerdo, me apunto. Pero lo hago solo por ti, que conste. ¿Cuándo es?

—¡Esta noche! Antes de que estén ocupadísimos con los preparativos de la carrera y eso —explica mientras se toquetea el collar.

Va y me suelta todo esto el mismo día de la cita. Qué considerada.

«Genial. Me muero de ganas de hacerlo».

—Mi hermano me va a matar —murmuro.

—¡Claro que no! No es como que él esté libre de pecado, con todos los ligues que tiene. Lo entenderá.

«¿A quién se le ocurre decir algo así?». Tiene suerte de caerme bien y de ser mi única amiga en este entorno.

—Puaj, por Dios. Cálmate un poco. Qué asco —reniego, y le saco la lengua.

Es literalmente lo último de lo que quiero oír hablar. O sea, al nivel de que me digan que mis padres siguen manteniendo relaciones sexuales.

—Anda, que hay que elegir la ropa. ¡Tenemos que vernos divinas! —Me agarra la mano con una fuerza inaudita en una persona de su tamaño.

Será una idea malísima, pero al menos puedo verme guapa.

Acabamos yéndonos de compras por el centro de Barcelona. No me quejo, porque me encanta estar entre la familiar multitud de la ciudad después de tantos meses. Oír a la gente hablando en catalán y en español, el ruido y el olor de las calles..., todo me hace sentir como en casa.

Aprovechamos para comer en uno de mis lugares favoritos de mis años universitarios. Charlamos, bebemos y nos atascamos de tapas, porque quiero que Sophie pruebe todo. «Hogar, dulce hogar».

Las mejillas de Sophie adquieren un tono rosado cuando, por efecto del alcohol, me confiesa algo fascinante:

—Lo de la cita de esta noche no es solo por la apuesta —dice, y suelta un suspiro.

Yo alzo las cejas. Me quedo callada, no quiero interrumpirla y que pierda el valor. La verdad es que me produce bastante curiosidad lo que se trae con Liam.

Entonces desembucha:

—Creé una lista de cosas locas que quería hacer aprovechando que estoy de viaje con Bandini. Saqué varias ideas de internet, de listas de cosas que hacer antes de morir, y añadí unas cuantas más... sexys.

Casi me atraganto con la bebida.

—No lo puedo creer. Con lo mojigata que pareces...

—Estaba cansada de ser la chica perfecta que mi padre quiere que sea. Así que creé la lista antes de venir. —Se ríe con ganas mientras saca un cuadradito diminuto de papel de su bolso y lo desdobla hasta que tiene el tamaño de una hoja de papel normal. No tengo la menor idea de cómo lo ha hecho.

Repaso los puntos de la lista y me llevo la mano a la boca al leer algunos.

—¿Y qué tiene que ver todo esto con Liam?

—Bueno... ¿Te acuerdas de cuando fuimos al karaoke en Shanghái?

Asiento mientras ella da un buen trago a su vino antes de seguir:

—Se me cayó la lista del bolso y Liam la levantó. No solo sabe que existe, sino que además añadió: «Tener una cita con un chico malo». ¿Lo ves?

Hay un garabato horrible con tinta negra abajo de todo, arruinando la pulcritud del resto de la lista, en la que los puntos están escritos con una letra perfecta y en distintos colores según el tipo de propósito. Ahora todo encaja.

—Madre mía... ¿Pretende ayudarte con la lista?

Sophie se sonroja desde el cuello hasta las mejillas.

—Solo he accedido a esta cita. No necesito su ayuda con ningún punto más, por mucho que insista. Pero quería decírtelo porque somos amigas, ¿no? Y eso significa que podemos contárnoslo todo.

Estoy contentísima. Me encanta que haya sido tan sincera conmigo y que nuestra amistad esté alcanzando un nuevo nivel de confianza.

Mi hermano, por supuesto, no está tan contento con el tema de la cita. Qué sorpresa.

Da vueltas por mi habitación mientras termino de prepararme, arrastrando los pies por la alfombra mientras masculla para sí. Yo me río en voz baja cuando veo que se pasa una mano por la cara por cuarta vez en lo que va de día.

—Te van a salir arrugas a los treinta si sigues así. —Lo señalo con el aplicador del rímel.

Él se cruza de brazos y me fulmina con la mirada.

—¿Por qué tenían que ser Jax y Liam? En serio, ¿no podría haber sido cualquier otra persona?

Le devuelvo la mirada con una ceja levantada. «Sí, claro. Imagínate que hubiera dicho que la cita era con Noah».

—Como el tipo ese tan amable con el que hablaste en la rueda de prensa de la semana pasada. El de los lentes y el fleco; al menos sabía hacer preguntas como Dios manda.

«Si el fleco tapándole la calva no basta para mantenerme bien alejada de él, los tirantes que usa son el colmo».

Niego con la cabeza y exhalo.

—Solo le estoy haciendo un favor a Sophie. Me ha suplicado que fuera con ella porque no quería estar sola con Liam, sin más. No hace falta que te pongas así.

Debería estar orgulloso de mí por ser capaz de sacrificarme por el bien mayor y por mi amiga.

—¿Y en serio tienes que ir con eso puesto?

Me miro el vestidito corto de color rojo y me encojo de hombros.

—Oye, es muy lindo —repongo—. No quiero ir demasiado informal, se supone que vamos a un restaurante bueno.

Mi hermano suelta un gruñido de frustración. Es adorable que sea tan protector conmigo, pero acaba resultando pesado cuando tengo que aguantarlo todas las semanas.

—No te preocupes, hermanito. Jax no me interesa ni un poquito. Ahora mismo preferiría quedarme en la habitación del hotel en pijama antes que salir, la verdad.

Y es cierto. No le encuentro la gracia a salir a cenar a sitios refinados, no como mi querido hermano, que adora ese tipo de vida y al que las multitudes le levantan la moral. Le encantan el glamour y la opulencia del mundito de la Fórmula 1. Yo, en cambio, me inclino más por una vida agradable basada en acurrucarme en el sofá a leer un libro bueno o a ver una serie nueva.

Me vuelve a la cabeza la imagen de él fajando con chicas y me estremezco. «Dios, Sophie, ¿por qué tenías que contarme eso?».

—Bien, pero procura estar de vuelta antes de las doce. No voy a poder dormirme pensando que sigues por ahí con ellos.

No tiene ni que decírmelo dos veces; me encanta irme a la cama a medianoche.

Lo último que oye mi hermano es mi risa mientras salgo de la habitación del hotel y la puerta cerrándose de golpe tras de mí. Mis ojos se encuentran con los de Noah, que también sale de su cuarto.

«¿En serio estamos en el mismo piso?».

Estos encontronazos empiezan a ser demasiado habituales. Me preocupa, porque siento que va desarmándome poco a poco.

Me repasa de arriba abajo antes de cerrar los ojos y mover los labios como si rezara en silencio. Me lo tomo como que el vestido rojo ha sido una elección excelente.

Me río en voz baja al verlo tan agitado, cuando por regla es tan tranquilo y mesurado.

—¿Vas a algún lugar? —pregunta.

Me cuesta respirar cuando veo que sus ojos me recorren todo el cuerpo de nuevo. Me sigue hasta la zona de los ascensores dando cada paso a la vez que yo.

Respiro hondo antes de responder, pero me doy cuenta de que ha sido una malísima idea demasiado tarde, pues su olor me embriaga y me atonta el cerebro. Un aroma fresco, a limpio, que me da ganas de abalanzarme sobre él. Inhalo de nuevo antes de hablar:

—Sí, salgo a cenar aprovechando que tenemos la noche libre y eso.

Los miércoles son los días de descanso para todo el equipo y también para la gente como yo, tampoco es que nos explotemos.

Aprieta el botón para llamar al ascensor y se gira hacia mí.

—Cosa rara, con lo apretado que está el calendario de carreras. ¿Y con quién vas a cenar?

«Genial, a retomar el tema de la cita».

—Con Sophie y, eh..., Liam... y Jax —balbuceo. Qué forma de hablar más ridícula.

Se queda en silencio y observa mi atuendo por enésima vez, deteniéndose en mis piernas antes de buscar mis ojos. Por favor, que alguien me saque de aquí cuanto antes. El ascensor no llega nunca, y el botón encendido se ríe de mí mientras lo atravieso con la mirada como si así fuera a hacer que se abrieran las puertas al fin.

—Vaya... No me ha avisado nadie. —Se saca el teléfono del bolsillo y lo toquetea, como buscando una invitación que nunca se envió.

Aprovecho la oportunidad para mirarlo yo. Lleva puesta una camisa medio desabotonada y remangada de forma que quedan a la vista sus musculosos antebrazos, además de unos *jeans* que le marcan el trasero y las piernas. Tiene el pelo peinado para atrás, aún no ha sufrido las consecuencias del tic nervioso. Me muerdo el labio inferior intentando reprimir un gemidito.

Pone cara de pena cuando bloquea el celular, y me resulta satisfactorio y triste a partes iguales. «¿Qué clase de combinación es esa?». Noah me pone todo patas arriba, también el sentido común.

Me encojo de hombros ante su respuesta, haciendo como que no me late el corazón a toda velocidad.

—Igual han pensado que ya tenías planes. La próxima vez te invitamos.

«No lo vamos a hacer porque no va a haber una próxima vez».

Las puertas del ascensor se abren. «Gracias al cielo». Entramos los dos al mismo tiempo, rozándonos al pasar. Mi cuerpo reacciona al contacto físico con él, deseoso de más, pero mi cerebro toma la sabia decisión de situarme en la esquina opuesta del cubículo.

—Sí, puede ser. ¿Y dónde van a cenar? —Se pasa una mano por el pelo y se lo despeina, como supuse que ocurriría.

Yo sonrío con satisfacción al verlo al fin como de costumbre.

—¿En el Bouquet, puede ser? Un lugar caro, supongo, a juzgar por los atuendos que ha escogido Sophie —respondo. Mierda, he hecho que vuelva a fijarse en mi vestido.

Noah finge una tos.

—Sí —dice. Una palabra llena de peso, sofocante en un espacio tan pequeño.

Se queda callado mientras bajamos. Siento el aire cargado mientras la mente me bombardea con escenas de película de parejas fajando en ascensores. Me aprieto contra la pared del cubículo, agarrando la fría barra con las dos manos y tratando de apartar estos pensamientos impuros de mi cabeza. Nuestra cercanía y el delicioso olor de su perfume están causando estragos en mi cuerpo.

Me echa un último vistazo antes de que las puertas se abran al vestíbulo y yo salga con prisa. Giro la cabeza y le digo adiós con la mano. Me da un escalofrío por toda la columna cuando él responde con una sonrisa pícara, me volteó de nuevo y camino con poderío hacia el grupo, sintiendo sus ojos clavados en mí. Todo en su expresión me prometía más.

Pero ese es un problema para la Maya del futuro.

«Mierda, parece que tengo un nuevo mantra».

Llevamos ya dos copas y debo decir que la cita está siendo bastante divertida.

Liam susurra alguna que otra cursilería al oído de Sophie. Cada vez que le dice algo, ella da un trago al vino como si se tratara de un retorcido juego de beber al que solo jugaran ellos.

Jax resulta ser un tipo bastante agradable. Un poco introvertido, pero gracioso y sarcástico. Me viene a la cabeza el comentario de Sophie, porque o sea, el tipo está que se cae de bueno, pero ¿en serio piensa que todo eso es cierto? No diría una cosa así si no hubiera algo de verdad...

La mezcla de genes le confiere un aspecto curioso. De su padre, uno de los mejores boxeadores negros del Reino Unido, ha heredado la piel morena, el pelo rizado y los labios carnosos, y de su madre, sueca, los ojos cafés verdosos y los pómulos marcados. Vaya, todo un bombón, coronado además por un cuerpo musculoso y un cerebro que no se queda atrás. Le pregunto por su familia, pero cambia de tema enseguida y volvemos a hablar de mí.

Jax cumple todos los requisitos de lo que sería un chico bueno para casi cualquier persona, pero no sé en qué falla para mí. «¿Igual es que no me gustan los tatuajes?». Me cuenta que tiene todo el cuerpo tatuado, y en efecto se le ven trazos de tinta negra por debajo del cuello de la camisa, medio desabrochada. También hay intricados patrones que le cubren los nudillos y la mano derecha. Le pregunto por algunos, pero son demasiados para profundizar.

Cuando me toma de la mano por encima de la mesa, mi cuerpo no reacciona de ninguna manera; es como si me tomara la mano cualquier desconocido. Frunzo el ceño ante la ausencia de mariposas en el estómago y de un pulso desbocado. Para cuando pedimos los platos principales, llego a la conclusión de que no siento una conexión sexual con él, lo cual quita bastante presión a la cita. Como amigo tampoco debe de estar nada mal.

—¡Vaya, hola! Había oído que estarían aquí esta noche. Creo que mi invitación se traspapeló o algo.

Me da un vuelco el estómago al oír la voz de Noah. Reprimo las ganas de frotarme los ojos como si así fuera a desaparecer de mi vista.

Un calor se extiende por mi pecho y mi cuello. Liam y Jax no parecen entender nada, y siento un piquete de culpa. Sophie me da una patadita por debajo de la mesa y yo se la devuelvo. No sé cómo explicar lo que está pasando, a pesar de la cara interrogante con la que me mira.

Liam y Jax lo saludan de mala gana. Sophie y yo nos levantamos de la mesa para darle un abrazo rápido, solo que Noah me mantiene entre sus brazos un segundo más de lo necesario, una forma más sutil de molestar a Jax. Lo ignoro mientras trato de procesar todo lo que está ocurriendo.

¿Qué se supone que hace aquí?

—Bueno, ¿y qué es todo esto? No es propio de ustedes dejarme de lado.

Se me abre la boca al ver que no tiene pelos en la lengua. Me esfuerzo por no ceder a la tentación de levantarme de la mesa y salir huyendo, y decido en cambio lidiar con las consecuencias de ser así de lengua larga. Qué responsable por mi parte.

Noah tiene la mano apoyada en mi silla, lo cual me distrae de lo que acontece en la mesa y hace que me centre únicamente en el calor que emana su cuerpo. Él actúa como si yo no le hubiera dicho nada de esta cita doble, y siento como si estuviera en un episodio de *Los expedientes secretos X* y las coincidencias extrañas fueran parte del guion.

—Es una cita doble —contesta Liam, poniéndose rojo mientras se rasca la nuca.

—Ah, ¿sí? ¿Y les importa si me uno un rato? —No está pidiendo permiso, salta a la vista que es él quien manda.

Coloca una silla entre Jax y yo, y se sienta. Me parece que pretende quedarse bastante más que un rato, porque agarra la carta que tengo entre las manos y se pone a mirarla. Trago saliva cuando sus dedos rozan los míos.

Me alejo lo que puedo y me froto las sienes, intentando que no me dé dolor de cabeza por la tensión. Aunque sería una buena excusa para salir de aquí.

—Ya te has sentado, así que qué más da —suelta Liam, incapaz de ocultar su irritación.

Levanto la vista y me encuentro con sus ojos azul tormenta. Sophie se tapa la boca con una mano, pero la risita se le cuela entre los dedos. Al menos a una de las dos le está divirtiendo esto.

—¿Qué pasa, McCoy quiere sacarles información a nuestras chicas de Bandini? —Noah pone los codos encima de la mesa y apoya la barbilla en los nudillos. No le sale bien la carita inocente, con ese brillo travieso en los ojos y esa sonrisa arrogante.

—Claro, porque todo tiene que ver con la competición —intervengo—. No puede ser que quieran pasar un rato con nosotras fuera de la pista, ¿verdad? ¿En qué clase de mundo viviríamos?

Toda la mesa se queda en silencio tras mis palabras irónicas.

Noah abre un poco la boca antes de carraspear.

—No quería decir eso. Solo... bromeaba. —Y de nuevo se pasa la mano por el pelo.

Yo me regodeo en su bochorno; se lo merece, por haberse unido a nuestra cita y por hacer suposiciones tontas.

—Creía que estarías ocupado, como todos los miércoles. Jax estaba libre y quería venir. No es nada personal —explica Liam, volviendo a su diplomacia habitual.

Todo el mundito del automovilismo está al tanto de lo que suele hacer Noah los miércoles: sale con modelos, cena en un lugar caro y les hace un tour exclusivo por su habitación de hotel. Todas las revistas de chismes lo saben, y yo también lo sé, por mucho que quiera ignorarlo.

—Habría cancelado mis planes para venir. No son tan importantes.

«Guau. Sí que deben de sentirse especiales las chicas con las que te acuestas». Pensar en su costumbre de los miércoles me deja mal sabor de boca.

Noah ladea la cabeza cuando me ve arrugando la nariz.

Jax y Liam se quedan mirándolo con cara de póker. No se esfuerzan por que no se note cuánto quieren que se vaya, pero Noah se impone con su presencia autoritaria y arrolladora.

—Maya, eres española, ¿verdad? ¿Vives cerca de Barcelona? —me pregunta. Habla como si solo estuviéramos nosotros dos en la mesa, hasta el punto de darle la espalda a Jax por completo.

—No, vivo en Asturias, en el norte —contesto para todo el grupo, suplicándole a Sophie con la mirada que encuentre una manera de acabar con esto. Ondearía la servilleta blanca a modo de rendición si así pudiera huir de aquí.

—¿Y cómo es que hablas tan bien inglés? —interviene al fin Sophie. «Esa es mi chica».

Suelto una carcajada.

—Apenas tengo acento porque fui a un colegio americano.

—Sí que tienes acento, pero es lindo —dice Noah.

Me arden las mejillas al oír su comentario. *¿Lindo?* ¿Desde cuándo usa Noah Slade palabras así? Sophie se queda con los ojos muy abiertos, igual que yo. Jax y Liam observan a Noah desconcertados. Incluso Noah parece asombrado por lo que acaba de salir de su boca, porque se pasa otra vez la mano por el pelo. Alguien debería decirle que ese tic lo deja siempre en evidencia.

Continuamos con la conversación como si Noah no hubiera hecho algo rarísimo para lo que nos tiene acostumbrados. Yo paso por alto el acontecimiento, ciñéndome a mi estrategia de ignorar todo lo relacionado con Noah. Si me late el corazón a mil y hace que tenga que apretar los muslos, hago como que no ha ocurrido. Funciona de maravilla. Al menos hasta ahora ha funcionado, solo que nunca habíamos estado tan cerca el uno del otro.

Su musculoso muslo roza el mío por debajo de la mesa, haciéndose notar. Una corriente eléctrica me sube por la pierna. Su proximidad me atonta la cabeza. Junto mucho las piernas, en parte para evitar el contacto con él y en parte para aliviar lo que me provoca cuando me roza.

Cada día trato de convencerme de que no necesito a alguien como él en mi vida, un chico que se dedica a romper corazones por deporte. Prefiero hacerme las cosas fáciles y evitarme problemas. Llámalo sexto sentido o búsqueda exhaustiva en los confines de internet. Todavía me arrepiento, nunca sale nada bueno cuando buscas a gente famosa en internet.

Seguimos con la cena como si nada. Noah pide algo de comer cuando se llevan los platos vacíos de las entradas. Jax y Liam ya se han rendido con lo de la cita doble, lo cual me alivia.

Liam se encarga de la cuenta cuando acabamos. No me imagino lo caro debe de ser este lugar, y eso que he pedido lo más barato que había en la carta. Rodearme de personas que ganan más en un año de lo que yo pretendo ganar en toda mi vida me resulta un tanto incómodo.

Noah me pasa el brazo por la cintura sin previo aviso mientras esperamos a que venga el chofer a recogernos. Me estremezco ante el contacto de nuestros cuerpos tan juntos. ¿Qué mosca le ha picado hoy? Cuando creo que empiezo a entenderlo, hace cosas como esta, que me dejan confundida de nuevo.

—Maya y yo iremos juntos, ya que nos alojamos en el mismo hotel —anuncia con la mano extendida por mi vientre en un gesto posesivo, como si me tuviera de rehén.

Me gusta y lo odio a partes iguales. Intento zafarme de él, pero me detengo cuando noto que le estoy rozando la entrepierna con el trasero.

Será mejor que haga como que no noto el bulto que se aprieta contra mi trasero.

«No. No te vas a salir con la tuya, Satanás. Deja de tentarme».

—Ah, qué buena idea. ¿Puedo unirme? Yo también estoy en ese hotel —interviene Sophie, que se acerca a nosotros dando saltitos mientras me mira riéndose de mí con sus ojos verdes.

Noah me estrecha una última vez antes de soltarme. Sophie me guiña un ojo, y yo le daría un abrazo si no fuera a ser muy evidente.

Liam se ríe en voz baja.

—¿Crees que puedes huir de mí? Esto no cuenta como una cita, gracias a Noah y a su predilección por hacer escenitas. Una apuesta es una apuesta. A no ser... que quieras echarte para atrás. ¿Qué dijimos que tenía que hacer el que se rajara? No me acuerdo... Tal vez lo dice la lista esa tuya.

«Oh, oh...». No parece que Liam vaya a rendirse fácilmente. Jax y Noah se sorprenden ante la mención de una lista, pero las fosas nasales de Sophie se abren mucho y trata de hacer como si no hubiera dicho nada del tema.

—Eh, no necesito que me amenaces con dinero. Soy una persona honrada y cumplo mi palabra —repone.

Se despide de todos y se marcha hacia la calle.

—Gracias por la cena. Ya repetiremos —les digo a Liam y a Jax, y les doy un abrazo rápido a cada uno.

—Ni de broma —murmura Noah lo suficientemente bajo para que solo lo oiga yo.

Niego con la cabeza y me voy al coche con Sophie.

Esta noche no ha sido en absoluto como me esperaba.

12

Noah

Subo a la terraza de Bandini a relajarme un rato después de una buena clasificación. El sol vespertino de Barcelona me calienta la piel mientras contemplo el cielo azul y el vuelo de las aves desde una tumbona.

Por casualidades de la vida, la familia Alatorre aparece justo en ese momento en la terraza. Aprovecho para observar a Maya y a Santiago con sus padres, me da curiosidad ver qué dinámica tienen con sus progenitores. Siento una presión en el pecho al recordar que mi familia no viene a apoyarme antes de una carrera. Debe de ser increíble pasar un fin de semana así, con personas a las que quieres y que te quieren.

Imposible de saber. Mi padre suele venir el mismo domingo de la carrera y se larga en cuanto subo al podio. No se molesta en acompañarme a los eventos, se salta siempre la cena de después de la carrera; a menos que quiera algo. Cabrón manipulador... Mi madre me decepciona a niveles similares, solo se pone en contacto conmigo para que le consiga entradas para ella y sus amigas. Siempre es igual con ellos.

La madre de Maya es como una versión algo mayor de su hija, salta a la vista de quién ha heredado la belleza. Su padre va vestido de pies a cabeza con parafernalia de Bandini, y una sonrisa perenne se asoma por debajo de la gorra escarlata. Parece que a sus padres les está encantando la experiencia de la Fórmula 1.

Me cuesta ignorar una punzada de envidia en el pecho, que se mezcla con la tristeza y la añoranza; cómo desearía deshacerme de este sentimiento tan horrible. La familia de Maya es sencilla pero extremadamente feliz; nada que ver con la basura de padre y la madre ausente con los que crecí yo. Y es una mierda, porque lo único que he querido siempre ha sido un poco de atención, algo esencial para un niño, pero me privaron de ella. La normalidad de los Alatorre y mis pensamientos lúgubres me trastocan la cabeza.

Sin embargo, mi ceño fruncido deja paso a una sonrisa cuando veo que Maya se me acerca. Tiene el pelo castaño recogido en la cola de caballo de siempre, de la que la jalo cada vez que se me presenta la ocasión, y va con un enterizo descosido y un top blanco. No paso por alto el escote que luce. El conjuntito le quedaría ridículo a cualquiera, pero Maya tiene un atractivo que hace que le quede bien todo. Y esta chica como sacada de una peli de los noventa me dedica una sonrisa encantadora.

—Eh, ¿quieres venir a que te presente a mis padres? Han preguntado varias veces por ti, les gustaría conocer a la persona con la que compite Santi cada semana —dice sin alzar la vista de sus pies, apartando distraídamente basura invisible con un tenis.

«Si eso te va a hacer feliz... Claro, ¿por qué no?».

Me levanto y me presento. Su madre me sorprende con un abrazo, lo que me demuestra que no es mentira lo que se dice de los españoles.

—Maya nos ha hablado muy bien de ti. Gracias por ayudarla con los videos.

No me esperaba para nada oír eso de su boca. «¿Maya habla bien de mí?». Me volteo hacia la chica a la que no puedo quitarme de la cabeza últimamente. Ella se pone roja y clava la mirada de nuevo en sus tenis, lo cual me hace sonreír de oreja a oreja.

—No es nada. Me la he pasado bien ayudándola.

—Me alegro de que tenga a alguien como tú cerca. No queremos que se sienta sola, con lo ocupado que suele estar Santi. Mira que le decimos que trabaja demasiado...

Dudo que su madre opinara lo mismo de mí si fuera consciente de lo que pienso de su hija.

Su padre me escruta como si pudiera ver lo que hay dentro de mí. Da la sensación de que es capaz de leer la expresión de mi cara, y me muevo incómodo en el lugar bajo sus ojos castaños oscuros.

—Cuida bien de mi niña —dice al fin. Sus palabras están cargadas de significado.

No estoy intentando llevarme a su hija a la cama, solo pienso mucho en ello. Pero estoy siendo muy respetuoso en comparación con cómo suelo portarme con las chicas a las que quiero cogerme. Debería estarme agradecido.

Igual soy un imbécil por pensar eso. Me da igual.

—Santi no necesita ayuda de nadie, porque siempre ha sido muy obediente. Maya, en cambio... —comenta su madre, y le pasa un mechón que se le ha salido de la cola de caballo por detrás de la oreja—. Es más problemática. Pero en el buen sentido, porque es un sol. Solo es un poco rebelde, como su padre. —La madre de Maya se voltea hacia su marido con una sonrisa cariñosa.

—¿Cómo se es problemático en el buen sentido? —replico riéndome—. Me interesa ver si se lo puedo plantear así a los de Relaciones Públicas la próxima vez que arruine las cosas.

—Siempre tiene buenas intenciones, solo es que a veces le sale el tiro por la culata. Pero es la mejor hija del mundo, no podríamos pedir más —me dice la madre de Maya con una mirada afectuosa de esas que solo tienen las madres.

—¡Mamá! —protesta Maya—. Deja de hablar como si no estuviera aquí. —Sus ojos color miel se encuentran con los míos por primera vez en mucho tiempo—. No le hagas caso, le encanta contar historias ridículas.

—¿Sabes que de pequeña le quitaba el kart a Santi y daba vueltas con él por la calle? Solo tenía cinco años. Santi explotó cuando vio que le había puesto estampas de unicornios al volante.

Se me escapa una carcajada y Maya se frota la cara, escondiéndose tras sus manitas.

—Uf, qué mal rato. Santi estuvo semanas enfadado conmigo —cuenta Maya, y se le bajan las comisuras de los labios.

—¿Te gustaba conducir karts? —pregunto, y le jalo la cola de caballo para llamar su atención.

Santi frunce el ceño ante mi gesto y su padre me fulmina con la mirada. «Mensaje recibido».

—Lo hice alguna que otra vez, pero era más cosa de Santi. A mí me gustaba hacer todo lo que hacía él, incluido ganar a niños de su edad —contesta risueña.

Se me encoge el corazón al ver su sonrisa, otra muestra más de lo loco que me tiene.

—¿Y qué me dices de cuando intentaste falsificar las calificaciones? —suelta Santi con expresión divertida.

Las mejillas de Maya se ponen rojas como dos tomates.

—Vaya, vaya. Conque Maya Alatorre es toda una criminal —me mofo.

—Uy, me acuerdo de esa, su madre me hizo castigarla —comenta su padre uniéndose a la plática—. Siempre teníamos que acabar regañándola. Cuando le dieron las calificaciones, borró con corrector la de actitud en clase y puso otra con una pluma negra imitando la letra del profesor. Si no nos hubiéramos enojado tanto, nos habría parecido fascinante el empeño que le puso. Se echó a llorar porque la castigamos sin celular una semana.

Maya mira a todas partes menos a mí.

—Dios, son lo peor. Santi, si sigues así, tendré que contarles a papá y a mamá lo de cuando agarraste su coche con catorce años porque querías ir a hacer derrapes con tus amigos.

«Oh, oh». Las caras de sus padres son un poema; sobra decir que no sabían nada de esa historia. Maya deja a Santi sin palabras con mucha más facilidad de lo que podría conseguirlo yo nunca.

Él alza las manos en señal de rendición.

—Tregua, por favor. No hace falta que saquemos los trapitos íntimos.

La imagen de Maya en trapitos íntimos me resulta tentadora.

«Carajo».

Aparto esos pensamientos de mi cabeza y procuro centrarme en tener una conversación normal con los padres de mi compañero de escudería. Seguimos charlando animadamente hasta que aparece mi padre, sigiloso como una serpiente, con veneno incluido. Me sorprende que haga acto de presencia antes del día de la carrera, una anomalía que hace que me arrepienta de haber estado evitando sus llamadas los últimos dos días.

Todo el tiempo que pasamos separados me parece poco. Sus ojos fríos se posan en mí, dos círculos azules tan agradables como darte un baño en pelotas en el océano Ártico. Lleva el pelo oscuro peinado hacia atrás con gel y el traje planchado a la perfección, sin una sola arruga a la vista. Una apariencia impoluta que sirve para causar buena impresión a los demás, un embuste que trata de ocultar la maldad que bulle en su interior.

Maya lo observa con curiosidad. Mi padre ignora a su familia y pasa por delante de ellos sin dedicarles ni una mirada. Se acerca a saludarme, dándome una palmadita en el hombro y haciendo como que se alegra de verme. Nicholas Slade no es más indiferente porque no puede, pero, como le preocupa su imagen, me usa para no caer en el olvido ahora que está retirado.

Ahora sí se fija en la familia de Maya, escrutándolos con desconfianza. Ver a dos rivales llevándose bien es su peor pesadilla. Y durante unos minutos me he olvidado de que eso era justo lo que estaba ocurriendo entre Santiago y yo, charlando con su familia como si nuestra rivalidad no existiera.

Me ha gustado. Ha sido agradable estar los tres pasando el tiempo con sus padres, que han dejado olvidado el tema del Gran Premio para poder conocerme. Unos padres que parecían tener un interés genuino en mí y en el hombre que soy cuando no estoy pilotando un coche de Bandini.

—Hijo, ¿tienes un momento? —me pregunta. La tensión en su mandíbula me revela todo lo que no dice.

—Los veo luego en el evento —me despido por encima del hombro mientras acompaño a mi padre a la habitación.

—No me respondes el teléfono. ¿Vengo aquí para verte y así es como me tratas? Esperaba más de mi hijo.

«Sí, claro. Los dos sabemos para qué vienes a estos eventos».

Me muerdo la lengua para no soltar ningún comentario sarcástico.

—He estado ocupado con la clasificación y preparando la carrera de mañana. Tienes suerte de haberme encontrado entre una cosa y otra —contesto. No son más que mentiras, pero he aprendido del embustero número uno.

—Sí. Tenemos que pensar algún plan para mañana.

Entramos a mi habitación. Mi padre se acomoda en uno de los sofás; entre las paredes blancas, parece una nube negra que me absorbe la energía vital. Agarra uno de los cojines rojos, se lo pone en el regazo y se inclina sobre él.

—¿Qué piensas hacer para ganar la carrera? —va directo al grano.

Llevo casi un año sin verlo y ni se molesta en preguntarme cómo estoy. No es ninguna sorpresa, pero aun así me enerva.

—¿Correr lo mejor que pueda? —replico. Cada semana tengo horas y horas de reuniones con los ingenieros y el resto del equipo para elaborar estrategias. No necesito su opinión.

—Es la carrera en casa de Santiago, así que es muy importante para él. Deberías haber visto cómo lo recibieron hoy. Han ido miles de personas.

—Pues me alegro por él. Las carreras en casa son las mejores para todos los pilotos. Me muero de ganas de correr en Austin, volver a Estados Unidos y comer comida del sur. —Se me hace la boca agua de solo pensar en las parrilladas de allí.

—Bueno, sobra decir que tienes que darle una paliza mañana. No hay nada peor que perder en tu país natal —dice mi padre con una sonrisa malvada.

Me cuesta ocultar mi irritación. Las carreras son mi pasión, y además me sirven para liberar tensiones. Sí, es un trabajo, pero es mucho más que eso porque lo disfruto y compito contra los mejores. Mi padre le quita la diversión y la emoción a cualquier cosa, reduciéndolo todo a la rivalidad. No me extraña que no tuviera amigos en su momento.

—Claro, papá. Haré lo que pueda.

—Más te vale. He venido para eso, y a la prensa le encantan estas cosas. Démosles un buen momento padre-hijo.

De nuevo, no soy más que una herramienta para él.

—Tengo que irme ya. Aún hay mucho que hacer antes de la carrera —me excuso. Me despido con la mano y me marcho.

Hoy competimos en Barcelona. Oigo al público ovacionando con entusiasmo desde las gradas y los ruidos de las máquinas, los taladros y las computadoras en el *garage*. El padre de Sophie prueba la comunicación por radio para asegurarse de que la conexión es buena.

Me subo el cierre del traje de carreras y me pongo el pasamontañas ignífugo. Miro el casco y saboreo la oportunidad de representar a Bandini y complacer a los aficionados. Esta vida es lo único que conozco, así que al ponerme el casco me siento como en casa. «Cariño, ya he vuelto».

Los mecánicos empujan los coches hasta nuestros puestos en la parrilla de salida. Liam sale desde la pole, yo segundo y Santiago tercero.

Antes de una carrera, me paso horas estudiando el circuito para asegurarme de que me sé de memoria todas las curvas. Un total de sesenta y seis vueltas con catorce curvas me separan del podio del Gran Premio de España.

La carrera arranca con varias bajas: un piloto estrella el coche contra la barrera en la primera curva y se lleva con él a otros dos, que acaban empotrándose uno contra el otro, haciendo que salten por los aires piezas de metal.

Liam se mantiene en la primera posición durante las primeras vueltas. Jugamos a un juego que consiste en que yo intento darle alcance y él me lo impide con unos giros arriesgados en las curvas. Me corre el sudor por el cuello y me sube la temperatura corporal por el calor que desprende el motor. Bebo un poco de agua para no deshidratarme, porque no hay nada peor que conducir a estas velocidades estando medio aturdido.

Estoy a punto de darle en la rueda a Liam en una de las curvas más pronunciadas. Al salir de la curva, me saca el dedo enfundado en el guante de carreras. Me río al verlo tan molesto. Sigo recorriendo el circuito a toda velocidad hasta llegar a una recta. Se me presenta la oportunidad de rebasarlo cuando Liam baja las defensas durante una fracción de segundo. Me pongo a su lado y le paso por delante en una de las curvas. Piso a fondo el acelerador para agarrar velocidad y dejar a

Liam bien a la vista en el retrovisor. «Lo siento, compañero».

La afición ondea banderas españolas y agita pancartas enormes con la cara de Santiago. Las veo de reojo como una mancha mientras sigo recorriendo el trazado.

Se me llena la cabeza de pensamientos negativos sobre las tonterías que me dijo mi padre ayer. No quiero ser el tipo de compañero que pisotea a los demás para sacar ventaja a la primera oportunidad. No quiero ser como mi padre. Todo el mundo odia a los imbéciles, a los que consiguen todo sin importar a quién pueda afectar. Santi ha tenido un comienzo de temporada complicado. Me pone de nervios que sea tan impetuoso, pero quiere ganar, como todo el mundo.

Perder en Austin sería una mierda. Que vengan a verte tus fans, esperando que los representes como Dios manda, y los decepciones... Qué pena más grande.

«Maldita sea, odio pensar mientras manejo».

Después de una parada en boxes, me las arreglo para recuperar la primera posición desde la cuarta. Me aferro al primer lugar durante veintiséis vueltas.

—Noah, Santiago te está recortando distancia. Está segundo ahora. Por el amor de Dios, no choquen en ninguna curva —me dice el jefe de escudería por radio.

—¿Qué le pasó a Liam? —pregunto, un poco disgustado con sus palabras, porque no entra en mis planes que eso vuelva a pasar.

—No te preocupes por eso ahora. Tienes a Santiago a unos cinco segundos. Ten cuidado, no dejes que te rebase.

—Entendido. Gracias.

No me cuesta nada defender mi posición a la cabeza. Veo de nuevo la mancha del público cuando atravieso la línea de salida, una marea de banderas rojas con amarillo. La afición clama con más fuerza cuando Santiago pasa por delante tratando de ganarme segundos. Está a apenas un par ahora. Si yo fuera Santiago, haría lo que fuera por ganar esta carrera.

Va atrás de mí en todo momento, esperando que meta la pata.

Se me viene a la cabeza la imagen de Maya y su familia en la tribuna deseando verlo ganar. «Mierda». Intento apartar estos pensamientos de mi mente, pero no solo no consigo deshacerme de esa imagen, sino que se le une el recuerdo de las risas y los grititos de Maya. Agarro con fuerza el volante mientras pienso en todos los sacrificios que han hecho sus padres por su carrera. En los sacrificios que ha hecho Maya, teniendo que vivir a su sombra. Siempre alejada de los focos, bailando en la oscuridad mientras su hermano acaparaba toda la atención. Por desgracia para ella, la oscuridad es el hogar de gente como yo.

«Carajo». Nunca pienso tanto durante las carreras, jamás, porque pensar hace que cometa estupideces. Pensar, por ejemplo, es lo que me lleva a planear este imprudente acto de altruismo. Algo inédito.

En la vuelta número sesenta, bajo ligeramente la guardia. Lo hago poco a poco, trazando las curvas de forma un tanto torpe, dejando más huecos para que alguien me rebase, pero siempre manteniendo el control del coche. Cagarla demasiado me dejaría en muy mal lugar.

—Noah, ¿está todo bien? Santiago te está ganando terreno. Quiere rebasarte. Toma las curvas más cerradas.

—Enterado. Creo que le pasa algo al coche, pero no sé qué. ¿Ven algo raro en los monitores? —miento. Pues claro que no le pasa nada al coche, pero tengo que hacer que suene creíble. Las comunicaciones por radio puede oírlas cualquiera.

—Nada por aquí. ¿Puedes describir qué está ocurriendo exactamente? Igual podemos solucionarlo —dice el ingeniero con optimismo.

—No sé muy bien. Creo que es algo del volante. Está como suelto.

Soltar esa mentira es tan fácil como hacer otra curva lamentable.

—De acuerdo. Tú haz lo que puedas y ya vemos luego qué es lo que sucede.

Se lo han creído. Mi interpretación digna de Óscar da sus frutos. Aun así, sigo queriendo llegar al podio.

En la vuelta número sesenta y cuatro dejo aún más espacio en las curvas y, para sorpresa de nadie, Santiago me rebasa en un giro y sale a toda velocidad por delante de mí.

Se me levantan las comisuras de los labios.

El público se vuelve loco y suelta gritos ensordecedores cuando Santiago cruza la línea de meta y queda primero en el Gran Premio de España. Yo afianzo mi segundo lugar en el podio al pasar por delante de la bandera a cuadros.

«Buena suerte para la próxima».

La familia de Santiago celebra su victoria tras la valla que está al lado del podio y nos mira con alegría. Sus padres iluminan todo el escenario solo con sus sonrisas. Maya se ha engalanado con toda la parafernalia de Bandini posible y baila al son de la música que sale por las bocinas envuelta en una bandera de España. Verla tan contenta hace que se me encoja el corazón.

Por lo general, cuando conozco a una mujer, lo primero que me atrae son sus voluptuosos pechos, un trasero bien firme y unos labios seductores. Pero, por primera vez en mi vida, ahora me interesa alguien por un motivo totalmente diferente. Lo más bonito de Maya es cómo se le iluminan los ojos de felicidad cuando sonríe, una sonrisa contagiosa que me hace levantar las comisuras de los labios cada vez. Es sin duda una de mis cosas favoritas. Una burbuja de energía positiva que danza sin que le importe nada.

¿Que tiene un cuerpo brutal? Pues sí.

Pero en este momento son sus sonrisas lo que más me atrae de ella. Quiero quedármelas todas y guardarlas en un lugar seguro para cuando tenga días malos. Y eso por no hablar de su risa. Cada vez que se ríe, lo siento en todo el cuerpo; sobre todo en la entrepierna.

Y, carajo, qué miedo da eso.

Sonrío una última vez ante la imagen de ella bailando antes de voltearme hacia el resto del público. Corean mi nombre, y, aunque es una locura escucharlos, nada supera la sonrisa en la cara de Maya mientras nos mira.

Mi padre deambula por el vestíbulo del paddock tras la ceremonia del podio. Me sigue a la zona de las habitaciones privadas, su agitación es visible en los pasos erráticos que da. El sonido de nuestros zapatos contra el suelo liso me distrae. Lo alejo de la gente porque no quiero tener público cuando explote. Entra él primero a la habitación, y antes de que pueda cerrar la puerta, me jala hacia él y me empuja adentro. Me toma desprevenido y por poco doy un traspié y me caigo de bruces, pero logro recuperar un poco el equilibrio y aterrizo en uno de los sofás.

«Conque estas tenemos hoy...».

—¿Qué demonios acaba de pasar, Noah? ¿A ese lo llamas competir? —brama, y su voz hace eco en las paredes. «A alguien le ha herido la moral haber quedado en segundo lugar».

—Pues sí, la última vez que miré se llamaba así. Aunque igual han cambiado los términos desde que competías tú. Hace bastante de eso.

El pecho de mi padre se mueve arriba y abajo mientras sus ojos van de un lado a otro, como si estuviera fuera de sí. Es igual que cuando no conseguía subir al maldito podio en los karts o cuando me estrellaba con el coche de Fórmula 2; una expresión que reservaba para cuando estábamos solos, antes de soltarme un golpe para que lo hiciera mejor en la carrera siguiente. Por suerte para ambos, los moretones no se ven cuando usas un traje de piloto cada día. Tampoco me dejó ni una sola cicatriz, más que las de lo que me queda de mi maltrecho corazón, un órgano inútil que este hombre que tengo delante se ocupó de destrozar. El peor de los estereotipos.

—No financio esta escudería para ver actuaciones ridículas como esa, y menos de mi propio hijo. No me creo esas tonterías del volante. Todas las pruebas han salido bien, no había nada suelto. —Su voz cobra volumen a medida que va creciendo su agitación.

Yo pongo cara de póker porque no quiero echar más leña al fuego. No quiero volver a vivir en mis carnes los efectos colaterales de su rabia, al menos no en lo que me resta de vida.

Me doy cuenta de que, detrás de él, la puerta sigue entreabierta, y veo a una Maya estupefacta devolviéndome la mirada por la rendija, tapándose la boca con una mano. Supongo que ha utilizado sus habilidades detectivescas para encajar las piezas de lo que ha pasado.

«Que no, solo ha sido un mal día. Hay problemas con el volante a menudo».

—Pues algo pasaba. Espero que lo vean antes de la siguiente carrera, así la próxima vez quedaré primero de nuevo.

—¡Mentiras y más mentiras! A mí no me vengas con esas, que no me vas a engañar. Sabes perfectamente que tu carrera depende de mí. Hay gente que mataría por estar donde estás tú; podría remplazarte en un abrir y cerrar de ojos.

—Anda, hazlo. Seguro que en McCoy me contratan encantados. Creo que pagan mejor que Bandini, además. ¿Qué me dices?

Suena un estallido en la habitación y la cabeza se me gira a un lado. Mi padre acaba de golpearme en la cara. Intento con todas mis fuerzas no responder a la agresión, aunque me cuesta respirar y mi autocontrol flaquea. El zumbido en los oídos hace que me cueste oír otro sonido más que el de Maya inhalando aire de la impresión.

Me limpio el hilito de sangre que me sale por un lado de la boca. Es como si volviera a tener diez años, hubiera quedado tercero en una carrera de karts y mi padre estuviera enfadado y desquitándose conmigo. Nada nuevo bajo el sol.

—Vaya, creía que ya habíamos superado esto. Deberías ponerle más ganas si tanto te enoja, o igual es que ya eres mayor.

—Y yo creía que ya habías superado lo de ser tan insolente, pero supongo que me equivocaba. Límpiate, anda, que estás hecho un desastre.

Gracias al cielo que Maya ha tenido la previsión de marcharse antes de que mi padre salga hecho una furia, poniendo fin a esta horrible conversación. Respiro hondo y miro el pasillo para asegurarme de que en efecto está vacío; la entrometida de Maya hace rato que se ha ido.

13

Maya

«Demonios».

«Demonios, demonios».

No puedo quitarme de la cabeza la imagen del padre de Noah pegándole, porque ¿cómo es posible que alguien le pegue a su hijo de treinta años?

Mi cabeza va a mil, no sé qué hacer con tanta información. Los supuestos problemas con el volante, la carrera, su padre dándole una cachetada... y cómo me ha mirado Noah, tan triste y perdido. Me ha matado verlo así, como un hombre sin nada más que debilidades y un pasado roto. Todo lo contrario del hombre al que veo todos los días, tranquilo y sin mucha necesidad de nada ni de nadie.

Mi familia aparece en la habitación de Santi cinco minutos después de la discusión de los Slade. Nadie nota mi silencio ni cómo subo y bajo la pierna tratando de asimilar lo que acabo de ver: una dinámica familiar de la que nadie sabe nada. He cursado una asignatura de Introducción a la psicología, y sé de qué se trata cuando un progenitor le pega a sus hijos. No es cosa de una vez, un momento excepcional de debilidad por lo del volante suelto o una carrera perdida.

El padre de Noah es un desgraciado que vive a través de su hijo.

Paso un rato con mi familia antes de disculparme e irme. Santi me mira con una cara rara, pero luego devuelve la atención a nuestros padres, que sonríen como niños pequeños tras la victoria de hoy.

Yo voy a la cocina y agarro una bolsa de gel del congelador. El plástico frío me insensibiliza la mano mientras voy a la habitación de Noah. Siento un nudo en el estómago de los nervios, porque no quiero meterme donde no me llaman después del día que ha tenido. Respiro hondo, me lleno los pulmones y espero unos segundos, sin saber si debería tocar la puerta.

Me armo de valor y le doy unos toquecitos con los nudillos.

La puerta se abre una rendija. Un Noah apesadumbrado me mira, con los ojos azules ensombrecidos por una gorra de Bandini con la visera bien bajada, un pobre intento de ocultar la piel enrojecida.

—Hola, te traigo un regalito. —Agito la bolsa de gel delante de él. No tiene sentido hacer como que no he visto lo de antes.

Noah abre la puerta del todo y entro. Su habitación tiene la misma disposición que la de Santi, con las paredes blancas y algunos detalles con el logo de Bandini en una de ellas. Se sienta en uno de los sofás blancos y agarra la bolsa de gel que le ofrezco mientras yo me acomodo en el otro sofá.

—¿Has venido a confesar que eres muy mala para espiar a la gente?

Se me sonrojan las mejillas ante su falta de tacto.

—Bueno, lo siento —contesto. No está de más disculparse, aunque son ellos los que han dejado la puerta abierta.

—Y yo siento que hayas visto eso. Debería haber cerrado la puerta, pero él me ha sorprendido por primera vez en mucho tiempo.

Las palabras de Noah me impactan. Hay mucho significado oculto en ellas, y no entiendo por qué pide perdón. Me late el cerebro mientras trato de digerir la terrible historia de Noah y su padre.

—No tienes que disculparte por nada. Es un cabrón. Ya me habías avisado, pero supongo que no me imaginaba que fuera tan horroroso.

Noah hace una mueca cuando se pone la bolsa de gel en la cara.

—Nadie lo sabe —afirma. Suelta un suspiro hondo y tembloroso.

Se me cae el alma a los pies al verlo tan desvalido, algo extraño para alguien tan seguro de sí mismo como él.

—Voy a involucrarme y a suponer que no es la primera vez que te pega.

La mirada vacía de Noah es respuesta suficiente.

—¿Cuánto tiempo lleva haciendo esto? —continúo—. No está bien. Así no es como se comportan los padres, y mucho menos a tu edad. La próxima semana podrías golpearlo.

—Pues bastante, pero preferiría que nadie se enterara, así que espero esto quede entre nosotros.

Se me rompe el corazón ante su confesión. No me imagino cómo debe de ser crecer con alguien tan grosero, condescendiente y asquerosamente competitivo. Me cuesta hacerme una idea de cómo ha sido la vida de

Noah. Da una imagen frente a los demás, pero luego es esto con lo que tiene que lidiar cuando se acaban las carreras.

Santi y yo no tenemos esos problemas, porque nuestros padres siempre nos han tratado con respeto y amor. Al final va a resultar que es mejor criarse en un hogar humilde. Vivo una vida feliz y nadie me echa en cara nada relacionado con el dinero. Ni siquiera Santi, que me paga un montón de cosas. Aunque gano dinero de los anuncios de YouTube y los patrocinios, no es nada en comparación con el sueldo de un piloto de Fórmula 1.

—No se lo voy a decir a nadie. Pero no entiendo por qué lo encubres —tanteo.

Me dan náuseas solo de pensar en cómo se porta la gente alrededor de su padre, idolatrándolo por ser una leyenda del automovilismo. Los aficionados llaman a Noah «el príncipe». Sí, un príncipe con una corona hecha de mentiras y expectativas. Por mucho que Noah odie a su padre, vive a la sombra de su legado.

—¿Quién me iba a creer? Es un icono de la Fórmula 1 y uno de los mayores patrocinadores de la escudería. La gente solo ve lo que quiere ver —contesta levantando la cabeza hacia el techo.

Le caen gotas del líquido de condensación de la bolsa de gel en el traje de carreras, y corren por la tela roja como si fueran lágrimas. «Qué simbólico».

—Pues no sé. Quien sea. Siempre hay alguien grabando por ahí; hoy en día nada escapa a las cámaras.

Me doy cuenta de que yo también he visto a Noah como he querido verlo, creyéndome la imagen que da frente al público. Creído, arrogante, rebelde... Se me encoge el pecho al darme cuenta de lo prejuiciosa que he sido.

—Olvídalo, en serio, por favor —dice con rotundidad y tristeza.

Obedezco porque no quiero pasarme de la raya cuando se está abriendo conmigo. En cambio, elijo abordar el segundo tema, porque no puedo evitarlo.

—¿Es verdad lo que ha dicho? ¿Lo del volante?

Él suelta otro suspiro.

—No creas todo lo que oyes por ahí. Mi padre se pone pesadísimo cuando no quedo primero. El volante estaba suelto, da igual lo que digan —contesta entre dientes.

—Pero has estado a la cabeza como cuarenta vueltas. Defender la posición es lo que mejor se te da.

—Maya. —Su voz áspera me sorprende y hace que lo mire a esos ojos tan azules. Oírlo pronunciar mi nombre me despierta algo en el pecho y en el vientre al mismo tiempo—. Déjalo atrás. Olvídate de lo que ha dicho. Tu hermano ha ganado el Gran Premio de España con todas las de la ley. Deberías alegrarte por él en vez de hacer caso a teorías conspiranoicas.

El problema es que aparta la vista durante un segundo de más.

«Madre mía. Noah se ha dejado ganar por completo. Pero ¿por qué?».

Nos quedamos sentados en silencio. Me esfuerzo por asimilar todas estas revelaciones, me pierdo en mis pensamientos hasta el punto de que no me entero de que él se levanta y se sienta a mi lado.

Me toma la mano con la suya; la bolsa de gel ha pasado a la historia. Se me acelera el pulso ante este contacto. Me digo que es porque tiene la mano helada por la bolsa de gel, y que el frío es lo que hace que me estremezca. No tiene nada que ver con nuestra conexión. «¿Verdad?».

Intento apartar la mano, pero él me la agarra con firmeza y entrelaza sus dedos ásperos con los míos. Siento un cosquilleo en la piel donde me acaricia distraídamente con el pulgar.

—Mira. Vamos a olvidarnos de lo que ha dicho mi padre. No vale la pena que le prestemos ni un mínimo de atención a un imbécil que se pone hecho una fiera cuando no quedo primero. Es un irrelevante, y apenas lo veo de todas formas. Solo aparece cuando les conviene a él y a su cuenta bancaria.

—Eh... Okey. Claro. —Me cuesta atender lo que dice. Sigo con la mirada clavada en la mano bronceada que envuelve la mía y en el enorme pulgar que me acaricia el nudillo sin ton ni son.

Sube la temperatura en la habitación a medida que va aumentando la tensión, y siento que apenas puedo respirar en este ambiente. Su confesión muda sobre la carrera es demasiado. No quiero que compartamos secretos así, no quiero abrirme aún más y llegar a un punto de no retorno.

Pero no hace falta que me diga nada. Ha tirado por la borda su oportunidad de ganar hoy, y lo sé por cómo me ha rehuido la mirada y ha tragado saliva. Tengo un sexto sentido para las mentiras.

Siento un alivio tremendo cuando deja de acariciarme. Por fin puedo respirar con facilidad, pensar con lucidez y apartar la mano.

—Será mejor que me vaya. Voy a cenar con mi familia antes de la fiesta. ¿Nos vemos allí?

Me inclino hacia él y le doy un beso en la mejilla que no tiene roja. Se le entrecorta la respiración al sentir mis labios y yo me estremezco ante este nuevo contacto con su piel, manteniéndolo un segundo más de la cuenta.

Me levanto de un salto del sofá y agarro la manija de la puerta antes de que le dé tiempo a reaccionar.

Él se queda sentado en el sofá, sin inmutarse salvo porque se le levanta un poquito la comisura de los labios. Si no lo conociera, lo habría pasado por alto. Pero llevamos dos meses viajando juntos, ya conozco sus tics y lo reveladores que son sus gestos cuando nadie lo mira.

—Hasta luego. Gracias... por venir. Y por la bolsa de gel. —Repite el gesto de agitar la bolsa que he hecho antes.

Me río y a él se le iluminan los ojos mientras me observa.

—No hay de qué. —No me molesto en echarle un último vistazo antes de cerrar la puerta con cuidado.

Noah no aparece en la fiesta de esa noche. Odio admitir que se me hace raro estar ahí sin él, y extraño que me entretenga cuando Santi y Sophie están ocupados.

En la fiesta me doy cuenta del problema en el que estoy. He cometido un pecado capital.

Creo que me gusta Noah Slade.

14

Maya

Mónaco. La carrera más importante a la que asistir. La semana de Bandini está repleta de eventos antes del célebre Gran Premio de Mónaco, una de las competiciones más antiguas de la historia de la Fórmula 1, y también la más rodeada de opulencia y lujo. Vienen celebridades de todo el mundo para presenciarla. Desde la habitación del hotel, veo el mar lleno de yates que resplandecen bajo la intensa luz del sol.

La agenda de Bandini está llena de excursiones en barco, entrevistas, galas... cualquier cosa que se te ocurra. Y, por supuesto, yo también puedo ir. Mis ganas de apoyar a Santi no tienen límites, y, aunque suelo evitar ir a este tipo de eventos, esta semana no me quejo.

Porque ni siquiera yo puedo resistirme a una fiesta con una de las Kardashian.

Montecarlo es el lugar más increíble del planeta. Las fotos no le hacen justicia; no logran plasmar lo pintoresca que es la playa ni la sensación como de estar en otra época. No puedo creer que Santi vaya a comprarse un departamento aquí. Lo estuvimos eligiendo a principios de semana, antes de que se llenara de compromisos: una vivienda moderna, de dos habitaciones, con vistas al mar Mediterráneo.

Noto que empieza a afectarle el estrés. Está más irascible de lo habitual y se molesta por tonterías, como cuando dejé el maquillaje sin recoger en el baño. La carrera de Mónaco es muy importante, y debe de sentir presión por parte de Bandini para hacer un buen papel. Tampoco ayuda que este Gran Premio sea de los que Noah tiene dominados, un circuito en el que puede sacar a relucir todo su talento.

¿Y qué estoy haciendo un martes en Mónaco?

Pues estoy en un barco.

No suelo alardear de nada, pero, por favor... Estoy en Mónaco, en un barco enorme, de más de treinta metros de largo, con la fibra de vidrio blanca brillando bajo la luz de este día cálido casi de verano. No le pido permiso al dueño para grabar porque es de mala educación y vulgar.

Quiero ser sofisticada y correcta esta semana.

Me recuesto en una tumbona que está en la cubierta delantera de esta mansión flotante. Ya he echado un ojo a los cuatro pisos de la embarcación, me he tomado un coctel en la cubierta trasera y he grabado una entrevista con mi hermano para el *vlog* mientras inhalaba la brisa fresca del océano. Esta semana estoy viviendo mi mejor vida.

Saco el bloqueador solar del bolso porque me arde la piel bajo este sol tan intenso. Noah, un hombre con el don de aparecer siempre en el momento oportuno, decide acostarse en la tumbona que está a mi lado.

—¿Huyendo del sol? —dice señalando el tubo rosa que tengo en la mano.

Los lentes oscuros dificultan ver e interpretar las emociones que pueden estar arremolinándose en sus iris azules. Si soy sincera, todo su aspecto me perturba. Lleva un traje de baño carísimo que parece más corto de lo normal y le resalta unos muslos y unas pantorrillas tonificadas. Además, ha perdido la camiseta en algún punto entre la hora del coctel y el momento presente. Repaso con la mirada su cuerpo esculpido y bronceado antes de devolver la vista a la cubierta.

—No vale la pena arriesgarse a envejecer antes cuando ya tengo un moreno natural —respondo.

Se me acelera el corazón cuando se inclina hacia mí.

Siento como un chispazo de electricidad cuando roza mi mano con la suya, una sensación que no desaparece por muchas veces que nuestras pieles se hayan tocado. Me arrebata el protector solar sin pedir permiso.

—¡Oye! Puedo hacerlo sola —digo con la voz un poco temblorosa. «¿Se habrá dado cuenta?».

Su sonrisita de superioridad me revela que sí, lo ha notado. Agarro los lentes de sol que tenía en lo alto de la cabeza y me los pongo en la cara, creando una barrera entre nosotros porque yo también puedo jugar a esto. Me da igual cómo de inmaduro sea eso.

—Voltea, te ayudo.

«¿Es posible morir de un ataque al corazón a los veintitrés años? ¿Cuál será la probabilidad?».

Saco el celular, desesperada por comprobarlo.

—¿Qué se supone que reclama tu atención ahora? Siempre haces cosas compulsivamente cuando estoy cerca de ti.

Deseo con todas mis fuerzas desaparecer entre los cojines de la tumbona o derretirme en el mar. Ya me conoce.

Me quita el teléfono de las manos.

—¿Perdona? Devuélvemelo. Ahora —ordeno con mi mejor voz de madre, pero no surte el efecto esperado, porque Noah se burla de mí. «Voy a ser malísima para regañar a mis hijos, si los tengo».

Él me ignora y me aparta las manos con el brazo.

—«¿Cuál es la probabilidad de morir de un ataque al corazón a los veintitrés años?». ¿En serio estás buscando esto en internet? No sabía que tenía tanto efecto sobre ti, me siento halagado.

Lo fulmino con la mirada, pero él se limita a reírse. Una carcajada con la cabeza echada hacia atrás y todo; si no estuviera molesta, me excitaría bastante. ¿A quién quiero engañar? Sí me excita. Enojada o no, este hombre es demasiado atractivo.

Me aprovecho de su momento de debilidad para recuperar el celular.

Él gira el dedo en círculos indicándome que me coloque de espaldas, retomando la tarea que se había encomendado. Yo me giro a regañadientes y me acuesto bocabajo. Noah se sienta a mi lado y el cojín se hunde bajo su peso. Noto su muslo contra mi cuerpo.

Juguetea con la tira de mi bikini rojo antes de echarme un buen chorro de protector solar.

—El rojo te favorece.

«¿Tiene la voz más ronca que de costumbre o soy yo?». No puedo verle la cara, porque estoy mirando al mar Mediterráneo. Me estremezco cuando siento la loción en la espalda. Trato de convencerme de que la piel de gallina se debe a lo frío que está el líquido, y no a que

Noah esté extendiéndome la crema por toda la espalda. «No, claro que no».

Me miento tanto con respecto a Noah que creo que debería pasar por el confesionario. El cura disfrutaría de lo lindo con todo esto, y luego me ofrecería sabios consejos antes de enviarme a casa con cinco avemarías por lo menos. Qué le voy a hacer. Noah tiene el *sex appeal* de cien hombres juntos, me la pone muy difícil.

Se me relajan los brazos cuando va untándome la espalda de crema; me encanta sentirme cuidada por las manos de Noah. Sus caricias van dejándome una estela de calidez en la piel. Se me escapa un gemidito vergonzoso que intento disimular con una tos falsa.

Su risa, grave y profunda, me vuelve loca. Él hace como si todo esto fuera de lo más normal, como si estuviéramos los dos solos pasando el tiempo juntos en nuestro yate privado, disfrutando de un día tranquilo en el mar. Y no está tan lejos de la realidad: ni una persona viene a mi rescate.

No me ve la cara, gracias a Dios, porque me arden las mejillas de sentir sus manos recorriéndome la espalda sin parar.

Y no es lo único que se me está acalorando...

Siento que el vientre me late con todas estas atenciones. ¿Cuánto tiempo hace que no me acuesto con nadie? ¿Desde segundo de carrera? No tengo ni idea, la verdad, lo cual no es buena señal. Decido que esto debe de ser lo que me pasa con él. No es que tenga punto por punto todo lo que me resulta atractivo en un hombre, no.

Claro.

Su mano se desliza hasta los hoyuelos de la parte baja de mi espalda y vuelvo a gemir cuando me masajea la piel.

«Estoy completamente arruinada».

Mi cuerpo disfruta de lo lindo el trato que Noah le da sin entender por qué todo esto está tan pero tan mal.

—¿Te he dicho ya lo guapa que te ves hoy? —me pregunta sacándome de mis pensamientos.

«No, no lo has hecho». Pero creo que puedo soportarlo ahora, con la cabeza apoyada en esta tumbona tan cómoda mientras me masajea la espalda. Dudo que le quede ni una gota de protector solar en los dedos.

—Hummm... No estoy segura.

«Genial, bien hecho. Esta vez no has sonado tan desesperada como con el gemido».

—Te ves preciosa hoy —afirma, empleando todos sus encantos.

Y entonces me sorprende haciendo lo impensable. Inhalo de golpe cuando noto que aprieta los labios en la curva de mi cuello. «Me desmayo». Me cuesta horrores no salir deprisa de la tumbona. Hundo las uñas en la tela del asiento para tratar de quedarme donde estoy y se quedan las marcas.

Siento como si tuviera el cuerpo en llamas, y mis partes íntimas están aún peor. ¿Cómo es posible que me ponga cachonda porque me echen protector solar? Debería haber una etiqueta para advertir de este tipo de cosas en la parte de atrás del envase. ¡Qué más dará el factor de protección solar! Lo que me hace Noah es peor que los rayos solares nocivos.

Suelta otra carcajada que me insta a girarme hacia él.

Parece impasible, lo cual me irrita. Busco alguna señal. Sigue teniendo los ojos escondidos tras los lentes de sol, y la expresión de su rostro no me dice nada. Mis ojos se saltan el pecho y los abdominales bronceados porque no tengo ni tiempo ni autocontrol suficiente para eso.

Sonrío con satisfacción cuando veo el bulto en su traje de baño. Esboza una sonrisa descarada que hace que quiera quitársela de la cara a besos, cambiando la diversión de sus ojos por lujuria.

Nuestra atracción pone en peligro toda apariencia de relación normal. No sé cómo interpretar todo esto. Necesito tiempo para procesarlo, urdir un plan de evasión y preparar las defensas para resistirme al donjuán definitivo. Va a costarme trabajo. Puede que incluso necesite la ayuda de Sophie, es muy buena para planear: lleva meses ignorando con éxito su atracción por Liam.

«No te cogerás al compañero de escudería de tu hermano», me repito mentalmente. Sí, mi lista de mantras no hace más que crecer, pero es culpa de Noah Slade. No es posible entender hasta qué punto rezuma sensualidad si no lo has vivido. No hay que subestimar el poder de las feromonas y de las medias sonrisas.

Incluso hace que poner bloqueador solar parezca una especie de preliminares.

No puedo evitar sentirme culpable, porque no quiero que Noah me atraiga. Aunque conmigo se porte bien, es un imbécil con Santi. Soy una contradicción con patas ahora mismo, sopesando los pros y los contras, pensando en todas las cosas catastróficas que pueden pasar si Noah y yo nos involucramos.

Noah se levanta de la tumbona y deja el bloqueador solar a mi lado. No sé qué hacer. Una parte de mí quiere hacer que se quede, pero otra quiere que se vaya. Mi cerebro necesita digerir esta información. Su erección me distrae de mis pensamientos y reclama mi atención;

el bulto parece mucho más grande ahora que está de pie. Por favor, que desaparezca de mi vista YA.

Me jala la cola de caballo y yo le sonrío, porque de alguna manera ese gesto de broma se ha vuelto algo nuestro.

«¿Cómo puede estar tan bueno y ser tan lindo al mismo tiempo? Es inquietante».

—No pienses tanto. No vas a conseguir más que quedarte estancada en lo que puede pasar o dejar de pasar si haces esto o lo otro en lugar de vivir el presente. Llámame si vuelves a necesitar mi ayuda. Estaré por aquí. —Me dedica una última media sonrisa antes de esfumarse en la cabina.

Suspiro largo y tendido.

«Definitivamente he perdido la cabeza. Y por el príncipe de la Fórmula 1, ni más ni menos».

Podría mentir y fingir que soy una mujer adulta y madura. Podría decir que he conseguido mantener la calma delante de Noah y de mi hermano. Pero no es verdad. ¿Para qué molestarme en mentir cuando se me da fatal?

Siento el trasero en el banco del confesionario de una iglesia local. A mi madre le encanta que haya sacado tiempo para ir a la iglesia aun estando en Mónaco. El cura me desea mucha suerte en la vida y me dice que vaya más a misa. Me siento bien después de haberlo sacado todo, aunque haya sido con un hombre en sotana, como si fuera mi psicólogo ambulante. No me da ninguna vergüenza haberme desahogado con él en el confesionario.

Para mi sorpresa, me manda con tres avemarías, dos padrenuestros y una botellita de agua bendita para purificarme cuando tenga pensamientos impuros. «Las confesiones vienen con regalito, ¿quién me lo iba a decir?».

Comienzo una nueva campaña de evitar a Noah. Va viento en popa, al menos los dos primeros días, gracias a Sophie y a su obsesión con las listas y los planes.

Dos larguísimos días. Si alguien supiera la cantidad de esfuerzo que requiere evitarlo, alucinaría. Mi hermano y él hacen todo juntos en Mónaco, porque dar imagen de equipo unido siempre queda bien.

Paso bastante tiempo sola en el hotel escabulléndome de fiestas y cocteles. Para matar el tiempo, me reservo un masaje. No me provoca la misma reacción física que el de Noah, pero me digo que es por tener a una mujer como masajista. Simplemente no es para mí. Me lo paga Santi, pero lo que él no sabe es que me está premiando por portarme bien y evitar a Noah. Me sacrifico por la escudería.

Yo diría que mis tácticas de evasión son un éxito, al menos hasta que mi hermano me pregunta si puedo ir a un desfile de moda que por lo visto es bastante exclusivo. Un evento muy prestigioso al aire libre al que debería estar agradecida de poder asistir.

Santi me obliga a verlo practicar el desfile por la pasarela de la piscina para asegurarse de que lo hace bien. Le encanta ser el centro de atención, pero no en este plan. No lo culpo, si yo tuviera que desfilar en un evento así, me caería de bruces y acabaría rodando hasta el agua.

—¿De verdad necesitas que vaya? —pregunto.

«Di que no, por favor». No sé cuánto más puedo controlarme delante de Noah. Y, si encima le añades el factor esmoquin, es la receta perfecta para el desastre.

Siento que mi hermano me está tendiendo una trampa para que fracase.

—No me imaginaba que tendría que convencerte para ir a un lugar así. Todo el mundo quiere una invitación —contesta. Hace un puchero, un gesto algo exagerado para ser él.

Me impresiona y me confunde al mismo tiempo: está usando mis estrategias para conseguir que le diga que sí.

Creo que no me queda de otra, así que me dispongo a llevar a cabo el siguiente paso del plan de una mujer desesperada.

Negociar.

—¿Puede venir Sophie, si es que no está invitada ya? No quiero estar sola durante el desfile. —«Y no confío en mí», añado mentalmente mientras junto las manos en un gesto de súplica.

Saca su celular y se dispone a averiguar la respuesta a mi pregunta, incapaz de resistirse a mi imploración.

—De acuerdo, ya tengo entrada para ella también. Pero van a tener que comportarse, no voy a poder estar con ustedes protegiéndolas de los vejestorios.

—¡Diablos, siempre he querido tener un *sugar daddy*! —lloriqueo, levantando las manos en gesto de protesta.

Santi me avienta una almohada a la cara. Puede que haya ganado esta batalla, pero yo voy a ganar la guerra.

15
Maya

—¡No puedo creer que me hayas conseguido entrada para el desfile de moda! Es uno de los eventos más importantes del año —exclama Sophie dando saltitos en la silla.

Hemos salido de compras de urgencia para encontrar vestido para el evento porque, según ella, lo que teníamos no servía.

—Pues créetelo. Tenemos que terminar de prepararnos, el chofer nos espera dentro de veinte minutos —contesto.

No me siento culpable por estar usando a Sophie como elemento disuasorio, porque se me contagia su entusiasmo.

Esto sí que es matar dos pájaros de un tiro.

Paso una mano por la suave tela de mi vestido azul. Ahora que me fijo, es del mismo color que los ojos de Noah. «No me jodas». Un desliz freudiano en versión prenda.

Me pongo los tacones y salgo de la habitación del hotel. A ver si se acaba pronto la noche.

Sophie no para de hablar durante todo el trayecto al recinto, con acceso inmediato a la playa.

—¿Sabías que van a desfilar todos los chicos? —me pregunta.

«Pues no, la verdad».

—¿Quieres ver a alguien en particular? —indago, deseando sacar algo de su relación con Liam.

Sophie oculta bastante bien su atracción, pero he visto cómo lo mira. Siempre me dice que son «solo amigos», desde que le colgó esa etiqueta tras la fallida cita doble.

—Hummm... no. Qué pregunta más rara. ¿A ti? —replica, y me observa con ojos curiosos.

«Bien, lo entiendo».

Al poco rato llegamos al recinto. Una pasarela con forma de cruz flota en el centro de una piscina iluminada desde abajo con unas luces moradas. Se distinguen varios yates anclados en el mar. Todos los asistentes al evento están emocionados, y varios meseros pasan por entre la gente ofreciendo comida y bebida. Sale música de las bocinas que rodean el espacio.

—Vamos por algo de beber. ¡Que empiece la fiesta! —exclama Sophie, jalándome hacia la barra.

Ella se encarga de pedir:

—¿Nos puedes servir cuatro *shots* del mejor tequila que tengas?

Alzo las cejas. «¿Dos *shots*? ¿Tan temprano?».

—Esta noche no quiero acabar borracha lloriqueando por las esquinas. El tequila saca lo peor de mí. —No olvido cómo sollozaba en el baño aquel día por culpa de José, mi novio que parecía el cuarto miembro de los Jonas Brothers.

—Tranqui, mujer —me dice dándome unas palmaditas en el brazo—. Es mejor que nos entonemos un poco ahora para disfrutar del espectáculo. No tomaremos nada más hasta que se nos quite lo mareadas.

Me pasa dos de los *shots* y nos los tomamos uno tras otro.

Sophie tenía razón. El desfile es mucho mejor con un par de *shots* encima. Los chicos recorren la pasarela con andares afectados, guapísimos con sus trajes de noche. Incluso silbo cuando sale Noah. No se me puede culpar, luce irresistible con ese esmoquin.

«Ups». Es el alcohol el que habla. Ha sido un lapsus. No quiero tener nada que ver con Noah Slade. Le doy un golpecito a Sophie cuando aparece Liam, enfundado en un traje a medida bien ceñido y con el pelo rubio peinado para atrás, como de costumbre. Incluso la señala entre la multitud y le guiña un ojo. Es todo un seductor, la verdad; no tengo ni idea de cómo lo hace Sophie para resistirse a él; se le iluminan los ojos cada vez que lo ve.

Cuando termina el espectáculo, Sophie y yo nos ponemos en modo fiesta. Sophie soborna al DJ para que nos preste su equipo. Ella se encarga de la mesa de mezclas mientras yo elijo canciones. Conseguimos que unas cuantas personas se pongan a dar brincos y que se forme un pequeño círculo en el centro de la pista. Creo que nunca me he reído tanto como con ella.

Acaba viniendo un empleado de Bandini a sacarnos de la zona del DJ después de que pusimos la tercera canción de reguetón. Al parecer, el reguetón no está muy bien visto en las altas esferas.

Dos hombres mayores nos invitan a bailar, y accedemos. No son mi tipo, que se diga, pero el efecto del alcohol me hace decir que sí y nos llevan a la pista de baile. No estamos borrachas, solo un poco mareadas: aún somos capaces de mantener la compostura.

Nos envuelve una multitud de parejas bailando. Yo baiIoteo con un hombre de mediana edad con el pelo lleno de gel que desprende un horrible tufo a alcohol. Busco a Sophie con la mirada entre canción y canción, pero no la encuentro. La mano del hombre me soba el cuerpo en dirección al culo y casualmente lo piso sin querer. Muy fuerte. Suelta un grito y finjo que lo siento mucho.

La música cambia a una canción clásica de salsa, como las que bailo con mis amigos. Una sombra se cierne sobre el hombre con el que bailo. A estas alturas, sería capaz de reconocer el motivo del escalofrío que me recorre la columna en cualquier lugar. Es lo que tienen dos meses de resistirme a él. Las luces estroboscópicas lo iluminan con un halo amenazante, y mi caballero del radiante esmoquin repasa de arriba abajo a mi pervertido compañero de baile.

—¿Interrumpo algo? —oigo decir a la voz irritada de Noah por encima de la música.

«¿O serán imaginaciones mías?». El alcohol tiene mi cerebro adormecido.

El hombre farfulla una respuesta ininteligible y me suelta. Noah me agarra la mano y coloca la otra en el hueco de la parte baja de mi espalda, justo por encima del trasero. Me resulta mucho menos invasivo que los acercamientos de mi anterior compañero de baile, es como si ese fuera el lugar que le corresponde a su mano. Además, Noah no huele a whisky ni a herencia millonaria. Debería embotellar su aroma y venderlo. Yo compraría unos cuantos frascos y echaría un poco en la almohada antes de acostarme, pero no en plan acosador.

Sonrío ante la idea. «Muy maduro de tu parte, Maya».

Noah niega con la cabeza dando a entender que no puede creer el estado deplorable en el que me encuentro ahora mismo. Ya somos dos.

Coloco una mano en su hombro. Siento la suave tela del esmoquin a medida en las yemas de los dedos.

—Creía que me estabas evitando, no te he visto en ninguno de los eventos de esta semana —comenta.

Pienso muy bien mi respuesta. Bueno, todo lo bien que me permite el alcohol.

—¿Por qué sabes bailar salsa?

«Un cambio de tema muy sutil, sí, señora».

—Otra de las muchas cosas que no sabes sobre mí —contesta mientras nos mecemos al ritmo de la música.

Siento una punzada de celos al pensar en Noah bailando con otras chicas.

—Ah, muy bien. —Trato de fingir indiferencia, pero no sé si lo he conseguido.

Noah me gira y me coloca con la espalda pegada a su pecho y el trasero frotándole la entrepierna mientras desliza la mano por mi brazo.

—Pues yo he ido a clases y no me han enseñado esto —digo.

El retumbar de su pecho es la única respuesta que obtengo.

Echo un vistazo a nuestro alrededor para comprobar que nadie nos está mirando. Mi cuerpo se amolda al suyo. La gente baila a nuestro alrededor sin prestar atención a las insinuaciones de Noah, al que siento de manera más que notable en las nalgas. Yo me arrimo un poco más a él; sin querer, por supuesto.

¿Dónde está el confesionario más cercano?

Al parecer a Noah le encanta este toma y daca, o la ausencia del mismo. Nos mueve al son de la música. Con una mano me agarra con fuerza de la cintura, mientras con la otra me aparta el pelo del cuello y acerca la cara a mi oreja.

—¿Has elegido el color del vestido por mí? —me pregunta con esa voz ronca que me vuelve loca.

«¿Cómo puede saber de qué color es el vestido con la poca luz que hay?».

—¿Qué dices? Es azul marino.

No, no lo es, pero los chicos son malísimos para los colores más allá de los básicos.

—Qué raro. En tus *stories* de Instagram parecía del mismo color que mis ojos. Pero tal vez me equivoque y solo sean imaginaciones mías.

—Pues debes saber que eso es una señal de narcisismo, deberías ir a terapia. No hago todo para complacerte —suelto sin pensar.

Él me calla apretando su larga erección contra mí. Gimo al sentirlo, y todo el cuerpo me arde ante su osadía.

—Atrévete a decirme que no te afecta esta conexión que hay entre nosotros —me susurra al oído, lo que me provoca un escalofrío.

Me pasa un dedo desde lo alto del cuello hasta la clavícula, deteniéndose justo encima del escote.

Ni de broma voy a admitir nada.

—No sé de qué me hablas. ¿Así es como te ligas a todas esas pelandruscas? —replico.

Dios mío, ¿quién dice *pelandruscas* a estas alturas? El alcohol tiene tonto mi cerebro. Tonto de remate.

—Creo que sí sabes de qué hablo. —Sus manos me agarran con posesividad mientras nuestras caderas se mueven al ritmo de la música.

Reprimo otro gemido, pero echo la cabeza para atrás y la apoyo en su pecho mientras siento su miembro contra mi trasero, tomando consciencia de su tamaño.

Noto una exhalación cálida en la oreja que me llena de deseo. Todo el cuerpo me arde por donde me toca. La suave tela del vestido apenas me protege de los estragos que causan sus dedos acariciándome de arriba abajo.

—Me vuelves loco. No dejo de pensar en cogerte, en cómo sonará tu voz cuando llegues al límite, cuando me pidas más. ¿Susurrarás? ¿Gritarás?

Siento un cosquilleo en el vientre cuando noto que me mordisquea el lóbulo de la oreja. Inclino la cabeza para permitirle un mejor acceso a mi cuello, y sus labios trazan un camino de besos por toda su longitud. Respiro con dificultad. Mi determinación se esfuma, solo quiero rendirme a él.

«Llévame a la habitación», quiero decirle. Pero no lo hago, dejo que mi cuerpo diga las palabras que no pueden salir de mi boca.

«Un problema para la Maya del futuro».

¿Qué mal puede hacer una noche con él? Somos dos adultos que saben guardar un secreto.

Noah percibe mi rendición. Aprieta los labios contra el hueco de mi cuello y noto su lengua buscando saborearme; me estremezco con cada lamida en esa parte tan sensible.

Alguien me toma de la mano y me aparta de él, y siento frío en la piel ante la ausencia de Noah. Él gruñe, nada contento con la intromisión.

—¡Mira, Maya! Justo a quien quería ver. Te está buscando tu hermano. Te acuerdas de él, ¿verdad? ¿El compañero de escudería de Noah? —dice Sophie con énfasis en la última pregunta. ¿Cómo nos ha encontrado en medio de este mar de gente bailando?

Me sacudo la nube de lujuria que me nubla la mente y oigo con claridad la música retumbando, recordándome dónde estamos. Las luces me iluminan los zapatos. Si golpeo los talones tres veces, ¿me llevarán a casa?

—Será mejor que me vaya. El deber de hermana me llama. Gracias por el baile —se me quiebra la voz.

Esto que hemos hecho no se parece en nada a ningún baile que haya visto en mi vida. Mis ojos se encuentran con los de Noah, y veo en ellos un deseo y una frustración evidentes incluso en la oscuridad.

—Esto no se ha acabado —promete con su voz grave.

—Por ahora sí, Romeo. Vamos, Julieta. —Sophie me aleja de él como la buena amiga que es.

Mantiene la calma hasta que encontramos un rincón vacío.

—Eh... ¿Dónde está mi hermano?

—¿Y yo qué sé? Necesitaba una excusa para sacarte de ahí antes de que Noah y tú se pusieran a coger en medio de la pista de baile. ¿No ibas a alejarte de él? He tenido que abanicarme solo de verlos. —Hace el gesto con las manos.

—No pensé que fueras una mirona. —Mis labios se curvan en una sonrisita.

—No cambies el tema, que me doy cuenta. Me ofendes. Entonces ¿qué quieres: acostarte con él o evitarlo? Tienes que decidir —afirma de brazos cruzados y dando golpecitos en el suelo con el tenis.

Solo Sophie podría llevar un atuendo tan ridículo con dignidad: un vestido lleno de holanes con unos tenis blancos que brillan en la oscuridad.

—No tengo ni idea —contesto, y me encojo de hombros porque de veras no sé qué pensar de esto que hay entre Noah y yo. Un magnetismo fuera de control que no puedo describir con palabras.

—No te creo. Parecía que estaban interpretando una versión moderna de la escena de *Dirty Dancing*. ¿Y qué piensas hacer con esta relación que tienen?

—A ver, llamarlo «relación» me parece pasarse. Lo que acabas de ver es lo más cerca que hemos estado el uno del otro. Atracción, sí; relación, no —digo negando con la cabeza.

Su ceja alzada no me calma demasiado.

—Te gusta el compañero de tu hermano. Su rival, para que sea peor.

—No —balbuceo. Cambio el peso de un pie a otro—. Siento una atracción sexual por él, pero no me atrae él como persona; apenas lo conozco.

—Sí, claro —responde con sarcasmo—. Vamos a tener que mantenerte alejada de él.

—¿«Vamos»?

—Liam y yo, ¿quién si no? Es lo que hacen los amigos.

Nunca había estado tan agradecida con una amiga. Sophie y yo nos marchamos de la fiesta de la mano, dejando atrás decisiones atroces y a unos cuantos chicos malos.

16

Noah

Me gusta Maya. O sea, me encanta. Está concentrada en su celular, sin prestar atención a lo que pasa a su alrededor y sin darse cuenta de que la estoy observando.

Quiero sincerarme con ella, llevar al límite esta conexión física que hay entre nosotros, comprobar qué tan bueno sería el sexo. Cogérmela contra cada superficie de mi departamento y hacerla disfrutar. No me importaría que fuéramos amigos con derechos y exclusividad lo que queda de campeonato si el sexo es como me lo imagino. Nunca había repetido con ningún ligue, pero creo que con ella podría estar bien.

Liam me saca de mis ensoñaciones. Me da un ligero codazo y mira hacia las cámaras y los periodistas que tenemos delante.

—Perdona, no estaba prestando atención a la pregunta, ¿me la podrías repetir? —digo con una media sonrisa.

A los reporteros les hace gracia mi sinceridad. Maya me mira con un brillo en los ojos mientras se le sacude el pecho con una risa contenida.

—¿Qué estrategias has adoptado para defender tu título de campeón del Gran Premio de Mónaco? —repite el periodista tartamudeando.

—Bueno, suelo meterme al coche y entrenar. Intento ir lo más rápido posible. Ya sabes, lo de siempre. —Hoy decido hacerme el graciosito.

Se oyen algunas risas entre el público mientras las cámaras graban y toman fotos. Todo el mundo sabe que odio este tipo de preguntas. A los aficionados les encanta que responda así, con este atrevimiento. Son fans míos por algo.

Los periodistas siguen con su cantinela. No quiero quedar como un idiota antes de la carrera, así que me aseguro de prestar atención esta vez, no vaya a ser que los patrocinadores piensen que me he pasado con la fiesta en Mónaco. Incluso escucho con interés cuando le preguntan a Santi cómo se siente con su segunda posición en la clasificación.

—Bastante bien —contesta él—. Me gusta que el trabajo duro esté dando sus frutos. El año pasado quedé descalificado del Gran Premio por culpa de una falla en el motor, así que tengo muchas ganas de salir a competir con tantas personas a las que llevo años admirando.

Asiento, impresionado por su respuesta. Se ve que ha estado trabajando en cómo hablar de cara al público.

Cuando la rueda de prensa llega a su fin, me levanto y me dirijo hacia Maya.

—Qué raro, no volví a verte en el desfile de moda. ¿Dónde te metiste?

Sigue concentrada en el celular. Lo bajo con un dedo para ver la pantalla. «¿Me está ignorando para mirar Instagram?».

Pulso el botón de bloqueo del lateral del teléfono. La pantalla en negro la insta a levantar la vista hacia mí, como yo quería.

No me gusta la manera en que me mira, con ojos cautos e inexpresivos.

—Estuve un rato con mi hermano y con Sophie, pero no tardé en marcharme. —Aparta la vista mientras contesta.

—Me sorprende, porque me encontré con tu hermano cinco minutos después de que te fueras. Le extrañó que le preguntara si sabía dónde estabas. Intentó llamarte, pero no le respondiste. Nos pasamos el resto de la noche hablando con patrocinadores. —Me encojo de hombros tratando de aparentar indiferencia.

En realidad me enoja bastante que Sophie me la arrebatara. Tuve que ir al baño a masturbarme para que se me bajara la erección. Qué vergüenza más grande. Sophie es una aguafiestas de cuidado, ¿cómo se le ocurre llevarse a Maya justo cuando había sucumbido a mí?

El rubor de sus mejillas se extiende; no necesito más pruebas.

—No me creo lo que ven mis ojos. ¿Qué hacen aquí hablando como dos tortolitos? No estarán planeando cómo ganarme mañana, ¿verdad? —nos interrumpe Liam.

Pongo los ojos en blanco y me paso una mano por la cara. ¿Es que no podemos tener ni un momento a solas?

—Estoy recabando información para mi hermano. Solo le debo lealtad a él —contesta Maya dando un toquecito a su gorra de Bandini. Tiene un siete bordado en la visera.

¿Qué sentiría si llevara mi número veintiocho? Me la imagino con una camiseta con mi nombre en lugar del de Santiago. Me está jodiendo la cabeza, haciéndome desear cosas ridículas.

—Yo me voy ya, Santi y yo iremos a comer. Buena suerte mañana, Liam. Nos vemos, Noah —se despide y se marcha corriendo.

—Amigo, yo que tú me olvidaría. Es la hermana de tu compañero de escudería, no vale la pena.

Que Liam me recomiende que no me involucre con alguien es algo inaudito, es como si me pidiera que me dejara ganar.

—Tú te coges a cualquier cosa con dos piernas y senos operados, no sé por qué me vienes con consejos —le espeto, incapaz de ocultar mi irritación. Me doy cuenta de que ha sonado demasiado violento incluso para mis estándares.

—Oye, oye, no te desquites conmigo —replica Liam levantando las manos—. Si necesitas cogerte a alguien, hay mil chicas dispuestas en cualquier evento. No te compliques la vida.

Ese es el problema, que no me interesa coger con cualquiera, y llevo bastante tiempo sin hacerlo. ¿Cuándo fue la última vez que me acosté con alguien en ese plan?

Liam se toma mi silencio como una muestra de avenencia.

—Escucha, amigo. Te voy a dar un consejo, aunque estés siendo un imbécil. Las chicas como Maya no tienen citas de una noche con gente como nosotros. Es de las que se dejan llevar por los sentimientos y acaban queriendo más —dice Liam, fingiendo un estremecimiento.

—¿Qué problema hay con los sentimientos?

Me mira como si me hubieran salido dos cabezas. De acuerdo, supongo que no me suelen importar los sentimientos de las mujeres.

—Pues que siempre llevan a más. Y entonces llegan las pedidas de mano, los sacrificios, los bebés llorones..., todo el asunto. Un día te despiertas y te preguntas cómo has llegado hasta aquí. Tienes cuarenta años, ya casi no coges con tu mujer y, para cuando te quieres dar cuenta, estás masturbándote con porno a diario para sobrevivir.

Ya me masturbo ahora. No le veo tanta diferencia.

Liam suena más cínico que de costumbre, lo cual me resulta extraño porque sus padres son el matrimonio ideal. Quiero decir, ya tengo treinta años. No quiero estar solo el resto de mi vida, solo mientras compita y esté viajando todo el año.

—No tengo claro cómo acostarme con Maya se convierte en todo un plan a diez años, pero gracias por preocuparte. —Pongo los ojos en blanco y le doy una palmadita en la espalda.

—Solo te aviso. Esa chica te va a meter en cintura, te lo aseguro. Vas a tener que devolver tu identificación de hombre y te preguntarás qué hiciste mal. Pues cambiar a todas las chicas del mundo por una sola. Elegir cogerte a la misma durante el resto de tu vida.

Su visión del matrimonio es bastante tétrica, nada que ver con su optimismo habitual. No sé qué mosca le ha picado hoy. Decido marcharme; sus palabras ya me han afectado bastante.

El día de la carrera de Mónaco, busco a Maya por todas partes, pero no la veo. Acabo yendo a la cantina de

Bandini en un último intento por encontrarla. Sophie da un sorbo a su expreso en una de las mesas, hojeando una revista despreocupadamente.

—¿Has visto a Maya? —pregunto en voz baja mientras acomodo el trasero en la silla que tiene delante.

—¿Hace poco, quieres decir?

«¿Se está haciendo la tonta?».

—Sí. O sea, en las últimas horas. —Me cuesta horrores no apretar los dientes. Mi dentista va a estar encantado la próxima vez que me vea.

Sus ojos me revelan que mi reacción le resulta divertida.

—¿Para qué quieres saberlo?

—Responde, carajo. No es una pregunta tan difícil —suelto.

Pone los ojos en blanco al oír mi tono mordaz. He ido varias veces a su casa durante las vacaciones, así que nos conocemos superficialmente desde hace años. Es como una prima tercera que no para de molestarme, porque no tenemos tanta relación como para considerarla mi hermana.

—No te pongas así, hombre. Ha decidido ver la carrera como una persona común hoy. Quiere grabar la experiencia para su *vlog*.

¿No sabe que eso es una malísima idea? Seguro que la reconocen, y algún borracho intentará meterle mano. No me gusta para nada pensar que esté ahí ella sola.

—¿Por qué no vas con ella? —O, mejor dicho, ¿por qué estás aquí tan tranquila tomando café mientras tu amiga está en medio de una multitud?

—Iba a ir a los boxes a estar con mi padre. Es una de las carreras más importantes del año, va a ser una locura.

Saco el teléfono antes de que termine la frase. Me observa con atención mientras toqueteo la pantalla.

—Dime tu número —le pido después de un par de minutos de silencio.

—¿En serio pretendes ligar conmigo después de preguntarme dónde está mi amiga? Solo les faltaba quitarse la ropa el otro día.

—No —respondo con la mandíbula tensa—. Hoy no vas a estar en los boxes. Tu padre acaba de mandarme una entrada encantado de que quieras vivir la carrera como una auténtica fan.

Sonrío al ver que se queda boquiabierta y procede a decirme su número. No pronuncia ni una palabra más, gracias a Dios. Maya puede evitarme todo lo que quiera, pero eso no significa que tenga que hacerlo sola. Me saldré con la mía tarde o temprano. En este tipo de juegos ella tiene las de perder; nadie me gana a resistencia.

Se me curvan los labios mientras elaboro un plan para conseguir estar a solas con ella después de la carrera. Que se aleje si quiere; yo no tengo por qué hacerlo. «No eres la única que sabe jugar a esto».

17

Maya

Oigo a Sophie antes de verla. Le está gritando a un tipo que no para de arrimársele en la grada. Su elección de vocabulario es increíble, uno de los efectos de leer demasiadas novelas clásicas.

Se las arregla para llegar al asiento que está al lado del mío y se acomoda. Vamos vestidas iguales, como si fuéramos gemelas, con camisetas de Bandini y orejeras para protegernos los oídos.

—¿Qué estás haciendo aquí? Creía que hoy querías estar en los boxes.

Los fans de alrededor nos miran con curiosidad. Me bajo la visera de la gorra para ocultarme el rostro y me quito las orejeras antirruido para oírla mejor.

Ella se encoge de hombros, imitando mi emblemático gesto. Le doy un codazo en las costillas.

—¡Ay! Oye, oye, no hace falta que lleguemos a las manos. Noah me ha acorralado preguntándome dónde estabas —confiesa mientras se frota el costado.

«¿La he oído bien?».

—¿Y cómo terminaste aquí?

—Me obligó a venir, supongo que no quería que estuvieras sola.

Me sorprende que se preocupe siquiera.

—¿Ha dicho algo más? —indago mientras toqueteo los ajustes de la cámara.

—Ha dicho textualmente —y hace una voz grave, imitando la de Noah—: «No sabía que le gustara esconderse. Dile que cuando la encuentre me va a conocer. Yo era el mejor jugando al escondite en la escuela».

—¡¿Qué?! ¿En serio? —suelto en un gritito.

—¡No! Es una frase horrible para ligar, ¿cómo va a decir eso? Estoy bromeando. —Se carcajea delante de mí. Va a conseguir que me dé un ataque hoy—. Pero se notaba tenso. Creo que puedo concluir que le gusta que estés cerca los días de carrera.

—Pensaba que le daba igual que estuviera o no los domingos.

—Hummm... Pues no lo sé. —A Sophie se le iluminan los ojos—. Parecía estar bastante nervioso. Al menos lo suficiente para venir a preguntar por ti.

Los comentaristas interrumpen nuestra conversación y anuncian que la carrera está a punto de comenzar.

El público guarda silencio mientras se encienden las luces rojas por encima de la parrilla de salida. Todo el mundo espera con emoción el inicio de la carrera, y se crea una especie de corriente de energía en las gradas cuando los motores rugen. El corazón me late al ritmo al que aparecen las luces rojas. En cuanto se apagan, los coches salen disparados por la pista hacia la primera curva. El circuito del Gran Premio de Mónaco no perdona:

si cometes un error, como pasarte de velocidad o quedarte corto en una curva, estás perdido.

Noah se mantiene líder tras el primer giro, con mi hermano pisándole los talones. El monoplaza de Santiago corre como alma que lleva el diablo por la siguiente recta antes de prepararse para tomar la siguiente curva, bastante pronunciada. Liam y Jax compiten por la tercera posición.

La pista de Mónaco es muy distinta de las demás del campeonato. Las carreteras son estrechas, así que los coches van muy pegados y no hay mucho margen de error. Jax y Liam consiguen evitar colisionar en una de las curvas, pero se oye un rechinido y salen virutas de metal volando cuando los vehículos se rozan. El público se lleva las manos a la boca cuando el coche de Jax se va hacia un lado, pero él aprovecha la inercia para recuperar la dirección y apenas se libra de un accidente catastrófico.

Me llena de entusiasmo oír los zumbidos de los coches recorriendo el trazado cuando Noah y Santi pasan por delante de nosotros completando su primera vuelta. La afición clama a sus pilotos favoritos y ondea banderas y carteles. Me estremezco de la emoción cuando Sophie y yo nos levantamos para animar a nuestros chicos. Hay aficionados viendo la carrera desde balcones que dan a la pista también.

El olor a neumático quemado me impregna las fosas nasales, una fragancia que ha acabado encantándome como resultado de estar aquí.

Noah continúa luchando por el primer lugar con mi hermano. Defiende la posición con uñas y dientes, por lo que Santi lo tiene complicado para rebasarlo. Aun así, mi hermano lo intenta en varias ocasiones, pero no lo logra; el circuito de Mónaco dificulta bastante remontar posiciones. La mayoría de las veces, la posición en la que sales es en la que terminas, siempre y cuando no te estrelles.

En una de las curvas más cerradas, mi hermano intenta rebasar a Noah de nuevo. Lo hace de mala manera y le roza el frente a Noah, que tiene que quedarse atrás. Así, mi hermano asegura la primera posición. Noah debe de estar bastante enojado; odia que los coches se toquen en las carreras. La carrera en general es bastante desastrosa, con virutas volando y coches chocándose.

Se hace silencio entre el público cuando Liam se estrella contra una de la barreras protectoras. La rueda delantera sale disparada y el coche no tiene arreglo, así que queda descalificado. Se lleva las manos al casco mientras las cámaras lo enfocan. A Sophie se le ensombrece la mirada y no para de mordisquearse el labio inferior.

Durante una de las últimas vueltas, mi hermano baja la guardia lo suficiente para que Noah lo alcance. Los dos monoplazas van a la par, con el frente a la misma altura y la carrocería casi tocándose, mientras recorren una recta. Se aproximan a una curva cerrada. Aguanto la respiración, incapaz de apartar la mirada mientras Noah acelera a la vez que gira. Las ruedas laterales se le levantan del suelo y le hacen perder un contacto y una tracción importantes para girar, pero le sale bien la jugada, porque su monoplaza pasa por delante del de Santi, que queda relegado a la segunda posición de nuevo. La afición se vuelve loca al ver la arriesgada maniobra de Noah, y a mí me cuesta contener la emoción.

Noah pasa por la línea de meta primero. La bandera a cuadros se agita en el aire, señalizando el fin de la carrera. Los espectadores aplauden cuando anuncian a Noah como el ganador del Gran Premio de Mónaco. Sophie y yo nos ponemos a dar saltitos cuando Santi cruza también la línea de meta y queda segundo.

Bandini ha tenido un día fantástico. No paran de demostrar que son una de las escuderías más potentes con Noah y Santi al volante. Después de esta carrera, están aún más cerca de ganar el Campeonato de Constructores.

Sophie y yo esperamos con la muchedumbre mientras los pilotos hacen la vuelta de honor. Acabamos saliendo de las gradas cuando los chicos ya han empezado las entrevistas con la prensa.

Nos encontramos con ellos en el podio. Noah está en el centro, con Santi y Jax a cada lado. Me llena de alegría ver a los chicos de Bandini llevándose bien, riéndose con algo que ha dicho alguno de los tres.

Santi y Jax riegan a Noah con champaña. El público grita cuando les salpica la champaña, y el alcohol hace que huela como a botella sofisticada. La zona del podio parece un concierto, entre el olor a bebida y los fans enloquecidos.

Noah me ve en mi lugar a salvo tras las barreras de seguridad y me dedica una sonrisa que hace que se me caiga la tanga. Incluso inclina la enorme botella de champaña hacia mí antes de darle un buen trago. Yo le devuelvo la sonrisa y le enseño los pulgares; estoy increíblemente orgullosa de él. La visión de sus labios rodeando el cuello de la botella hace que me vengan imágenes bastante subidas de tono a la mente.

Sophie va con su padre a celebrar la victoria con los ingenieros y los mecánicos, y yo vuelvo a la habitación privada de mi hermano a pasar el tiempo mientras él está ocupado con más entrevistas.

Me sorprendo cuando la puerta se abre antes de lo esperado.

—Vaya, no sabía que ibas a volver tan... —Dejo la frase a medias cuando veo a Noah sonriéndome.

Acaba de darse un baño. Lleva el pelo peinado para atrás, aún no ha tenido ocasión de revolvérselo. Una camiseta nueva de Bandini le marca los abultados músculos del pecho. Me lamo mientras repaso el resto de su cuerpo, deteniéndome en unos *jeans* de aspecto bastante caro que se le ciñen a las piernas.

—¿Qué estás haciendo aquí? Tu habitación es la de al lado.

No me gusta nada la sonrisa traviesa que tiene pintada en la cara en este momento. Ni un poquito.

Él acorta la distancia que hay entre los dos y me hace callar poniéndome un dedo en los labios.

—He venido por mi premio —dice mientras me desliza el dedo áspero desde los labios hasta el cuello.

—Eh... Estoy bastante segura de que ya te han dado el trofeo —susurro con la voz ronca.

La sonrisa de Noah se ensancha mientras clava sus ojos azules en los míos. Siento como si el aire en la habitación estuviera viciado, como si le hubieran quitado todo el oxígeno. Noah es un huracán que me sujeta en el ojo de la tormenta, dándome una falsa sensación de seguridad antes de que el vendaval arrase con todo. Un desastre catastrófico que no se puede evitar.

Se aleja de mí. El clic del seguro se oye como un estruendo, y hace que un escalofrío me recorra toda la espalda.

—No tiene gracia, Noah. Vete a tu habitación. —Doy un paso atrás mientras él da unos cuantos pasos adelante, reduciendo el espacio entre nosotros.

—No pretendo ser gracioso. Me has estado evitando.

«Pues claro». Después del desfile de moda he estado un poco desaparecida. No confío en mis impulsos cuando estoy cerca de él, pero no digo nada porque no quiero subirle el ego aún más.

—No sé de qué estás hablando. He estado ocupada —replico. Probablemente sonaría diez veces más convincente si no tuviera la voz tan áspera. Mi cuerpo me delata, incapaz de aguantar la persistencia de Noah.

—Te sigo en Instagram. He visto tus *stories*.

«Vaya». Esta es la segunda vez que menciona que las ve. No me imaginaba que tuviera tiempo siquiera para verlas, pero debe de estar al tanto de la noche en que voy al cine y de mi día de spa.

—A veces es necesario un día de descanso.

—Tú has tenido dos —contesta, y me acaricia el rostro con la palma de la mano.

«¿En qué momento se ha acercado tanto? ¿Y por qué la sensación es tan maravillosa?». Cierro los ojos ante el increíble contacto.

Con la misma mano me envuelve la nuca y me jala hacia él. Abro los ojos de golpe. Su aroma a limpio me rodea y me alborota la mente. No me deja pensar ni un segundo más antes de colocar su boca sobre la mía, apretando sus suaves labios contra los míos.

Al principio, el beso es suave y tierno, de una inocencia inesperada en un hombre como él. Me recorre la boca dándome pequeños besitos.

Entonces me muerde ligeramente el labio inferior, con rudeza y un poco de dolor. La sensación me deja sin aliento. Su lengua aprovecha la oportunidad para invadir mi boca y jugar con la mía, una exploración implacable que me pide que se lo dé todo. Sabe a menta y a champaña, una combinación sorprendentemente agradable. Besarlo es una experiencia de otro mundo. Me recorre el cuerpo con las manos, apretándome contra él mientras su boca ahoga mi gemido. Noto una impresionante erección que presiona contra mis *jeans*. Me pasa una mano por el pelo y con la otra me sostiene la cara para que me resulte imposible huir de él. Tampoco es que quiera. No, no; cuando decido portarme mal, voy con todo.

El corazón me martillea en el pecho. Le rodeo el cuello con los brazos y lo acerco más aún a mí, cediendo al fin a nuestra atracción. Su pelo es suave y muy liso, descubro cuando le paso los dedos por los mechones. Amenazan con fallarme las rodillas. Intento ordenar todas las sensaciones que se están dando en mi interior mientras vivo el mejor beso de mi vida, tan excitante como embriagador. Siento como si mi cuerpo fuera de plastilina en sus manos, deseando que lo toquen.

—¿Por qué está la puerta cerrada? Eh, Maya, ¿estás ahí? ¡Ábreme! —La voz de mi hermano es como una jarra de agua fría que me devuelve a la realidad. Santi golpea la puerta al ritmo de los latidos de mi corazón.

Me aparto de la boca de Noah, doy unos cuantos pasos atrás y estoy a punto de tropezarme con el sofá. No puedo evitar sonreír al verlo con el pelo todo revuelto. Sus ojos se me quedan mirando, salvajes y tormentosos, y tiene un bulto enorme en los pantalones. Mentiría si dijera que no me siento bastante orgullosa de haberle provocado eso.

«Hurra por mí».

Noah se lleva un dedo a la boca. Se le levanta una comisura de la boca y le brillan los ojos, con ese tono azul que tanto me ha acabado gustando. ¿Por qué siempre parece tan imperturbable? Es injusto. Bajo la vista a su entrepierna para asegurarme.

«No, sí que se le puede perturbar».

El pasador de la puerta se agita, y el orgullo que sentía hace unos segundos se ve remplazado por la culpa. Santi me mataría si me encontrara aquí con Noah.

—Maldición, ¿por qué está mi habitación cerrada con llave? ¿Quién tiene llave para empezar? —se queja mi hermano, pero oímos que su voz va atenuándose junto con el sonido de sus pasos.

—Tienes que marcharte ahora mismo. Yo me aseguro de que se haya ido —le digo a Noah mientras lo aparto para ir a la puerta.

Él me agarra del codo y me jala hacia él. Me silencia con un beso. Se ve que mi cerebro no ha puesto a mi cuerpo al corriente aún, porque me reclino sobre él como si pudiéramos seguir con lo que estábamos.

—Tranquila, no tiene por qué enterarse —susurra él. Me clava esos ojos traviesos una última vez antes de salir de la habitación.

Yo me desplomo en el sofá y me paso una mano por la cara. «¿Qué demonios acabo de hacer? No puedo hacerle esto a Santi. ¿Verdad?».

«¿Y por qué parecía que con un solo beso ya estaba dispuesta a todo?».

Han pasado dos semanas desde El Beso. Necesitaba unos días de asuntos propios lejos de la competición, lo cual significa que me he saltado el Gran Premio de Canadá.

Santi me rogó que fuera, pero me inventé la excusa de que quería volver a casa. Me sentí fatal por mentirle, y tenía el estómago hecho un mar de nudos mientras hacía las maletas y me compraba el boleto de avión. Le dije que viajar tanto me agota. Lo cual no es del todo mentira: estar alrededor de Noah me agota emocional y físicamente. La semántica lo es todo en esta vida.

Sophie también me suplicó que me quedara, pero ya lo tenía decidido. Necesitaba despejarme la mente.

Jax se llevó esa carrera, Liam acabó segundo, y mi hermano, tercero. Es la primera vez desde que Santi chocó contra él en el Gran Premio de China que Noah no sube al podio.

Sophie debe de haberle dado a Noah mi número de teléfono, porque me envió varios mensajes durante la semana. Lo he guardado en mis contactos con un nombre de incógnito, no vaya a ser que Santi agarre mi celular por algún motivo. Puede que haber estado releyendo *Harry Potter* haya influido en la elección de nombre.

El que no debe ser cogido (10/6 17:00): ¿Vienes en otro avión? Santiago ya está aquí, pero tú no.

El que no debe ser cogido (11/6 14:37): Me he enterado por tu hermano de que no vas a venir. ¿No es supersticioso? Has estado en todas las carreras hasta ahora.

El que no debe ser cogido (13/6 16:56): No he conseguido llegar al podio. Igual soy yo el supersticioso.

Me dio un vuelco el estómago al leer el último. No quería que Noah lo hiciera mal, es el compañero de mi hermano, pero no ha perdido porque yo no estuviera.

Puse en YouTube una entrevista a Noah después de la carrera, diciéndome que lo hacía solo por curiosidad.

Noah se veía guapísimo con su traje de carreras rojo y el pelo sudado pegado a la cabeza. El look desaliñado es lo suyo.

El periodista le planta el micrófono de espuma en la cara.

—¿Qué ha pasado hoy en el circuito?

—Es solo un mal día. Cosas que pasan. Eso sí, me alegro por el podio de mi compañero y de mis amigos —contesta con una sonrisa tensa que no parece opinar lo mismo.

—¿Vas a cambiar algo de cara al próximo Gran Premio?

Noah mira a la cámara con las cejas juntas. Sus profundos ojos azules están como perturbados, no dejan traslucir ninguna emoción.

—Creo que tengo que variar un poco mi ritual precarrera. Hay un par de cosas con las que no estoy seguro de poder seguir contando. Pero ya se verá. No pienso revelar ningún secreto —responde, y cierra la entrevista con una media sonrisa.

Después de ver el video, he seguido ignorando sus mensajes durante un día entero. Pero, a las veinticuatro horas, he acabado sucumbiendo y respondiéndole; no era capaz de quitarme de la cabeza la imagen de su ceño fruncido mirando a cámara. Ni cinco mil kilómetros sirven para reducir el poder que tiene sobre mí.

Maya (14/6 13:14): Seguro que en la próxima carrera vuelves al podio. Eres de los mejores.

El que no debe ser cogido (14/6 13:16): ¿A esa sí vas a venir? ¿Te llegaron mis mensajes anteriores? No he recibido ninguna respuesta.

No me esperaba de alguien como él que me preguntara si me han llegado los mensajes. ¿Le ha escrito esto a alguna otra chica? La sola idea hace que me compadezca de él y le responda más rápido de lo habitual.

Maya (14/6 13:30): Allí estaré. Solo necesitaba un descanso de tanto viaje.

Elijo por su bien ignorar la otra pregunta.

El que no debe ser cogido (14/6 13:16): Bien. Nos vemos, entonces.

Pues ha sido más fácil de lo que me esperaba. Tengo que hablar con él, pero antes necesito un plan, de ser posible un plan al más puro estilo Sophie.

18

Noah

¿Así es como se siente cuando te hacen *ghosting*? Se lo he hecho a algunas chicas antes, pero nunca había sido la parte perjudicada. Y, siendo sincero, es una auténtica mierda. «Debe de ser el karma».

No he visto a Maya desde lo de Mónaco. Apenas contesta a mis mensajes, lo cual me hace dudar si quizá la besé demasiado pronto. «Yo dudando. Vaya chiste». A veces parece que le gusto, pero su comportamiento dice lo contrario. Nunca había sentido esta inseguridad.

Aterrizo en Bakú dos días antes para aclimatarme a la ciudad. Por eso y porque quiero estar atento a cuando lleguen Santi y su hermana para acorralarla cuando él no esté.

El miércoles pasa sin rastro de ella durante las reuniones con los patrocinadores y todos esos teatros para lamer traseros. Maya no viene a ninguno. Me preocupa que esté dispuesta a dejar de ir a otra carrera por mí.

Sucumbo a mi curiosidad y le pregunto a Santi por ella mientras volvemos a las habitaciones privadas después de la rueda de prensa.

—¿Dónde se ha metido tu hermana?

Él gira la cabeza despacio hacia mí, revelando unos ojos entrecerrados y una mandíbula apretada. No me asusta. Su expresión intimidatoria es como la cara de un perrito, nada amenazante como la de su padre.

—Ha estado ocupada. Ha vuelto a España a visitar a nuestros padres. ¿Por qué? —inquiere con una mirada asesina.

—Por curiosidad. Me fijé en que no había venido a ver la última carrera y me preguntaba si te afectaría a la hora de competir —contesto con una sonrisa petulante que parece aplacarlo. Ya volvemos a la programación habitual: yo soy un imbécil arrogante y él me soporta.

—Lo he hecho bastante bien —se burla Santi—. He competido mil veces sin mi hermana cerca, cuando estaba en la universidad. Eres tú el que ha rendido menos esta vez.

Conque Santi tiene mal humor también... Es bueno saberlo.

—Sí. Unas veces ganas y otras pierdes. —Me encojo de hombros—. ¿Y va a venir a esta carrera? —pregunto, deseando que mi voz suene despreocupada.

—Sí. Ya está aquí.

Cuando llegamos a las habitaciones, me decepciona no ver a Maya.

—¿Y dónde está? No la veo ahí adentro.

Se me queda mirando con la cabeza ladeada y los labios apretados.

—No, ha salido con Sophie. Ha dicho algo de que quería grabar videos explorando la ciudad para el *vlog*.

Por poco se me salen los ojos de las órbitas. Están solas en medio de una ciudad desconocida donde la gente habla otro idioma. ¿Y si alguien las reconoce?

—Deberían tener más cuidado. ¿Por qué has dejado que salgan ellas solas? Es una irresponsabilidad.

Santi parece enojarse aún más.

—Sé cómo cuidar a mi hermana. Es una ciudad segura.

—Creo que se te olvida que ahora vales veinte millones de dólares. ¿Por qué crees que se secuestra a la gente? Pista: no es solo por su cara bonita.

Su ignorancia me exaspera.

La mandíbula de Santi se tensa. Respira hondo mientras lo observo. Sé que lo saco de sus casillas, pero es que a veces es bastante incauto.

—Gracias por el consejo —dice antes de entrar a su habitación y cerrar de un portazo.

Le mando un mensaje a Maya para asegurarme de que sigue con vida.

Maya (19/6 18:58): Todo
en orden, gracias por preguntar.
Vamos a cenar afuera y luego
a la cama. Buena suerte mañana
en los libres.

Me pongo a pensar en algo que podamos hacer juntos que no incluya pasarle la lengua por el cuello. No por falta de ganas, sino porque también hay que hacer cosas divertidas. Se me ocurre un plan, así que recluto a mis amigos para que me ayuden. Necesito que se dé cuenta de lo que puede tener si le da una oportunidad a lo nuestro.

—Ve por las chicas y llévalas al circuito de karts.

Liam se me queda mirando como si le estuviera hablando en otro idioma. O sea, él habla alemán, pero entiende el inglés más que de sobra.

—¿Me repites por qué estamos haciendo esto? —pregunta con una voz igual de escéptica que su cara.

—Porque quiero que pasemos un buen rato antes de la carrera. ¿Qué problema hay? —replico conteniendo el impulso de poner los ojos en blanco.

—Bueno, que tu «buen rato» de antes de la carrera suele consistir en cogerte a una modelo.

Le doy un puñetazo en el brazo.

—Vete a la mierda. No le digas a Maya que ha sido idea mía, o tal vez preferirá no venir.

Aprieto los dientes con fuerza, una mala costumbre que he adoptado últimamente, como mirar de manera compulsiva las redes sociales de Maya. Me he convertido en ese tipo de chico que necesita ver lo que hace la chica que le gusta para llenar el vacío de su ausencia.

Que Jax y Liam hagan como que se les ha ocurrido a ellos y yo me uno al plan; no quiero que se entere de que me he esforzado tanto por ella. Lleva semanas evitándome, así que me he visto obligado a tomar medidas drásticas para recuperar su atención.

—Bien, bien, pero no me pegues. Nos vemos allí —dice mientras se frota el brazo con un puchero en los labios.

Liam se estaciona delante del circuito de karts una hora más tarde. Jax, Maya y Sophie se bajan del coche rentado. No he invitado a Santi porque no soy tan estúpido; ha estado fijándose mucho en mí últimamente, sobre todo cuando su hermana está cerca.

Maya se queda con la boca abierta cuando me ve.

—¿Vamos a manejar karts? —exclama Sophie emocionada dando saltitos y palmadas con las manos; las trenzas rubias se le mecen mientras Liam la observa. Es valiente al ponerse así conmigo por el tema de Maya cuando a él se le cae la baba con Sophie.

—No he vuelto a subirme a un kart desde que era pequeña —comenta Maya, mirando el casco que tengo en la mano.

Se sonroja cuando se lo paso y nuestras manos se tocan.

—Solo podías hacerlo cuando le robabas el kart a tu hermano. Esta es tu oportunidad para pilotar uno de verdad. Eso sí, no le pongas estampas de unicornios —sonrío.

Carajo, ahora es evidente que he organizado todo yo. A la mierda mi plan de que no lo sepa.

«Muy sutil, Noah».

—Pero ustedes son profesionales. No es justo —dice Sophie con los brazos cruzados.

Maya se frota las manos y le dedica a Sophie una sonrisa traviesa.

—Ellos están acostumbrados a ir en coches muy rápidos. Es pan comido.

¿Y ese destello en sus ojos? Deberíamos estar preocupados; no cabe duda de que quiere darnos una paliza.

Y resulta que es justo eso lo que hace. No tenía ni idea de que fuera tan buena en los karts, y carajo, me excita mucho. Podría escudarme en que llevo muchos años sin pilotar un kart, pero es que ella tiene un talento innato. Nos ha dado mil vueltas, literalmente.

Ver a Maya ahí, sentada en el kart, alardeando de su victoria con los brazos en el aire, hace que se me ponga dura. Se ve extremadamente sexy con el casco y el traje de carreras prestado. No sabía que tuviera un fetiche con esto, pero al verla ahora, quitándose el casco y dejando a la vista el pelo despeinado, me queda claro que sí.

Haber organizado algo que le gusta hace que una sensación desconocida me recorra todo el cuerpo, de los pies a la cabeza. No para de sonreírle a Sophie desde lo alto del minipodio que tienen para los niños. Ojalá me dedicara a mí esa sonrisa que prodiga a los demás: preciosa, pero con un toque de picardía. Liam y yo sacamos las botellas de champaña que llevábamos escondidas en una mochila y rociamos a las chicas con el alcohol.

—¿Hola? ¿No somos nosotras las que deberíamos tener las botellas? —consigue decir Maya entre risas.

Liam y yo les pasamos un par de botellas sin abrir de las que tenemos nosotros en el podio de verdad. Queríamos que vivieran la experiencia Fórmula 1 al completo. Descorcho una antes de pasársela a Maya; por poco se cae, pero ella la agarra con las dos manos.

Entonces procede a bañarme con todo su contenido. El líquido frío me empapa la camiseta, que se me pega al torso. Percibo fuego en sus ojos cuando ve mis abdominales y me repasa de arriba abajo. Le dedico una sonrisa traviesa. Ella se baja del podio de un salto y sale corriendo para un lado, huyendo de mí, pero yo soy más rápido.

Me la pongo en los hombros como los bomberos. Ella se retuerce, poniéndome difícil agarrarla bien. Le doy una palmadita en el trasero para que pare.

—¡Ay! Ten cuidado. Eso es terreno vedado —dice sacudiéndose por la risa.

Será terreno vedado, pero estoy más que dispuesto a explorarlo. A estas alturas ya debería saber que me dan igual las normas, prefiero hacer lo que me da la gana.

—Llevo una carga muy valiosa. Abran paso, por favor.

Niños y padres obedecen y se apartan de mi camino. Las risitas de Maya se convierten en ronquiditos, lo cual hace que se ría aún más, y su cuerpo vibra contra el mío.

—Se me está subiendo la sangre a la cabeza. No puedo ni pensar.

—Bienvenida al club —gruño. Yo me refiero a una cabeza diferente; ella tarda un segundo en entenderlo, pero cuando lo hace convulsiona de nuevo con las carcajadas.

—Madre mía, tienes que parar de decir ese tipo de cosas. En serio.

Se ríe más todavía cuando vuelvo a darle un manotazo en el culo. Me encanta tocárselo, hace que me excite y que se me dibuje una sonrisa en la cara.

La llevo a cuestas hasta la limusina que nos espera. Volvemos todos juntos al hotel, empapados en champaña. Maya me dedica una sonrisa de oreja a oreja que se refleja en sus ojos, y siento un calor indescriptible en el pecho.

—Hola a todos. Soy Maya, y estoy aquí con el increíble Noah Slade, que ha accedido a concederme una entrevista exclusiva para el *vlog* —dice a la cámara.

Se ve preciosa, con el pelo suelto. Hoy lleva unos shorts que dejan a la vista esas piernas doradas que desearía que me rodearan la cintura mientras la embisto. Sonríe a la cámara que ha colocado en una carretilla de la zona de boxes. Nos ubicamos al lado de mi monoplaza, y envidio a la carrocería roja cuando Maya apoya el trasero contra ella. Se oyen zumbidos de las computadoras de fondo.

—¿Crees que soy increíble? —pregunto, olvidándome de la cámara por un segundo.

Soy lamentable cuando estoy a su lado, me encanta oír lo que tenga que decir, tratar de descubrir qué siente por mí. Cualquier migaja me bastaría. Me provoca a diario, a pesar de que se cuida mucho de mantener la boca cerrada, tanto literal como figuradamente. Tenemos pocas oportunidades de estar juntos sin nadie más. Sophie siempre parece encontrarnos como por arte de magia cuando podemos disfrutar de un rato a solas, lo cual me insta a tomar medidas drásticas para pasar tiempo con ella, como acceder a esta entrevista exclusiva.

Todo el mundo sabe que odio las entrevistas.

—Dios mío —dice poniendo los ojos en blanco—, me pregunto si consumes más calorías de la cuenta para poder alimentar tu ego. En fin, a los fans les encantaría ver una entrevista algo más informal. Quieren conocerte un poco más. Así que vamos a jugar al famoso juego de las preguntas más buscadas en internet sobre ti.

Me pasa una cartulina con mi nombre en una barra de búsqueda junto con unas cuantas preguntas tapadas. Sé qué juego es; supongo que ya soy lo bastante famoso para poder jugar.

—La primera pregunta es... —empieza a decir, mientras me mira con ojos expectantes y me hace sonreír.

Tiene los labios ligeramente separados, que me tientan a arriesgarme a besarla.

Finjo una tos para reprimir un gemido, y entonces destapa la primera pregunta.

—«¿Cuánto mide Noah Slade?» —leo—. Pues mido uno ochenta y tres; soy bastante alto para ser piloto de Fórmula 1. Los coches se construyen según la constitución de cada piloto. Yo tengo los pedales casi en la punta del frente.

Hace un gesto con las manos para animarme a seguir. «Bien, bien, ya entendí».

—«¿Quiénes son Noah Slade y Santiago Alatorre?» —Me detengo un segundo—. Bueno, Noah soy yo, ninguna sorpresa por ahí. Y Santiago es mi compañero y el hermano de Maya. —La señalo como un idiota; claro que la gente sabe que es su hermano—. Es un chico español que habla muy alto y que maneja peor que yo. Tiene que mejorar bastante al rebasar y dejar de chocar conmigo.

Maya me saca la lengua, obligándome a pensar en esa lengua en otros lugares de mi cuerpo. Mala idea tener una erección delante de una cámara grabando. Cambio de postura y me reacomodo con discreción los pantalones.

—Ja, ja. Ya saben, chicos, estén atentos a la carrera como cómico de Noah cuando deje de competir.

«Ni en sueños». Me río entre dientes mientras revelo la pregunta siguiente.

—«¿Cuánto dinero tiene Noah Slade?». Bueno, no me gusta alardear de dinero, es de mal gusto. Pero, la última vez que revisé, unos trescientos millones. Algo así. Mi asesor financiero me aconsejó invertir siempre el dinero, no dejarlo empolvándose en la cuenta del banco, y así es como hice para conseguir lo que tengo ahora. Eso sin hablar de las inversiones inmobiliarias.

Maya suelta un silbidito.

—No ha sido fácil. Bueno, chicos, nos está dando consejos financieros nada más y nada menos que un campeón del mundo.

—Ya saben: «El dinero no da la felicidad, pero ayuda a conseguirla» —digo, y muevo las cejas arriba y abajo.

Maya deja de mirar a la cámara y suelta una carcajada con la cabeza para atrás. Me encanta el sonido de su risa; me llena de orgullo hacer que se divierta. Su cuello expuesto no me ayuda a dejar de tener pensamientos impuros.

—«¿Quién es la mujer de Noah Slade?» —sigo leyendo.

«Vaya, sí que me quiere provocar con las preguntas».

—Pues no me he casado nunca, así que no hay mujer que valga. Dicen que casarse está bien, pero no casarse está mejor, ¿no? —Guiño a la cámara.

Maya se sonroja y niega con la cabeza. Yo me carcajeo antes de seguir.

—«¿Dónde vive Noah Slade?». Pues, no voy a dar ninguna dirección aquí porque no quiero tener paparazzis y fans esperándome en la puerta todo el día. La privacidad es lo que más disfruto cuando se acaba la temporada. Pero tengo un departamento en Mónaco, una casa en Italia y un *penthouse* en Londres. La costa Amalfitana es el lugar en el que más me gusta estar. La mejor comida y las mejores vistas, sin lugar a dudas.

—Uf, me encantan los helados italianos —dice ella—. Nunca he estado en Italia, pero la comida italiana es mi favorita. Me muero de ganas de ir a Milán cuando sea el Gran Premio de Italia. Bien, solo quedan dos preguntas.

Maya entrelaza las manos y se queda mirándome. Cruza las piernas de nuevo, haciendo que me fije en ellas otra vez. Me lamo el labio inferior antes de continuar.

—«¿Cuándo va a retirarse Noah Slade?» —Pestañeo sin apartar la vista de la cartulina.

Nunca me he planteado retirarme, siempre me he limitado a centrarme en la temporada siguiente. Aún soy lo bastante joven para no tener que preocuparme por ello. Pero la pregunta me hace pensar en qué haré cuando me acerque a los cuarenta.

—Apuesto lo que quieras a que Liam y Jax buscan la respuesta cada año. Ellos son más jóvenes, así que deben de estar esperando con ganas a que lo anuncie, no me cabe la menor duda. —Al oír su risita se me va toda la sangre a la entrepierna. Tengo que salir de aquí antes de que haga algo de lo que pueda arrepentirme frente a la cámara—. Eh... No me planteo retirarme pronto. Pero me imagino que si conociera a alguien especial y tuviera hijos, me podría plantear hacer lo que fuera mejor para mi familia. Eso sí, por ahora, voy a seguir pateándoles el trasero a todos en la pista.

Maya parece sorprendida por mi respuesta. ¿Qué carajos? Yo también estoy sorprendido. ¿En qué momento me he planteado tener hijos? ¿O mujer, ya que estamos en esto? Pero la respuesta sale de mis labios con facilidad, como si pensara en ello habitualmente.

—Sí, nunca se sabe lo que puede pasar en el futuro. Pero estoy segura de que tendrás tiempo de sobra para pensarlo. Los pilotos de Fórmula 1 no se retiran hasta los cuarenta más o menos. Vaya, que serás un vejestorio cuando lo dejes. Vamos, última pregunta.

Sí, pero ¿es eso lo que quiero? ¿Seguir compitiendo a riesgo de no tener una vida a la que volver cuando todo se acabe? No quiero ser como mi padre, que no hace más que acudir a fiestas en yates privados con gente de veintitantos e ir de un lado a otro solo. La sola idea me espanta.

—«Mejor comunicación por radio de Noah Slade» —leo. Los videos de YouTube de las comunicaciones por radio son graciosísimos, la verdad—. Si buscas mi nombre en internet, puedes encontrar un montón de videos míos muy enojado con la escudería o conmigo mismo. La radio es el método por el que Bandini y yo nos informamos de las estadísticas de la carrera, el estado del coche y problemas que puedan surgir. Mi video favorito es el del Gran Premio de Gran Bretaña de hace seis años. Tienes que verlo si no lo has hecho ya, te va a encantar. Al equipo de *pit stop* se le olvidó conectar la bomba de agua para que pudiera beber durante la carrera, así que estuve una hora entera quejándome como un bebé al que le hubieran quitado el biberón.

Me volteo hacia Maya. Ella me devuelve la mirada y siento una calidez en el pecho.

—Muchas gracias por estar aquí con nosotros, Noah. Esas eran las preguntas más buscadas sobre Noah y, como quería darles las respuestas, he decidido ir directamente a la fuente. Esta semana tendremos grabaciones exclusivas con McCoy, incluyendo entrevistas con Liam y Jax. No se lo pierdan. Suscríbanse si no lo han hecho, y ¡nos vemos en la próxima! —Se despide de la cámara con la mano y la apaga.

Es muy buena para esto, se ve preciosa y muy segura de sí misma. Me parece fantástico que haya encontrado algo que le apasiona. Sobre todo si eso hace que venga a todas las carreras. No tengo ningún problema con estas entrevistas cara a cara.

—Se te olvidó una pregunta —digo sin detenerme a pensar en las palabras que salen de mi boca. Parece la ocasión ideal para conseguir estar con ella sin interrupciones del tipo rubio de ojos verdes.

Maya se me queda mirando con cara de confusión.

—¿Le pedirá Noah Slade una cita a Maya Alatorre? —Me da hasta vergüenza lo patético que es mi intento de conquista.

«He tenido mejores momentos». Intento convencerme de que es por falta de práctica, no por cómo me late el corazón por el miedo a que me rechace.

—¿Una cita? Tú no tienes citas —contesta mientras toquetea algo en la cámara.

Le envuelvo la mano con la mía para que se esté tranquila. Su cuerpo se tensa mientras le acaricio los nudillos con el pulgar, un gesto que he notado que le gustaba las veces que lo he hecho.

—Quiero probar. Una cita no es para tanto.

—Eh... Para alguien que no tiene citas nunca, sí. —contesta. Jala la mano, intentando liberarla de mi agarre, pero no se la suelto. No hasta que consiga lo que quiero.

—Solo es una cita, no te pongas así. No te estoy pidiendo que te cases conmigo... ¿Tienes miedo? —la provoco—. No hace falta que le pongamos etiquetas a nada. Vamos a pasarla bien.

—Claro que no tengo miedo. ¿Solo quieres «pasarla bien»? —replica con las cejas arqueadas y los labios apretados formando una línea tensa.

Igual no le gusta el asunto de no poner etiquetas, aunque a la mayoría de las chicas con las que he estado les parece bien. O quizá no debería haber dicho lo de pasarla bien... El caso es que ahora me mira de una manera que no sé interpretar.

—Pues sal un día conmigo. ¿Mañana? —propongo, sin saber con certeza si me va a rechazar.

—Mi hermano no puede enterarse. Me encerraría y luego te mataría —suelta.

«Muy bien, no ha dicho que no. Paso a paso».

—Ojos que no ven, corazón que no siente. Solo quiero que pasemos un buen rato juntos.

Ojalá pudiera decirle algo para que deje de darle tanta importancia. «¿Nunca ha tenido una relación sin compromiso?». Pero acepta, así que victoria para mí. Mi única regla de oro es vivir el presente al máximo.

Me alejo de ella esbozando una sonrisa triunfante por encima del hombro.

19
Maya

—Ni de broma voy a subirme a eso —digo, y formo una equis con los dedos índice. Si mi madre viera lo responsable que soy... Estaría orgullosa.

—Anda, vive un poco la vida —replica Noah, con un brillo en la mirada.

Yo entrecierro los ojos, no me la estoy pasando tan bien como él. Tiene un aspecto un tanto inquietante, bajo la luz que parpadea encima de nuestras cabezas como un presagio de lo mala que es esta idea.

Frunzo el ceño mientras contemplo la moto reluciente, de un color gris acero pulido y elegante, como si fuera una nave espacial alienígena. Debería venir con alguna etiqueta de advertencia.

«¿Qué demonios? Noah debería venir con una etiqueta de advertencia o un cartel de peligro directamente».

Ponemos a prueba nuestra determinación en el estacionamiento del hotel que nos pone Bandini. Es el lugar perfecto para vernos, ya que nos permite evitar a los paparazzis y a mi hermano. Solo estamos Noah, un estacionamiento en penumbra y yo. No llevo conmigo a mis chaperonas habituales para mantenerme a raya. Por desgracia para Sophie, he rechazado su invitación de venir de cuidadora a nuestra cita. Valoro su lealtad, eso sí.

—Anda, por favor. No da nada de miedo. Te lo prometo —insiste él.

Pongo los ojos en blanco. Es lo que diría cualquiera para conseguir que me suba a ese armatoste.

Noah se acerca a mí, lo que hace flaquear mis defensas. Me habla despacio en voz baja, como si fuera un perrito asustado en un callejón.

Yo saco el labio inferior y me cruzo de brazos; no tengo problema en hacer pucheros para salirme con la mía. Con mis padres funciona, así que tal vez con Noah también.

Pero no cae. Tengo que practicar un poco más la próxima vez.

—No me hagas subirte a la fuerza. Llevo conduciendo motos desde los trece años y aquí estoy, vivito y coleando —dice mientras se señala el cuerpo, con lo que me fijo en su chamarra de cuero y sus *jeans* oscuros. Es el típico *outfit* de malote, pero en el mejor de los sentidos. En lugar de conseguir que me sienta mejor, me distrae con esa camiseta tan ajustada que le marca los músculos. ¿Por qué le queda tan bien el look informal?

—¿Se supone que eso tiene que tranquilizarme? ¡Conducir motos a los trece es ilegal! ¿Quién en su sano juicio dejaría que un niño condujera una moto?

Dios, ¿es que nadie lo vigilaba cuando era pequeño?

Él se ríe y no se molesta en contestarme. En vez de eso, agarra un casco negro del asiento y me lo coloca en la cabeza, ajustándome las correas a la barbilla. Sería un gesto adorable si no tuviera el corazón en la garganta.

La verdad es que no me esperaba esto cuando me ha dicho que me pusiera *jeans* y un top cómodo.

—Qué chica más difícil de complacer —refunfuña.

Bueno, solo es que preferiría no acabar tirada en medio de la carretera como un animal atropellado.

—¿Has tenido alguna vez alguna cita real? —pregunto—. La gente normal suele ir a un restaurante, cena y se despide con un beso. No se sale tanto de la zona de confort. —Se lo explico con gestos porque me parece que es más de inteligencia visual.

El pecho le retumba con una carcajada.

—Sí, he tenido citas, pero no soy una persona normal. No necesito agasajarte con un buen vino, voy a conseguir lo que quiero de todas formas —dice meneando las cejas.

«Eh... ¿perdona?». Me cuesta ignorar los celos que siento cuando menciona otras citas. Para variar, su actitud arrogante me exaspera.

«¿Quién se cree que es?». No soy una barbie de esas suyas, no debería dar por hecho que va a acostarse conmigo. Yo no voy abriéndome de piernas a cualquiera, como si estuviera de oferta.

—Esa es una de las cosas más horribles que me han dicho en una primera cita —replico.

Él se pasa una mano por el pelo mientras suspira. Puede que sea un lince en la pista, pero es malísimo para tratar con la gente. Resisto la tentación de sacarle la lengua, porque seguro que solo sería echar leña al fuego.

—Vas a pasar frío con el viento. Ponte mi chamarra. —Se quita la cazadora de cuero y me la ofrece.

En cuanto me la pongo, me envuelve un olor que es sin duda suyo, pero con un toque a cuero. Me calma un poquito.

—Hazlo por mí... ¿Por favor? Será divertido, te lo prometo. Si lo odias, dejo la moto y pido un taxi.

Su sinceridad me desarma. Acepto mi destino y me acerco a la nave espacial.

«Es solo una cita».

—De acuerdo —suspiro—, pero solo porque me lo has pedido de buenas maneras.

Él esboza una sonrisa traviesa.

«Estoy totalmente arruinada».

Cinco minutos después, vamos a toda velocidad por una de las calles costeras de Bakú. El olor del mar me relaja mientras las luces de la ciudad pasan por nuestro lado desdibujadas. Tiene suerte de que no me suela marear, porque esta moto va a toda velocidad. Me agarro con fuerza a la cintura de Noah mientras los neumáticos ruedan por el asfalto. Sin querer, mis manos acaban encima de sus abdominales, y los recorro con un dedo como si nada, con curiosidad por contar los bultos. Él se ríe ante mi intento fallido de sutileza. Me estoy poniendo cachonda, entre la vibración de la moto en marcha en el trasero y estar tocándole los abdominales.

¿Habrá ideado todo esto a propósito? Pego todo mi cuerpo a él y lo rodeo con los brazos, sin dejar ni un poco de espacio entre los dos. Incluso junto las piernas a las suyas para asegurarme de que no me caigo. Si no fuera peligroso, lo rodearía también con ellas, como medida de precaución extra. Lo cierto es que, a pesar de mis reticencias iniciales, toda la situación es bastante íntima.

Todo resulta diferente cuando estamos solos Noah y yo. Sin periodistas, sin amigos, sin distracciones. Cuando nos deshacemos de todas las cosas que se interponen entre nosotros y nos impiden pasar tiempo juntos a solas.

Ha puesto música en una bocina inalámbrica, lo cual hace que la experiencia sea mucho más agradable de lo que me esperaba. Siento la bruma del mar en la cara cuando nos acercamos a la playa, y me encanta. No voy a admitirlo delante de él, porque ya bastante tiene.

Al cabo de un rato, Noah estaciona la moto en un lugar un poco alejado de la costa. Yo me bajo sin muchas ganas de romper el contacto de nuestros cuerpos. Pero se me comprime el pecho cuando veo lo que tenemos delante.

Un par de faroles iluminan una zona de pícnic con aspecto inesperadamente romántico.

—Conque pasarla bien... —murmuro en voz baja, pues la cita no parece para nada informal.

—Tranquila. No te agobies. —Me toma de la mano y me lleva hacia la manta colorida.

Me acomodo en uno de los cojines que está en la arena. Hay una cesta de pícnic abierta a un lado, además de una cubeta con vino frío. El sonido de las olas al romper en la orilla es la banda sonora perfecta.

Una sensación de inquietud amenaza con arrebatarme la felicidad. Noah habla de pasarla bien y le quita importancia a todo, pero sus acciones dicen otra cosa. La gente se pide matrimonio de maneras mucho menos espectaculares. Inspiro una buena bocanada del aire salado del mar para calmarme, esperando apaciguar así mi inseguridad respecto a las intenciones reales de Noah.

—¿En qué momento preparaste todo esto? —pregunto.

—Me han ayudado un poco —dice con una sonrisa tímida que no se suele ver.

—Ah. La atareada vida de un piloto de Fórmula 1 —comento, pero lo cierto es que me sorprende que haya hecho un esfuerzo siquiera para asegurarse de que el plan fuera agradable.

—Podemos hacer como que nada de eso existe por una noche. No hablar ni de tu hermano ni de Bakú. Solo somos una chica y un chico en una cita normal —propone con su sonrisa pícara habitual.

¿He hablado ya del peligro que tiene este hombre? «Sigo esperando ese cartel».

Acepto sus condiciones. Comemos, hablamos de todo y de nada... Me cuenta cuáles son sus series favoritas y las mejores ciudades de Estados Unidos. Le digo que nunca he estado allí, e insiste en que tengo que ir al menos una vez, y se ofrece a ser mi guía y a llevarme a los mejores restaurantes. Yo le cuento lo mucho que me ha costado graduarme, después de perder un año al darme cuenta de que no estaba hecha igual que la protagonista de *Legalmente rubia*.

—Vamos a jugar un juego —propone Noah con una sonrisa pícara.

—¿En serio?

—Claro. ¿Has oído hablar de dos verdades y una mentira?

Casi ni me molesto en poner los ojos en blanco.

—¿Tienes dieciocho años y estás en tu primera fiesta de la universidad o qué?

Noah suelta una carcajada grave.

—No he ido a la universidad. Anda, ¿te apuntas?

Asiento porque creo que estaría dispuesta a hacer cualquier cosa con tal de que me sonría así.

—Quien pierda tiene que beber directo de la botella de vino durante cinco segundos. —La sonrisa se le refleja en los ojos azules mientras la luz de la velas titila sobre su piel.

—De acuerdo. Como esta es tu grandiosa idea para conseguir que me emborrache, empiezas tú.

Se ríe para sí.

—Soy hijo único. Paso media hora al día viendo las noticias. Perdí la virginidad en la parte de atrás de una camioneta.

Toso al oír su última frase, tomando consciencia de qué dirección va a tomar este juego.

—Lo de la camioneta es mentira. Tú pareces ser de los que se fijan hasta en el número de hilos de las sábanas.

Se le iluminan los ojos.

—*Nop*. Te has equivocado. Odio las noticias, procuro mantenerme alejado de esa mierda.

«Guau». Supongo que realmente es un auténtico americano. Agarro la botella de vino y le doy un buen trago mientras cuento los segundos con los dedos.

—Tu turno —dice guiñándome el ojo.

—Mi hermano nos dijo que Bandini quería contratarlo el día de mi graduación. He tenido cinco pequeños accidentes de tráfico. Me colé a la primera cita de mi hermano.

—¿Cinco accidentes? Son demasiados para alguien tan joven.

Niego con la cabeza y señalo la botella que está a nuestro lado.

—No. No me colé a la primera cita de mi hermano, aunque mis padres querían que lo hiciera. Santi me dio cincuenta euros para que fuera a ver otra película. Él tuvo su cita y yo un par de zapatos nuevos.

—Uno, ¿cómo es posible que sigas teniendo licencia de conducir? Y dos, ¿tu hermano le contó a todo el mundo que iba a ser contratado por Bandini en un día tan especial para ti? Qué horrible —comenta antes de llevar los labios al mismo lugar de la botella en el que antes han estado los míos.

—Sigo teniendo licencia porque el policía se sintió mal cuando me eché a llorar, solo quería que me detuviera. Y no es culpa de Santi que ese fuera el día en que se enterara —respondo encogiéndome de hombros.

—Tu hermano a veces es tonto de remate. Podría haberse esperado aunque fuera un día.

Me siento culpable por estar hablando así de Santi, porque lo quiero muchísimo. A Noah, en cambio, le resulta indiferente. Qué tontería pensar que podrían llevarse bien, por el bien de la escudería o por mí.

—Tiene un corazón de oro. En serio. No soy capaz de estar enfadada con él más de un día. Ni siquiera cuando me quitó todas las muñecas y les rapó la cabeza.

—Eso debería haberte dado alguna pista de su desequilibrio mental.

Se me escapa una carcajada de la boca. Seguimos jugando unas cuantas rondas más y pierdo un par de veces, mientras que Noah identifica al instante mis mentiras. Me sorprende que sea capaz de interpretarme con tanta claridad. El vino me calma y hace que deje de sentirme incómoda. Descubro bastantes cosas sobre Noah, como que no fue al baile de fin de curso de su último año de prepa porque tenía una carrera, o que se ha pasado siete Navidades solo porque sus padres estaban por ahí de viaje. Una verdad que interpreté como una mentira, porque ¿quién pasa las fiestas solo?

Después del juego seguimos hablando. Le cuento lo contenta que estoy con el éxito que está teniendo el *vlog*, y que por primera vez en mi vida siento que he encontrado algo que me apasiona. Que ya no me preocupa tanto como antes hacer las cosas bien y he dejado de compararme con Santi y su carrera.

—¿Qué es lo que más te gusta del *vlog*? —pregunta, dedicándome toda su atención mientras los ojos azules me analizan el rostro.

—Hummm... Es una pregunta complicada. En un principio iba a ser un *vlog* de viajes, pero ahora a la gente le encanta que haga cosas de Fórmula 1 y con Bandini y así. A los seguidores les encanta ese tipo de contenido. Y no paran de mandarme ideas de cosas que hacer o gente a la que entrevistar.

—Creo que yo soy lo mejor de tus videos —bromea, y no puedo evitar imitar su sonrisa de oreja a oreja.

—Para nada. No dejan de suplicarme que grabe más cosas con Liam y Jax. Debe de ser por el acento —replico.

—Es duro tener que competir con el acento británico de Jax. —Se ríe para sí—. Lo de Liam, en cambio... El acento alemán no es muy sexy que digamos.

Niego con la cabeza, porque para mí el acento de Liam no tiene nada de raro.

—A la gente le gusta el príncipe Harry por algo. O cualquier sujeto británico atractivo, vaya.

—¿Jax te parece atractivo? —pregunta con una sonrisa tensa que me revela que he cometido un error al decir eso.

—O sea, a la gente le parece atractivo, sí. Pero yo estuve en una cita doble con él y me di cuenta de que no era mi tipo —contesto de forma atropellada, ya que quiero dejarlo claro cuanto antes.

—No era una cita doble, yo también estaba. Con lo cual se convierte de manera automática en una salida de amigos. —Un destello aparece en sus ojos bajo la tenue luz.

—Liam no para de pedirle a Sophie que lo repitan alguna vez, pero ella siempre dice que no.

—No queremos que eso pase —farfulla.

«¿En qué momento se ha acercado tanto a mí?». Nuestras manos están prácticamente tocándose.

—¿Por qué no? —replico en un susurro.

—Porque a esta chica ya la he pedido yo —responde señalándome, con una mirada intensa que hace que me estremezca.

—No puedes pedir a la gente. Hablas como si estuvieras en una comedia romántica mala.

—Pero cojo como si estuviera en una peli porno buena.

«Vaya, qué romántico». Trago saliva cuando veo que sus ojos me observan de arriba abajo, fijándose en cada detalle de mi cuerpo. Entonces hace que desaparezca el espacio entre nosotros.

Con una mano me sujeta la cabeza y me acerca a él. Nuestras bocas se encuentran. Pero, al contrario que nuestro primer beso, este es más urgente. Noah quiere todo de mí, sus labios rozan los míos con intensidad, de una forma irresistible. Esta vez no hay nadie que nos vaya a frenar, no hay interrupciones que puedan acabar separándonos.

Me agarra del pelo y me da un pequeño jalón. El dolor hace que me sorprenda y abra un poco la boca, dejándole vía libre a su lengua. Juega salvajemente con la mía, no me deja ni un segundo para pensar. Yo me uno a su juego. Quiero probar cómo sabe, hacer que me desee tanto como yo.

Le paso los dedos por el pelo y gime cuando le agarro unos cuantos mechones sedosos. Quiero acercarlo más a mí, me muero por ver todo lo que puede ofrecerme. Mi cuerpo se rinde a él.

Si estuviéramos en una película, este sería el momento en el que pondrían de fondo unos fuegos artificiales de mal gusto.

Me acuesto sobre la manta y le paso las manos por el pecho, fijándome en todos sus músculos. Él no para de explorarme tampoco, acariciándome todo el cuerpo mientras nuestras lenguas hacen lo propio. Me siento extasiada.

Suelto un gemido cuando me rodea los pechos con las manos. Siento los pezones duros debajo del brasier, deseando que desaparezca esa barrera, otro obstáculo que no necesitamos. Pego mi cuerpo al suyo, muerta de ganas de más.

Su boca se separa de la mía. Me encuentra el dobladillo de la camiseta con los dedos a la vez que sus labios encuentran mi cuello. Los mordisqueos, las lamidas y las succiones me vuelven loca, me provocan cosas que no había sentido nunca. Decir que estoy excitada es quedarme corta: un incendio se desata en mi interior.

Me froto contra su duro miembro. Noto la fricción de los *jeans* contra mi tanga, que me brinda un alivio efímero. Hundo los dedos en los firmes músculos de su espalda antes de arañarle la tela de la camiseta.

—Vas a conseguir que acabe haciendo el ridículo si sigues restregándote contra mí —murmura antes de regresar a mi cuello y pasar poco a poco hacia mi pecho. Un nuevo cometido.

Se me sonrojan las mejillas al oírlo decir eso, pero es una sensación increíble hacer que me desee, porque este hombre me hace sentir un montón de cosas distintas. Cosas buenas, cosas malas, cosas subidísimas de tono...

—No te pongas toda tímida ahora. Al diablo la vergüenza —farfulla, y vuelve a besarme en los labios, esta vez con suavidad, de forma muy íntima.

No me siento preparada para ninguno de estos sentimientos, me desbordan. Besarlo es algo de otro mundo.

Entonces recupero la consciencia y coloco las dos manos en su pecho para empujarlo ligeramente. Él lo entiende y se aparta de encima de mí.

—Vaya, tu cerebro se ha reconectado. Ha sido divertido mientras ha durado —comenta mientras me pasa el pulgar por los labios hinchados.

—Yo no hago este tipo de cosas —explico, y nos señalo al uno y al otro con la mano.

—¿Qué tipo de cosas? —pregunta, acercándose de nuevo.

Levanto una mano para que se quede donde está. Sus labios me distraen y hacen que quiera besarlos otra vez. Pero tengo que soltar esto antes de que sea demasiado tarde.

—Todo esto. No tengo ligues, ni citas de una noche. —Ni por asomo. Y mucho menos después de que se me pare el cerebro y me arda todo el cuerpo con un par de besos.

Él deja de estar en modo seductor. Pone una mueca que me hace replantearme lo que acabo de decir y, durante unos segundos, me da miedo haberme equivocado.

Puede que con otras cosas sea algo irresponsable, pero tengo que protegerme el corazón de gente como él. Ser fiel a mis valores.

Noah es de los que te van derrumbando las defensas hasta que ya no tienes nada. Si con solo besarme me hace perder la cordura, no me imagino qué me puede pasar si me atrevo a hacer más cosas con él. Nadie me había avisado de lo fastidioso que era ser responsable y honesta.

—¿Por qué no? Podemos parar cuando se acabe la temporada y todos contentos.

Lo dudo mucho, la verdad, a juzgar por lo que he experimentado al besarlo. Me duele oírlo hablar con tanta despreocupación, pero no sé qué me esperaba de alguien como él.

Su reacción me hace reafirmarme en mi decisión.

—Eh... No creo que sea tan fácil. Al menos para mí. No quiero desarrollar sentimientos por alguien que no quiere tener una relación. No soy esa clase de chica, no me agradan las citas sin compromiso —respondo. Entrelazo las manos encima de mi regazo para no ponerme más nerviosa de la cuenta. Solo he tenido un puñado de novios formales en toda mi vida.

—¿Sentimientos? —Su tono de voz deja traslucir la aversión que le produce la idea.

«Nota mental: no le gusta la palabra que empieza por S».

—Sí, sentimientos. Las personas como tú dejan un montón de corazones rotos tras ellas. No quiero ser uno de ellos, otro hueco más en la cabecera de tu cama.

—No estoy buscando novia. Tengo un calendario de locos y la competición lo es todo para mí, así que no te puedo prometer nada más allá de sexo. Solo que, con la conexión que tenemos, será el mejor sexo que hayas vivido en tu vida.

«Y justo por eso estoy preocupada». Mirarlo hace que flaquee mi determinación, pero tengo que ser fuerte.

—Pues yo necesito algo más que una relación física con alguien. No soy como las chicas de las que te rodeas, que solo quieren emborracharse y coger. No puedo cambiar cómo soy para ser como tú quieres que sea.

—¿En serio te vas a privar de esto? —dice con incredulidad.

Su reacción me revela que no suelen rechazarlo. Otra muestra más del tipo de infancia que ha vivido, el síndrome del hijo único en todo su esplendor.

Me pasa un dedo por el cuello en dirección al pecho, dejando una estela abrasadora que me impide respirar con normalidad. No me siento nada orgullosa de cómo disfruta mi cuerpo con este contacto. Una pena tener que alejarme de algo que anhelo tanto.

—Sí —contesto. Mi voz jadeante no transmite la firmeza que me gustaría, pero le quito la mano, rompiendo el hechizo—. Podemos seguir siendo amigos. Sin derechos, claro, pero así te evitaré menos —propongo mientras asiento con la cabeza, convenciéndome de que es la decisión correcta. He admitido que lo estaba evitando, seguro que sirve de algo.

—Ah. —Su rostro inexpresivo me asusta. «¿No me estaré equivocando?».

La cena ha salido bien. Ha sido agradable y fácil, daba la sensación de que esto podría ser mucho más que un problema tonto. Pero la gente como él no se enamora. No me conviene arriesgarme a sufrir.

Noah se levanta y me ofrece la mano. Se la tomo y siento que me arde la piel al tocarlo. Sí, sin duda he tomado la decisión correcta, porque esto tiene toda la pinta de ser un boleto de ida al mal de amores. Caminamos por la arena hasta la moto. Me volteo hacia la zona de pícnic, y se me encoge el corazón al verla desolada. A pesar de este final tan agridulce, ha sido una de las mejores citas en las que he estado, y siempre la recordaré.

Me pongo el casco y su chamarra de cuero sin protestar, algo triste por cómo ha acabado todo. Al inhalar su aroma embriagador siento como si estuviera cometiendo un delito.

Noah no dice nada mientras se sube a la moto, como si su mente estuviera en otra parte y hubiera levantado un muro entre nosotros. Yo me subo detrás de él sin hacer aspavientos, arranca y vamos de vuelta al hotel. Esta vez el trayecto parece mucho más corto, como si Noah se muriera de ganas de llegar. No me lo tomo como algo personal.

Me deja en el estacionamiento poco después, justo delante del ascensor, como todo un caballero.

—En otra vida puede que supiera hacer las cosas bien contigo —dice—. Te sacaría a cenar, a pasear, al cine... Me esforzaría más. Pero no soy así, no me educaron para ser así. No sé cómo ser el hombre sensible que buscas.

Se me anegan los ojos en lágrimas, nublándome la vista. Todo parece tan definitivo... Llevamos tres meses rondándonos y es todo, se acabó, en un abrir y cerrar de ojos. Es un detalle de su parte que haya sido sincero sobre cómo es.

—Gracias por la cita, estuvo genial. Dudo mucho que alguna otra la supere, aun con todo lo que ha pasado.

Aspiro sin que se note el aroma de su chamarra una última vez antes de devolvérsela.

—Lo mismo digo —contesta con una media sonrisa que no se ve reflejada en sus ojos.

—Será mejor que me vaya. Santi estará preguntándose dónde me he metido.

Noah aprieta el botón del ascensor.

—Ah, sí —responde, y me rodea con los brazos antes de apretar con suavidad sus labios contra los míos, un beso de despedida que debería estar reservado para los amantes: íntimo, cariñoso y cargado de significado.

Se me acelera el corazón justo cuando se aleja de mí. Las puertas del ascensor se abren y dejan a la vista el cubículo vacío. Entro y me giro.

—Adiós, Noah. Nos vemos mañana.

Lo último que veo antes de que se cierren las puertas es su mirada intensa.

20
Noah

Lo primero que siento cuando me despierto es que me palpita el cerebro.

Lo segundo, una mano que me sube por el pecho.

Lo tercero, arrepentimiento.

«Mierda. Por favor, dime que es la mano de Maya».

Bajo la vista y veo unas uñas largas y rojas. Las de Maya no se parecen en nada a estas pezuñas que me arañan el pecho, suele preferir barnices de colores más naturales. Estas manos son un símbolo de mi pasado. Siento náuseas subiéndome por la garganta y vuelvo a apoyar la cabeza en la almohada.

Repaso los recuerdos que tengo de anoche, de la cita que planeé para Maya. No me imaginaba que pudiera pasármela tan bien con alguien solo comiendo, bebiendo y besándonos.

Fue mi cita favorita, de las pocas que he tenido.

Y la manera tan sensual de besar de Maya...

«Carajo».

Al besarla siento como si lo hubiera estado haciendo siempre mal con todas las mujeres de antes.

Pero ¿qué diablos pasó después? Me cuesta recordar lo que hice cuando me frenó. Me vienen a la mente imágenes de ella rechazándome con ojos tristes, consciente de que no puedo darle lo que necesita. Un duro golpe del que aún no me he recuperado, a juzgar por la manera en que se me encoge el pecho al pensar en ello.

Los recuerdos me avasallan todos de golpe, llenándome el cerebro de cosas que no quiero revivir. Muchos tragos. Liam y Jax en una discoteca, grupitos de mujeres acercándose a nuestra mesa VIP. Es como si hubiera vuelto a todo lo de antes de conocer a Maya.

«Rayos». Mis decisiones de mierda demuestran que Maya tenía razón al decir que no soy el tipo de chico que tiene relaciones. Ni por asomo. Yo tampoco querría salir con alguien como yo, lo tengo clarísimo.

Me incorporo sobre el colchón y la chica rubia se aparta de encima de mí.

—Tienes que irte. Ya —digo con voz rasposa. Otro recordatorio más de mis malas decisiones, junto con la boca seca y la aversión a la luz del sol.

No quiero pasar ni un segundo más con esta mujer, todo en ella me hace sentir mal. Su aroma a rosas mezclado con el olor a sexo y a alcohol me da náuseas, no se puede comparar con el de Maya, tan fresco y puro. Se me revuelve el estómago al darme cuenta de cuánto la cagué.

Voy al baño y decido lavarme los dientes antes de nada; quiero quitarme los restos de sabor de esa mujer y del alcohol de la boca. Tengo la cara hecha un desastre. Me repugna verme con los ojos hundidos y la piel pálida, con aspecto enfermizo.

Me doy un baño, deseando desprenderme del olor de la rubia y de todo lo relacionado con ella y con cómo acabó la noche. Cuando salgo ya no hay ni rastro de ella, salvo por la ropa interior que ha dejado en la almohada. Me da un escalofrío mientras tiro su regalito a la basura.

Desenchufo el cargador del celular; menos mal que no me olvidé de cargarlo. Al menos hice algo responsable anoche, porque, por lo demás, fui un completo idiota.

«¿Es una broma?» No me acordé de poner la alarma, así que me he perdido los entrenamientos libres.

«Mierda, mierda, ¡mierda!».

Salgo muy rápido de la habitación del hotel para ver si llego a tiempo a la clasificación.

Nunca en mi vida he sido tan jodidamente irresponsable.

No me sorprendo cuando el día va de mal en peor. Empiezo la clasificación en condiciones penosas. Me pongo el traje de carreras a toda prisa y me bebo una botella enorme de agua entera para asegurarme de que no me desmayo tras el volante con el calor que hace dentro del monoplaza. El padre de Sophie está hecho una furia por mi tardanza y me fulmina con la mirada mientras me fuerzo a comerme una barrita de granola.

No consigue ocultar su desprecio.

—Estás hecho una mierda. Ya no eres un niño, ¿cómo se te ocurre quedarte de fiesta hasta esta hora? Me esperaba esto de cualquiera menos de ti —me reprende.

Su expresión de desdén habla por sí sola. James Mitchell no es alguien a quien quieras tener en tu contra, porque tiene unas bolas más grandes que King Kong.

Me observa con sus ojos verdes mientras se pasa la mano por la cara con nerviosismo. Tiene el pelo canoso bien peinado, no como yo, que lo tengo revuelto de tanto toqueteármelo.

—Lo siento muchísimo. No volverá a suceder —digo. Por mucho que pida perdón, nada puede borrar las malísimas decisiones que he tomado.

Me tropiezo cuando corro hacia mi coche. Doy muchísima pena, vaya cura de humildad está siendo esto. Decir que me siento avergonzado es quedarse cortísimo. Los mecánicos de Bandini se me quedan mirando sin saber muy bien cómo ayudarme cuando me meto como puedo en el monoplaza. Ya estoy sudando como un cerdo antes de arrancar el motor, un terrible presagio de lo que me espera.

El principio de la clasificación va bien en la primera recta. Es decir, hasta después de la primera curva. Se me sube la bilis por la garganta con casi todos los demás giros. ¿Quién me iba a decir que trazar curva tras curva en un circuito cerrado cuando rezumo alcohol por los poros no sería buena idea? Concentro toda mi energía mental en no vomitar en el casco porque jamás lo superaría.

La horrible resaca no va bien con ir en un coche a más de 300 kilómetros por hora dando vueltas sin parar. Mi rendimiento en la clasificación es un desastre y nada profesional. El zumbido familiar del motor me da respeto, y me carcome la culpa al pensar en Maya y en cómo se sentiría si se enterara de cómo terminó la noche para mí.

El sudor me baja por la espalda y me empapa la tela de la indumentaria ignífuga mientras recorro la pista a toda velocidad. Los fans contemplan el espectáculo más lamentable de toda mi carrera automovilística.

Salgo del monoplaza a toda prisa cuando termina la clasificación. Mi cuerpo se rebela contra mí y acabo vomitando dos veces en un terreno con césped cerca de los boxes, porque el sabor agrio hace que me vuelvan las náuseas. Todo pasa mientras un equipo de grabación lo filma todo. De alguna manera consigo reunir suficiente autocontrol para no hacerles una grosería con el dedo, y en su lugar elijo levantar los pulgares a la cámara antes de volver a encorvarme.

Quedo decimocuarto en la clasificación. Decimocuarto. No había salido desde una posición tan jodidamente ridícula desde que empecé en la Fórmula 1; no sé si podré vivir con ello.

Lo único bueno del día de hoy es que no tengo que ir a la rueda de prensa, pues solo van los tres primeros de la clasificación. Supongo que dar pena tiene sus cosas buenas.

Santi ha conseguido la pole, así que estará distraído. Bien. Tengo que encontrar a Maya y pedirle perdón por todo. Por cogerme a otra chica el mismo día que he tenido una cita con ella, por ejemplo. Aunque no quiera que nos involucremos, está muy feo.

Distingo a lo lejos a Sophie y a Maya hablando con Liam y Jax cerca del paddock. Me da un sudor frío cuando veo que Jax la agarra y le da un abrazo. No debería molestarme, pero, carajo, me duele ver cómo lo rodea con los brazos y se ríe con él, sin saber que anoche una tipa se la chupó en la misma mesa donde estábamos sentados.

No tengo derecho a sentir celos, pues no puedo darle lo que desea. Pero no puedo evitarlo. Aprieto los puños al verlos, y la envidia me corroe.

Entonces los ojos de Maya se topan con los míos. La sonrisa que tenía desaparece de su rostro, y me abruma haberle jodido el buen humor en cuestión de dos segundos.

Me dirijo hacia el grupito, haciendo como si nada, aunque apenas soy capaz de mantener la compostura.

—Vaya suerte de mierda has tenido hoy —me dice Liam, que no parece ni un poco afectado por la fiesta de anoche.

«¿Soy el único que se emborrachó hasta olvidar su nombre?». Ahora que lo pienso, él estuvo sobrio toda la noche. Creo que ni se fijó en ninguna de las chicas que vinieron adonde estábamos. «Mierda».

—No vuelvas a salir la noche antes del día de clasificación. Fue una idea malísima, amigo. —Jax me da palmaditas en la espalda después de abandonarme en la situación.

«Muchísimas gracias, imbécil».

—Vaya, parece que la pasaron en grande anoche. Qué valor, antes de la clasificación —comenta Sophie con ironía, clavándome unos ojos entrecerrados.

—Sí, por eso mi hermano es el mejor. Siempre prioriza el bien de la escudería. —La sonrisa educada de Maya no le llega a los ojos inexpresivos.

—Sí, sí, lo hemos entendido. Adoras a Santiago. Al menos finge que quieres que nos vaya bien a nosotros también —replica Liam mientras le quita la gorra de la cabeza a Maya de un manotazo y se encoge de hombros.

Ella se ríe con él. Me gustaría grabar ese sonido para los días malos, como hoy; soy un completo idiota.

—Bueno, nosotras nos vamos. Es día de chicas —anuncia Sophie, y entrelaza el brazo con el de Maya.

Se marchan después de despedirse, aunque Maya decide pasarme por alto. Su rechazo me hace sentir mal.

—Oye, qué borrachera llevabas anoche. No parabas de hablar de ella —dice Liam señalando con la cabeza en la dirección en la que se ha marchado Maya.

—Dabas pena hasta que te fuiste con la chica esa —añade Jax negando con la cabeza—. Incluso la llamaste Maya una vez, pero ella no le dio importancia. ¿Cómo se llamaba? ¿Beatrice?

«Gracias, Jax. Un detalle de tu parte sacar el tema en el que menos quiero pensar ahora mismo». Le enseño el dedo.

—Estaba buena. Siempre te llevas a las mejores —comenta Liam cruzándose de brazos.

—Me sorprende que se fuera con él, la verdad. No paraba de hablar de que Maya lo había rechazado, de que no quiere estar con un mujeriego como él. —Jax se ríe.

—Ya basta. Fue una noche patética. ¿Podemos no volver a hablar de ella? O sea, nunca —digo con voz cortante, pues se me está acabando la paciencia.

—De acuerdo. No te pongas así. —Y con esas palabras de Liam damos por terminada la conversación.

Dirijo mis pasos al paddock de Bandini, tengo que disculparme de nuevo con el padre de Sophie y todo el equipo de ingenieros y mecánicos.

Al contrario que la última vez que Maya estuvo evitándome, esta vez los dos mantenemos la distancia. Yo, por la vergüenza. Ella, probablemente porque le doy asco; no la culpo en absoluto.

El resto del sábado pasa sin pena ni gloria, lo cual es un alivio. Me recupero de la horrible resaca y procuro beber agua sin parar, porque los días en la pista son extenuantes y el alcohol deshidrata como ninguna otra cosa. Seguro que bajo un kilo de peso por lo menos solo de sudar.

El día de la carrera, pongo atención a la conversación de Santiago y Maya, en un intento desesperado por sentirme cerca de ella. Mantiene la voz baja e inaudible, y, para evitar dar un puñetazo de frustración a la pared, salgo de la habitación y voy a la zona de boxes.

Hago unas cuantas revisiones en el motor y asisto a una reunión precarrera. Mantenerme ocupado evita que haga alguna tontería, como ir a buscar a Maya para sucumbir a sus deseos y suplicarle que me perdone. Después de hablar con los ingenieros, vuelvo al *garage*.

Maldigo entre dientes al ver a Maya sentada al lado de las computadoras. Lleva puestos unos audífonos como los que tienen los ingenieros para oír a Santi por la radio. Los celos hacen que se me revuelva el estómago. Tengo celos de su hermano... Qué bajo he caído.

Se me mezclan un montón de sentimientos contradictorios en la mente. Maya me rechaza porque quiere más de lo que puedo darle, pero ni siquiera sé cómo intentar darle lo que quiere.

Lleva la cámara de un lado a otro, grabando todo lo que se hace en un día de carrera.

Me cuesta ignorar su voz mientras discuto algunos detalles del coche y hago un par de ajustes de última hora. Ella recorre todo el lugar y presenta a los distintos miembros de la escudería, todo un detalle mostrar las caras de los hombres y mujeres que llevan a cabo un trabajo esencial para Bandini. Se deshace en elogios sobre cómo el equipo técnico hace que todo funcione, e incluso menciona sus nombres, otra muestra de lo unida que se siente a Bandini. Tiene algo que hace que le resulte encantadora a todo el mundo. No como yo, que tengo algo que hace que todo el mundo se mantenga alejado de mí.

Me esfuerzo por disimular mi sorpresa cuando se acerca a mi coche.

—Y aquí está el equipo de Slade.

«Conque vuelve a llamarme por el apellido...».

Da un giro para que todos salgan en el video.

—Están haciendo las últimas revisiones en su coche —explica—. Slade tiene la difícil tarea por delante de alcanzar a Santiago, Liam y Jax, ya que hoy sale desde la decimocuarta posición, su peor clasificación desde que empezó a competir en la Fórmula 1. Esperemos que lo haga mejor de cara a la próxima carrera.

«Gracias, Maya». Me lo aguanto porque me merezco eso y más.

Saludo a la cámara con la mano cuando saca una toma de mi coche. El olor frutal de su champú me devuelve de inmediato a nuestra cita, a sus labios contra los míos, a los sonidos que hacía cuando la tocaba, cuando me restregaba contra ella. El recuerdo hace que se me ponga dura de nuevo. «Genial».

Maya pasa a entrevistar a uno de los ingenieros jefe, que le echa ojeadas sutiles al escote entre pregunta y pregunta, y tengo que esforzarme por no apartarlo de ella de un empujón.

«Céntrate en el coche. Vas a salir a la pista en cuestión de minutos, no tienes tiempo para preocuparte por ella».

Decido ignorar a Maya durante el resto del tiempo de preparación. No necesito más distracciones, y menos por su parte, pues ya ha decidido que no quiere nada sin compromiso conmigo. Me ha rechazado. Pues ella se lo pierde.

Como era de esperar, no llego al podio ni por casualidad. Pero bueno, me las he arreglado para salir de la decimocuarta posición y, teniendo en cuenta de dónde he partido, me contento con haber quedado octavo. Al menos Santi y yo rascamos algunos puntos para el Campeonato de Constructores.

Voy directamente al paddock, no quiero ver las celebraciones del podio hoy, aunque me alegre por Jax y por Liam. Y por Santiago también, supongo. Pero ha sido un buen día para McCoy, lo cual significa que ha sido un mal día para Bandini.

Maya también ha decidido perderse el evento y me la encuentro en la terraza vacía de las áreas comunes, acostada en un sofá con el celular en la mano. Me gusta venir aquí cuando tengo un mal día, pero veo que se me ha adelantado.

—¿Valió la pena? —me espeta, sin apartar la vista de la pantalla del teléfono.

Me enojo más con cada segundo que pasa negándose a mirarme.

—¿Qué? —replico. Me hago el tonto porque no quiero tener que aguantar estas mierdas. No somos novios.

—Acostarte con la tipa de anoche.

La elección de palabras hace que se me levanten un poco las comisuras de los labios.

—Ah, eso.

Por fin me mira a la cara. No me gustan esos ojos inexpresivos, pareciera que le da igual una situación que seguro la fastidia. Preferiría que estuviera enfadada conmigo a sentir que le doy igual.

Ya he dicho que soy un cabrón egoísta.

—Sí, eso.

—No estuvo mal. —Me encojo de hombros, fingiendo indiferencia, aunque la garganta me arde como si me hubiera tragado cristales rotos.

Me siento mal mintiéndole así, haciéndole daño con mis palabras y pagando con ella la rabia que siento hacia mí.

—Guau. Me pregunto cuánto alcohol tuviste que beber para quitarte el sabor de mi lengua de la boca. Aunque dudo que a la chica le importara. La desesperación siempre nubla el sentido común.

«Carajo». Ahí me ha descubierto. Me quedo unos segundos callado como un tonto, incapaz de pronunciar palabra.

—Nunca será como lo que podríamos haber tenido nosotros —suelto entonces—. Pero por eso la gente como tú nunca consigue el final de cuento de hadas que quiere. Estás tan obcecada que no ves las cosas buenas hasta que es demasiado tarde.

Ella se levanta y no se molesta en mirarme una última vez antes de marcharse de la terraza.

Se me cae el alma al suelo cuando veo que no me merezco ni un vistazo por encima del hombro.

21

Maya

Evito todo lo que tiene que ver con Noah durante semanas. Cuando me lo encuentro en el paddock de Bandini, me voy a otro lado. Las cosas están muy tensas entre nosotros, pero no en plan sexy, sino en plan «me duele el corazón cada vez que lo veo».

No sabría describir cómo me siento respecto a él. No es un sentimiento que encaje bien en ninguna etiqueta, ni que pueda arreglarse con una lista de pros y contras. Me cuesta entender las emociones contradictorias que siento, con lo cual siempre acabo peor que al principio. Una parte de mí desearía que fuera capaz de darle un intento a mantener una relación real, pero otra cree que no vale la pena andarse con tantos problemas.

Debería haber esperado aunque fuera un día antes de acostarse con otra persona. Es tener un mínimo de educación.

¿Quién demonios se coge a otra persona después de

haber tenido una cita con alguien? Es repugnante y desalmado. No me lo esperaba de él, la verdad.

Cada vez que me topo con Noah, finjo indiferencia; no puedo permitirme prestar atención a mi corazón desbocado, ni a cómo se me calienta el cuerpo cuando me repasa de arriba abajo, ni a la expresión apesadumbrada de su rostro cuando lo ignoro.

Me empeño en llevar el *vlog* al siguiente nivel. Ya tengo setecientos mil suscriptores, y me llevo una buena ganancia de los anuncios. Me contactan patrocinadores potenciales para colaborar conmigo, que es algo que no me imaginaba que pudiera pasarme. El *vlog* ha superado con creces todas mis expectativas. Sophie y yo visitamos varios lugares en cada ciudad a la que viajamos, aprovechando al máximo el tiempo con Bandini. Esas excursiones, además, me sirven para mantenerme alejada de Noah.

El largo mes de descanso entre la primera y la segunda parte de la temporada, en pleno verano, no podía haberme venido mejor. Intento engañarme diciéndome que no extraño a Noah durante las vacaciones. Pero no es cierto. Miro sus perfiles de las redes sociales todos los días, solo que él no publica nada más que un par de fotos de la costa italiana. Ni siquiera las revistas de chismes han dicho nada sobre él. Se ha tomado un descanso de todo. Y puede que sea algo bueno, en vista de que sus deslices pasados por fin han desaparecido de la prensa.

Yo paso las vacaciones con mi familia, Santi incluido. Al margen de los momentos pasajeros de extrañar a Noah, me divierto bastante.

Sophie viene a España de visita durante la última semana de descanso. Mis padres la acogen como si fuera una segunda hija y le dicen lo agradecidos que están de que tenga a alguien aparte de Santi con quien pasar el rato.

Entre las dos elaboramos el plan perfecto.

—Anda, repítemelo. Quiero asegurarme de que estás convencida —me dice Sophie mientras se pinta las uñas en mi cuarto.

Mañana volaremos juntas a la siguiente carrera, porque quiere prepararme antes de ver a Noah en el Gran Premio de Bélgica.

Yo pongo los ojos en blanco de broma; en realidad valoro su amistad y su dedicación a la hora de mantenerme sana y salva.

—Bien. Como ahora soy una mujer adulta que sabe lo que hace, voy a ser amable y civilizada. No me hace falta estar que si sí que si no con él. Somos dos adultos que pueden tener un trato cordial por el bien de la escudería.

Sophie sonríe antes de instarme a decir la frase que me hace repetir cada vez que menciono a Noah.

—¿Y...? —Gesticula con la mano para animarme a soltarla.

—No voy a sucumbir.

—¿Sucumbir a qué? Necesito oírte decirlo.

«Dios, voy a tener que repetirlo de verdad».

—No voy a sucumbir a su personalidad brusca pero encantadora, a sus abdominales de escultura griega, a esos labios tan besables que tiene ni a su cuerpazo espectacular. —Mi nuevo mantra, para mi desgracia.

—Bien dicho, amiga. Estoy orgullosísima de ti. ¡Mira cuánto has madurado en un mes! Las vacaciones te sientan de maravilla —me dice mientras me pellizca las mejillas.

—¿Por qué me da la sensación de que esto va a salir fatal?

—Para de ser tan catastrofista, vas a acabar con migrañas. ¿Cuál es el objetivo para la segunda parte de la temporada? Igual hace falta que lo repasemos una vez más.

Madre mía, no se calla. Pero obedezco porque aparecen esos encantadores hoyuelos en sus mejillas.

—Hacer crecer el *vlog*, encontrar a un chico agradable con el que salir un par de veces y pasar tiempo con mi mejor amiga.

Sophie aplaude como si fuera una niña pequeña pronunciando sus primeras palabras. Es un gesto exageradísimo, pero le queda bien.

—¡Dilo! Esto se merece un brindis.

Chocamos las copas y damos un trago al vino. El líquido frío me calma la garganta.

—¿Y dónde se meten los chicos guapos en el entorno de la Fórmula 1? —pregunto—. Tengo curiosidad.

—Eso déjamelo a mí. Soy tu hada madrina, solo que, en lugar de una varita mágica, uso un dildo mágico. ¡Funciona perfectamente! Te garantiza encontrar el mejor pene de la historia.

Por poco se me sale el vino por la nariz.

«No estoy segura de a qué me he apuntado, pero no puedo evitar estar un poco preocupada».

22

Noah

Me arrepiento de cómo lidié con todo en Bakú, en especial de que la rabia se apoderara de mí después de la carrera y me hiciera decirle esas estupideces a Maya. La he cagado mucho con ella. Pero quiero arreglarlo.

Me paso gran parte del descanso de verano haciendo ajustes a mi coche y teniendo reuniones estratégicas con los ingenieros de cara a la segunda parte de la temporada.

Pero también yendo a terapia.

Sí. Ver para creer. Yo yendo a terapia.

Me siento en la oficina de mi psicólogo para una de mis dos sesiones semanales. Con una sola sesión a la semana no bastaba, hay mucha tela que cortar entre lo de mis padres, el tema de las relaciones y mis problemas con el compromiso. Y no tengo mucho tiempo antes de la próxima carrera.

Me ha tocado asimilar muchas cosas en el proceso. Algunos días he salido de la sesión enojado, otros triste por los padres de mierda que tengo y por el daño que me han hecho. La terapia te pone a prueba emocionalmente, y me resulta más extenuante aún que hacer cien vueltas en un circuito de Fórmula 1.

—¿Qué te impide querer una relación? —me pregunta mi psicólogo mientras me observa con sus ojos cafés desde el otro lado de la sala, sentado cómodamente en su sillón beige.

Yo estoy sentado en un sofá de piel, mirando el techo y sus ojos de forma alterna.

—No lo tengo claro. Es una mezcla de varias cosas. Ni siquiera he intentado tener una novia de verdad.

—Háblame un poco de esa combinación de motivos —me pide, juntando las manos encima de su rodilla. Tiene un aspecto impoluto, con el pelo entrecano peinado de manera cuidadosa y el traje bien planchado.

—No sé ni cómo es una relación sana. Mis padres no se querían. Yo no era más que una fuente segura de dinero para mi madre, una forma de asegurarse acceso de por vida a la cuenta bancaria de mi padre. Así que no estoy seguro de cómo es o cómo se siente el amor verdadero. Ya solo pensar eso me asusta —contesto. ¿Cómo puedo reconocer algo que no tengo ni jodida idea de cómo es?

—Si tuvieras que definir el amor, ¿cómo lo harías?

No tiene piedad a la hora de preguntar. Me parece que más que obtener una respuesta lo que quiere es hacerme remover mierda.

—Hummm... —Me froto la nuca mientras reflexiono—. Creo que el amor es una mezcla de felicidad y sacrificio. Ceder en lugar de discutir. Tener a alguien que siempre está ahí para ti, incluso cuando no te lo merezcas. Amar a alguien significa querer pasar el resto de tu vida con esa persona, en los días buenos y en los malos, y en todos los que están en medio.

Parece orgulloso de lo que digo. Asiente conmigo y presta atención a cada palabra. Yo también siento una pizquita de orgullo por mi respuesta.

—Todo lo que has dicho sobre el amor está muy bien. Entonces ¿qué te impide intentarlo con alguien? Vamos a tomar a Maya como ejemplo, ya que la mencionas a menudo en nuestras sesiones.

Me quedo pensando en su pregunta un minuto entero. No me fuerza a hablar cuando guardo silencio, prefiere esperar con paciencia, así no siento la presión de tener que rellenar el silencio de cualquier manera.

—Creo que tengo miedo. —Las palabras salen de mis labios en forma de susurro. No me gusta reconocer que tengo miedo a nada. Me dedico a manejar coches a más velocidad que cualquier otra persona en el mundo, por el amor de Dios.

—El miedo no es siempre una debilidad —explica—. Lo que haces con el miedo es lo que deja ver tu verdadera fortaleza. ¿De qué tienes miedo exactamente?

Madre mía, este hombre y sus frases inspiradoras...

—Pues de no hacerlo bien, de fracasar. De decepcionarla y de no ser capaz de estar para ella cuando me necesite. De romperle el corazón y de que se me rompa el mío de paso. Me asusta la sola idea de darle a alguien poder sobre mí... —Bajo la vista a mis manos. Jugueteo nervioso con los dedos, de un modo que me recuerda a Maya. Desde lo de Bakú, pensar en ella hace que se me encoja el corazón, como si ese órgano palpitante supiera lo idiota que soy.

—Son razones muy comunes para tener miedo de intentarlo. No estás solo en eso. Mucha gente tiene reservas similares a la hora de empezar una relación, porque querer a alguien te hace vulnerable.

«No sabía eso».

—¿Cómo te sentirías si Maya empezara a salir con otra persona que no está dispuesta a quererla como tú decías antes?

Aprieto los puños con fuerza. Pensar en ella saliendo con otro tipo, besándolo, acostándose con él... me pone enfermo. No la merezco, pero puede irse al demonio quien sea que lo intente.

—No me haría ni puta gracia.

—¿Y eso por qué? —indaga, sin inmutarse por mi vocabulario soez, una muestra más de por qué me cae bien este hombre.

—Porque desearía ser yo quien hiciera esas cosas con ella.

Mi confesión toma forma entre nosotros como si fuera una tercera persona sentada en la estancia. Pasan los minutos mientras ideo un plan, el tictac del reloj sonando al ritmo al que rebota mi pierna.

—Creo que sé lo que tengo que hacer. Pero me gustaría consultarlo contigo antes.

Mi terapeuta me sonríe. Me ayuda a ganar confianza en mí mismo, escucha mis ideas y me ofrece perspectivas diferentes para valorarlas desde diversos puntos de vista. Estoy harto de estar sentado en el banquillo pensando en todo lo que he hecho mal. Lo mío es estar al frente de la parrilla de salida, en la pole.

Y es hora de llevarme el trofeo.

23

Maya

—Pues, la última cita ha sido horrible, pero esta será mejor, te lo prometo. Podemos irnos juntas si sale mal, ¿de acuerdo? —me dice Sophie, y me agarra la mano para entrelazar su meñique con el mío, forzándome a aceptar su promesa antes de que lo pueda pensar siquiera.

Yo suelto un quejido. No quiero para nada tener otra cita.

—Te recuerdo que en la última el tipo se puso a enseñarme fotos de sus hijos y de su exmujer —replico—. Incluso me contó con todo lujo de detalles cómo fue su boda y su divorcio, y se echó a llorar cuando el mesero nos trajo el postre. Nunca podré ver un tiramisú con los mismos ojos.

—Sí, sí, lo sé. No fue mi mejor obra. Aún estoy acostumbrándome a los poderes de mi dildo-varita mágica. Esta vez he escogido dos chicos mucho mejores. —Sus ojos verdes rezuman esperanza.

—Esto se ve muy mal... ¿Quiénes son?

Ya que al menos lo sufriremos juntas, exijo saber más sobre el plan. No quiero arriesgarme a otra cita desastrosa, me muero si tengo que ver más fotos familiares.

—Son dos ingenieros de McCoy. A uno lo conocí en la rueda de prensa a la que fue mi padre. Son encantadores, te lo juro. Palabrita de honor.

Yo asiento con la cabeza y accedo a ir. Sé que Sophie tiene buenas intenciones.

—¡Bien! ¡No te arrepentirás! Han reservado en el mejor restaurante de Milán. ¿Qué mejor para una cita perfecta que un plato de pasta? —dice aplaudiendo antes de arrastrarnos a mi habitación de hotel para elegir nuestros atuendos. Para ser alguien que va siempre con tenis y camisetas de algodón, sí que le gusta ponerse guapa.

Y aquí estamos, de cita, la noche antes del día de la clasificación, sentadas enfrente de dos tipos bastante guapos. Sophie me dedica una sonrisa de oreja a oreja cuando se ponen a ojear la carta.

He accedido a venir a la cita con ella porque, al parecer, no lleva bien el tema de Liam desde el Gran Premio de Canadá. Aunque no me ha contado nada.

El hombre con el que me quiere juntar Sophie tiene el pelo rubio y rizado en las puntas. Es bastante guapo y adorable, incluso tiene cierto acento que no alcanzo a reconocer. La luz de la velas se refleja en sus ojos cafés mientras me mira.

—¿Te gusta hacer *vlogs* para Bandini? En McCoy los vemos todos con la esperanza de que revelen uno que otro secreto —comenta Daniel, mi pretendiente, risueño.

—Voy con mucho cuidado para que eso no pase —replico negando con la cabeza—. Denunciarían mis videos y no me dejarían grabar más.

—¿Qué videos han visto? —interviene Sophie, con los dos chonguitos rubios rebotándole.

—Muchos, la verdad, y están muy bien hechos. ¿Los editas tú misma? —pregunta John, su pretendiente.

—Sí, he aprendido a editar mejor con el tiempo. Cuando tenga más éxito, actualizaré el equipo de grabación. Las cámaras buenas cuestan miles de dólares.

—Cuando habla de tener más éxito se refiere a más de un millón de suscriptores. ¡Ya va por los ochocientos mil! —comenta Sophie sonriendo como una madre orgullosa.

—¿Cuánto dinero le has pagado a Noah por salir en los videos? —se interesa Daniel—. Sobre todo me produce curiosidad saber el precio de esos en los que le haces preguntas; nunca accede a cosas así. Incluso rechazó a *Sports Daily* cuando le ofrecieron hacer algo similar.

Me arden los ojos al recordarlo. En cuanto alguien menciona a Noah, se me enturbia el ánimo. Solo que mi pretendiente no está al tanto de mi relación con Noah, ni tampoco parece saber mucho de cómo funciona la industria de la creación de contenido.

—No le he pagado nada, lo hizo de forma voluntaria, y no tuve que presionarlo mucho. Además, no se suele pagar por este tipo de cosas. La gente famosa lo hace porque quiere; si no quiere, dice que no y listo —explico con la nariz arrugada, decepcionada por el desconocimiento de Daniel.

—Dudo que nadie te pudiera decir que no, ni siquiera el grandioso Noah Slade.

La sonrisa de Daniel no me calienta el pecho como lo hacía la de Noah. Le devuelvo una sonrisa leve; no me está gustando demasiado que saque el tema de Noah y de Bandini.

Sophie me da un apretón en la rodilla por debajo de la mesa, ejerciendo la presión justa para devolverme a la realidad. Me obligo a apartarlo de mi cabeza. Su proyecto incluye todo un proceso de condicionamiento para que deje de pensar en Noah, hasta ha visto videos sobre el perro de Pávlov.

—Disculpen, ahora vuelvo. Tengo que ir al tocador —me disculpo, y arrastro la silla para atrás con más ímpetu del que pretendía. Se choca contra el asiento de otra persona y me gano una mirada asesina del comensal—. Lo siento mucho —murmuro, y salgo deprisa de allí en dirección al oscuro pasillo que lleva a los baños.

Saco el celular para distraerme y para calcular el tiempo que paso fuera de la mesa. Mirar Instagram me brinda cierto alivio.

Entonces la pantalla se apaga.

Inhalo un olor que es indudablemente de Noah.

Ay, mi madre, ¿por qué tengo tan mala suerte?

—¿Tan horrible está siendo la cita? —Su voz rasposa exige mi atención y el corazón se me acelera.

Con sus dedos rudos me levanta la barbilla, y mi cuerpo reacciona a su presencia de inmediato, como si no hubiéramos pasado un mes separados. En la penumbra del pasillo no puedo ver mucho, así que aspiro su aroma porque me encanta castigarme. Él me pasa el pulgar por los labios.

—¿Qué estás haciendo aquí? —pregunto. «¿Me ha salido la voz ronca?» No la oigo bien, con el latido constante que siento en los oídos.

—Estoy cenando con unos amigos. Es un restaurante muy popular —contesta.

Bien, al menos no me está siguiendo. Eso sería preocupante, cuando menos.

La silueta oscura de Noah impide el paso a la poca luz que hay, me cuesta distinguir sus facciones. De pronto me acaricia los labios con los suyos. Ese contacto tan sencillo me provoca un hormigueo en los labios, y me siento culpable por disfrutarlo. Ladeo la cabeza para apartarme de su boca.

Él se ríe y decide entonces seguir besándome el cuello con suavidad.

—Te he extrañado —susurra.

Esas tres palabras son lo único que quería oír, pero hacen que me duela el corazón, porque no puede darme lo que quiero, por mucho que lo desee.

—No puedes extrañar lo que no has tenido nunca.

—Si no estuviera ocupada ahora mismo, me aplaudiría por esa réplica.

—¿Y si te dijera que he cambiado, que las vacaciones nos han hecho un favor? —murmura antes de seguir con mi cuello, chupándome el que considero mi punto débil.

Nuestra química no ha flaqueado ni un poco. De hecho, parece más presente que nunca. Mi cuerpo se arquea como por voluntad propia hacia él mientras sus labios recorren mi piel.

«Maldito cuerpo traidor».

—No sé si creerte. Las acciones valen más que las palabras.

Es cierto que las revistas de chismes no han dicho nada desde lo de la rubia de Bakú. Puede que esté diciendo la verdad, pero no quiero arriesgarme a salir lastimada de nuevo.

—Deja que te lo demuestre. Dame una oportunidad.

Sus labios encuentran los míos una vez más, solo que en esta ocasión su beso es más dominante, como él, que se pega a mí y me derrumba las defensas. Me acaricia el borde de los labios con la lengua, buscando acceso a mi boca.

Yo los mantengo cerrados, impidiéndole llevar el beso a otro nivel. Él me mordisquea el labio inferior, una muda súplica para que me abra a él. Sus dientes me rozan y jalan de mi piel, y no puedo evitar gemir ante la sensación.

—Eh... Vaya, bueno, luego vuelvo —pronuncia una voz desconocida, y giro la cabeza hacia su procedencia, pero quienquiera que fuera ya ha desaparecido.

Entierro la cabeza en la camisa de Noah; mala idea, porque su olor adictivo me atonta. No me muevo hasta que ya no oigo los pasos del desconocido.

—Escucha, deja que me expli...

«No, ni de broma. Tengo que salir de aquí pero ya».

—Eh... Bueno, yo me voy ya —suelto rápidamente, y me marcho hacia mi mesa, dejando a Noah allí parado y confundido, y sin molestarme en echarle un último vistazo.

Mi cerebro me dice que huya de Noah, pero mi cuerpo me dice que vuelva corriendo con él.

Sophie entrecierra los ojos al verme acomodándome en mi asiento y hace que me sienta peor aún por lo que ha pasado.

Ignoro sus miraditas de reojo toda la noche, porque ya habrá tiempo para contárselo todo.

Se me forma un nudo en el estómago mientras Sophie me observa desde el otro lado de la habitación, dando toquecitos en la alfombra con el tenis. Intenta leer mi lenguaje corporal sentada en el sofá modular de la suite de Santi. Yo recorro la sobria habitación de hotel con la mirada tratando de encontrar algo interesante en lo que clavar la vista. Cualquier cosa que no sea su cara me sirve.

—¿Qué dijimos de él? —pregunta sin piedad, con un tono de decepción en la voz.

—Bueno, no es que haya sucumbido a su personalidad brusca pero encantadora, a esos labios tan besables que tiene, a su cuerpazo espectacular ni a sus abdominales de escultura griega. Me ha avasallado en el pasillo del baño. No sabía que iba a estar ahí. No es como que eligiera yo el restaurante ni nada —me defiendo. Es posible que haya estado ensayando esta frase antes en el baño...

—¿Y qué ha pasado? ¿Se ha tropezado y se ha caído en tus labios? —contrataca, agitando mucho las manos.

«En efecto, está enojada». Mi silencio no ayuda a calmarle los nervios, empieza a deambular por la habitación alterada y refunfuñando sobre cómo siempre fallan sus planes.

—Espero que no se te ocurra inventarte ni una excusa. Has vuelto a la mesa hecha un desastre, con los labios como si se la hubieras chupado en el baño. ¿Lo has hecho? ¿O es que él se ha puesto en modo aspiradora?

No soy capaz de entender cómo es capaz de decir en serio cosas tan ridículas sin que se le escape la risa.

Tengo el pecho y el rostro de mil tonos de rojo y rosa. Hundo la cara dramáticamente en uno de los cojines del sofá y le lanzo otro a ella. Sé que tiene las mejores intenciones, pero no me está ayudando.

—Lo siento. No volveré a hacerlo. He aprendido la lección —digo con la voz amortiguada por el cojín.

—Eso espero. Daniel es un buen chico que no tiene claro si darte otra oportunidad —comenta quitándome el cojín de la cara y mirándome con los ojos verdes resplandecientes bajo la tenue luz de la habitación.

—¿Se lo has contado? —Me estremezco al oír mi tono estridente.

Ella niega con la cabeza.

—No. Pero no es tonto, sabe cómo interpretar las cosas. Llámalo intuición, si quieres.

—La próxima cita será mejor. Igual simplemente no deberíamos ir a un lugar tan público —propongo solo para tranquilizarla, porque no tengo ninguna intención de volver a una de esas citas. No quiero darle falsas esperanzas al pobre chico cuando solo pienso en otra persona.

—Dudo que ocurra, porque vamos a pasar a la segunda fase del plan.

No tengo ni idea de cuál es la segunda fase del plan, pero me da miedo.

Echo un vistazo desde mi rincón de la vergüenza en el sofá. Sophie toquetea su celular, ignorándome.

—Estoy pidiendo refuerzos —explica.

«Tap, tap, tap». El sonido de sus dedos al escribir en el teléfono es lo único que rompe el silencio.

—¿Debería empezar a preocuparme?

Ella se limita a esbozar una sonrisa malévola.

«Bueno, ahí está la respuesta a mi pregunta».

24

Noah

Intento ubicar el momento exacto en el que mis amigos empezaron a ignorarme. ¿Fue después del Gran Premio de Alemania? ¿Del de Francia? No lo tengo claro, pero lo que sí sé es que desde el descanso de verano apenas veo a Liam y Jax. Todas las semanas me cuentan la misma canción: que si están muy ocupados, que si no sé qué. Y cuando viajamos a Singapur para el Gran Premio, no los encuentro por ninguna parte. Como siempre.

El único momento en el que los veo es en la rueda de prensa tras la clasificación del sábado. Esta vez lo hice bastante bien y he conseguido la pole para mañana, la mejor posición de la parrilla de salida en una de las pocas carreras nocturnas que tenemos. Al menos lo que tiene que ver con la competición pinta bien.

¿No quieren salir conmigo porque gano muchas carreras? Hay mucha competitividad en este mundito, eso es cierto. Igual prefieren mantener las distancias por el bien del equipo, ya que a las escuderías no les gusta demasiado que nos llevemos bien entre nosotros. Pero, cuando pienso en cómo ha sido los otros años, no recuerdo que pasara esto, así que tiene que ser por otra cosa.

Estoy solo en mi habitación de hotel, contemplando la ciudad, disfrutando de la vista de los famosos superárboles y del complejo de edificios Marina Bay Sands. Hay mucho ajetreo en Singapur antes de la carrera. La gente llena las aceras, y desde el balcón de mi suite parecen hormiguitas.

A pesar de toda la actividad que hay a mi alrededor, por primera vez me siento solo.

No me cuesta reconocerlo. Mi terapeuta estaría orgulloso.

Me siento en el sofá unos minutos, asimilando este sentimiento de no tener a nadie cerca. Mis amigos apenas contestan mis mensajes. No hemos hecho ningún plan, algo raro en ellos, ya que esta ciudad es la mejor para ir de fiesta de todas las que visitamos durante la temporada de Fórmula 1.

Incluso Maya me evita desde que la besé en aquel restaurante de Milán hace dos semanas. Se pega como una lapa a Santi en todo momento; un movimiento inteligente, ya que no se me ocurriría hacer nada delante de él. Pero ni siquiera me da la oportunidad de explicarme. Quiero decirle que estoy preparado para intentarlo con ella, para intentarlo todo, sin tonterías.

No soporto que me ignore de esta manera. Así que decido apartar estos pensamientos de mi mente y hago lo que suelo hacer para calmarme. Busco el canal de Maya en mi láptop y me pongo el *vlog* de ayer. Me da un vuelco el corazón al ver su sonrisa radiante, sus ojos cafés, rebosantes de felicidad, mirando fijamente a la cámara con la que se apunta a la cara.

—¡Hola, chicos! Bienvenidos una vez más a mi canal. Esta semana estamos en Singapur, una de las ciudades más increíbles que hemos visitado durante el campeonato. Hoy me acompañan Sophie, Jax y Liam.

Ahora sé dónde se han metido mis amigos... Aprieto los dientes al verlos sonriendo a la cámara de Maya como si no hubieran ignorado los mensajes que les he mandado para ver si salíamos.

—Estamos en los Jardines de la Bahía. Me han pedido que juegue a las preguntas más buscadas en internet con Jax, el seductor más querido del Reino Unido. Liam se ha apuntado porque sufre de un caso grave de FOMO.

«Ya somos dos, amigo».

—Hemos decidido hacerlo un poco distinto esta vez: les he pedido que me escriban por Instagram las preguntas más urgentes que tuvieran para estas dos celebridades. He elegido solo las que más se repetían, porque había demasiados mensajes. ¿Están preparados?

Sophie agarra la cámara y graba a Liam, Jax y Maya sentados en una banca con los superárboles de fondo. «Ah, perfecto». Unas pocas personas pasan por detrás de ellos y saludan con la mano a la cámara.

Siento un ardor en el estómago.

—Algunas son un poco vergonzosas, y otras directamente bastante tontas, pero debía ser imparcial, así que he elegido solo las que más veces me han preguntado. —Maya sonríe y saca una hoja de papel con una lista de preguntas.

Recuerdo cuando le dije que tenía que ser imparcial. Supongo que de alguna manera sigue acordándose de mí, lo cual me hace sonreír.

La láptop bota al ritmo de mi rodilla, me muero de nervios y de curiosidad por saber cómo va a acabar esto. La mayoría de las preguntas que le hace a Liam y a Jax son sobre la Fórmula 1 y las carreras automovilísticas de ambos. Pasan siete minutos antes de que Maya se meta de lleno con los temas personales. No puedo evitar sentir como si los estuviera espiando al ver este video, pero es ella quien lo publica sin restricciones.

—Para Jax o Liam. Para los dos, vaya. Las suscriptoras se preguntan si están solteros.

Ellos se chocan los cinco por detrás de Maya como si tuvieran diez años.

—Yo solo puedo hablar por mí —dice Jax—. Estoy soltero y con ganas de divertirme. Si les interesa conocerme y pasar un buen rato, me encontrarán de fiesta por Singapur después del Gran Premio —anuncia, y pone cara de interesante.

Liam se limita a sonreír y deja la pregunta sin responder, el muy listo.

Maya finge una arcada.

—Ya lo han oído. Y yo les aseguro que no estoy saliendo con ninguno de ellos. Solo somos amigos —añade asintiendo enérgicamente.

Liam se queda callado y guiña un ojo a la cámara mientras tamborilea con los dedos sobre su muslo.

«¿En serio salen tanto? ¿Cómo es posible que no me haya dado cuenta?»

Me meto al perfil de Instagram de Liam. Sus fotos más recientes son de él con Jax o de los cuatro visitando la ciudad que tocara según la semana. También hay unos pocos pero muy llamativos posts en los que sale él con Sophie.

«¿En qué momento se ha reformado?»

El perfil de Jax es parecido. Tiene una foto con Maya tomada en una cabina que había en una gala. Reconozco el fondo porque yo también estuve, claro que no recuerdo ver a Maya allí...

¿De dónde sacan tiempo para hacer todo eso? Y, lo más importante, ¿podría yo también sacar tiempo para hacer algo que no sea competir?

Consigo llegar al podio en Singapur. Segundo. «¡Vamos, carajo!»

Esta vez no me resulta tan divertido el ritual de la champaña. El público se vuelve loco, pero yo los ignoro, solo tengo ojos para Maya, que está de pie detrás de la valla animando a Santi. Me quedo varios minutos mirándola. Su sonrisa flaquea cuando me observa, pero pronto recupera la compostura. Jax y yo acabamos regando a Santi con la champaña, ya que, para sorpresa de todos, ha ganado. Este Gran Premio es todo un desafío. La humedad es horrible, hace que nos cueste pilotar con todos los sentidos en lo que estamos haciendo. Hoy he debido de perder más de dos kilos durante la carrera. Lo digo en serio, la espalda me sigue chorreando de sudor y tengo el traje de carreras empapado.

Después de un chequeo médico, un baño en agua helada y un baño rápido, nos llevan a la rueda de prensa. No quiero para nada responder más preguntas, no estoy de humor para aguantar a los periodistas.

Me sorprende encontrarme a Maya en su rincón habitual. Me dedica una sonrisa tensa, y Sophie le susurra algo al oído que hace que incline la cabeza hacia atrás para reírse. Se ve tan preciosa y despreocupada... No puedo evitar lamerme al verla, su cuello se ha convertido en una de mis cosas favoritas que besar, que tocar, que mordisquear.

Doy gracias de tener una mesa delante; no me hace falta que una cámara grabe la reacción física que me provoca.

Como las ruedas de prensa pueden llegar a ser un auténtico fastidio, repaso mi plan para esta noche. No me puedo perder la fiesta de Singapur de la que hablaba Maya. Veo que me mira, y las comisuras de mis labios se alzan en una sonrisa traviesa, la primera que le dedico en mucho tiempo.

Ella abre mucho los ojos, sorprendida.

«Si supiera lo que se viene... Me he cansado de jugar, ahora quiero mi trofeo».

Para llevar a cabo mi plan, saco la artillería pesada. Y con «artillería pesada» me refiero a Sophie, porque es el equivalente humano a una mezcla de misil lanzagranadas y fusil semiautomático. Sin ella de mi lado, no tengo ninguna esperanza.

Le escribo después de la rueda de prensa para pedirle que nos veamos en mi habitación de hotel. Ella se resiste hasta que le mando el emoji de las manos juntas y le prometo surtirla de galletas de chocolate. No ha cambiado ni un poquito desde que la conocí.

—¿Qué quieres, Slade? —suelta con una mirada gélida que haría llorar a cualquier hombre normal, pero que a mí solo me hace sonreír. Vaya formalidades, llamándome por el apellido.

Me pongo cómodo en el sofá, ya que Sophie se niega a tomar asiento. Está de pie, con los brazos en la cintura, lista para la pelea. Una postura intimidatoria con la que, aun estando yo sentado, apenas se alza unos centímetros por encima de mi cabeza.

—He venido en busca de ayuda porque no puedo hacerlo sin ti. En serio, te necesito.

Sophie hace una bomba con el chicle y la explota, y el sonido rompe la tensión de la estancia. Parece una barbie jefa de la mafia.

—¿Y en qué puedo ayudarte? Ni siquiera sé qué quieres hacer —replica batiendo las pestañas. Le gusta hacerse la tonta.

—Creo que sí lo sabes.

«Vamos a dejarnos de tonterías».

—Pero quiero oírtelo decir. El primer paso para arreglar un problema es admitir que lo tienes.

Ahora entiendo por qué Liam no puede evitar estar cerca de ella. Se la pone difícil, con esta actitud impertinente, así que es como un reto.

Evito a toda costa resoplar y me paso las manos por el pelo.

—Me gusta Maya.

Su rostro inexpresivo no revela ninguna emoción. Parpadea un par de veces, esperando a que continúe.

—Y la cagué. Creía que sabía lo que quería, pero lo cierto es que no.

—Sigue —me pide, y esta vez se sienta y adopta una pose similar a la de mi terapeuta.

—Tuvimos una cita, me imagino que estás al corriente.

Ella asiente con la cabeza.

—Bueno, pues no terminó demasiado bien. Le dije que solo podía ofrecerle una relación física, o sea, sin compromiso y sin rollos, y ella quería algo más.

—¡No me digas! ¿Y tú qué quieres ahora? —inquiere con una mirada intensa que me recuerda a la de su padre, como si pudiera ver si estoy siendo sincero.

—Creo que quiero más —respondo apartando la vista de su intenso escrutinio.

—Me parece que no deberías hacer nada a menos que estés seguro de que quieres algo más. Maya es la mejor. No necesita a alguien que no esté dispuesto a todo, que no pretenda hacer sacrificios por ella.

—Puedo intentarlo —digo apretando los puños sobre las rodillas—. Nunca había querido algo así. Pero es un sentimiento horrible tener que verla todo el tiempo desde lejos y no poder hacer nada. Me cuesta no ir a hablar con ella, me cuesta no besarla. Quiero que me dé una oportunidad. Pero necesito tu ayuda —le pido a Sophie mirándola a los ojos.

Ella me devuelve la mirada con una sonrisa genuina y una expresión de ternura, todo lo contrario a cuando ha empezado la conversación.

—Cuéntame qué tienes en mente, a ver qué puedo hacer —accede.

Estoy nervioso, no sé si Sophie cumplirá con su parte del trato. Aunque, bueno, el plan es suyo prácticamente por entero. En cuanto le dije que quería ir en serio con Maya, se mostró más que dispuesta a ayudar, y se le ocurrieron unas cuantas ideas de cosas que podrían gustarle. Descartó mi plan original de aparecer en la fiesta de después de la carrera, ya que, según ella, Maya no responde bien después de medianoche. Por suerte para mí, en el Gran Premio de Singapur tenemos eventos hasta el lunes de la semana siguiente, porque les encanta salir de fiesta aquí.

Me siento a una mesa vacía en un restaurante muy exclusivo. Sophie nos ha conseguido una sala privada para que Maya esté obligada a prestarme toda su atención durante al menos una hora, espero que más si pido una buena botella de vino. ¿Quién puede resistirse a eso? Tamborileo con los dedos sobre la mesa, un tic nervioso que me pegó la reina del no estarse quieta.

Por fin, tras lo que parece una eternidad, alguien toca la puerta.

—Bien, chicos, este es el plan de cena más raro que... —Deja de hablar cuando me ve sentado solo a la mesa.

Abre muchísimo los ojos y se queda boquiabierta. Lleva puesto un vestido de noche negro muy sexy y tiene el pelo oscuro y ondulado suelto, enmarcándole la cara. Se ve impresionante. Respiro hondo para calmar los nervios.

Me pongo de pie y camino hacia ella despacio para que no salga corriendo.

—¿Qué está pasando? —pregunta, y mueve los ojos a todos lados, asimilando que solo hay dos sillas, antes de fijarlos en mí.

—Deja que te lo explique mientras cenamos —propongo, y le agarro la mano para acompañarla a la silla que está enfrente de la mía, deseando que se quede. Aparto la silla y espero a que se siente.

La Maya obediente es mi nueva versión favorita de esta chica.

—No entiendo nada. Supongo que Sophie está al corriente —dice con el ceño fruncido, y suelta una maldición entre dientes.

—Supones bien. Vamos a pedir algo de beber primero, creo que nos va a venir bien a los dos.

Sin embargo, pedimos la comida directamente por insistencia de Maya. Interpreto su forma de mordisquearse el labio como que, en efecto, quiere irse lo antes posible.

Suspiro antes de hablar.

—He tenido dos meses para conseguir olvidarme de ti. Y créeme, lo he intentado.

Mis palabras hacen que ponga una mueca de asco. «Mierda, carajo». Soy malísimo para expresarme con propiedad.

—No me refiero a eso —explico—. Quiero decir que he tenido que enfrentarme a mis decisiones.

Maya se recuesta en su silla. Respiro hondo de nuevo, estoy muy nervioso: «Piensa antes de hablar».

—Creía que se haría más fácil con el tiempo. Pero no parabas de evitarme, lo cual era una mierda. Pasé de verte todos los días y de hablar y compartir tiempo contigo a la más absoluta nada.

—No pretendía ignorarte así —murmura apartando la vista.

Yo la miro con los ojos entrecerrados.

—Bueno, puede que sí —admite—. Te dije lo que quería y tú me rechazaste. No puedo esperar que cambies porque sé que yo no podría hacerlo. No es justo para ninguno de los dos.

—Bueno, pues he cambiado, y quiero intentar darte lo que deseas. Al pasar tanto tiempo solo me he dado cuenta de que quiero lo mismo que tú. Pasar tiempo contigo antes y después de las carreras, o sea, salir por ahí, ir a los eventos juntos, holgazanear en la cama después de una sesión de sexo increíble... Con todo el compromiso que haga falta.

Solo pensar que pueda rechazarme hace que se me revuelva el estómago.

—¿Y cómo sé que no vas a arrepentirte en cuanto te dé miedo? —pregunta alzando mucho las cejas.

No la culpo por dudar de mí, aún no he hecho nada que le demuestre que he cambiado.

—No lo puedes saber, ni yo tampoco, pero es lo único que puedo ofrecerte por ahora. La pregunta es: ¿estás dispuesta a aceptarlo?

En cualquier momento puede irse todo al carajo. Veo que lo está pensando seriamente por cómo sigue mordisqueándose el labio. Baja la vista a sus manos.

—Supongo que podemos intentarlo —dice al fin—. ¿Qué te ha hecho cambiar de opinión?

Una calidez indescriptible se me extiende por el pecho, ocupando el lugar de la incertidumbre y el nerviosismo de antes. Esto es todo lo que necesito.

Le levanto la barbilla, necesito que me mire a los ojos.

—Hablo en serio cuando digo que he pasado mucho tiempo solo. He estado reflexionando sobre qué era lo que me impedía intentar esto contigo. Nuestra química es... —me fijo en sus labios— explosiva. Pero sé que hay más que eso. Me gusta estar contigo, sobre todo cuando me prestas toda tu atención. Me gusta cuando me grabas sin permiso porque tienes miedo de que te diga que no, aunque podrías hacer que accediera a cualquier cosa. Me encanta tu risa, casi tanto como lo interesantes que te deben de resultar tus zapatos cuando te pones nerviosa. Me gustan muchísimo esos ruiditos que te guardas solo para mí cuando te beso, o las sonrisas que me dedicas cuando nadie nos mira. Quiero intentarlo de verdad. Sin miedos. Incluso he buscado a alguien con quien hablar de mis problemas y mis reservas, porque, cuando le pongo empeño a algo, voy con todo.

«No sabía que fuera capaz de esta verborrea».

Ella parece tan sorprendida como yo cuando le revelo mi secreto. Y, carajo, la vulnerabilidad da un maldito miedo, pero puedo confiar en Maya. Es más, necesito confiar en ella. Por primera vez en mi vida, no creo que apoyarme en alguien sea algo negativo.

—Estoy orgullosa de ti —dice—. Es un paso enorme. —Me toma la mano y me da un apretón. Siento una corriente eléctrica que me recorre el brazo, como si hubiera metido el dedo en un enchufe.

Yo asiento, no quiero romper la magia del momento hablando de mis problemas con mis padres.

—Extrañaba estar contigo.

—Yo también. No resulta demasiado fácil evitarte cuando encima todos mis seguidores se mueren por verte en los videos —comenta, y me guiña un ojo—. He tenido que rellenar ese vacío con otras entrevistas.

Me cuesta respirar cuando veo esa sonrisa relajada en su cara, por la que llevo tantas semanas esperando. Me infunde esperanza. Es un sentimiento nuevo, querer que alguien crea en mí y, además, desear estar a la altura.

—Deberíamos darles a tus suscriptores lo que quieren. Veo todos tus videos —admito, con las mejillas sonrojadas. Doy un trago al vino antes de continuar—: Puede que no sea subjetivo, pero creo que yo te conseguiría más visitas que Jax o Liam.

Su risita llena la sala. Es lo mejor que he oído en toda la semana, mejor aún que cuando anunciaron que había quedado segundo.

Y entonces me doy cuenta.

«Mierda».

25

Maya

Hemos decidido intentarlo. Noah y yo.

Jamás pensé que fuera a cambiar de opinión. Los días se convirtieron en semanas después del desastre de Bakú, y él no había dado señales de nada, más que aquel día en Italia.

Noah pide un taxi para ir a una fiesta, y las luces de la ciudad pasan a lado nuestro. Noah me agarra la mano que tengo sobre su pierna, y de vez en cuando le da un apretón, como para saber que sigo ahí.

—No quiero que mi hermano se entere. Aún no. —Lo miro de frente, esta vez no dejo que me distraiga mi calzado.

La temperatura en el coche baja un par de grados. Puede que suene dramático, pero juro que ocurre.

—¿Por qué? —pregunta con un tono incrédulo que me sorprende.

—Es todo muy nuevo, y no quiero que nada lo distraiga del campeonato. Son compañeros, no le va a gustar nada. Es un poco sobreprotector conmigo —explico, y lo miro con cara suplicante.

Noah se queda callado un minuto entero. Yo me muevo inquieta en mi asiento, esperando que diga algo. Desearía no haber dicho nada al ver su ceño fruncido.

—No me parece bien, porque no quiero ocultar lo nuestro, como si me avergonzara de ello. Me hace muy feliz estar contigo... Pero, si es lo que quieres, lo respetaré —asegura, encogiéndose de hombros.

—Si todo sale bien, se lo contaré cuando termine el campeonato y esté más libre.

Él me clava sus ojos azules.

—Va a funcionar, así que se lo contaremos cuando estés preparada —replica con rotundidad.

—Gracias. —Me acerco a él y le rodeo la cintura con los brazos, un gesto nuevo entre nosotros.

Él me da un beso en la cabeza y me devuelve el abrazo.

—Tenían razón al decir que las reconciliaciones eran la mejor parte —murmura contra mi pelo.

Suelto una carcajada que hace que le retumbe el pecho.

Sin duda, si son así, las reconciliaciones son la mejor parte.

He visto un millón de bodas extravagantes en la tele, incluso unas cuantas fiestas de cumpleaños de adolescentes en las que el cumpleañero se pone a llorar porque le han regalado un convertible del color que no era. Cada una de esas fiestas superaba a la anterior en niveles de locura. Pues, si mezclara todas las fiestas pasadas de vueltas del mundo, saldría la celebración poscarrera a la que voy con Noah en Singapur. ¿Aquí son todos los eventos así, llenos de ostentación, glamour y gente famosa hasta decir basta? Es el tipo de fiesta a la que el gran Gatsby se moriría por ir. Pero a mí me encanta cada segundo que paso en ella, disfrutando de todas las actividades, entre las que se incluye un escenario con gente actuando.

Todo el mundo dice que esta es la mejor fiesta de todo el campeonato, y lo cierto es que ninguna de las galas que ha habido hasta ahora le llega a la suela de los zapatos. Estamos en la azotea del edificio más famoso de la ciudad, con vistas a toda la isla, rodeados de edificios iluminados y con los superárboles irradiando luces de colores.

—Es increíble, ¿verdad? Además, ahora tengo acompañante, lo cual hace que sea diez veces mejor —dice Noah mientras me toma por la cintura.

Su sonrisita sexy me acelera el corazón y hace que tenga que apretar los muslos. Suspiro al ver esa sonrisa que se guarda solo para mí. Hoy lleva puesto un esmoquin azul marino con las solapas negras y una camisa blanca impoluta. Me encanta cómo le queda, sobre todo con ese moño tan adorable. Es un sueño hecho realidad.

Me da un besito, y yo me tenso y me pongo a mirar hacia todas partes por si mi hermano nos hubiera visto.

—Tranquila, estoy pendiente de si aparece. No te preocupes. —Su voz grave resuena contra mi pecho.

Mentirle a mi hermano es horrible, es lo único que hace que no pueda disfrutar del todo venir al evento con Noah.

La oscuridad nos envuelve, dándonos la oportunidad de desaparecer en medio del mar de gente, de ser solo dos más de los cientos de invitados. Pedimos un par de copas en la barra y nos ponemos a buscar a nuestros amigos.

Los encontramos al poco tiempo, y Noah me da un ligero apretón en la cintura antes de soltármela. Me fastidia esa pérdida de contacto, pero es una precaución necesaria por ahora, al menos durante los dos meses que quedan hasta que acabe el Campeonato Mundial de la Fórmula 1.

Llegamos a la mesa que han reservado Jax y Liam, con un montón de botellas dispuestas en el centro. Sophie está sentada a su lado. Yo me pongo junto a ella y Noah enfrente, con los chicos.

—¿Ha estado bien el asunto? —me pregunta a gritos al oído para que la oiga por encima de la música.

Asiento a modo de confirmación.

—Me sorprende que lo ayudaras con el plan. ¿Qué pasó con aquello de no rendirse ante un cuerpazo espectacular?

Ella me guiña un ojo y yo me río, porque más bien parece que le haya dado un tic.

—Esta vez valía la pena. Tengo fe en que todo saldrá bien. Me lo ha dicho el dildo mágico —dice, y los dos familiares hoyuelos aparecen en sus mejillas.

—¡Eh! Por fin te encuentro. No te he visto antes —dice mi hermano, y me da un abrazo.

Sus palabras hacen que mi frágil determinación flaquee, pero construyo un muro a mi alrededor a base de mentiras.

—Has estado todo el tiempo ocupado con lo de haber quedado en primer lugar y todo eso —replico fingiendo estar molesta—. Qué vida tan complicada. Espero que no te duela la mano de ir con el trofeo de aquí para allá.

—La verdad es que, si tengo que hacer una sola entrevista más, me dará algo. ¿Cómo han hecho ustedes para acostumbrarse? —pregunta a los chicos, que lo saludan con la mano.

—No nos hemos acostumbrado. Con el tiempo, las ruedas de prensa han acabado siendo una especie de chiste interno. Puedes ver las nuestras en YouTube —responde Liam, y le ofrece un trago a mi hermano antes de tomarse el suyo y servirnos a los demás.

Sophie y yo nos tomamos los nuestros a la vez, y se me arruga la nariz cuando el alcohol me quema la garganta. Intento no pasarme con el alcohol durante la noche, pero, aunque mis intenciones eran buenas, la ejecución acaba siendo nefasta.

Para las doce de la noche ya estoy borracha. Liam y Sophie bailan juntos. Se ven muy borrachos, Sophie no para de pisarle los pies con sus tacones, pero él aguanta como un hombre y se limita a reírse. Todo el mundo se ha relajado y se la pasa bien. Menos Noah. Mi hermano ya se ha marchado, así que tengo vía libre para sentarme muy cerca de él en el sofá.

—¿Por qué estás sobrio? —pregunto intentando hacer un puchero, pero los labios me responden a medias.

—Creo que voy a relajarme con el alcohol un tiempo.

Claro. Tiene un historial desagradable con el alcohol.

El corazón me golpea las costillas cuando me sonríe.

—Tienes una sonrisa preciosa, no es justo. Yo también quiero ser así de guapa. —Le toco la cara con los dedos, y la barba incipiente me los raspa. Me imagino cómo sería sentirla en otras partes de mi cuerpo.

Noto que su pecho sube y baja con la risa.

—Tú eres más guapa. —Me aparta el pelo de los ojos, como todo un caballero, y aprieta los labios contra mi sien.

—Tus besos son lo mejor del mundo. Nunca he sentido nada igual —susurro a gritos.

—¿En serio? Cuéntame más —me anima a seguir con mis confesiones de borracha.

Miro a nuestro alrededor para asegurarme de que Santi no está. «No hay moros en la costa».

—Me excitan. Mucho. —«Guau, tengo un don con las palabras».

Noah se ríe de mí en lugar de contestar.

—¿De qué te ríes? No he dicho nada gracioso, estoy ocupada ligando contigo. ¡Oye! —Lo empujo para que se detenga.

Él esboza una sonrisa preciosa. Me cruzo de brazos y entrecierro los ojos cuando veo que me mira el escote. Yo le devuelvo el favor y le hago un repaso también. Su pelo revuelto y el moño deshecho van a acabar conmigo.

—¿Nos damos a la fuga? —propongo con una sonrisa pícara.

Noah echa la cabeza para atrás y suelta una carcajada. Me gusta divertirlo.

—¿Lo tomo como un sí? —pregunto entrelazando las manos.

—Claro que sí, Maya. Vamos. Nos vemos afuera dentro de cinco minutos. —Se levanta de la mesa y se despide del grupo.

Yo me quedo mirando el celular, pero me cuesta centrarme, porque lo único que quiero es marcharme ya para estar con Noah.

Espero un total de cuatro minutos antes de hacer mi salida triunfal. Mi hermano se pone triste cuando lo encuentro halagando a los patrocinadores y le digo que me voy. Odio estar haciéndole esto.

Al salir, compruebo la matrícula de la limusina, como Noah me ha pedido. Veo los números borrosos, pero creo que está bien. Me desplomo en el asiento al entrar, y la tela del vestido de tul me rodea por todas partes.

El trayecto de regreso al hotel es bastante rápido, aunque nuestro chofer ajusta el espejo retrovisor con la esperanza de ver algo de la escena apasionada que tiene lugar en la parte trasera de la limusina. Noah lo reprende y le dice que ponga los ojos en la carretera. El hombre se disculpa entre balbuceos y me río cuando oigo el sonido del retrovisor volviendo a su posición original. Al menos hasta que Noah me calle con más besos.

Me cuesta mantener los ojos abiertos para cuando llegamos al hotel. Todo el alcohol que he bebido me ataca de golpe, y mi cuerpo acepta que ha perdido la batalla de mantenerse despierto. Nos bajamos de la limusina a la vez, ya que no parece haber nadie en el hotel.

Noah me lleva prácticamente a cuestas hasta los elevadores. A mis pies les cuesta seguirle el paso; van arrastrándose mientras él me mantiene en pie.

No dejo de reírme como una tonta, pero a él no le molesta y se ríe conmigo.

Todo es muy divertido hasta que rechaza mis insinuaciones en su habitación.

—¿Cómo que no? —me quejo.

Se me nubla la vista. Me abalanzo hacia un Noah borroso y le quito el saco del esmoquin; el moño se ha perdido en algún momento del trayecto en limusina. Él se ríe cuando doy un pisotón en el suelo, enojada.

—Estás borracha. No quiero arriesgarme a que no recuerdes cómo fue la primera vez que te cogí. Soy un caballero, así que quiero hacerlo cuando estés sobria.

—No se me va a olvidar, te lo prometo —digo levantando dos dedos como hacen los scouts.

Él me levanta uno más para enseñarme cómo se hace.

—¿Qué voy a saber yo? Nunca fui a los scouts.

Noah se ríe y me lleva en brazos a la cama. Me encanta su risa, grave y escueta. Me muestra todo lo que puede hacerme sentir aun estando borracha.

26

Maya

Me despierto al día siguiente con dificultades para respirar. Tengo algo pesado encima del pecho, y a mis pulmones les cuesta expandirse, por no hablar de la calidez que siento en el costado.

Me incorporo deprisa e intento entender qué está pasando. Mi cuerpo se relaja cuando veo el bronceado brazo de Noah rodeándome la cintura. Mi movimiento hace que ruede hacia su otro lado, cambiándome por una almohada. Se ve tan inocente abrazado a ella... Sonrío y disfruto de esta versión más lozana de Noah.

Me vienen a la cabeza los recuerdos de anoche, de cómo decidimos quedarnos hasta tarde en su habitación fajando como adolescentes.

Mi celular vibra en la mesita de noche. Un mensaje de Santi.

Santi (17/9 9:13): ¿Dónde estás?
No has dormido en tu cama.

Me recorre otra oleada de vergüenza cuando escribo otra mentira más. El pulgar se me queda sobrevolando el botón de enviar, no sé hasta cuándo va a funcionar mi engaño. Pero es que mi hermano no lo entendería. Al menos no durante la temporada, con la tensión a flor de piel entre Noah y él. Aprieto el botón de enviar. La suerte está echada.

Maya (17/9 9:15): Me quedé a dormir con Sophie. ¿Acabas de llegar a la habitación?

Santi (17/9 9:18): Ah, sí. Te escribo después de echarme una siesta.

¿Una siesta? ¿A las nueve de la mañana? Siempre ha preferido ser bastante celoso de su privacidad en el tema sentimental desde que su novia de la prepa y él rompieron porque mi hermano eligió la Fórmula 1 en lugar de a ella. Ahora Santi mantiene su corazón recluido en una prisión de máxima seguridad.

Suelto un gritito cuando los brazos de Noah me jalan para que vuelva a la cama, poniendo fin así a mi conversación con Santi. Las sábanas calientitas me envuelven cuando Noah me estrecha contra su pecho.

—¿Qué haces levantada tan temprano? —pregunta con la voz aún más áspera que de costumbre.

—Me ha escrito Santi para comprobar que estoy bien —replico apoyando la cabeza en su torso—. Le he dicho que he pasado la noche con Sophie.

—Bien. ¿Cuándo sale su vuelo? —Me pasa la mano por el pelo, desenredando algunos mechones rebeldes.

—Por la noche. Es un vuelo directo.

Él se detiene.

—¿Sabes lo que significa eso?

«Pues no, la verdad». El cerebro no me funciona bien sin café por las mañanas.

—No, ¿qué? —digo con la voz entrecortada.

—Ahora que ya estás lo bastante sobria para poder dar tu consentimiento —vuelve a pasarme los dedos por el pelo—, tengo unas cuantas cosas en mente.

Noah me besa en los labios y hace que pierda el sentido. Me aparto después de algunos minutos.

—Quiero bañarme primero. Me siento asquerosa después de la fiesta de anoche. —Arrugo la nariz al recordar que ni siquiera me quité el maquillaje. Es muy probable que ahora mismo parezca un mapache, necesito verme en un espejo para confirmarlo.

—Ah, muy buena idea. Deja que te ayude.

Noah me saca en brazos de la cama y me lleva al baño. Me deja en el suelo y se pone a preparar la regadera, comprobando la temperatura del agua.

—Es una tarea muy dura. ¿Seguro que estás preparado? —digo mientras pestañeo con cara inocente.

Ni siquiera sé si yo estoy preparada. «¿Vamos a hacerlo? ¿Ya?»

Noah responde a la pregunta por mí cuando me quita la enorme camiseta que llevaba puesta para dormir. Ni siquiera pregunto cómo he acabado con esa camiseta puesta, prefiero dejarme llevar y no romper el hechizo.

—Eres preciosa. —Se pasa una mano por el pelo ya revuelto. Me mira de arriba abajo, como tratando de asimilar lo que ve.

La manera que tiene de mirarme me hace sentir sexy y descarada. Me cuesta distinguir el vapor de agua de la tensión del baño. Hace calor, pero no es solo eso: él hace que me suba la temperatura, toda la situación hace que me suba la temperatura. Siento el cuerpo febril cuando vuelve a escrutarme. Pasa los dedos por la pendiente de mis pechos, y se me pone la piel de gallina por donde me toca mientras me voy excitando cada vez más. Su mano encuentra el broche del brasier y me lo desabrocha, dejándome solo con la tanga de encaje. La última barrera entre nosotros.

Los pechos me rebotan cuando me acerco a él. Decido que tiene demasiada ropa puesta y que hay que deshacerse de esos *boxers*. Hundo la mano por debajo de la cinturilla de los calzoncillos y se lo acaricio desde la base hasta la punta, donde ya encuentro unas gotitas de líquido preseminal. Su cuerpo se tensa y suelta un gemido.

—Deja que te ayude a quitarte esto. —Jalo el elástico de los *boxers*, se los bajo por esas piernas fornidas y queda al descubierto toda su gloria. Él se los termina de quitar con los pies y los lanza de una patada.

«Dios mío, vaya espectáculo». Las mujeres se vuelven locas con los jugadores de rugby, de hockey y de todo ese tipo de deportes. No son conscientes de lo sexys que son los pilotos de Fórmula 1. No puedo evitar jadear al verlo así delante de mí, con toda su piel dorada expuesta, los músculos tensos ante mi mirada. No me equivocaba. Definitivamente tiene abdominales de escultura griega, labios besables y un cuerpazo espectacular. Incluso se le podría añadir una V abdominal que desearía recorrerle con la lengua. Además, tiene un miembro enorme que pide a gritos que lo toquen, lo chupen y lo cojan. Y yo estoy más que dispuesta a darle todo eso.

—Dios. ¿Cuántas horas entrenas al día? —La pregunta se me escapa de la boca sin pensar.

Noah se ríe, y yo doy gracias de que no haya hecho demasiado caso a esa pregunta tan tonta. Ese cuerpo no es justo. Cierro los ojos y los abro de nuevo para asegurarme de que lo que estoy viendo es real.

Me muerdo el labio mientras lo observo. Él me jala para que dejemos de comernos con los ojos.

—¿Qué te parece si te enseño el aguante que tengo gracias a todas esas horas de entrenamiento? Es la parte más impresionante —comenta mientras me recorre la espalda con una mano.

«Trato hecho».

Nos olvidamos temporalmente de la regadera. Sus labios encuentran los míos y me besa con desesperación, con ansia y sin ningún tipo de cuidado. Me acaricia, me muerde, me lame. Un millón de sensaciones distintas se arremolinan en mi interior y me hacen sentir tan abrumada que me pregunto si no será demasiado. Podría combustionar en cualquier momento si se le ocurriera tocarme más abajo. Su lengua juega con la mía, invadiendo mi boca y haciéndome prisionera. «Me apunto con gusto a esta cadena perpetua». El corazón me martillea en el pecho, incapaz de calmarse con los besos implacables de Noah. Le manoseo todo el cuerpo, tocando, acariciando, deseando y admirando las formas de sus músculos mientras trato de memorizar cada parte de él.

Entonces encuentra la última pieza de ropa interior que me queda. Recorre la forma de la prenda por fuera con los dedos hasta que decide colarse por dentro y buscar mi parte más sensible. Gimo cuando me toca sin descanso, todo mi cuerpo necesita más.

De pronto, un chasquido suena por encima de nuestras dificultosas respiraciones y la tanga de encaje se cae a mis pies.

—¿Acabas de romperme la tanga? No había vivido esto nunca, creía que solo era cosa de las películas.

Su risa grave hace que me excite más aún.

—No soy como los tipos con los que has estado hasta ahora. Puede que no sea el primero, pero va a ser como si lo fuera. —Sus autoritarias palabras encienden cada terminación nerviosa de mi cuerpo.

Noah deja más clara aún su posesividad con un beso. Me exige que se lo entregue todo, sin dar pie a objeciones, y hace añicos los pedacitos de inseguridad quc podían quedar sobre lo nuestro.

Me toma en brazos con facilidad, y le rodeo la cintura con las piernas en un gesto instintivo mientras me lleva a la regadera. Nuestros labios se separan cuando nos coloca bajo la cascada de agua caliente. Como esto es Singapur y la gente aquí no tiene medida, salen chorros de agua de todas partes, como si hubieran hecho esta regadera pensando en las parejas. Agradezco que hayan sido tan considerados.

Me empuja contra los azulejos del baño mientras su boca encuentra la mía de nuevo. Nuestros besos se vuelven algo más perezosos, menos urgentes, bajo el agua; queremos disfrutar de este momento juntos. Nunca me había besado de forma tan tierna.

Me deja otra vez en el suelo y agarra el jabón. Su mirada intensa recorre los contornos de mi cuerpo mientras me pasa el jabón por la piel, empezando por el cuello. La espuma me llega a los pechos, y él se detiene en ellos, mimándolos hasta que los pezones se me ponen duros. Su mano baja hasta mi vientre; quiere asegurarse de que me enjabona por todas partes. Las rodillas me flaquean ante sus caricias. Noah se toma su trabajo muy en serio, es extremadamente concienzudo, y repasa cada curva y cada hueco de mi cuerpo.

Me cuesta respirar cuando llega a mi entrepierna. Sus dedos encuentran mi centro, pero se mantiene concentrado en su tarea. Yo gimo mientras me limpia las partes íntimas con mimo. Después sigue bajando hasta mis pies.

Nos envuelve un silencio agradable; los únicos sonidos en la regadera son los del agua al caer y los de nuestras respiraciones pesadas. Ninguno de los dos quiere romper el momento con palabras. Yo imito sus movimientos y le recorro el pecho con las manos enjabonando cada parte de su piel. Me deleito en su cuerpo, y se le tensan los músculos mientras lo toco. Noah cierra los ojos, disfrutando de mis caricias, y un gemido se le escapa de entre los labios. Dios, me siento poderosísima haciéndole sentir lo mismo que me ha hecho sentir él.

Me entrego a la causa, y le limpio bien allá por donde pasan mis manos, bajando por su cuerpo y por las crestas de sus abdominales. Él gime cuando le envuelvo el pene con las manos. Se la sacudo una vez, dos, y entonces me pone una mano encima de las mías.

—Me encanta esto que me estás haciendo, pero no tienes por qué seguir si no quieres. Podemos esperar.

Esbozo una sonrisita. Me encanta que esté dispuesto a posponerlo por mí, pero estoy preparadísima, no necesito su benevolencia.

Me arrodillo para terminar con mi cometido y limpiarle las piernas. Después, mis manos regresan a su miembro y se lo acaricio antes de metérmelo en la boca. Sabe salado y limpio al mismo tiempo. Él apoya la cabeza en los azulejos y suelta un gemido mientras paso la lengua por toda su longitud. Las vibraciones de mi risa le instan a agarrarme el pelo húmedo con la mano y dar un pequeño jalón. Me aparto para mirarlo a la cara y ver algo que me ayude a interpretar la situación, pues por primera vez tengo delante de mí a un Noah desarmado y completamente a mi merced.

—No pares ahora. Acaba con lo que has empezado —gruñe, y me da otro jalón en el pelo.

«Perfecto. No hace falta que me lo digas dos veces».

Se la chupo como si fuera un deporte olímpico. Lo lamo, lo acaricio y lo araño con los dientes para darle un toque un poco diferente. Él responde gimiendo y jalándome del pelo. Sus reacciones hacen que me sienta poderosa, seductora y muy pero muy cachonda. Con la otra mano le masajeo los huevos, dándoles un trato especial. Nuestras miradas se encuentran, y sus ojos azules se clavan en los míos haciendo que tanto mi corazón como mi cuerpo sean suyos.

—¿Dónde has aprendido a chuparla así de bien? Carajo.

Vuelve a gemir cuando me la meto más dentro aún. Me llega hasta la garganta, y tengo que esforzarme para controlar la arcada.

—Mejor no me respondas ahora, Maya. Dios, esto es increíble.

Me reiría si no estuviera ocupada.

Él vuelve a jalarme del pelo, y el dolor hace que me ponga más cachonda aún.

Siento un cosquilleo por todo el cuerpo, y paso la mano con la que le masajeaba los testículos a mi parte más sensible. Empiezo a tocarme y noto lo necesitada que estaba. Noah toma el control de mi cabeza para que pueda juguetear con mis pechos con la otra mano. Me empuja la cabeza adelante y atrás, a lo largo de su miembro, mientras yo me masturbo desesperadamente. Me meto dos dedos y me estimulo al ritmo al que se la chupo.

Baja la vista para ver cómo me doy placer. Su sonrisa perezosa me excita muchísimo, me calienta desde el corazón hasta el clítoris.

—Diablos, eres demasiado sexy. Mírate, comiéndomela mientras te tocas. Dios. Espero que estés preparada, porque estoy a punto de venirme. Última oportunidad para retirarte.

Yo también estoy al borde, masturbándome como loca. Ni de broma voy a perderme averiguar a qué sabe. El semen caliente sale disparado hacia mi garganta y yo me derrito mientras me trago todo lo que me ofrece. Me la saca de la boca cuando termina y deja que me ocupe de mí. Me pongo a gritar mientras me vengo en mi propia mano. Veo estrellitas bailando detrás de mis párpados cuando poco a poco vuelvo a la realidad. El agua cae sobre mí, arrodillada en una postura sacrílega. No hay avemaría que pueda salvarme de él. Levanto la vista y esbozo una sonrisa juguetona.

—Me vas a acabar matando. No tengo ni la menor maldita duda. —Noah me levanta del suelo y cierra la llave de la regadera.

Agarra unas toallas suaves y se pone a secarme con delicadeza. Después me cubro con la toalla como si fuera un vestido mientras él me envuelve el pelo con otra. Este detalle hace que se me encoja el corazón. Nunca nadie me había cuidado de esta manera.

Terminamos de nuevo en la cama, pero esta vez la experiencia es distinta. Los movimientos de Noah no son nada precipitados, no tiene tanta urgencia. Yo me incorporo para que me quite la toalla de la cabeza y la tire a la alfombra. Me quedo sorprendida cuando veo que tiene un cepillo en la mano. Suelto un gemidito de placer cuando se coloca detrás de mí y se pone a peinarme empezando por abajo, deshaciendo los nudos con meticulosidad.

—Esta es, sin lugar a dudas, una de las mejores cosas que ha hecho un chico por mí —afirmo.

Cierro los ojos para disfrutar de la sensación del cepillo recorriéndome el pelo húmedo. No me da vergüenza admitir que me excita que Noah me peine. Es toda una experiencia sensorial, y me llena el corazón de un montón de emociones que no logro identificar.

Él se ríe.

—Estás poniendo las expectativas demasiado bajas —dice.

Se nota que Noah también disfruta de la tarea, a la que se dedica en cuerpo y alma. Cuando ya no queda ningún nudo por desenredar, vuelve a dejar el cepillo en el baño. Me giro hacia su cuerpo desnudo, de pie al lado de la cama.

—Eres preciosa. Una belleza natural —murmura.

Me mira de arriba abajo y disfruta de mi look de hotel, vestida solo con la toalla. ¿Quién iba a decir que yo podía hacer que una toalla pareciera sexy?

Un segundo está de pie al lado de la cama y, al siguiente, de rodillas en el suelo, jalando de mis piernas hacia la orilla del colchón.

«Creo que me he muerto y estoy en el cielo».

Noah me observa intensamente mientras me quita la toalla y me deja expuesta de nuevo.

—Llevo meses pensando en esto. Vamos a disfrutar de cada segundo, porque no tengo ninguna prisa.

Me quedo sin respiración cuando sus dedos encuentran mi centro. Me separa un poco los labios mayores y su boca sustituye a los dedos, haciendo que me incorpore en la cama al sentir su lengua contra mi sexo. Con una mano me empuja para que vuelva a recostarme y me mantiene en mi lugar. Su boca me tortura sin piedad, en el mejor de los sentidos. Me hace perder la cabeza. No tengo claro si podría decir ni siquiera mi nombre ahora mismo. Noah sabe lo que hace, y a su lado todos los hombres que ha habido en mi vida parecen meros aficionados. Esta será la primera y la última vez que dé las gracias a las mujeres que han pasado por su cama antes que yo.

Noah realmente es el mejor. Alguien debería darle un trofeo. Aparte de los que ya tiene, quiero decir.

Me lame, me marca, se nota que disfruta con los sonidos que me salen de entre los labios. Dios, es una locura. Cambia de ritmo y de presión y se centra en mi clítoris. La textura de su lengua hace que me palpite todo. Entonces añade a la ecuación un par de dedos que se deslizan con facilidad en mi interior. Mi cuerpo lo ansía con todo su ser mientras me penetra con los dedos al ritmo de sus lamidas. La presión en mi interior aumenta.

—Estoy a punto. Dios mío, Noah.

Le sale un gruñido de la garganta. La sensación que me provoca sentirlo contra mi sexo junto con el empujón incesante de sus dedos me tiene al límite. Entonces me deshago, mi cerebro se desconecta por completo. No para de lamerme mientras voy saliendo de este estado de embelesamiento que supera el efecto de cualquier droga. Un cosquilleo me recorre todo el cuerpo desde la cabeza hasta los dedos de los pies.

En ese momento para de lamerme y me da un beso muy tierno que hace que me derrita.

«Aquí yace Maya Alatorre».

—Muerte por orgasmo. Una buena forma de morir —se me escapa, y me sonrojo de inmediato al oír que lo he dicho en voz alta.

—No hemos acabado todavía. —Se ríe—. Si fuera tú dejaría las alabanzas para el final. —Su sonrisa pícara hace que vuelva a excitarme.

Me mantiene en esta posición mientras busca algo en la mesita de noche, entiendo que un condón. Frunzo el ceño cuando al fin saca uno, preguntándome cómo sabía que habría uno ahí.

Noah me mira y la sonrisa se le borra de la cara hasta que cae en cuenta. Busca de nuevo en la mesita de noche y saca una caja que aún tiene el envoltorio de plástico. Vuelve a arrodillarse, con lo que ahora estamos cara a cara.

—Es un paquete nuevo. No mentía cuando te dije que no he estado con nadie. No desde aquel día —murmura apartando la vista a un lado y con una expresión de vergüenza por lo acontecido en Bakú.

—Te creo. Entonces ¿decías que querías intentar tener algo serio de verdad? ¿Estás seguro? —pregunto mientras lo miro a los ojos, dándole una última oportunidad de retractarse.

Noah ni se inmuta.

—Maya. Estoy dispuesto intentarlo. No te vas a arrepentir, te lo prometo.

Entonces aprieto los labios contra los suyos, sellando sus palabras con un beso. Luego él se levanta, y sus ojos se enturbian cuando me ve entera desnuda.

Se la agarra, se la sacude unas cuantas veces y se le humedece la punta, tentándome. Me lamo al verlo.

—Eso la próxima vez —dice, y se limpia la gotita con el pulgar antes de metérmelo en la boca.

Yo se lo lamo y saboreo el fluido salado. Su mirada se oscurece aún más mientras le chupo y le mordisqueo el dedo.

—Eres una traviesa. No me imaginaba que te gustarían tanto estas cosas.

Me excito al oír el envoltorio rasgándose.

—No has visto nada todavía. —Sí, esas palabras salen de mi boca. Es culpa suya, porque no suelo ser tan descarada, pero es que me sube el ego.

—Te tomo la palabra —contesta sonriendo mientras niega con la cabeza.

Por supuesto, Noah no avisa. No me dice ninguna palabra bonita antes de agarrarme las piernas y entrar de repente. La cama del hotel tiene la altura perfecta para esto. Se me humedecen los ojos al sentirlo dentro de mí, llenándome. La tiene enorme, y yo llevaba bastante tiempo sin hacer esto, pero interpreta las señales de mi cuerpo como si me conociera de toda la vida. Encuentra mi clítoris y me lo estimula con los dedos, haciendo que una oleada de placer sustituya al dolor que me provoca. Me olvido de la incómoda sensación de tener que acostumbrarme a su tamaño.

—Te acostumbrarás, te lo prometo —me tranquiliza, y me da un beso suave en los labios. Otro gesto tierno que hace que sus palabras se me queden grabadas en el corazón.

Después empieza a moverse dentro de mí, abandonando la delicadeza de antes.

—Maldita sea —se me escapa de entre los labios.

—Dios, Maya. Me aprietas tanto... Es como un sueño. Si hubiera sabido que sería así, creo que no habría sido capaz de contenerme tanto tiempo.

Sus gemidos llenan la habitación. Yo me agarro a la sábana de cajón, desesperada por encontrar algo que me mantenga con los pies en la tierra mientras Noah me penetra despacio.

Me mira a los ojos cuando encuentra el ritmo perfecto. Nuestros cuerpos se mueven al unísono, nuestra química es increíble.

Noah me deja claras sus intenciones cuando me agarra las piernas y se las coloca sobre los hombros. Esta posición hace que sienta como si me estuvieran cogiendo por primera vez. La tortura perfecta. Continúa con los empellones, esta vez más rápidos; no le cuesta nada entrar y salir de mi interior. Me toquetea los pechos con las manos y me pellizca los pezones. Yo me arqueo sobre la cama, incapaz de controlar las reacciones de mi cuerpo, mientras sus movimientos se vuelven más ansiosos y salvajes.

—Dios mío de mi vida... —La voz me sale en forma de susurro ronco.

Cambia un poco de posición y hace que su miembro me frote el punto G. Noah tiene las riendas de la situación. Me tiembla todo el cuerpo mientras arremete sin descanso contra mí, asegurándose de estimularme con cada embate. Echo la cabeza para atrás y me aprieto contra él.

—Estar dentro de ti es alucinante. Dime que estás a punto de venirte —me pide.

No hace falta que le responda, mi cuerpo dice por mí todo lo que mi boca no puede, ocupada como está gimiendo de placer. Con una mano empieza a trazar círculos contra mi clítoris mientras con la otra me agarra de una nalga. Me levanta la cadera de la cama y se aprovecha del nuevo ángulo. Esta rudeza suya no hace más que sumar puntos a su atractivo, pues me demuestra cuánto me anhela y, carajo, es una sensación impresionante. Me nutro de su desesperación.

—¡Sí! —exclamo.

Mi cuerpo vibra, se acerca al orgasmo. La expresión en su rostro me revela que él va detrás.

—Noah... —murmuro. No reconozco mi propia voz, tan implorante.

—Sí, cariño. Yo también estoy a punto.

Esas palabras me llevan al límite y exploto alrededor de él. Mi grito de placer reverbera en las paredes de la habitación del hotel. Me coge como si estuviera poseído, con el cuerpo tenso mientras me sostiene en la postura que necesita al tiempo que yo me deshago en el clímax.

Lo último que veo antes de que se me cierren los ojos es la deslumbrante sonrisa de Noah. Por fin llega al orgasmo, lo noto por cómo se contrae en mi interior. Las embestidas frenéticas se vuelven más lentas y perezosas antes de que su cuerpo tiemble. Se queda dentro de mí hasta que se le baja; no quiere perder la conexión entre nosotros.

Gemimos juntos cuando sale de mí al cabo de unos minutos.

—Eres absolutamente perfecta, tanto por dentro como por fuera —murmura Noah mientras me aparta un mechón de la cara y me acaricia las mejillas sonrojadas con los nudillos.

—Tú tampoco estás nada mal —respondo risueña.

Me da un beso antes de ir al baño a tirar el condón. Cuando vuelve, me coloca bien en la cama y nos quedamos ahí juntos, acostados. Me deleito en esta sensación tan maravillosa después de la mejor cogida de mi vida.

—Carajo, Maya. Ha sido la mejor cogida de mi vida.

Sonrío contra su pecho. «Lo que yo decía».

27
Maya

Alguien toca a la puerta de la habitación. Me alejo de la láptop para abrirla y me encuentro a Noah apoyado contra el marco. Se mete sin que le dé permiso y se acomoda en el sofá gris mientras yo me siento también.

—¿Estás preparada para una cita fantástica?

Miro la hora en el celular.

—¿A las diez de la mañana?

Quedarnos en el hotel sería un buen plan, a menos que la cita incluya un *brunch* y mimosas. Eso no estaría mal.

—Motivo de más para no perder ni un segundo. —Me levanta del sofá y me lleva al dormitorio para que me vista.

Yo le doy un manotazo cuando intenta ayudarme a quitarme la pijama.

—No me toques o no llegaremos nunca.

Noah se ríe entre dientes.

—¿Me vas a llevar a desayunar? —pregunto. «Di que sí, por favor».

—No. Pero cuando acabemos podemos comer algo.

No suelta la sopa. «Hummm... Sospechoso».

Los ojos de Noah centellean. Debería preocuparme, porque esa mirada suele preceder a varias horas sin salir del cuarto. Llevamos toda la semana así, por lo que ya la conozco bien.

Pero sigo su plan porque me parece muy tierno que haya organizado algo. Noah dice que ha cambiado, ¿quién soy yo para arruinarle el plan?

Aun así, no puedo evitar sentir algo de recelo con todo el asunto. No con el sexo, el sexo es... joder. Literalmente. Okey, ha sido un juego de palabras un poco malo. Culpa de todos los pies de foto de Instagram que tengo que escribir cada día; por lo visto, hacerme la graciosita forma parte del trabajo.

Aun así, el resto de nuestra relación sigue bastante en el aire. Es todo muy nuevo y estamos en el periodo de luna de miel, pero no sé qué ocurrirá cuando las cosas se pongan difíciles. Como cuando las mentiras a mi hermano sobre dónde me he estado metiendo me exploten en la cara.

Toda la energía positiva que pudiera albergar se escapa de mi cuerpo cuando veo el lugar de nuestra primera cita de verdad. Extraña elección para una cita a solas. Me bajo del coche y me aparto de él cuando estamos lo suficientemente cerca de las cámaras del *garage* de Bandini. Tenemos que seguir manteniendo las apariencias delante de mi hermano y de cualquiera que pueda soltar la lengua. Solo podemos confiar en Sophie.

—¿Nuestra cita es en el circuito?

Observo a la multitud de personas que tenemos delante. No sé muy bien por qué quiere visitar el lugar del Gran Premio de Malasia. ¿Debería preocuparme de cara al futuro que piense que este es un buen lugar para tener nuestra primera cita oficial como pareja?

Tendré que encargarme yo de planear la siguiente.

—Tómalo como un ejercicio de confianza —dice Noah frotándose las manos—. ¿Te suena lo de dejarte caer hacia atrás para ver si la otra persona te atrapa?

—Hummm... ¿Sí? —La incertidumbre se apodera de mí cuando me sonríe.

—Pues no quiero que te preocupes si todavía no confías en mí. Quiero asegurarme de que lo haces, porque la confianza es la base de una relación. —Suena bastante seguro de todo esto.

«¿Qué pódcast está escuchando?» No sé si debería inquietarme o impresionarme.

—Tu sonrisa me está poniendo un poco nerviosa —suelto. Nada bueno sale nunca de una sonrisa de oreja a oreja como esa, la misma que les pongo a mis padres cuando les estoy ocultando algo.

Camina hacia el *garage* de Bandini y se sobrentiende que tengo que seguirlo. Ojalá me hubiera quedado en el coche. Todos mis sentidos se ponen alerta cuando oigo a lo lejos el sonido de los neumáticos rechinando sobre el asfalto.

Hay un grupo de gente amontonada alrededor del *garage*. El equipo de grabación apunta con las cámaras a las personas que se suben a unos coches deportivos de Bandini, perfectamente alineados, de todos los colores del arcoíris.

Cometo el error de leer la pancarta que está sobre nuestras cabezas: DÍA DE PUERTAS ABIERTAS DE BANDINI. CONDUCE COMO UN PILOTO DE F1.

«Oh, no».

Me da un apretón en la mano para intentar reconfortarme y luego la aparta.

—Por favor, dime que solo estamos aquí para hacer acto de presencia delante de las cámaras. —Mi voz suena más fuerte de lo que me siento.

Aún albergo la esperanza de que hayamos venido para ver a los fans y animarlos. Noah puede darles una vuelta en uno de esos supercoches mientras yo me quedo tranquilita detrás de la valla de seguridad, alzando los puños al aire de vez en cuando para mostrar mi entusiasmo mientras él recorre la pista a toda velocidad.

—Sí —contesta, sin revelar nada más.

Mi corazón recupera un ritmo normal, al saber por fin que la cita es lo que esperaba. Valla de seguridad, allá voy. Pero entonces añade:

—Solo que la cámara que nos va a grabar está dentro de ese coche.

«Ni de broma». Necesito que me diga que a lo que se refiere es a que voy a meter la cabeza al coche dos segundos, a chocar los cinco a los frikis que lo han diseñado, a tomarle una foto rápida y a sacar los pulgares mientras sonrío para las cámaras. Más quisiera.

Mis ojos siguen la trayectoria de su dedo y veo que está señalando un coche verde fosforescente de Bandini con puertas abatibles. Parece un vehículo del futuro, y está valorado en unos quinientos mil euros.

—No me voy a subir al volante de esa cosa. —«Por encima de mi cadáver, vamos».

—No te preocupes por eso —dice llenándome de esperanza de nuevo antes de arrancármela—. Voy a conducirlo yo.

Basta, alguien tiene que ponerle ya a este hombre un cartel de peligro. Noah prácticamente me arrastra a esa belleza verde fosforescente con asientos de cuero negros.

Un empleado de Bandini me pasa un casco. No protesto demasiado porque hay gente mirándonos, y no quiero dejarnos en ridículo. El equipo de prensa nos sigue, disfrutando de mi comportamiento reacio, como si fuera arrastrando los pies solo para complacerlos. Se me revuelve el estómago, y mi cara debe de tener el mismo tono de verde que nuestro coche.

Respiro hondo unas cuantas veces en un intento por relajarme.

—Y aquí tenemos a Noah Slade llevando a Maya Alatorre a la pista. Maya, ¿cómo te sientes al estar a punto de subirte a un coche conducido por uno de los mejores pilotos del mundo? —me pregunta un periodista poniéndome un micrófono en la cara.

—¿Con náuseas? —contesto con la voz queda.

El periodista se ríe como si lo hubiera dicho de broma. Miro con furia a Noah, preguntándome si es demasiado tarde para retirarme. Paso los ojos del coche al *pit lane* e intento calcular qué tan lejos puedo llegar si salgo corriendo antes de que Noah me alcance.

—Resulta curioso que Maya haya elegido venir contigo en lugar de con su hermano. ¿Algo que decir al respecto, Noah?

Me paso una mano por la cara. «Respira hondo, solo eso».

—Es normal que quiera que la lleve yo, ha visto cómo conduce su hermano. Pero no hay nada como desflorar a alguien en la experiencia automovilística.

De acuerdo, su respuesta me ha puesto un poco cachonda. Cada vez estoy más segura de que estoy saliendo con una de las tentaciones del diablo.

Noah me guiña el ojo.

—Nos vamos. Hasta luego, chicos —se despide de los periodistas como todo un profesional.

Se acomoda en el asiento del conductor y yo hago lo propio en el del copiloto.

—Has traído la cámara, ¿verdad? —me pregunta con los ojos brillantes.

La saco del bolso y él me la quita de las manos y la coloca en un soporte que casualmente hay en el tablero.

—Se me va a salir el corazón del pecho. Puede que no salga viva de esta.

Él se ríe.

—Vas a estar bien, solo vamos a ir a entre 210 y 240 kilómetros por hora. No es para tanto. Es nuestra prueba de confianza, ¿recuerdas?

Ya no me siento mal por los empleados a los que la empresa obliga a hacer lo de dejarse caer para atrás confiando en que los van a atrapar en una sesión de *team building*. No tiene ni punto de comparación con esta versión tan cruel que voy a vivir en mis carnes.

Nunca llegué a comprobar cuál era la probabilidad de sufrir un ataque al corazón a los veintitrés. «Mierda».

—Que Dios nos agarre confesados —murmuro mientras me hago la señal de la cruz antes de ponerme el casco.

—Creo que ni tú ni yo nos hemos confesado después de lo de anoche, pero no tienes por qué preocuparte —replica, y tiene el valor de guiñarme un ojo.

Arranca el coche, agarra con una mano la palanca de cambios y salimos disparados a la zona de la parrilla de salida. Se ríe cuando tomamos la primera curva y las ruedas rechinan contra el asfalto al acelerar de nuevo.

—Madre mía, anoche no gritabas así. Tengo que ponerme las pilas.

—¡Calla, pervertido! Esto es terrorífico. ¡Dios! ¿Cómo es posible que hagas esto todos los días? ¿Es legal siquiera? —Le daría un manotazo en el brazo si no estuviera pegada al lateral del coche.

—A mí me encanta. Anda, relájate y disfruta —me dice, pero su voz no consigue calmarme en absoluto.

—¡Nunca le digas a una mujer que se relaje! —lo reprendo, y suelto otro grito cuando derrapamos en otra curva. Mi corazón pende de un hilo. Se me para cada vez que Noah gira bruscamente el volante a un lado y luego al otro para reposicionar el coche tras la curva—. ¿Quién en su sano juicio está tranquilo en un momento como este? Solo un demente podría estarlo. —Suelto otro alarido. Ni siquiera me da vergüenza, simplemente no puedo parar de gritar.

El motor ronronea cuando Noah pisa el acelerador. Cambia la velocidad rápidamente con la mano, y es bastante excitante ver cómo se le tensan los músculos con el movimiento. Observarlo me distrae, y aprovecho la oportunidad de verlo en su hábitat, con una sonrisa permanente en la cara que se ensancha con cada una de mis reacciones. Detengo los gritos el tiempo suficiente para disfrutar de lo feliz que está.

Entonces gira la cabeza para mirarme. Si mi cuerpo no estuviera ya en modo lucha o huida, se me habría acelerado el corazón.

—¡Los ojos en la carretera! ¡Por Dios! —Chasqueo los dedos y señalo al asfalto que tenemos adelante.

Él se ríe entre dientes mientras se incorpora a otra recta y pone el coche a toda velocidad.

—Podría hacer este recorrido con los ojos cerrados. Está fácil.

—Me parece genial, pero me gustaría vivir para contarlo —replico, y procedo a respirar hondo una vez más.

Noah me mira y suelta una risita.

—¿Confías en mí o aún no?

—Confío en que eres un psicópata. ¿Qué clase de primera cita es esta? ¿No has visto nunca ninguna peli romántica? ¡A ningún guionista en su sano juicio se le ocurriría hacer esto! —Me agarro a la manija de la puerta del coche como si se me fuera la vida en ello. Por fin entiendo para qué sirven, y se me ponen los nudillos blancos de agarrarme a él con todas mis fuerzas.

«¿Puede dejar de reírse de mí?»

—Esa no es la respuesta que esperaba oír. Voy a tener que subir el nivel.

No lo puedo creer. ¿En qué mundo alguien podría querer eso?

Toquetea unos botones en la consola central.

—Eh... ¿qué estás haciendo? —pregunto con el estómago revuelto y dando saltos por la velocidad a la que Noah conduce el coche.

El artilugio de la muerte pasa a toda velocidad al lado de las gradas vacías una y otra vez, y de repente, por primera vez en todo el viaje, suena algo por las bocinas del vehículo, una voz robótica que me provoca un escalofrío: «Sistema de control de tracción desactivado».

Me incorporo para girar la cabeza hacia Noah y mi casco rebota contra el parabrisas. No lo puedo creer. Hasta yo sé lo importante que es el control de tracción... Es lo único que impide a Noah hacer lo que quiere hacer.

Él se encoge de hombros. La suerte está echada.

Gira el volante hasta el tope y el coche empieza a derrapar por la carretera trazando círculos sobre el mismo centro. Las ruedas rechinan contra el asfalto y una nube de humo nos envuelve y se va volando por el cielo junto con mi cordura.

—¡Confío en ti! —exclamo—. No voy a volver a desconfiar de ti. Eres el mejor piloto del mundo. Vas a cuidar de mí siempre. ¿Contento? —Grito las palabras mientras me río, y sueno como la tipa loca de una película de terror. Puede que incluso se me hayan escapado un par de lágrimas, pero, si Noah me pregunta, lo negaré.

Detiene el coche y los dos estallamos en carcajadas. Me toma la mano y se la lleva a los labios para darle un beso, y se me olvidan todos mis miedos.

—Respondiendo a tu pregunta de antes, claro que he visto películas románticas. Y he tomado nota. Esta es la primera cita de muchas, así que tenía que hacer que fuera inolvidable.

Me derrite con una sonrisita traviesa y yo le devuelvo otra.

28

Noah

Solo hay dos cosas que me puedan arrebatar la felicidad rápidamente.

Una es que se haya muerto alguien.

La otra es mi padre.

Y este último me dedica una sonrisa falsa que hace que se me revuelva el estómago. Está de pie al lado de mi coche en el *garage* de Bandini, con un halo de energía negativa rodeándolo. No es precisamente lo que necesitaba para las sesiones de entrenamiento.

Con los años me he vuelto experto en rehuir a mi padre. No me ha costado demasiado, porque no es nada agradable tenerlo cerca cuando está enfadado. Ahora que soy más grande y fuerte que él, ha pasado de pegarme a atacarme verbalmente. Aquel día que Maya vio cómo me daba una cachetada fue una excepción. En la actualidad suele estar bastante tranquilito, al menos en el plano físico, lo único que hace es ponerse como una fiera cuando tengo un rendimiento subóptimo en la pista.

—Papá, ¿qué estás haciendo aquí?

Lo que de verdad quiero decir es «Papá, lárgate ahora mismo de aquí. No te soporto», pero no lo digo porque prefiero comportarme como un hombre adulto. Por desgracia, mi padre ha financiado la mayor parte de mi carrera desde el comienzo, y es una figura muy importante para Bandini. Al fin y al cabo, también fue su escudería.

—Después del ridículo que hiciste hace un par de carreras, quería venir a ver cómo iba todo.

«No me digas».

Esta es mi vida. Todo lo que no sea quedar primero es como si hubiera quedado último. Lo único que hace que mantenga la calma ahora mismo es el sonido de los coches que pasan zumbando por delante de nosotros y el olor a neumático gastado.

—Ah. Bueno, con suerte esta vez será mejor —contesto. Puedo ganar el Gran Premio de Japón sin problemas, ya lo he hecho antes.

—Y aquí estamos preparándonos para una sesión de entrenamientos libres. ¿Algo que quieras decirles a los fans, Santi? —oigo la voz de Maya.

«Carajo. En el peor momento posible».

Mi padre se la come con los ojos mientras ella da vueltas por el *garage*. «Qué maldito asco». Ella no deja de hacerle preguntas a Santiago.

Mi padre vuelve a centrarse en mí.

—¿Ahora es periodista o qué? ¿Qué hace en el *garage*? No es lugar para una mujer —suelta.

Este hombre sigue viviendo en la época en la que las mujeres se casaban y vivían el resto de sus miserables vidas encerradas entre las cuatro paredes de su casa. «Los tiempos cambian, papá».

—No. La hermana de Santiago tiene un *vlog*. —Desearía poder decir «mi novia».

Maya y yo aún no hemos hablado de etiquetas. Solo han pasado dos semanas desde lo de Singapur, pero todo lo que hacemos pide a gritos una etiqueta formal. Pasamos muchísimo tiempo juntos cuando Santiago está ocupado. En mi cama, en la suya, en la habitación privada de Bandini, saliendo por las ciudades a las que viajamos... Desde que estoy con Maya tengo la libido de un chico de dieciocho años.

No me gusta nada cómo la mira mi padre. No hace sino contribuir a mi enojo.

—Ah. Pues no debería grabar aquí —masculla en un gruñido que no me intimida ni lo más mínimo.

—Le han dado permiso para hacerlo. Es buena publicidad, hace que la gente tenga una mejor imagen de la escudería. La siguen un montón de personas —replico. «Mierda, ¿se habrá notado lo orgulloso que estoy de ella?»

Mi padre se queda mirándome de una manera que me pone la piel de gallina. Su perspicacia es lo que le permite ser así de cruel; no habría llegado adonde está si fuera tonto.

—Ah, supongo que está bien entonces —dice.

Solo que todo en su cara revela que no le parece que esté bien. Tiene las cejas alzadas, se frota la barbilla y advierto un brillo malévolo en sus ojos. La apariencia perfecta de villano de película.

—Bueno, tengo que prepararme para los libres. ¿Nos vemos luego? —No quiero dejarlo a solas con Maya, pero no me queda otra.

Me las arreglo para acercarme a Maya sin que mi padre me vea antes de subirme al monoplaza.

—Mantente alejada de mi padre. Es un cabrón y se las sabe todas.

—¡Buena suerte! —me dice abriendo mucho los ojos.

Veo que entiende mi mensaje, porque se va de inmediato. Puedo subirme al coche tranquilo.

Maya me acaricia el pecho con la mano. Hemos decidido quedarnos en la habitación esta noche y no ir a ninguno de los eventos de los patrocinadores. Tampoco nos perdemos nada. Escribe a Santi para contarle que no se siente bien y yo les digo a mis amigos que me duele la cabeza.

—Creo que no va a terminar bien. Creía que era malo, pero no lo es. Y ahora lo han matado.

Está hablando de Bob, de *Stranger Things*. Tengo la camiseta empapada de lágrimas suyas.

«Guau, sí que se mete dentro de la trama».

—¿Siempre lloras con las escenas tristes? —pregunto, y la estrecho más fuerte entre mis brazos. Es bastante tierno, adorable incluso. Pero no quiero que llore por cosas que no son reales.

—Soy muy sensible, ¿de acuerdo? —contesta con los ojos brillantes por las lágrimas mientras me mira.

Le doy un beso tierno en la frente y sonrío cuando oigo su ronroneo.

En la tele, la acción no cesa ni un segundo. Maya voltea la cabeza hacia la pantalla, muerta de ganas de ver cómo sigue.

Ya he aprendido la lección. El truco es escoger una serie aburridísima, porque cualquier otra cosa es incompatible con la posibilidad de tener algo de diversión.

Acabo enganchándome a la serie yo también. Maya me aparta la mano siempre que trato de ponerla en algún lugar interesante.

—Tienes que parar de suspirar cada vez que sale Steve. El *crush* se te está yendo de las manos.

Se me dispara el corazón cuando la oigo reírse, un sentimiento extraño al que me he acabado acostumbrando a causa de estar con Maya, como lo de que se me ponga dura en cuanto se me acerca.

—No puedo evitarlo. Ese pelo, lo bien que cuida de los niños... Incluso su personalidad. Todo en él me encanta. —Suspira.

Qué bajo he caído, teniendo celos de un personaje de ficción.

—Yo también sé cuidar niños —replico—. Y mi pelo es más genial que el suyo. En cuanto a la personalidad... Vaya, confío en que la mía sea mejor, aunque solo sea por el hecho de que yo soy una persona real. Y soy más mayor, más sabio. Y estoy muy fuerte. —Saco bíceps con los brazos, con los que la rodeo para demostrárselo.

—¿En serio crees que ser más mayor y más sabio contribuye a tu atractivo? —Su pecho se sacude contra el mío.

Quiere hacerme rabiar. Así que hago lo que cualquier hombre en sus cabales haría en mi lugar. Apago la tele y le muestro el valor de la experiencia que dan los años. Ella deja de quejarse en cuanto mi lengua le roza el clítoris.

El día de la carrera me quedo en mi habitación privada intentando oír la conversación de Santi y Maya. No es culpa mía que hablen tan alto ni que compartamos pared, ¿verdad?

Siento celos de Santi. Es eso. Ya lo he dicho.

Maya está toda la mañana con él, mientras que yo me paso el día entero solo. Le oculta lo nuestro porque no quiere que se enfade ni se distraiga antes del último Gran Premio.

Por desgracia para los hermanos Alatorre, no tengo ningún problema con poner oreja.

—¿Qué vas a hacer cuando termine la temporada? —oigo que pregunta Santi.

—Hummm... No lo sé. El *vlog* está yendo mucho mejor de lo que me imaginaba. Tengo más de novecientos mil suscriptores ya. Es impresionante para tratarse de un canal que se abrió hace ocho meses. Los *vlogs* de viajes están bien, pero son los videos de Fórmula 1 los que me hacen destacar frente a los demás.

El orgullo en su voz hace que sonría para mí. Veo sus videos cuando la extraño o cuando me aburro, o cuando Santi me la arrebata y Maya se siente demasiado culpable para decirle que no.

Llevamos ocho meses de temporada de Fórmula 1, yendo de un lado a otro, y Maya y yo salimos desde hace cuatro semanas.

—Pero ¿de verdad eso es un trabajo? ¿Seguirme a todas partes?

«Qué idiota».

—Eh... No te sigo a todas partes —replica Maya con voz dubitativa, sin tener claro cómo responder ante la ignorancia de Santi.

—No quiero menospreciar lo que haces, pero ¿no preferirías tener un trabajo estable? ¿Cerca de casa, sin tantos viajes? No puedo tenerte aquí conmigo siempre.

«Tal vez tú no, pero yo sí».

Al menos hasta que Maya no quiera estar más aquí, si es que eso ocurre. Aún tenemos que ver cómo sale lo nuestro.

Opino de lo que hablan como si yo también formara parte de la conversación.

Ella suelta un suspiro lo suficientemente alto para que lo oiga. Mala señal.

—Estoy viviendo el presente. Soy joven. Tengo tiempo de sobra para decidir qué quiero hacer con mi vida —aduce Maya—. Tú no conoces cómo funciona este mundito, pero la creación de contenido está en auge. Se puede llegar a cobrar mucho, entre las visualizaciones, los anuncios, los patrocinadores...

—Sí, ese es tu problema. Siempre estás viviendo el presente, pero en algún momento vas a tener que madurar. ¿En serio crees que subir videos a internet es un trabajo?

—Guau... De acuerdo. No sé qué mosca te ha picado hoy, pero estás siendo un hermano de mierda ahora mismo. Me voy a que me dé el aire un rato.

Y entonces se me ocurre una idea. Abro la puerta de mi habitación en el momento exacto en el que Maya pasa por delante y la jalo.

—¿Qué estás hac...?

Le tapo la boca con la mano antes de que diga algo más y me llevo el índice a los labios. Su mirada pasa de estar apagada a resplandecer, porque ahora tengo el poder de cambiar su humor para bien. «Qué maldita locura».

Le quito la mano de la boca y pongo el seguro.

Miro qué hora es. Tenemos treinta minutos antes de que me toque hacer acto de presencia en el *garage*.

—¿Crees que serás capaz de no hacer ruido? —susurro. Su hermano está a apenas unos metros, y las paredes son más delgadas que un maldito condón.

Asiente enérgicamente con la cabeza.

—Me gusta el entusiasmo. —Le paso un dedo por el cuello hasta el pecho. Encuentro la orilla de su camiseta de Bandini con las manos y se la quito por la cabeza, dejando a la vista un brasier blanco de encaje que hace que me palpite la entrepierna.

Ella juguetea con el cierre de mi traje de carreras.

—Te ves tan sexy con esto puesto que me da hasta pena quitártelo —comenta mientras se muerde el labio inferior.

La callo con un beso porque no quiero que Santiago nos oiga. Mi lengua explora su boca y disfruta de su sabor único, tan adictivo. Nos envuelve una especie de energía magnética que hace que siempre vuelva a ella. Tampoco es que quiera alejarme, la verdad. Nuestras lenguas bailan y se provocan. El beso ahoga su gemido cuando le acaricio todo el cuerpo, sintiendo su suave piel en los dedos.

Le rodeo los pechos con las manos y le bajo el brasier para poner al descubierto sus pechos perfectos y sus pezones rosados. La mejor vista del maldito mundo. Trazo un camino de besos húmedos por su cuello hasta casi dejarle marca. Carajo, cómo me gustaría hacerlo. Pero sigo porque no tenemos tiempo suficiente para eso.

Siento que la tengo como una piedra. Se me marca bajo el traje de carreras, anhelando a Maya tanto como yo.

Ella hunde las manos en mi pelo y me da un pequeño jalón para animarme a seguir. Soy un hombre en medio de una misión secreta con un tiempo límite.

—Shhh... —Le paso la áspera yema del pulgar por los labios, porque está jadeando tanto que puede que se oiga desde afuera.

Maya asiente y baja la vista para mirarme mientras me meto un pezón a la boca. Arquea la espalda para apretarse contra mí. Lo chupo hasta que se le pone duro y entonces paso al otro, recorriendo el espacio entre ellos con la lengua.

Con una mano encuentro el botón de sus *jeans*. Se lo desabrocho y me cuelo por debajo de sus pantalones hasta que la toco y la noto húmeda y preparada para mí. Es la mejor sensación del mundo, ser capaz de excitarla con tan poco.

Su mirada salvaje y su pelo revuelto me vuelven loco. No hay nada mejor que saciar esta hambre del otro que tenemos, poder complacerla hasta el punto de que se olvide de todo.

Ella me acaricia la entrepierna por encima del traje de carreras. Me la frota suavemente recorriéndola de abajo arriba.

—Creo que ya es hora de quitarte esto —dice en un murmullo ronco.

Buena chica.

El excitante sonido del cierre al bajar llena la habitación. Puede que Maya sea tan mala influencia para mí como yo para ella, porque nunca había hecho nada parecido a esto antes de una carrera.

Me quito la parte de arriba del traje y termino de bajarme el cierre hasta las caderas. El reloj me dice que nos quedan quince minutos. Desearía disponer de más tiempo con ella, pero vamos a tener que conformarnos con un acostón rápido. Consigue sacármela de debajo de la tela ignífuga.

Se pone de rodillas. Ya solo verla así hace que me recorra una descarga eléctrica y que se me humedezca el pene. Ella me lo agarra y saca la lengua para lamerlo.

Echo la cabeza para atrás.

Carajo, su boca.

Me recorre todo el miembro con la lengua en un movimiento lento. Es perfecto. Ella es perfecta. Todo es jodidamente perfecto.

Entonces se lo mete entero a la boca, un paraíso cálido y húmedo. Siento su lengua lamiéndome con ganas por abajo mientras mueve la cabeza adelante y atrás. Me chupa, me succiona, me lame. Casi me colapsa el cerebro con tantas sensaciones.

Empieza a masturbarme con una mano sin dejar de comérmela, y con la otra me agarra el trasero. De alguna manera logro reunir la lucidez suficiente para levantarla del suelo.

—No. Hoy no van a ser así las cosas.

Entrecierra los ojos color miel y yo le paso el pulgar por los labios hinchados. Me encanta la cara que tiene después de chupármela. Con un beso le borro la expresión malhumorada del rostro.

Le bajo los jeans y la tanga. Ella se dispone a ayudarme de inmediato, quitándose los tenis con los pies. Trabajo en equipo.

Los números rojos del reloj se burlan de mí.

—Ahora no puedes hacer ningún ruido —susurro antes de lamerle la oreja, haciendo que se le ponga la piel de gallina por todo el cuerpo.

Le gusta este juego de estar en silencio, y a mí también. Me pregunto quién caerá primero.

Le coloco las manos en un lateral del sofá gris. La habitación es bastante pequeña, no está hecha para esto. Pero ¿qué más da? Con un poco de imaginación se consigue todo.

—No muevas las manos de ahí —le ordeno, y saco un condón de la cartera.

«Menos mal que soy previsor».

Me giro hacia Maya. Me vuelve loco ver esas nalgas en el aire, esperándome. Le cuelgan los pechos y tiene la espalda arqueada. Es demasiado. Se muerde el labio inferior y mira mi erección con ojos hambrientos.

Me pongo el condón.

—Es una lástima que hayas tenido que quitarte el traje —murmura.

—Vaya, vaya, ¿tienes un fetiche con los trajes de carreras? —me mofo—. ¿Debería preocuparme? Puedo dejarte aquí encerrada para mantenerte lejos del resto de los pilotos y que seas solo mía.

Le doy un manotazo en las nalgas, provocando que suelte un gemidito. Recorro la silueta de su trasero con la mano hasta llegar a sus pliegues. Está mojadísima. Le meto un dedo y luego otro, deleitándome.

Me inclino hacia su oreja.

—Siempre estás preparada para mí. ¿Estás así también cuando me ves pilotar? ¿Te calienta?

Ella afirma con la cabeza, y su confesión muda me excita.

—Es un deporte muy peligroso. Velocidades de infarto. Accidentes. —Dejo un reguero de besos por su espalda.

Maya gira la cabeza para mirarme por encima del hombro.

—Pero voy a contarte un secreto... Cogerte es como ganar el título de campeón del mundo. Podría no volver a conseguirlo y que me diera igual, siempre y cuando tú estuvieras conmigo. En mi cama. Conmigo dentro de ti —murmuro—. Me gustas muchísimo, Maya.

No le dejo ni un segundo para procesar mis palabras. Le tapo la boca con la mano, como buen previsor que soy, antes de metérsela de un empellón. Aprieto los dientes con fuerza para reprimir un gemido mientras su cuerpo se va adaptando a mi tamaño. Su sexo me comprime de una forma que nunca había sentido. Me fascina cómo nuestros cuerpos unidos se mueven al unísono.

Y carajo, me vuelve loco. Un sentimiento de posesividad aflora en mi interior cuando la saco y me la veo empapada por completo.

En esta postura parece que esté más estrecha todavía, pero procuro no jadear para que no me oiga Santiago. Cuando ya ha pasado el factor sorpresa, le quito la mano de la boca.

Maya clava las uñas en la tela del sofá, una imagen deliciosa. La penetro de nuevo y disfruto de cómo me aprieta su sexo.

«Es perfecta. Un sueño hecho realidad».

Le agarro la cola de caballo con una mano y me envuelvo el brazo con ella, sintiendo los mechones de pelo suave rozándome la piel. Le doy un jalón, como llevo fantaseando con hacer desde el día en que la conocí.

Su cuerpo tiembla con una mezcla de dolor y placer. La piel se le calienta con las caricias de mi otra mano. Le agarro un pecho, y me encanta sentir su pezón duro contra mi palma.

Quiero que sepa que soy el único que va a cogerla así, que la hará sentirse así. Quiero que disfrute tanto que no pueda hacerlo con nadie más que se atreva a venir después de mí.

Me la cojo como si fuera la última mujer sobre la faz de la tierra. Para mí es como si lo fuera.

Ella es capaz de mantenerse en silencio y no hacer ningún ruido, más allá de unos pocos gemiditos de vez en cuando. Le jalo el pelo una vez más para pedirle sin palabras que se gire hacia mí. Me fascina ver esos ojos cafés enturbiados por el deseo, esas mejillas sonrojadas y esos labios hinchados que le han quedado. Podría venirme solo mirándola.

Pero no lo hago.

Porque los hombres decentes acaban al último.

Me aferro con posesividad a sus caderas para seguir dándole sin parar. Me coloco en el ángulo adecuado para estimular su punto G, y todo su cuerpo convulsiona a mi alrededor. Sonrío con satisfacción al ver cómo reacciona.

Dedico toda mi atención a ese punto, metiéndola y sacándola como nunca había hecho hasta ahora. Su excitación me insta a seguir cuando mis embestidas se vuelven más descuidadas, menos controladas. Cuando se deshace alrededor de mi pene es como si estuviera en el cielo. Su respiración pesada rompe el silencio de la habitación y hace que el pecho le suba y le baje de manera evidente mientras me mira con una sonrisa perezosa.

Su orgasmo me da vía libre. Le hago el amor sin contenerme, con los huevos chocándole contra los muslos. Ella lo recibe todo con ganas, y cuando por fin me vengo no puedo evitar soltar un gemido grave. De nuevo siento cómo me aprieta, como pidiéndome más. Es una auténtica locura.

La beso en el cuello mientras salgo de ella. Tiro el condón a la basura y me pongo otra vez el traje, deseando que tuviéramos más tiempo.

Maya se queda donde estaba, recostada a un lado del sofá con los ojos cerrados. Su espalda se mueve al ritmo regular de su respiración. Levanto su ropa del suelo, para ayudarla en lo que pueda, y al fin habla:

—Creo que me has destrozado —susurra.

«Carajo. Es lo mejor que me han dicho en la vida».

29

Maya

Entro al *garage* de Bandini para desearle buena suerte a Santi.

Noah me ha quitado el mal humor a base de sexo, así que ya se me ha pasado el enfado por las palabras feas de mi hermano.

—¿Adónde has ido? —me pregunta con ojos de corderito y una sonrisa triste.

—Me he dado una vuelta. Necesitaba despejarme después de nuestra conversación.

«¿Se dará cuenta de que acabo de cogerme a Noah?». Es bastante común tener cara de haber cogido después de un buen acostón.

—Tienes cara de haber estado llorando —dice en cambio—. Lo siento si te ha sentado mal lo que he dicho. Solo quiero asegurarme de que vas a estar bien y de que encuentras algo que te apasione.

Me arden las mejillas. No he llorado como él se imagina, precisamente. Su disculpa hace que se me encoja el corazón y que la culpa sustituya cualquier remanente de lujuria que pudiera quedarme.

—Okey... Bueno, te agradezco que veles por mi bien. Pero soy feliz, y todo va a estar bien. Me gusta viajar con ustedes, y he hecho buenos amigos. No tienes que seguir preocupándote por mí.

Me jala y me da un abrazo. La conversación de antes ya está olvidada.

—Sabes que te quiero, ¿verdad? —susurra.

Yo pongo los ojos en blanco sin el más mínimo esfuerzo; siempre me gana con sus frases cursis. De todos modos, me resulta imposible estar enfadada con él más de una hora.

—No paras de decírmelo. Yo también te quiero. Anda, ahora sal ahí y destrózalos. A Slade primero.

—¡Oye! Te he oído. Siempre hacen como si no estuviera aquí. —La voz de Noah resuena por encima del zumbido de las máquinas. El cuerpo se me acalora al reconocerla. Dios, estoy jodidísima. Literal y figuradamente.

—Ya has ganado tres campeonatos del mundo. Deja algo para los mortales —replica Santi, alzando también la voz para que se le oiga con todo el ruido que hay en el *garage*.

—Me alegra que no te dé vergüenza definirte como «mortal». Imagino que eso me convierte a mí en una especie de dios, ¿no? Puedes venir a rezarme cuando quieras —dice Noah con una sonrisa arrogante.

Santi gruñe y yo suelto una carcajada.

—Eres un imbécil, Slade —le espeta, pero las palabras de mi hermano no son hostiles—. Por cierto, ¿qué demonios estabas haciendo en tu habitación? ¿Has cambiado de ritual precarrera? Nunca haces ruido, pero hoy tu sofá no dejaba de dar golpes contra la pared, a un ritmo regular, debo añadir. —La sonrisita de Santi lo dice todo.

Se me forma un nudo en la garganta, mi cerebro se empeña en imaginarse lo peor. Suelto un suspiro de alivio cuando veo que mi hermano no me mira en ningún momento.

Noah le devuelve una sonrisa pícara y se encoge de hombros.

—Lo siento. La próxima vez procuraré hacer menos ruido.

«Tierra, trágame».

Pero, para variar, no obedece.

—Igual debería hacer el mismo ritual que tú. A lo mejor es por eso por lo que ganas tantas carreras. —El muy tonto de mi hermano elige el peor momento para buscar complicidad con Noah.

«Dios mío de mi vida. No sigas por ahí, Santi. Cállate ya, por favor».

Los ojos se me mueven de un lado a otro, buscando en el *garage* algo que me permita evitar el contacto visual con cualquiera de los dos. Santi me da un beso en la cabeza antes de subirse a su coche.

Noah y mi hermano se desean buena suerte y salen a la pista. Esta vez me quedo en la zona de boxes, y veo la carrera por las pantallas de Bandini mientras Sophie está con su padre. Un chico del equipo técnico me da unos audífonos para que pueda oír lo que dice Santi durante la carrera.

Noah sale desde la pole, ninguna sorpresa en ese frente. Las imágenes van cambiando entre planos generales de la pista y las cámaras que dan la perspectiva de los pilotos. En las últimas semanas, he acabado animando a Noah tanto como a mi hermano, así que me alegra verlo liderando la carrera.

Noah recorre el trazado a toda velocidad, pero mi hermano no está muy lejos de él, disputándose la segunda posición con Liam. La aerodinámica del coche hace que a Liam le cueste rebasar a mi hermano sin correr riesgos; el aire se convierte en un vórtice dentro de la pista, aumentando la velocidad de cualquier corredor que intente rebasar al líder, pero es una maniobra peligrosa.

Aun así, con el tiempo, el coche de Santi se impone y acaba dejando atrás a Liam y acercándose a Noah. Solo que no puede hacer nada contra él. La especialidad de Noah es defender su posición, así que traza las curvas de manera que Santi no pueda encontrar ningún hueco por donde colarse. El corazón me late al mil, pero Noah acaba consiguiendo recuperar distancia respecto al monoplaza de mi hermano.

Los comentaristas se vuelven locos con las peleas por la segunda y la tercera plaza. Jax logra rebasar a Liam y le recorta segundos a mi hermano hasta estar casi pegado a él. Jax acaba rebasando también a Santi en una curva estrecha, arriesgándose en el giro y haciendo que mi hermano tenga que alejarse para que no se toquen los coches.

Y así transcurre la carrera, vuelta tras vuelta, con varios cambios en las posiciones de los pilotos. Jax se las arregla para acercarse a Noah y se desvive por intentar conseguir un primer puesto para McCoy. Me gusta más el estilo de Jax que el de los chicos de Bandini. Todos sus movimientos son siempre muy calculados, pero se nota que no va a desaprovechar ninguna oportunidad para ponerse por delante.

El padre de Noah me interrumpe, apartando mi atención de las pantallas. Reprimo un gesto de repulsión. Noah me ha contado los problemas de ira que tiene su padre, así que conozco bien el lado oscuro del legendario Nicholas Slade.

Se sienta a mi lado y mira las pantallas como si estuviera tan implicado emocionalmente como yo. Resulta bastante ridículo, porque sus intenciones quedan claras en cuanto abre la boca.

—Se creen muy listos, ¿no?, ocultando lo que hacen.

Mi cuerpo se queda paralizado, pero mantengo la vista en las pantallas. Noah y Jax están disputándose la primera plaza. Los mecánicos se preparan y Noah hace una parada en boxes. Consigo olvidarme de su padre durante el tiempo que tardan en cambiarle las ruedas al coche, apenas unos segundos, pero entonces el hombre que tengo a mi lado finge una tos y capta mi atención de nuevo.

—¿Qué crees que estamos haciendo Santiago y yo exactamente? —replico esforzándome por no salir huyendo.

Su risa hace que se me erice la piel.

¿Es posible odiar a alguien sin saber apenas nada de él? Porque lo que sé me basta y me sobra. ¿Quién demonios le pega a su hijo por no quedar primero en carreras de karts? Pues un hombre con el pene pequeño y un ego muy frágil.

—Estás cogiéndote a mi hijo. Lo he sabido solo de verlos interactuar antes en el *garage*.

Siento calor en la garganta. Jugueteo con un mechón de pelo para calmar los nervios y clavo los ojos en las pantallas para no mirarlo a la cara.

—Vaya película te has inventado. ¿Tanto te aburre ya venir a las carreras que tienes que inventarte cosas para entretenerte? —La voz me sale mucho más segura de lo que me siento yo.

—Eres una chica lista. Si resulta que te estás acostando con Noah y su rendimiento baja...

Me quedo callada. Dos no discuten si uno no quiere, y yo no tengo ningún interés en seguirle el juego.

—Me aseguraré de que no le renueven el contrato a tu hermano —continúa—. Por no hablar de que no volverás a poner un pie en las instalaciones de Bandini. Yo no me ando con estupideces. Yo juego para ganar.

Giro la cabeza hacia él para ver su mirada despiadada y le devuelvo el gesto. No me asustan sus amenazas. No pienso darle la satisfacción de pensar que tiene algún tipo de poder sobre mí.

—No sé muy bien qué crees que está pasando. Siento que estés preocupado por el rendimiento de Noah. Pero lo que hace en la pista solo depende de él —replico con una voz asquerosamente dulce.

Él se marcha con una sonrisita arrogante en la cara. Noah no se quedaba corto al decir que es un cabrón.

—Tenemos que hablar —dice Santi mientras se acuesta a mi lado y se apoya en la cabecera de la cama.

Ayer fue un día duro para él, tras quedar cuarto en el Gran Premio. Cumplió con su parte para complacer a los aficionados, pero la derrota le carcomía y se encerró en la suite del hotel el resto de la noche. Lo único que podía hacerle salir de esas cuatro paredes eran las ganas de comer.

—¿De qué? —pregunto con la voz entrecortada. Tengo paranoias constantes con que el padre de Noah le haya podido decir algo a Santi sobre nuestra relación secreta. No confío para nada en ese hombre tan mezquino.

—No hemos tenido la oportunidad de hablar en privado de lo de ayer. Fui un imbécil y lo lamento. Siento mucha presión con todo el tema de estar en Bandini y, además, me preocupo por ti. —Me mira a los ojos.

—No hay nada más que hablar. Ya sé que quieres lo mejor para mí —contesto, y me retuerzo sobre la colcha, incapaz de encontrar una postura cómoda.

—Has estado bastante distante últimamente, y no sé qué está ocurriendo. Creía que querías volver a casa, pero me he pasado de la raya.

El corazón se me encoge ante su sinceridad.

—No, no es eso.

—Si estuvieras mal por algo me lo dirías, ¿verdad? Este mundito es difícil, pero me gusta tenerte aquí. Ha hecho que la temporada sea mucho más agradable.

«Eso, dame otra puñalada en el pecho».

—Claro, eres mi mejor amigo —respondo. Tengo un nudo en la garganta que hace que me cueste tragar.

—Bueno, pues ahora que ya hemos acabado con el rollo sentimentaloide, Netflix ha sacado la nueva temporada de *Stranger Things*. ¿La vemos aprovechando que tenemos algo de tiempo libre?

Y, por supuesto, acabo viendo la temporada por segunda vez porque la culpa podría conseguir que hiciera prácticamente cualquier cosa por mi hermano.

30
Noah

Acabé segundo en la carrera de ayer. Jax me la puso muy difícil y se mereció llevarse el Gran Premio. Aun así, con lo complicado que era el circuito y la buena posición en la que quedé, estoy contento.

Mi padre, en cambio, no.

Por desgracia, se le ocurrió invitarme a cenar; cosa rara, porque nunca se queda después de las carreras, siempre se marcha en cuanto tiene ocasión. Todo el tema de la cena me pone alerta. Podría contar con los dedos de una mano el total de veces que hemos hecho algún plan juntos desde que empecé a competir en la Fórmula 1.

Si tuviera que resumirlo, diría que mi padre es, en esencia, un imbécil. Nos habla con condescendencia tanto a mí como a los meseros. Siempre que trata a la gente con esos aires de superioridad aprieto con fuerza los puños, intentando con todo mi ser no abalanzarme sobre él, agarrarlo del cuello de la camisa y escupirle en la cara.

Siento una presión en el pecho cuando pienso en las veces que me he comportado como él. Me gustaría deshacerme de los recuerdos de todas las chicas con las que me he acostado, de la arrogancia, de esa actitud soberbia constante. Para protegerme, me fui desprendiendo de cada trocito de mí hasta dejar de sentir. La mentira siempre acaba jugando malas pasadas a la gente. Resulta que, cuanto más aparentaba frente a los demás, más me mentía a mí mismo, hasta el punto de que me tragué la farsa, todas las excusas que ponía para justificar mi vanidad y mis cambios de humor, y terminé siendo el mismo imbécil del que estaba huyendo.

Al ver el horrible comportamiento de mi padre, me doy más cuenta de todo lo que he aprendido a lo largo del año. Y lo más fuerte es que en realidad me siento mal por mi padre. Me da pena.

Nicholas Slade no tiene a nadie, usa el dinero y el poder para conseguir lo que quiere, pero nunca ha amado. ¿Cómo va a hacerlo, si el único hombre al que ha querido en toda su vida es su propio reflejo? A mí no me quiere, eso ya lo sé. Carajo, ni siquiera le caigo bien, como para hablar de amor. Es un hijo de puta egoísta que vive a través de mí.

Pero, para pasar página en mi vida, tengo que hacer frente a estos problemas del pasado. Mi terapeuta estaría orgulloso de ver cómo me siento en silencio, respiro hondo y aguanto sus mierdas.

Decido hacer un experimento con él. Darle una oportunidad.

—Maya me ha comentado que estuviste charlando durante la carrera. —Hablo con un tono calmado a pesar del hormigueo de inseguridad que siento en mi interior.

—Ah, sí. Es un bombón. ¿Cuándo vas a soltarle la bomba a Santiago? La verdad es que es un plan muy inteligente, joderlo así antes del último Gran Premio —contesta.

Su sonrisa malévola me deja un sabor amargo en la boca. ¿Cómo puede dormir por las noches? Es un monstruo, un desalmado.

—Es mi novia. —«Aún no es oficial, pero eso no importa».

—Si así es como llamas ahora a tus mujeres, bien por ti —comenta ladeando la cabeza mientras me mira.

Me arde la piel por todo el cuerpo, pero hago el esfuerzo de darle una última oportunidad.

—Probablemente me case con ella. Creo que es el amor de mi vida —digo con seguridad.

La idea es un poco prematura, lo sé. Pero tengo un buen presentimiento con ella. Maya ha sido un soplo de aire fresco en mi vida, es la primera persona que no intenta meterme en vereda, sino que me acepta tal como soy, con mis cosas buenas y mis cosas malas. Me hace muy feliz despertarme junto a ella, y no por las mamadas brutales que me hace a veces por las mañanas, sino por la sonrisa con la que me mira cuando pospongo la alarma por quinta vez. Me encanta verla acostada en la cama leyendo en cualquier momento del día, sin prestar atención a nada más y haciéndome callar cuando digo algo y está en una parte interesante del libro. Es capaz de quitarme el mal humor de inmediato con solo una sonrisa y un beso, y eso que me enojo bastante cuando no quedo primero (en parte por culpa del cabrón que tengo delante). Pero, sobre todo, me gusta porque hace que quiera ser mejor persona. Por ella, por mí, por todo el maldito mundo.

Mi padre esboza una sonrisa tensa.

—Más te vale contratar a un buen abogado para el acuerdo prenupcial, entonces. A las mujeres como ella solo les interesa una cosa, y no es tu personalidad encantadora ni tu cara bonita, precisamente.

Es todo. Se me acabó el suministro de oportunidades que darle. Este hombre no tiene arreglo. Menos mal que me aseguré de prepararme para este momento, porque ya me imaginaba que intentaría difamar a Maya. Al fin y al cabo, llevo toda la vida con él. Lo que no me esperaba es que fuera a amenazar con el contrato de Santi; creí que iría por mí.

Suelto una larga exhalación. Él me mira con sus ojos oscuros.

—Después de haber estado rodeado de personas a las que les importo, me he dado cuenta de unas cuantas cosas —empiezo a decir—. La gente que te quiere pasa tiempo contigo, no solo durante la carrera, también antes y después. Van a los eventos y se quedan hasta el final para estar cerca de ti, porque quieren hacerlo. Y les da igual si ganas o pierdes. Soy un campeón del mundo y tú me tratas como si fuera un pedazo de mierda que se te ha quedado pegado en el zapato. Un estorbo que nunca has pedido. —Él hace el intento de contestar, pero levanto la mano para callarlo. El restaurante lujoso que ha elegido nos da la privacidad que necesitamos para tener esta conversación—. ¿Y encima le lanzas amenazas a mi novia? —continúo—. ¿En serio le has dicho que te asegurarías de que Santiago no siga con Bandini? ¿Qué tan triste y patética tiene que ser tu vida para hacer eso? Ya me he cansado de intentarlo contigo. Has sido un padre de mierda toda mi vida, solo finges que te importo cuando te interesa. Quieres estar en mi vida para dar buena imagen frente al público, no para apoyarme.

El corazón por fin comienza a latirme a un ritmo normal, pero él parpadea varias veces ante mis palabras y dice:

—No puedes echarme de tu vida, soy quien más dinero invierte en tu escudería. Iba en serio con lo de la renovación del contrato de Santiago. Si no lo crees, espera y verás —sisea como la víbora que es.

—Ay, padre. El caso es que lo tengo todo controlado —contesto—. Bandini ya no necesita tus generosas donaciones. Este año he ido prácticamente a todos los eventos, reuniones y galas con los patrocinadores, y poco a poco he cerrado patrocinios por un valor superior a lo que ofreces tú. Ya no tienes nada que ver con mi escudería. Puedes financiar a otra marca si quieres. Dudo que quieran tener a un inversor con una personalidad más asquerosa que la cloaca de la que saliste, pero quién sabe; al fin y al cabo, eres una leyenda.

—Da igual, esto no se va a quedar así. Sigo financiando Bandini hasta final de año, así que haré lo que me dé la maldita gana.

Tiro la servilleta sobre la mesa.

—No me interesa. Haz lo que te plazca, pero ni se te ocurra volver a acercarte a mí.

No quiero pasar ni un minuto más con este hombre. Tengo el estómago revuelto, y empieza a amenazar con deshacerse del bistec de sesenta dólares que me acabo de comer.

Él ni se molesta en pedir perdón.

Yo me marcho, dejando mi pasado en esa mesa de restaurante ostentoso. Que se vaya al carajo.

31

Maya

—Hoy estamos aquí con Santi porque tenía celos de los otros pilotos a los que he entrevistado.

Mi hermano y yo estamos sentados en una barra en las instalaciones de Bandini. Coloco dos vasos de shots al lado de una botella de tequila mientras Santi sonríe a la cámara que he colocado en una mesa cercana.

—Santi me ha dicho que está un poco triste por no haber llegado al podio el otro día, así que vamos a grabar un episodio especial de Charlas con Tequila porque todavía no nos hemos enterado de que el alcohol no soluciona los problemas. Espero que este episodio salga mejor que el anterior... Voy a formularle una serie de preguntas y él tendrá que beberse un trago por cada una que se niegue a contestar. Pararemos en la cuarta, porque pesa un montón y no puedo levantarlo del suelo yo sola. Es lo que tiene la rutina de entrenamiento a la que se somete.

Mi hermano saca los bíceps para la cámara.

—Aviso: las preguntas no las he inventado yo —continúo—. Lo aclaro porque la gente quiere respuestas a cosas que yo no necesito saber sobre mi hermano. —Frunzo los labios al pensar en la cantidad de chicas cachondas que hay, muchas más de las que me esperaba, acribillándome a mensajes para que pregunte cosas a los pilotos. Finjo un escalofrío cuando esboza una sonrisa picarona y le saco la lengua—. ¿Qué es lo que más te gusta de tu hermana? —pregunto pestañeándole.

—Hummm... ¿Quién ha hecho esa pregunta? —replica con una ceja alzada.

Yo me encojo de hombros y evito responder.

—Me encanta su pasión, su personalidad despreocupada y que no le tiene miedo a nada.

«Oooh, qué lindo».

—Vaya, vaya. Quién me iba a decir que pensabas cosas tan bonitas sobre mí. Bueno, siguiente pregunta. ¿Qué es lo peor de la Fórmula 1?

—Sin duda, estar meses sin poder dormir en mi cama. Extraño estar en casa.

«Ah, claro, la parte menos glamurosa de viajar por todo el mundo».

—Lo que extrañas es el gimnasio y los baños de burbujas —repongo risueña.

—Es que los baños de burbujas no son lo mismo en la tina de un hotel —se queja haciendo un puchero.

Suelto una carcajada.

—¿Qué es lo mejor de tener un compañero?

—Que también suma puntos para el Campeonato de Constructores. Bueno, y los consejos y recomendaciones personales —contesta Santi con una sonrisa genuina.

—Uf, odio esta. ¿Postura sexual favorita?

Él guiña un ojo a la cámara y se toma un shot. «Buena respuesta».

—Me alegro de que nos hayamos ahorrado ese mal trago. Siguiente: ¿alguna chica especial en tu vida?

—Desde la prepa, no.

—¿Ven, chicas? Los chicos son tan delicados como nosotras. Les rompen el corazón una vez y se acabó.

—¿Ven, chicos? —Se ríe para sí—. Las chicas son siempre igual de pesadas, da igual la edad que tengan.

«Uf, eso sí me pegó».

—Bueno, vamos con la sig...

—¿Qué está pasando aquí? —me interrumpe la voz de Noah, haciendo que me dé un vuelco el corazón.

—Estamos haciendo un Charlas con Tequila. ¿Te unes? —propone Santi.

Madre mía, sí que tiene la lengua larga mi hermano con solo un trago. Por supuesto, Noah agarra el otro vaso y lo rellena. Se sienta a mi lado, preparado para las preguntas.

Yo los miro intermitentemente.

—Pero espera. No puede unirse. No tengo preguntas para él.

—Que responda a las mías también —contesta Santi, con cara de «es lo más evidente del mundo».

—Ah, claro. Genial. —Me duele la mandíbula de apretar los dientes.

Noah tiene el descaro de poner un gesto arrogante. «Bueno, él se lo ha buscado».

—Si pudieran tener una cita con cualquier persona famosa, ¿con quién sería? —Sonrío a la cámara antes de girarme hacia los chicos.

Noah finge una tos. Yo he intentado advertírselo.

—Taylor Hill, sin duda. Es una chica preciosa —suelta mi hermano.

Yo jugueteo con las manos esperando la respuesta de Noah, que susurra un improperio antes de hablar.

—Hummm... ¿Adriana Lima, quizá?

Si las miradas mataran, este hombre se caería redondo aquí mismo.

—Bueno, pues si nos está viendo algún organizador de los desfiles de moda de Victoria's Secret, que mande un par de invitaciones a estos chicos, por favor. Te estarán eternamente agradecidos.

Mi hermano se ríe en voz baja y Noah se queda callado. Buen chico.

—¿Escudería de Fórmula 1 favorita, aparte de Bandini? —continúo con las preguntas.

Mi hermano se frota la barbilla, pensando, y es Noah quien contesta primero.

—Diría que McCoy. Me caen bien, me gusta su ética de trabajo. Y los pilotos son oponentes difíciles, siempre nos obligan a esforzarnos al máximo.

—A mí me gusta Kulikov. Supongo que no sorprenderá, dado nuestro pasado. No me guardan rencor por haberme ido y son muy trabajadores.

—Enumera cinco cosas que buscas en la chica de tus sueños —continúo.

—Que sea atractiva, lista, que le guste la Fórmula 1... —Santi se detiene unos segundos—. Ah, que le dé importancia a la familia y que sea alegre.

Noah piensa bien la respuesta, y su mirada intensa hace que me sofoque. Decido entretenerme quitándole la etiqueta a la botella de tequila.

—Que sea preciosa, tanto por dentro como por fuera, y lo suficientemente divertida para entender mi sentido del humor. Que quiera formar una familia. Una chica a quien le guste por cómo soy, no por la fama o el dinero. Ah, y que esté dispuesta a viajar por todo el mundo conmigo, porque ya saben cómo es este trabajo.

Creo que me acaban de explotar los ovarios, pero no estoy segura. «De prisa, hay que seguir con esto».

—¿Mejor anécdota sexual? —Espero que la cámara no haya detectado mi cara de repulsión. Tendré que fijarme cuando esté editando el video.

Mi hermano respira hondo y empieza a hablar:

—Bueno, hubo un día que...

Le doy un codazo en las costillas. «Ni de broma, por Dios».

Noah me guiña un ojo antes de tomarse el shot como el campeón que es. «Dios, lo que puede hacerme un simple gesto como ese». Le devuelvo una sonrisa muy expresiva.

El juego sigue con preguntas que por fin se alejan del sexo y los intereses amorosos. «Fiu».

Por primera vez desde que Santi entró a Bandini, Noah y él parecen llevarse bien. Me da esperanzas de que puedan ser amigos cuando Noah y yo le contemos que estamos saliendo.

Pero, por otro lado, las cosas nunca salen como esperas...

32

Noah

Maya le dice a su hermano que se queda a dormir en la habitación de Sophie esta noche, pero en realidad tenemos planeado pasar toda la noche juntos, desnudos en la cama del hotel, después del Charlas con Tequilas.

—Sabes que no tengo ningún interés en Adriana Lima, ¿verdad? —pregunto—. Tenía que decir un nombre.

Ella suspira. No es exactamente la reacción que quería.

—Sí, lo sé, pero has estado con modelos como ella. No puedo competir con eso, no me parezco en nada a esas chicas.

Mis malas decisiones asoman la cabeza de nuevo. Solo que esta vez desearía que desaparecieran de mi vida, ya no me enorgullezco de mi pasado. Ojalá pudiera meterlas en una caja de cartón con el resto de los malos recuerdos y mandarlos lejos de aquí.

—¿Me has buscado en internet? —pregunto, y ruedo para ponerme encima de ella. Le sostengo la barbilla con una mano y acaricio su piel suave.

—Tal vez. Tenía curiosidad —contesta mirando al techo.

—Internet va a ser mi perdición. No mires esas cosas. No vale la pena gastar tiempo ni energía en eso, es con lo que lucra la gente. —Le doy besitos en las mejillas entre cada palabra de la siguiente frase—: Eres. La. Mujer. Más. Preciosa. Del. Mundo. Para. Mí.

Ella se ríe nerviosa con todos los besos que le planto en la cara. Entonces llego a su boca, la beso y le acaricio los labios cerrados con la lengua, pidiendo acceso. Odio cuando se cierra a mí. Deslizo las manos por su cuerpo, buscando alguna reacción, y con una mano le acaricio la entrepierna y la provoco para que me dé lo que quiero.

Gime cuando le meto un dedo, y se me pone dura al ver cómo se excita. Profundizo en el beso para mostrarle cuánto la anhelo. El deseo y la desesperación se mezclan en mi interior. Le abro las piernas con una rodilla y froto mi erección contra su sexo. El ruidito que emite hace que me lata el sexo contra su piel suave, y su húmeda excitación me rodea cuando la penetro despacio. La lujuria no me deja pensar bien, pero lucho contra ella para poder decir lo que quiero decirle.

—Me gustas muchísimo, Maya. Quiero pasar todos los días contigo, aquí y también fuera de aquí cuando me lo permitas. ¿Quieres ser mi novia? ¿Oficialmente?

Me sonríe de una manera que hace que se me acelere el corazón y que me duela la entrepierna. Me jala para darme un beso que habla por sí solo. ¿Quién necesita palabras?

Me aburro como nunca en el evento de los patrocinadores de esta noche, otra gala con un montón de vejestorios dispuestos a soltar los billetes. Con la edad se van perdiendo las ganas de asistir a este tipo de eventos, y ahora en cuanto llego ya quiero irme, porque no tengo ningún interés en lamerle el culo a nadie. Por no hablar de que ni siquiera puedo tener a mi novia a mi lado, ya que viene con Santiago.

Así que hago lo que cualquier hombre cachondo haría. Le mando un mensaje a Maya para que nos veamos en el salón de baile vacío que está al lado.

Aparece allí diez minutos más tarde, la oscuridad de la sala la rodea en cuanto cruza la puerta doble de la entrada. En la penumbra apenas se distingue su silueta.

—¿Tienes un fetiche con hacerlo en público o qué? ¿Debería empezar a preocuparme? Esto empieza a ser algo común —dice en voz baja.

—¿Por qué no te acercas y lo compruebas?

Se abre camino hacia mí entre los montones de sillas apiladas y mesas vacías que están por toda la sala. Mis pulmones se deleitan en el olor de su champú mezclado con el aroma ligero de su perfume floral. Podría drogarme solo con su fragancia.

Ella jala mi moño para deshacerlo.

—Me encanta verte de esmoquin. Es una de mis cosas favoritas —comenta.

Puedo ponerme esmoquin todos los días si eso la hace feliz.

—A mí me encanta verte desnuda. Pero me tendré que conformar con esto por ahora —siseo mientras le levanto la falda de su vestido de encaje—. ¿No traes ropa interior? ¿Has estado así todo este rato?

Maya contesta con una risita.

—Maldición —digo mordiéndome el labio—. No puedes hacer estas cosas. Si lo hubiera sabido antes...

Me calla con un beso. Lento y perezoso. Tierno y tentador. Dio en el clavo. Me pasa las manos por el pecho hasta que llegan al cinturón.

—Esto sobra —me susurra al oído con la voz ronca, con un descaro que hace que un escalofrío me recorra toda la espalda.

Lo único que se oye son nuestras respiraciones pesadas y el gemido que suelto cuando la hebilla de metal cae al suelo. Maya me baja el cierre despacio. Mi erección está lista para ella, con una gotita de líquido preseminal en la punta. Me la saca de los pantalones y acaricia el glande con el pulgar, esparciendo la gotita perlada.

—Dios —jadeo.

—Shhh, no hables tan alto —dice, y se aleja para sacar un condón de su bolso.

—¿Acaso pensabas que esta noche ibas a triunfar? —bromeo. Su previsión me hace sonreír.

—Me lo esperaba —replica con un brillo en la mirada.

—Te voy a quitar esa insolencia a base de embestidas —contesto, y la empujo contra la pared. Ya me he cansado de hablar.

Retomo el beso mientras con la mano le acaricio la parte más sensible, provocándole un suspiro. Apenas tengo que esforzarme con ella, y me encanta. Me encanta que se apriete contra mí pidiéndome más. Me encanta sentirla, explorarla, inhalar su aroma y no soltarla. Me encanta quedármela para mí solo porque, al diablo el mundo, no se la merece. «Maldición, yo tampoco me la merezco». Pero no puedo evitar ser egoísta y posesivo cuando estoy con ella. Me invade el deseo de marcarla como mía, de dejarle chupetones por todo el cuerpo. De hacerla llegar al límite para después sentir cómo se desmorona alrededor de mi sexo de la misma forma que ella consigue derrumbar mis defensas.

Me pone el condón y lo desenrolla poco a poco, haciendo que la cosa más simple del mundo parezca erótica.

La tomo en brazos y me rodea la cintura con las piernas. Me aprieta entre sus muslos, y es como si de alguna manera me apretara también el corazón. Pero no quiero soltarla. Podría apoderarse de toda mi vida con una sonrisa en la cara y yo hasta le daría las gracias. Su espalda choca contra la pared cuando la empotro mientras la beso con desenfreno, mordiéndola y jalando de la blanda carne.

La penetro despacio, tratando de disfrutar al máximo de la sensación. Cierro los ojos cuando me hundo por completo en ella. Su exhalación suave me insta a ponerme en marcha después de lo que me parece un minuto entero controlando la respiración.

La saco hasta la punta y luego me deslizo de nuevo dentro de ella sin ninguna prisa.

—Dios mío, Noah. —Me hunde las uñas en la parte de atrás del saco del esmoquin.

Muevo la boca a su cuello, al lugar que tanto le excita. La chupo y la marco porque quiero que todo el maldito mundo sepa que me vuelve loco.

—Estás mojadísima. ¿Te excita saber que podrían descubrirnos en cualquier momento? Así, cogiéndote contra la pared. Quizá hasta les gustaría mirar. Dios, yo querría hacerlo.

Le aprieto las nalgas cuando intenta alzarse.

—No —gruño—. Yo tengo el control.

Menos mal que entreno cada maldito día y que ella no pesa demasiado, porque no quiero romper nuestra conexión teniendo que movernos a una mesa. Al menos no hasta que tenga su primer orgasmo. Por lo visto soy egoísta en todas partes menos en la cama. O en la pared.

—Es demasiado. —Su voz quebrada hace que sienta una descarga eléctrica dentro de ella.

Entiendo lo que dice. Nuestra relación es más que atracción física, más que un maratón de coger inducido por el deseo. No me da miedo el vínculo emocional que tenemos, de hecho me encanta, porque soy el único que la coge y la quiere así.

El amor. Un sentimiento que no comprendía hasta que conocí a Maya.

Nos miramos a los ojos con intensidad mientras entro y salgo de ella, consiguiendo arrancarle unos cuantos gemidos mientras me jala del pelo. El sexo nunca había sido algo tan íntimo para mí. Es como si Maya deshiciera mi barrera externa y dejara en mi interior una parte de ella para siempre.

Continúo con mi ritmo lento. Quiero hacerla mía, volverla loca igual que ella me vuelve loco a mí. Se viene por primera vez cuando le froto el punto G. La sujeto mientras tiembla, le agarro las nalgas y no la suelto.

Vivo para oírla gritar mi nombre y para darle placer. Soy un egocéntrico, lo sé, pero le gusto así.

Poco a poco voy subiendo el ritmo de mis embestidas, dándole donde más lo disfruta, mientras me esfuerzo por contener mi propio orgasmo. Tiene que venirse otra vez, lo deseo más que hacerlo yo, es como si fuera un adicto.

—Sí. Sigue así. Maldición, Noah —gimotea.

Me pasa las manos por el pelo y me lo jala de la raíz. Me encanta la forma que tiene de decirme lo que le gusta. Me anima a continuar y me alimenta el ego al mismo tiempo.

—Luces deslumbrante cuando te vienes. No sé si he visto algo tan perfecto nunca —le digo antes de besar esos labios tan hinchados.

La llevo en brazos hasta una mesa vacía que parece lo suficientemente robusta para lo que vamos a hacer. Necesito cambiar de ángulo. Con una mano le estimulo el clítoris y con la otra le manoseo la tela del vestido por encima de los pechos.

—No. Pares —dice entre acometida y acometida.

Jadeo al oír su petición, y el tono de desesperación en su voz. Cada vez le doy más rápido y de manera más descontrolada. Lo único que oigo es una mezcla de sus jadeos y mis respiraciones profundas. Sus ojos se clavan en los míos, medio cerrados y borrascosos, una obra maestra producto del amor y del deseo.

Y con unas pocas palabras tiernas de ánimo, explota de nuevo conmigo dentro, empapándome. Sus uñas me arañan el esmoquin. Maldición, no hay nada más sexy.

Sigo metiéndola y sacándola sin dificultad gracias a la lubricación de su orgasmo. Aumento un poco la presión y el ritmo. La embisto con urgencia, otra muestra más de que estoy a punto de perder el control. El corazón me late desbocado en el pecho. Al fin, estallo dentro de ella con un rugido de placer, y un escalofrío me recorre la espalda. Unos pocos empellones perezosos más y me quedo vacío.

Mi cuerpo se relaja y me recuesto encima de ella. Los dos recobramos poco a poco el aliento.

—Creo que me quitas un año de vida cada semana —susurra con la voz quebrada.

—Pues qué año tan bien aprovechado.

Su pecho se sacude debajo de mí, y sonrío contra su cuello.

Unos minutos después, nos arreglamos. Yo la ayudo con el pelo y ella me pone bien el moño. Vaya par.

—Tengo una última petición —digo, y le tomo una mano.

Ella me mira con curiosidad.

—¿Me concederías un baile?

Asiente entusiasmada y me dedica una sonrisa radiante.

Abro la aplicación de música en *streaming* de mi celular y lo dejo en una de las mesas. Por las diminutas bocinas del aparato empieza a sonar *Die a Happy Man*, de Thomas Rhett, al volumen justo para que lo oigamos. La jalo hacia una zona despejada de la sala y, con una mano en la parte baja de su espalda y la otra envolviendo la suya, nos mecemos al son de la música.

Esto es lo mejor a lo que puedo optar ahora mismo, ya que todavía no podemos bailar en público. El momento es ideal, después de la cogida que nos dimos. Apoya la cabeza sobre mi pecho y nos movemos de un lado a otro en un pequeño círculo. Le beso la coronilla y hago que gire sobre sí misma.

Maya echa la cabeza para atrás sin ningún tipo de vergüenza y suelta una carcajada encantadora. Me pongo como objetivo hacerla reír así cada día del resto de mi vida. Me ha vuelto un maldito cursi, no dejo de buscar formas de complacerla y de hacerla feliz.

Me armo de valor mientras la canción continúa sonando porque quiero que lo sepa. Porque no quiero que pase ni un solo día más sin que lo oiga.

—Te quiero —consigo pronunciar por encima de la música.

Siempre veo a Maya preciosa. Pero ¿en el momento en el que le confieso mis sentimientos? Me dedica la que es sin duda la sonrisa más hermosa que he visto nunca, y es solo para mí.

Sé que no dejo de decir cosas bonitas de sus sonrisas, pero es cierto que jamás olvidaré esta.

—Yo también te quiero —responde.

La estrecho entre mis brazos después de que diga esas palabras que llevo semanas queriendo escuchar, grabando a fuego este momento en mi memoria.

33

Maya

Brasil. El hogar de Adriana Lima, el amor platónico de Noah.

Es broma. No le guardo rencor por el comentario, hace semanas de ese episodio de Charlas con Tequila. He madurado. Además, Noah me quiere a mí. El otro día, en el salón de baile, me tomó desprevenida. Parecía que tenía muchas ganas de decir esas dos palabras. Ahora no pasa un solo día sin que me las diga.

Es horrible seguir mintiéndole a mi hermano sobre dónde estoy y lo que hago. Esta mañana le he dicho que iba a volar a Brasil un poco antes de lo esperado con Sophie, aludiendo que quería visitar Río de Janeiro con ella antes del próximo Gran Premio. La mentira no está tan lejos de la realidad. Sí que estoy en Río de Janeiro..., solo que estoy aquí con Noah.

Qué sorpresa, ¿eh?

Pero es que tenemos una semana libre entre la última carrera y la del Gran Premio de São Paulo, así que hemos decidido venir antes y disfrutar del viaje que ha planeado. No para de demostrarme lo mucho que le importo, con detalles tiernísimos que hacen que lo aprecie aún más. Como comprarme un montón de chocolates cuando me viene la regla y el sexo no es una opción, o como conseguir sidra de vete tú a saber dónde cuando me da nostalgia por mi ciudad, lo cual siempre acaba con los dos borrachos y volviendo a jugar a dos verdades y una mentira.

Llevo la cámara siempre encima mientras deambulamos por las calles de São Paulo, y grabo también algunos momentos íntimos. No hay nada como el ajetreo de una gran ciudad. A Noah le gusta la idea de la cámara y pide a la gente por la calle que nos tome fotos; por lo visto quiere tener recuerdos de nuestro primer viaje juntos. Odia todas las cámaras del mundo menos la mía. Ser famoso debe de ser una pesadilla, no poder disfrutar del derecho fundamental que es la privacidad.

Decidimos disfrazarnos para poder ir de incógnito por la calle sin que los fans lo reconozcan. No quiero que haya fotos nuestras en internet, al menos no fotos en las que se nos pueda identificar. Así que me encargo de elegir nuestros *outfits*.

—¿De verdad hace falta que vaya con un bigote falso? Pica bastante —protesta Noah, rascándose la cara por cuarta vez en lo que llevamos de día.

Me sabe mal decirlo, pero los bigotes no son lo suyo; al menos los bigotes franceses.

—Deja de quejarte. Al menos no llevas una gorra de Albrecht. Es la peor escudería de toda la Fórmula 1, así que creo que me ha tocado la peor parte.

Su risa gutural hace que me ría con él.

Noah me da un golpecito en la visera de la gorra.

—Te he dicho que te pusieras la peluca esa, pero te has negado.

—¡Hace muchísimo calor, y las pelucas irritan el cuero cabelludo! —Ni siquiera sé por qué compré esa atrocidad. Cuando me la pongo parezco una actriz porno, y no de las bien pagadas, precisamente.

—Bueno, la guardaremos para otro día.

La sonrisita de Noah hace que me estremezca. Me da un beso en el cuello a los pies del Cristo Redentor, con gente empujándonos para pasar, farfullando en portugués.

—Tienes muchos fetiches —comento—. No sé si habría accedido a tener una relación contigo si lo hubiera sabido antes. —Me alejo un poco de él y me encojo de un hombro. Su apetito sexual me deja adolorida varios días, porque a este hombre nunca le basta con hacerlo una vez.

Me da una nalgada mientras subimos las escaleras para visitar la estatua. Para cuando llegamos arriba, me duelen los pulmones y me tiemblan las piernas.

—Durante el sexo no sudas tanto. ¿No soy lo suficientemente intenso? —comenta Noah con una expresión juguetona.

Yo lo fulmino con una mirada desganada.

—No todos tenemos la costumbre de ir al gimnasio a las cinco de la mañana. Acabo de hacer más ejercicio que en todo el resto del año.

—No te olvides de las veces que hemos cogido. Eso es mil veces mejor que cualquier ejercicio de cardio que puedas hacer en el gimnasio de un hotel.

—Qué amable por tu parte, solucionarme todos los problemas —digo con una sonrisa genuina.

Entonces vibra mi celular en el bolsillo de los *leggings*. Puede que no haga ejercicio, pero voy vestida como si lo hiciera.

—Tengo que responder. Es Santi —explico, y me alejo antes de que Noah proteste. En cambio, se queda en su lugar disfrutando de la vista mientras yo me siento en una banca.

—Hola, hermanita. Hoy se te ha olvidado dar señales de vida —me dice Santi.

La mano con la que sostengo el teléfono me tiembla, y una sensación de desasosiego se instala en mi estómago.

—Lo siento, hemos tenido muchas cosas que hacer. —«De nuevo, no es del todo mentira».

—¿Qué clima hace por allí? He oído que pronostican tormenta antes de la carrera —comenta.

El sol brilla con fuerza en el cielo, no hay ni una nube a la vista. Yo me resguardo en la sombra de uno de los brazos abiertos del Cristo; bastante irónico, puesto que estoy mintiéndole a mi hermano.

—No te preocupes por eso, es un día estupendo aquí. Aún quedan unos cuantos días antes de que vengas, de todas formas.

—¿Qué tal está Sophie?

—Bien. —Me atraganto al decir la palabra—. Pasando el rato en la famosa estatua antes de ir a ver el Pan de Azúcar.

Me prometo a mí misma que pase lo que pase, en cuanto termine la temporada, le contaré la verdad. Noah me dice que tiene muchas ganas de estar conmigo cuando todo esto acabe. Espero que nuestra relación haga que haya valido la pena la angustia que siento cada vez que le miento a mi hermano.

—Pues me alegro de que la estén pasando tan bien. Noah me ha dejado abandonado en un evento de los patrocinadores, así que he tenido que pasarme cinco horas enteras hablando con gente yo solo. Ha sido horrible.

Se me encoge el corazón.

—Vaya, qué mal. —«Guau, Maya. Finge menos sorpresa, por favor».

—Y sí «qué mal». Se comporta duro y prepotente, como si agarrar el teléfono y avisarme que no va a venir a rescatarme de conversaciones que no llevan a ninguna parte fuera indigno de él. Pero, bueno, da igual, he sobrevivido.

Creo que los tres necesitamos volver a estrechar lazos con tequila en mano.

—Al menos te gustan ese tipo de eventos. Es una mierda que él no se presentara de todos modos.

«Es una mierda que estuviera en la cama conmigo mientras tú estabas adulando a un puñado de vejestorios». Debería bañarme en agua bendita para limpiarme el alma después de tantas mentiras.

—Sí, me gustan la primera hora. Pero no puedo ni ir a mear sin que alguien me pregunte algo sobre la temporada o mi compañero.

Me río al imaginarme la escena.

—Bueno, tengo que dejarte —le digo.

—Claro. Me has remplazado por tu compañera de viajes.

Santi no es consciente de la puñalada que me acaba de dar.

Me esfuerzo por contestar algo.

—Nunca. Tú siempre serás mi favorito.

—Eso espero. Hablamos luego. —Y cuelga.

Noah me sonríe desde el otro lado de la plataforma adoquinada. Le devuelvo una sonrisa desganada y lo saludo con la mano, respirando hondo para calmar la ansiedad.

De veras confío en que todo esto valga la pena, porque, al contrario que a Noah, a mí no me gusta meterme en problemas.

—Has desaparecido tres veces esta noche. Incluso me has dejado solo con Charles Wolfe. No podía ser con otro, no. Eso ha sido un golpe muy bajo, Maya —se queja Santi.

Yo pongo una sonrisa encantadora y me encojo de hombros. Sé que no le cae nada bien ese tipo, se ve que siempre se emborracha y se pone cariñoso de más, prodigando abrazos. Mi hermano me mira con furia y un poco de cachondeo.

—Lo siento, estaba distraída —me excuso, y me llevo la copa a los labios porque necesito hacer algo con las manos. Si no, mi nerviosismo me va a acabar delatando.

—Últimamente has estado más que distraída —replica—. Voy a tener que hablar con Sophie, acapara demasiado tu tiempo y me hace sentir dependiente y celoso.

Por suerte no se da cuenta de que me atraganto con la bebida.

«Qué buena eres para mantener la calma, Maya».

Él continúa, sin percatarse de mi conflicto interno.

—Se le está yendo de las manos. ¡Que me devuelva a mi hermana de una vez! Solo faltan dos carreras y apenas te veo. Ni siquiera vienes a las ruedas de prensa.

—Bueno, es que son un fastidio. Casi me quedo dormida en una... de pie, como si eso fuera poco. —No menciono que Noah me había mantenido despierta bastantes horas la noche anterior.

Santi me analiza en silencio con una mirada distante.

—Vamos, voy a pasar lo que queda de noche contigo —propongo—. Incluso te ayudaré a evitar a Charles; creo que no le caigo demasiado bien, de todas formas. —Entrelazo mi brazo con el suyo e ignoro la sensación de sequedad en la garganta, como si hubiera tragado kilos de arena.

—Más te vale. Ya me ha abrazado dos veces y me ha rozado con su carota sudorosa. ¿No te da pena tu hermano mayor? —dice con una mueca.

—Ay, pobrecito mío —le digo mientras le froto el brazo para confortarlo—. Pero ahora estoy aquí y voy a cuidar de ti.

Poco después, Noah viene de nuevo por mí, solo que esta vez frunce el ceño cuando ve a Santi a mi lado. Percibo en sus ojos sus ganas de traerme problemas. Problemas excitantes, sí, pero problemas al fin y al cabo, con mi hermano aquí. Niego sutilmente con la cabeza confiando en disuadir sus insinuaciones, pero las comisuras de sus labios se alzan.

—Vaya, Noah, me alegro de verte —dice Santi—. Ya casi nunca vienes a estas cosas. Justo acaba de irse Charles. Me ha abrazado. —Mi hermano saluda a Noah como hacen los chicos: con un apretón de manos y palmaditas en la espalda.

La culpa me consume como una pila oxidada en la boca del estómago. ¿Cómo hace Noah para mantener la cara de póker todo el rato? Creo que tengo que concertar una cita con el responsable de Relaciones Públicas de Bandini, no me vendrían mal algunos truquitos.

—Sí, no me ilusiona demasiado venir a estas cosas últimamente. En parte por Charles. Es un buen tipo, pero toca mucho —conviene con una sonrisita.

Los dos sabemos qué le ha estado ilusionando últimamente.

«Pista: no es ni ver a Charles ni ganar carreras».

Aunque sigue ganando la mayor parte de las carreras, de todos modos. Los comentaristas opinan que Noah podría ser el mejor piloto no solo de esta generación, sino de toda la historia de la Fórmula 1. Los fans están locos por él, van a las carreras con carteles enormes, y en alguno aparece incluso el número de teléfono de alguna mujer. Hacen horas de fila para que les firme un autógrafo en algún lugar. Por suerte, en en los pechos no.

Mi hermano y Noah charlan, y yo intervengo con uno que otro comentario poco atinado en el mejor de los casos. La cercanía de Noah me distrae. Verlo con ese esmoquin me atonta la cabeza, y su sonrisa rebelde me remueve por dentro. Gracias a Dios, Santi no se da cuenta de nada. Tengo que contárselo pronto, porque no puedo más con las mentiras.

Poco después, Santi y yo nos marchamos, aunque todavía falta bastante para que termine la fiesta. Queremos dormir bien antes de la clasificación.

Por primera vez en mucho tiempo, me quedo en la habitación de Santi para que no se sienta solo. Hace muchísimas cosas por mí, y yo se lo agradezco con mentiras, ocultándole algo que debería saber.

No consigo conciliar el sueño en toda la noche. Me la paso entera dando vueltas en la cama, sin encontrar nunca una postura cómoda. Se ve que dormir es para los que están libres de pecado.

—No me gusta cómo te mira —gruñe mi hermano antes de dar otro sorbo a su cerveza.

Noah nos observa desde el otro lado del *pit lane* y sonríe antes de voltearse hacia el hombre con el que está hablando.

Le he está saliendo muy mal guardar las apariencias hoy. Ya ha venido dos veces a charlar con nosotros en este evento infantil, una carrera de karts para recaudar fondos para los niños con cáncer. Cuando Santi y yo nos hemos subido a los karts, Noah ha decidido unirse a nosotros, aludiendo que quería pasar un rato con su compi de escudería.

A ser posible con la compi de escudería con la que también pasa las noches.

Y que lo parta un rayo por hacer que se me derrita el corazón al verlo jugar con los niños, cargándolos de un lado a otro. Mis ovarios aplauden al ver el padre increíble que sería.

Mi hermano se queda mirándolo con las cejas oscuras muy juntas mientras agarra con fuerza la botella de cerveza.

Luego se voltea hacia mí. «Mierda». Se me había olvidado que me había dicho algo.

—Mira a todo el mundo así, no te enojes por eso —contesto, y doy un sorbo a mi agua, deseando arrebatarle a Santi su cerveza.

—No, no es verdad. Siempre se queda mirándote demasiado tiempo. Puede que le diga algo, porque eres mi hermana y él es un mujeriego que debería tener las manos quietas.

La amenaza de mi hermano llega unos cincuenta orgasmos tarde.

—Te estás inventando cosas porque no quieres que te caiga bien por esa estúpida rivalidad suya —ataco.

Puede que sea suponer demasiado, pero el tequila los unió mucho. Si eso no es muestra suficiente de que pueden ser amigos, pues no sé.

—Menos mal que no te gustan los chicos como él —murmura entre dientes.

¿Debería asustarme la cantidad de veces que se me encoge el corazón cuando estoy con Santi?

—¿Por qué? —pregunto en un susurro.

—¿Necesitas más razones aparte del hecho de que se coge todo lo que se mueve?

No puedo evitar estremecerme, pero él no lo nota; está demasiado ocupado fulminando con la mirada a Noah. Las palabras de Santi son una puñalada que me deja desangrándome.

—Bueno, la gente cambia. No quiero andarme con prejuicios, se ha portado muy bien conmigo toda la temporada. —Alzo la barbilla y me cruzo de brazos. La gente solo puede pisotearte el corazón si tú se lo permites.

Santi suelta una risa amarga.

—Y este es uno de los motivos por los que te quiero. Eres tan inocente, confías tanto en el mundo y en las personas que lo habitan...

Su afirmación hace que el corazón se me desinfle como un globo.

—Tal vez no te vendría mal imitarme y confiar un poco más en tu compañero, en lugar de buscarle solo las cosas malas. —Guau, no sé de dónde han salido esas palabras.

Santi se me queda mirando, muy quieto y sin pestañear. Cambia de tema y se termina la cerveza. Pero el ambiente entre nosotros se vuelve pesado, como si me envolviera una nube negra para descargar la culpa sobre mí en forma de granizo.

34

Noah

Me cuesta la vida entera no explotar. Aprieto los dientes y los puños mientras me dirijo hacia mi padre.

Y qué sorpresa ha traído un equipo de grabación.

—Noah, justo el hombre al que estaba buscando. *Sports Daily* quería dedicarme un reportaje especial por el vigésimo aniversario de mi último Campeonato Mundial. —Su sonrisa siniestra me provoca un escalofrío, como si mis nervios supieran el despojo de humano que es.

Asiento con la cabeza como si me importara un carajo. Las cámaras están apuntándome, pero me resulta imposible ocultar el descontento que me produce la atención indeseada. Eso nunca me pasa cuando me graba Maya. Mi padre me sorprende volviendo después del sermón que le eché el mes pasado en aquella cena. Ignora olímpicamente mi advertencia de mantenerse alejado de mí, como siempre hace con todo lo que le digo. Qué suerte. Ahora sé de dónde he sacado mi capacidad de escucha.

—¿Tienes ganas de competir en el Gran Premio de São Paulo mañana? —pregunta con una sonrisa radiante que no se refleja en sus ojos.

—Claro —contesto con los labios apretados en una fina línea, sin ningún interés en charlar con él.

Consigo alejarme de él un paso antes de que me jale y me rodee los hombros con su robusto brazo, reteniéndome.

—¿Por qué no cuentas a las cámaras cómo te has estado preparando para competir estas últimas semanas? Los fans quieren saber qué es lo que te mueve, qué hace que un ganador destaque entre los demás. Interesante estrategia, tomarte una semana entera libre antes de la carrera. —Sus ojos resplandecen bajo la luz del sol. Odio la expresión que tiene en la cara, esa sonrisa fanfarrona que pretende intimidarme y controlarme.

—Lo típico —contesto—: descansar, planear estrategias y seguir estrictamente el calendario de entrenamiento. ¿Para qué cambiar lo que funciona? —Esbozo una sonrisa desganada y me zafo del agarre de mi padre.

—Ten cuidado, no queremos que se filtre cómo haces para ganar tantas carreras. —Su sonrisa ladina hace que se me revuelva el estómago.

Me alejo de los focos de la cámara, poniendo distancia entre el cabrón de mi padre y yo. Primero viene con lo del contrato de Santi y ahora me amenaza a mí. Es el cuento de nunca acabar, una relación tóxica que nunca tendrá nada de normal. Pero gracias al cielo tengo nuevos patrocinadores y la oportunidad de hacer borrón y cuenta nueva.

No me interesan sus juegos y, por primera vez, mis decisiones pueden afectar a más personas. Me siento como un idiota por haberle contado lo de Maya, porque ahora sé que esto no va a acabar hasta que él decida que ha acabado. Es un controlador. No hay nada que disfrute más.

«Carajo, esta vez la cagué muy bien».

35

Maya

Un día de lluvia. Malas noticias tanto para los pilotos como para los fans.

El asfalto resplandece, resbaladizo por el aguacero, con lo cual las ruedas van a tener menos tracción. Unas condiciones para nada ideales que ponen en peligro a los pilotos. Hay que ser muy habilidoso para conducir coches a esas velocidades con mala visibilidad y poco agarre a la carretera.

El equipo de *pit stop* se afana preparando las piezas de repuesto para los coches. Siempre las tienen a la mano por si alguno de los pilotos de Bandini sufre un accidente leve en la carrera.

Santi y Noah discuten estrategias con el padre de Sophie. Yo me quedo por ahí, estorbando a los amables mecánicos que tratan de hacer su trabajo y no me piden que me aleje hasta que tiro al suelo un taladro sin querer. Me llevan a la zona de las computadoras, donde puedo sembrar menos el caos. Sophie se acerca a mí furtivamente.

—Mi padre apuesta cincuenta euros a que Albrecht no llega a hacer treinta vueltas. ¿Te interesa? —me ofrece con un brillo en los ojos verdes. Hoy lleva una trenza francesa, una falda vaquera y otra camiseta con una frase escrita.

—¿No has aprendido ya la lección con el tema apuestas? —Me río.

—No, por eso he apostado que no pasan de las setenta vueltas. —Hace una burbuja rosa con el chicle y la explota.

—Son solo setenta y una vueltas.

—Exacto. Soy un genio. —Se da golpecitos en la sien mientras exhibe una sonrisa de oreja a oreja que hace que aparezcan sus dos hoyuelos.

La llovizna amaina al fin, así que los pilotos podrán competir, pero no da tiempo a que la pista se seque. El padre de Sophie anuncia que la carrera comenzará dentro de veinte minutos. Noah y Santi se reúnen con los ingenieros en la entrada del *garage* para repasar las estrategias específicas para estas condiciones, los dos hombres de mi vida trabajando codo a codo. Cuando dan el visto bueno, Santi se acerca a nosotras.

—Todo saldrá bien. Te preocupas demasiado últimamente. Solo es un poquito de lluvia, hasta se ve el sol —trata de tranquilizarme mi hermano, y me da un abrazo.

El suelo húmedo se burla de mí. Fulmino con la mirada a la lluvia, como si así pudiera hacer que la Madre Naturaleza cambiara de idea.

—Ojalá no los hicieran correr en estas condiciones. Es muy peligroso. Los de Albrecht siempre tiene accidentes.

Santi se ríe.

—No nos dejarían correr si el riesgo fuera alto, pero solo es más de lo mismo, o sea, chocas contra las barreras protectoras y apenas sufres daños.

—Están preparados para esto —conviene Sophie apartándose la trenza por encima del hombro.—. Además, mi padre irá hablando con ellos y les dará consejos dependiendo de cómo vaya la carrera.

—Ten mucho cuidado, ¿sí? —digo con una sonrisa forzada—. Me van a dar unos audífonos, así que oiré todo lo que pase. —Por supuesto, no le cuento que también voy a oír la radio de Noah.

—¡Guau! Qué bien. Pues nos vemos en nada —se despide, y me da un golpecito en la gorra con su número de coche.

Saludo con la mano a Noah por encima del hombro de Santi, deseando poder abrazarlo antes de que salga ahí afuera. Todo el asunto del secreto me está pasando factura, tengo locos los ritmos circadianos. Solo dos carreras más y le contaré todo a Santi. Cruzo los dedos por que reaccione bien, porque se pone nervioso a la mínima.

Noah esboza una sonrisa preciosa antes de meterse a su coche.

—Madre mía, amiga, no sé cómo has hecho para acabar con ese bombón. —Sophie me guiña el ojo, pero, de nuevo, parece como si le hubiera dado un espasmo.

Suelto la primera carcajada del día.

En la parrilla de salida está Liam en la pole, seguido de Noah, Jax y mi hermano. No sé cómo el resto de las escuderías no se aburren de estar siempre en la parte de atrás. Supongo que son felices así, pudiendo competir y trabajando cada día en lo que los apasiona. En la Fórmula 1 se les conoce como «los mejores del resto».

Los pilotos arrancan sus coches y unos cuantos derrapan y patinan por el asfalto mojado. Por suerte, tanto McCoy como Bandini salen de la parrilla sin sobresaltos. Nuestros chicos recorren a toda velocidad una recta estrecha, con Liam a la cabeza. Sophie sonríe y aplaude cuando Noah no logra rebasarlo.

Poco después, llegan malas noticias por la radio y las pantallas. Santi toma una curva muy cerrada demasiado deprisa y, con el suelo mojado, derrapa y acaba saliéndose de la pista. Su monoplaza se queda atorado al lado de la barrera protectora, con la rueda delantera izquierda salida. Lo descalifican en la primera vuelta.

Mi hermano suelta su frustración ante la cámara. Por la radio oigo que el padre de Sophie trata de calmarlo, como haría un padre con un hijo en medio de un berrinche. Qué mierda de trabajo tener que lidiar con pilotos irascibles.

—Mi padre es experto en lidiar con los ataques de ira; supongo que en parte por eso fue capaz de aguantarme de adolescente —murmura Sophie.

—Aguanta más de lo debido con estos dos durante la temporada. Debe de tener una paciencia infinita.

Intento imaginarme los arrebatos adolescentes de Sophie, y me viene a la cabeza la imagen de Campanita malhumorada dando pisotones.

No aparto la vista de las pantallas.

—Santi va a estar de muy mal humor —comento.

Las cámaras lo enfocan de pie junto a su coche, dando patadas a la carrocería roja.

Diez minutos después, el coche de seguridad deja a mi hermano en el *garage*. Le doy un abrazo rápido y trato de animarlo, pero se va directo a su habitación privada; dice que necesita descansar y meditar. Me duele el corazón al verlo tan derrotado, alejándose con los hombros caídos y la cabeza agachada.

Sophie me propina un ligero codazo.

—Bueno, podría haber sido peor. No ha lanzado el casco ni ha volcado el carrito de las herramientas.

—¿Nadie te ha dicho algo de la imaginación que tienes?

—Eh... Claro, Liam, todo el tiempo. Dice que debería escribir, y así al menos sacar dinero de mi locura. —Asiente como si se hubiera planteado en serio la idea.

Liam y Noah se disputan el primer lugar. Los dos hacen movimientos arriesgados, uno para tapar posibles huecos y otro para tratar de rebasar. Los nervios y la emoción se mezclan en mi interior. En algunos momentos pierden tracción en las ruedas, pero se aprovechan de la inercia para encarrilarse enseguida antes de que se les apague el coche. Liam derrapa en una curva, aunque no pierde los nervios y consigue salir por delante de Noah. Faltan diez vueltas. Noah intenta rebasar a Liam en otra curva, pero el asfalto está empapado.

Se me sube el corazón a la garganta al ver la retransmisión en vivo, me siento inútil cuando oigo el metal rozándose y las ruedas rechinando, además de las respiraciones ahogadas de todo el box. El padre de Sophie grita algo por radio, pero cuesta distinguir sus palabras.

El frente y una rueda del monoplaza de Liam rozan la parte inferior del coche de Noah. Siento los latidos de mi corazón retumbándome en los oídos, me resulta imposible escuchar las comunicaciones por radio. Me quedo sentada en silencio al borde de mi asiento y es como si el tiempo se parara. Veo la colisión cuadro por cuadro.

El vehículo de Noah sale volando y da una vuelta de campana. Y luego otra. Y otra más. Tres malditas vueltas de campana. Rebota una última vez y se arrastra por la pista hasta estrellarse contra una barrera a unos 270 kilómetros por hora. «No puede ser». El coche está bocabajo, con los neumáticos girando y un líquido chorreando por el metal.

Se me humedecen los ojos cuando me doy cuenta de que Noah no responde por la radio. Y entonces me caen lágrimas por las mejillas. El padre de Sophie no para de hablarle, es la única voz que se oye en el silencio sepulcral del *garage*.

El humo del coche de Noah se eleva al cielo a pesar de la llovizna, oscureciendo el aire. La radio sigue sin recibir señales, y unas llamas anaranjadas empiezan a acariciar la pintura escarlata del coche de Bandini, estropeándola y dándole a todo un aspecto espantoso.

Y por fin se oye a Noah por la radio:

—¡Hay fuego, maldición! Estoy bocabajo. ¡Sáquenme de aquí de una maldita vez, carajo!

Se me cae el alma al suelo al oír sus jadeos y el miedo que se cuela en su voz.

Las llamas engullen la cabina del coche. Siento que se me acumula la bilis en la parte de atrás de la garganta y tengo que esforzarme por no vomitar.

El padre de Sophie habla de nuevo al micrófono.

—Están en camino. Tranquilo, Noah. Vamos a sacarte de ahí. Respira hondo, ya están llevando los extintores.

—¿Dónde demonios están los de seguridad? ¿Y la grúa? ¡Tengo el traje en llamas! ¿Y cómo pretendes que respire hondo, con todo el humo que sale del coche? ¡Apenas puedo respirar! —Sus laboriosas respiraciones inundan la radio.

El padre de Sophie toma el control de la situación y le pregunta a Noah si está herido. Me da un vuelco el corazón al oír el pánico con el que se lo pregunta.

No puedo hacer nada más que mirar. Me siento totalmente indefensa y fuera de control. El equipo de seguridad aparece por fin con los extintores y rocían el coche de Noah de espuma blanca, que parece una nube en contraste con la pintura roja. Controlan el fuego en tiempo récord, pero siento como si hubieran pasado horas. Me desconecto de lo que dicen los comentaristas. Mis piernas se mueven como por voluntad propia y se sientan antes de que me cedan las rodillas.

El equipo de seguridad lleva una grúa para trasladar el coche de Noah.

Sollozo sin parar al oírlo suplicar que lo saquen de ahí, sin entender por qué tardan tanto. Dios, es una tortura. Saber que se siente débil, saber que no puedo hacer nada más que quedarme ahí sentada viendo cómo el equipo de seguridad se encarga de todo. No ser capaz de ayudar a la persona a la que quiero es una cosa jodidísima.

Respiro profundamente cuando la grúa levanta el coche. Su cuerpo se arrastra para salir de abajo del vehículo con la ayuda de los de seguridad. Una imagen que no podré quitarme nunca de la cabeza. Lanza al suelo el casco, que se aleja rodando, y le tiembla el cuerpo mientras inhala una buena bocanada de aire fresco.

Siento como si me clavaran agujas invisibles en el corazón al verlo tan compungido y vulnerable ahí tirado en el césped. Ya no es el Noah competitivo, fuerte y valiente de siempre. No paran de caerme lágrimas por la cara, como las que veo por la televisión que le caen también a él. No hay privacidad ni en un momento como este.

Paso de llorar de tristeza a llorar de alivio cuando el equipo de seguridad le hace un chequeo y da el visto bueno. Es una suerte sufrir un accidente así y salir indemne.

Sophie me abraza y me estrecha con fuerza entre sus brazos. Su olor a coco y a verano me calma. Me moquea la nariz y la visión se me nubla mientras el equipo de seguridad se lleva a Noah del lugar del accidente.

—Va a estar bien, ya verás. Estos coches están hechos para aguantar este tipo de cosas, y además hay un montón de medidas de seguridad nuevas.

Le doy otro abrazo a Sophie, agradecida por tener una amiga a mi lado en un momento así. Me quedo helada cuando oigo la voz de Noah. Me aparto de Sophie y me abalanzo a sus brazos.

Su cuerpo se tensa antes de decidir que le importa un carajo quién pueda estar mirando y envolverme en un abrazo. Me huele el pelo mientras me abraza y se me llenan los ojos de lágrimas otra vez, siento un barullo de emociones en mi interior. Lloro contra su pecho mientras estrecha mi cuerpo tembloroso.

—Tenía mucho miedo. No sabes cuánto me alegro de que estés bien —murmuro contra su pecho.

—Siempre voy a estar bien y siempre voy a volver a tu lado. Esos coches están hechos a prueba de bombas. Te quiero —me susurra al oído mientras me aprieta con fuerza contra él.

Respiro hondo de nuevo y el horrible olor de Noah me invade los pulmones. Es una mezcla de neumático quemado, humo y sudor. Reprimo una arcada mientras me aferro a él.

En cuanto me calmo, me aparto de él y lo miro de arriba abajo para comprobar que no tiene lesiones. Más allá de las mejillas rojas, parece que está bien. Gracias a Dios. Sus ojos tormentosos me miran, centelleando bajo las luces fosforescentes.

Suelto un suspiro. Mi espalda se endereza de inmediato al oír los zumbidos de la maquinaria del *garage*. Después de todo lo que ha pasado hoy, tengo que hablar con Santi. Aunque aún falte una carrera, se merece saber la verdad, porque me importan mis dos chicos de Bandini.

Noah y yo nos alejamos el uno del otro y bajo la vista al suelo.

«Qué color gris tan interesante».

Le doy una patadita con los tenis mientras todo el mundo felicita a Noah por haber salido sano y salvo. Su risa rebota en las paredes del *garage*. Necesito un rato a solas para serenarme, así que voy a la zona de las habitaciones privadas excusándome con que tengo que ir al baño.

36
Noah

El accidente de hoy ha sido sin duda el peor de toda mi carrera en la Fórmula 1. Peor incluso que el de Abu Dabi de hace dos años. Espero que no salgan a la luz las comunicaciones por radio, porque vaya vergüenza.

Maya se ha ido hace ya diez minutos y no ha vuelto aunque decía que solo iba al baño. Señal suficiente de que algo no está bien. De no ser así, con lo horrible que ha sido el accidente, ya estaría de vuelta aquí.

Siento un escalofrío en la espalda mientras subo las escaleras hacia las habitaciones privadas.

En cuanto llego al vestíbulo, me encuentro a Maya con la cara llena de lágrimas, a un Santiago hecho una furia y a mi padre con un gesto desdeñoso. Por supuesto, mi padre siempre aparece cuando menos se le necesita. Es como si lo calculara, como si esperara al momento perfecto para atacar, cuando mis defensas están bajas y no puedo hacer nada para detenerlo.

Siento un miedo profundo al mirar a Maya. Sus ojos y los míos se cruzan un segundo antes de que ella aparte la vista y se voltee hacia Santi.

—Ah, Noah. Te estaba esperando. Supongo que estabas ocupado después del alboroto ese. Estaba poniéndome al día con Santiago, dándole un par de consejos para hacerlo mejor los días de lluvia.

Aprieto los puños al ver la expresión arrogante de mi padre. Creía que ya había tocado fondo, pero vaya que me equivocaba. El hombre al que más odio me mira con ojos maliciosos.

—Me gustaría hablar con Santiago y Maya a solas, si no te importa —le digo, porque a mí sí me importa, y mucho, que esté mi padre aquí jodiéndome la vida.

El ambiente es extremadamente tenso. Incómodo, desagradable... Lo peor para un día como hoy.

—De hecho, estaba pensando que podríamos hablar todos de la última carrera, sobre todo porque van a hacer pública su relación y todo eso. Qué maduro por parte de Santiago estar tan bien con todo este tema. —Mi padre asiente con la cabeza mirando a Santiago.

Se me cae el alma al suelo al ver la sorpresa en el rostro de Santiago. Maya se tapa la cara con las manos y se pone toda roja.

—Cállate —espeto al hombre que tengo delante, que para mí a partir de ahora es como si estuviera muerto.

Santiago gira la cabeza para mirarnos alternativamente a Maya y a mí. Cierra las manos en sendos puños cuando termina de encajar las piezas. Acorta la distancia que hay entre nosotros y me empuja contra la pared, agarrándome del traje de carreras. Tiene la cara a apenas unos centímetros de la mía, con las fosas nasales muy abiertas y la mirada asesina. No me resisto porque me merezco esto y más. Me aprieta con más fuerza contra la pared, pero yo dejo los brazos caídos.

—¿Te cogiste a mi hermana? —pregunta entre dientes.

No me gusta nada verlo así de enojado, con los labios fruncidos y las mejillas rojas. No me gusta nada hacerle daño, aunque sea porque quiero a su hermana.

—Vaya, qué forma más curiosa de estrechar lazos con tu compañero —comenta mi padre.

No me hace falta mirar por encima del hombro de Santi para saber cuánto está disfrutando mi padre de todo esto. ¿Para qué quiere Viagra si siempre se las arregla para sembrar el caos y satisfacer así sus necesidades más primitivas?

—¿Cómo has podido? La traigo conmigo confiando en que te portes bien con ella en vez de ser el imbécil que eres siempre y ¿qué haces? Cogértela como si no valiera nada y luego hacer que me mienta. ¿Qué pasa, te excita destrozar familias porque la tuya es una mierda?

Maya se acerca y jala el hombro de Santiago.

—Basta ya, Santi. No es culpa suya que te haya mentido. Era yo la que no quería contártelo, no él. Suéltalo.

Santi no se mueve. Me fulmina con la mirada y los dedos con los que me agarra el traje le tiemblan, como si se muriera de ganas de darme un puñetazo. Lo sé porque reconozco la situación, gracias a mi padre. Pero ahora soy un adulto, puedo con ello.

—Claro, ¿para qué humillarte solo en la pista si le resulta tan fácil provocarte? —Mi padre no deja de meter cizaña para destrozar todo lo que he construido con Maya.

Santi aprieta los puños aún más. Espero con calma a que se decida a soltarme el primer golpe, lo que sea con tal de que todo esto se acabe. Odio ver a Maya así, con los ojos hinchados y rojos, y la piel de un color enfermizo, observándonos.

—No me la cogí como si no valiera nada. La quiero. Y voy a seguir queriéndola pase lo que pase, sin importar lo que digas tú ni lo que diga nadie. Me da igual lo que intentes hacer para separarnos. Me resulta insultante que pienses que podría estar con Maya solo para joderte el campeonato. Ella es todo lo que quiero. No me involucro con ella para conseguir un trofeo de mierda ni tampoco para ganar el maldito título. Lo quiero todo con ella. Todo menos esto.

Maya me mira conmocionada. Yo le sonrío, aunque tengo a un Santi furioso clavándome contra la pared, a un segundo de partirme la cara.

—Eres un cabrón. Confiaba en ti. Y tú —dice mirando a Maya por primera vez mientras sigue sujetándome— me has decepcionado.

Esas palabras hieren a Maya y hacen que derrame nuevas lágrimas.

—No te desquites con ella, por favor —murmuro—. Cúlpame solo a mí. —No me importa suplicar si así evito que se le rompa el corazón a Maya.

El momento de mayor sinceridad de mi vida.

—¿En serio, todo este drama por una zorra estúpida? —interviene mi padre.

Las manos de Santi me sueltan. Sus reflejos me asombran, de repente se convierte en un borrón escarlata. El sonido de la carne chocando contra la carne resuena en las paredes. Todo pasa en apenas un segundo. Mi padre se lleva las manos a la cara y un Santiago enardecido se encara con él. En todos estos años no le he pegado ni una sola vez, pero por fin alguien lo ha hecho.

—Eres un hijo de puta. Nadie habla así de mi hermana. Nunca. Me da igual quién demonios seas, ahora sé de qué estás hecho. Qué decepción, no eres más que un desgraciado.

No pronuncio palabra. Maya sigue pasmada mirándonos.

Santi tiembla, su autocontrol empieza a flaquear.

—Vámonos, Maya —dice, y la agarra de la mano como si fuera una niña pequeña.

Se me encoge el corazón y el miedo se apodera de mi cuerpo. No sé si seré capaz de superar que me rechace. Igual piensa que no valen la pena tantas complicaciones, que no vale la pena hacer enojar a su hermano, que es una relación demasiado arriesgada, llena de contras y de promesas aún por cumplir.

Solo que sus pies no se levantan del suelo.

—No.

Y con esa sencilla palabra recupero la esperanza.

37

Maya

Se acabaron las mentiras, se acabaron los secretos y, sobre todo, se acabó escuchar a la gente que pretende decirme qué tengo que hacer o cómo debo vivir mi vida.

Santi abre mucho los ojos. Parece que va a hablar, pero levanto un dedo para callarlo, porque necesito decir lo que quiero decir antes de que me arrepienta.

—Santi, siento mucho haberte mentido y haber mantenido mi relación con Noah en secreto. Lo quiero, y estoy harta de ocultarlo, como si fuera algo de lo que me tendría que avergonzar, porque nada está más lejos de la realidad. Necesito madurar, necesito que me dejes hacerlo, aunque vaya a cometer errores. No es que piense que esto lo sea, solo es que, pase lo que pase, tengo que dejar de vivir con miedo a decepcionarte, o a decepcionar a nuestros padres, o incluso a mí misma. Te quiero, pero necesito dar una oportunidad a mi relación, y tú tienes que aceptarlo.

Las palabras me salen de la boca atropelladas, desnudas y sin filtro, como lo que siento por Noah. Santi se me queda mirando pasmado.

Y entonces es él quien me sorprende a mí. Me envuelve con sus brazos para darme un abrazo y me susurra al oído:

—Demonios, estoy orgullosísimo de ti. Pero también muy enojado. Enterarme de lo suyo por el cabrón que está en el suelo, saber que mi compañero se ha atrevido a cruzar esa línea..., aún no lo he superado. Pero quiero alegrarme por ti, porque te lo mereces todo y más. —Me suelta, y veo que le brillan los ojos—. No vuelvas a mentirme nunca más. Y tú —señala a Noah—, más te vale portarte bien con mi hermana. Si le rompes el corazón, te juro que haré que te arrepientas de que la mierda de padre que tienes te engendrara. —Mira a Nicholas Slade, que sigue en el suelo; aún no ha vuelto de las profundidades del infierno de donde ha salido.

Mi hermano se aparta de mí. Ya no se interpone entre nosotros ningún secreto. Suelto un suspiro tembloroso, por fin puedo respirar tranquila.

El padre de Noah se levanta, desprovisto de su bravuconería habitual, pero con ojos maliciosos.

Noah se pone delante de mí y se enfrenta a su padre.

—Ya no eres bienvenido en Bandini. Si se te ocurre volver por aquí, haré que te expulsen. Nuestra relación se ha acabado. No me llames, no me escribas y, por lo que más quieras, no te atrevas a dirigirles la palabra a Maya ni a su familia. Vete a vivir esa existencia miserable a otra parte. Es todo. No quiero saber nada más de ti. —La expresión de Noah no revela ningún sentimiento mientras mira a su padre a los ojos. Ni rabia, ni amor, ni tristeza. Solo vacío.

Me toma de la mano y me aleja de allí. Sin necesidad de echar un último vistazo por encima del hombro, dejo atrás las mentiras y el pasado de Noah. Miro a mi novio y, por primera vez en horas, sonrío.

A pesar de que quiero estar con Noah después del accidente, necesito hablar a solas con mi hermano. Sé que mis mentiras le han dolido más de lo que deja ver, porque es muy sensible.

La mejor forma de llegarle al corazón es a través del estómago, así que pido cena para llevar. Cuando llego a nuestra suite, me quita la bolsa de las manos sin mirarme, se sienta en la enorme mesa de comedor y abre el recipiente con mi comida. Se queda unos segundos analizando el contenido y lo desliza hacia el asiento vacío que tiene enfrente.

Sigue con los ojos clavados en la comida mientras engulle su arroz frito. Yo me siento y muevo los alimentos de mi plato con el cubierto de plástico.

—Santi, de verdad siento muchísimo haber estado tanto tiempo ocultándotelo. Iba a decírtelo después del Gran Premio de Abu Dabi, porque no quería que nada te afectara en la competencia. Noah y tú tienen un pasado turbulento... Pero odiaba estar mintiéndote, y no voy a volver a hacerlo.

Me mira, parpadea y procede a continuar zampándose el arroz frito. Me merezco su ira y su silencio.

—El viaje a Río lo había planeado Noah, no fui con Sophie. La he usado mucho de coartada, lo siento. —No sé qué más decir.

Él respira hondo unas cuantas veces.

—Siempre nos lo contamos todo. Odio que me hayas mentido..., pero lo entiendo. Solo quiero que seas feliz, y estoy dispuesto a olvidar lo que ha pasado. —Bebe un buen trago de agua—. Puedo aceptar que Noah sea tu novio con una condición.

Aguanto la respiración, esperando a oír su propuesta. Como suele hacer Santi, me deja unos segundos muerta de incertidumbre mientras da unos cuantos bocados a su comida antes de dejar el cubierto en la mesa.

—Si lo dejas, quiero que sigas viniendo a mis carreras. No me vengas con cuentos de que va a ser «incómodo» ni te escudes en que Noah te ha roto el corazón. Eres una mujer adulta, ¿no? Pues lidia con las consecuencias si no sale como esperas —sentencia mientras se frota la barba de varios días y me mira a los ojos.

Sin duda puedo aceptar esa condición. Noah parece estar seguro por los dos de que esta relación va a funcionar.

—Trato hecho.

38

Noah

La gala de Abu Dabi apesta a dinero; los candiles resplandecen a mi alrededor mientras charlo con los patrocinadores. Todo el mundo quiere hablar del último Gran Premio, de quién acabará alzándose con el título. De si voy a dominar la carrera o me van a fallar los nervios. Tengo la cabeza aturdida de tantas preguntas. Ojalá pudiera escaparme con Maya, porque pedir comida a domicilio y ver una peli es lo que más se me antoja en este momento.

Maya se entretiene con Sophie emborrachándose con champaña mientras yo me codeo con los peces gordos sin tomar apenas una gota de alcohol.

Justo termino de hablar con un patrocinador y me dispongo a ir con Maya cuando el padre de Sophie me lleva aparte. Va vestido de traje, con el pelo entrecano con gel y peinado hacia atrás, y tiene una expresión severa en el rostro. Hola a ti también.

—Noah, sígueme. Quiero enseñarte una cosa —me pide con ojos que no aceptan un no por respuesta.

Frunzo el ceño y lo sigo hacia la salida del salón de baile, cada vez con más curiosidad, y después a una sala contigua vacía. Se me levantan las comisuras de los labios al recordar la noche en que Maya y yo hicimos algo parecido. Solo que en esta ocasión tengo delante al otro hermano Alatorre, y mi sonrisa desaparece. Santi se ha asegurado de evitarme a toda costa durante toda la semana. Los nervios hacen que se me tensen las manos, pero al menos consigo evitar pasarme los dedos por el pelo, como tiendo a hacer en estas circunstancias.

—Pues ya estamos todos —dice mi jefe—. Escuchen, no me gusta nada cómo se comportan el uno con el otro. Los aficionados se dan cuenta de que algo pasa, los ingenieros y los mecánicos cuchichean, y yo no quiero tener que lidiar con ello más. Saquen todo aquí y ahora. No pienso consentir más dramas en mi escudería, y mucho menos cuando se acerca la última carrera. Si quisiera estar lleno de problemas, trabajaría para McCoy. Santi, te permito que le des un puñetazo, no más. Aprovéchalo, a mucha gente le gustaría estar en tu lugar.

Abro mucho los ojos. ¿James le está dando vía libre a Santiago para que me golpee? ¿Qué demonios?

Santi parece igual de sorprendido que yo. Tiene las cejas muy juntas, como si estuviera muy concentrado pensando en algo. Me reiría, pero no quiero que se enoje más conmigo.

—No tengo nada que decir —murmura con un marcado acento español.

Su mandíbula tensa no opina lo mismo. Debería pasarle a Santi el número de mi psicólogo para que lo ayude un poco con el tema de la expresión de las emociones.

—Vamos, hombre, déjate de estupideces. Se ha acostado con tu hermana sin que tú te enteraras, y ahora está saliendo con ella, ¡incluso dice que la quiere! Y todo mientras compite contra ti. Claro que tienes cosas que decir. Suéltalo o golpéalo, lo que quieras, pero arréglenlo ya —sentencia James mientras da golpecitos en el suelo con el zapato.

El padre de Sophie se mantiene firme en su orden, infundiéndonos respeto como buen jefe de escudería.

—De acuerdo, de acuerdo —dice Santiago—. Noah, me molesta que me hayas faltado al respeto y que hayas actuado a mis espaldas. Tienes un historial horrible con las mujeres, y no quiero que Maya se convierta en un número más de tu larga lista, alguien con quien pasártela bien hasta que te aburras de ella. Es mi hermana, carajo. —Santi se cruza de brazos, y sus miedos y su aversión a mi pasado toman forma entre nosotros, como un tercer compañero de escudería.

—Siento habértelo ocultado, pero no me arrepiento de haberlo hecho. Y no esperes que Maya se arrepienta tampoco. Quiero que podamos dejarlo atrás de alguna manera, porque la quiero y quiero estar con ella. Para siempre. No puedo hacer nada para cambiar mi pasado de mierda o mis pésimas decisiones, pero sí puedo controlar mi futuro. Y ella es mi futuro.

Mi confesión se queda en el aire. Estoy dispuesto a admitir lo que haga falta con tal de que deje de estar tan resentido.

Entonces se acerca a mí con los puños apretados. «Mierda». Me fulmina con la mirada y yo me quedo ahí quieto, preparado para el golpe, lo que sea con tal de acabar con esto de una vez.

—No necesito pegarte para sentirme mejor —afirma—. Quiero a mi hermana demasiado para destrozarte esa cara bonita que tienes.

Me ofrece la mano y yo se la estrecho. Me la aprieta fuerte, pero dejo que haga su alarde de hombría porque no tengo ningún interés en competir con él. Eso lo reservo para la pista.

—Eso es, arreglando las cosas como adultos. Estoy orgulloso de ustedes —dice James—. Ahora fuera de mi vista. Que no me entere yo de que vuelven a las andadas, Dios me libre. Bastante tengo con mi hija.

Santiago y yo lo miramos de reojo mientras se va y vemos que se le escapa una sonrisita. Salimos juntos, al fin libres de la tensión que nos seguía desde São Paulo.

Santi me da una palmada en el hombro y me pregunta:

—¿Quieres ir a tomar algo? ¿Brindar por el final de la temporada y por los nuevos comienzos?

—Es la mejor idea que has tenido en todo el año.

39

Maya

—Deben saber que he estado a punto de vomitar solo de verlos —se queja mi hermano después de los entrenamientos libres.

Los ingenieros y los mecánicos han salido a comer, así que tenemos el *garage* para nosotros. Perfecto para grabar.

—Oh, vaya —finjo pena—. No dudes en usar el bote de basura más cercano cuando lo necesites.

—Deja de importunar a mi novia, Santiago —interviene Noah, y me da una nalgadita antes de meter la mano en el bolsillo de atrás de mis pantalones.

Mentiría si dijera que me parece mal, ahora que disfruto de lo que viene después de sus sonrisas traviesas y sus palabras obscenas.

—Eres tú el que acaba de darle una nalgada delante de mí —protesta Santi—. ¿No tienes aprecio por tu vida o qué?

Noah esboza una sonrisita y yo me sonrojo. Le encanta hacer rabiar a mi hermano, y eso que le tengo dicho que deje de hacerlo. Pero al menos esta vez se ríen los dos.

—¿Qué le voy a hacer? No puedo controlar lo que siento por ella —dice Noah con voz dramática mientras se lleva la mano al corazón.

Santiago finge una arcada.

—¿Qué pasa, te han cortado los huevos en algún momento de las últimas dos semanas? Porque, si es así, mis probabilidades de ganar el campeonato han subido un montón.

Noah echa la cabeza para atrás y se ríe.

—Creo que Maya sabe perfectamente...

Le tapo la mano a toda velocidad, poniéndome de puntitas para alcanzarlo bien.

—No. Ni de broma. Las bromas sexuales quedan prohibidas para siempre —espeto.

Noah me lame la mano y me guiña un ojo. Yo me aparto, porque no confío en mí cuando estoy cerca de él. Sabe cómo usar las palabras y la lengua.

—En serio, ¿no pueden ir a toquetearse a algún lugar privado? —protesta Santi—. De ser posible lejos del *garage*, donde no tenga que verte empotrando a mi hermana contra una pila de neumáticos.

Santi nos pegó un susto de muerte ayer. Las pilas de neumáticos empezaron a caer como fichas de dominó, haciendo que todo el mundo se girara hacia nosotros. Tuve la cara roja durante un día entero después de esa escenita.

—Ya aprendimos esa lección. —Noah niega con la cabeza intentando contener una sonrisa.

Yo suelto una carcajada. No puedo evitar acordarme de la imagen de Santi hecho una furia siendo sepultado por neumáticos gigantes.

—Lo siento, a partir de ahora nos portaremos mejor. Así que tú no hagas nada raro —digo señalando a Noah con un dedo acusador.

—Tampoco son tan raras las cosas que hacemos —bromea Noah.

Mi hermano se pasa una mano por la cara, hastiado.

—Odio decirlo, pero creo que prefería al Noah malhumorado que a este Noah cursi. Al menos el otro se retraía los fines de semana de carrera, en lugar de estar metiéndole la lengua a mi hermana a la mínima de cambio —farfulla Santi.

Pero todos sabemos que le cae bien Noah. Estos dos nunca se han llevado mejor, hemos cenado los tres juntos todas las noches esta semana. Incluso estuvieron un rato ellos dos cuando tuve la entrevista con Liam. Volví a la habitación del hotel y me los encontré jugando un videojuego de Fórmula 1. Me senté entre ellos en el sofá y me pasé la noche viendo la tele con una sonrisa de oreja a oreja.

Ahora coloco a los dos hombres de mi vida en sendas sillas dándose la espalda.

—Bueno, allá vamos. —Pulso el botón de grabar de la cámara—. Hola a todos. Bienvenidos al último *vlog* de la temporada. Estamos en Abu Dabi, y Santi y Noah acaban de terminar los entrenamientos libres. A solo dos días del último Gran Premio, quería aprovechar este rato libre con los chicos de Bandini. Hoy vamos a jugar a un juego para ver qué tan bien se conocen tras diez meses juntos. Consiste en lo siguiente: Noah y Santiago tienen cada uno dos tarjetas, una azul y una roja. La tarjeta azul representa a Noah, y la roja, a Santi. Les haré preguntas y ellos contestarán levantando una tarjeta. Cuando los dos respondan lo mismo, se llevan un punto. Se trata de ganar en equipo, así que piensen bien las respuestas. Si contestan distinto a tres preguntas, se acaba el juego. A ver si son capaces de superar a Jax y a Liam. —Imposible. Esos dos consiguieron la barbaridad de treinta puntos, superando mis expectativas. Dudo que Santi y Noah lleguen a diez siquiera.

Tomo asiento al lado de la cámara para no salir en el plano.

—Bien, primera pregunta. ¿A quién le han puesto menos multas por exceso de velocidad?

Levantan las dos tarjetas rojas. Noah y Santi se giran y sonríen al ver que han respondido lo mismo.

—En Estados Unidos los policías te paran por cualquier cosa —comenta Noah poniendo los ojos en blanco.

—Que te detengan es de novatos —replica mi hermano mirando a cámara.

Yo sigo, porque a este ritmo no vamos a acabar nunca.

—¿Quién tiene el culo más grande?

Mi hermano levanta una tarjeta roja y Noah la azul.

—Vaya, han fallado. —Tacho la pregunta.

—Vamos, hombre —suspira Noah—, con ese trasero no podrías llenar mis pantalones.

Mi hermano se pone de pie y enseña el trasero a la cámara. Yo me río y Noah se levanta también para comparar, pero no llegan a ninguna conclusión. Sin duda están alcanzando nuevos grados de amistad, porque acaban pidiendo mi opinión. Yo me encojo de hombros; no me voy a meter ahí.

—¿Quién aguanta mejor el alcohol?

Dos tarjetas rojas se agitan en el aire.

—Te recomiendo beber solo cerveza —dice mi hermano—. Nadie quiere volver a verte vomitando al salir del coche.

Nos reímos los tres. No damos mayor importancia a las malas decisiones de Noah, sobre todo después de que le confesara a mi hermano la verdad sobre su padre. Mi novio, el hombre que siempre ha actuado como si nadie le importara una mierda, abrazó a mi hermano y le dio las gracias por haberle dado un puñetazo a su padre. ¡Le dio las gracias! Si no fuera porque ya lo quería, le habría entregado mi corazón en ese mismo instante.

—¿Quién es el más llorón cuando se pone enfermo?

Otras dos tarjetas rojas arriba. Me alegra que mi hermano sea consciente de lo infantil que es a veces, porque la gastroenteritis que me pegó la última vez que tuve que cuidarlo fue un infierno.

—¿Quién es más terco?

Cada uno levanta la tarjeta del otro.

—Otro error y un ejemplo maravilloso de lo tercos que son los dos.

—Eres consciente de que tardaste ocho meses en darte cuenta de que querías estar con mi hermana, ¿verdad? —Mi hermano agita su tarjeta azul para enfatizar su argumento.

Noah sonríe a la cámara.

—Bueno, lo tuyo es peor, que tardaste diez meses en darte cuenta de que preferías tenerme como amigo que como enemigo.

«Oh, oh».

—A Liam y a Jax no les hizo falta ningún juez cuando jugaron a esto. Que, por cierto, van a perder seguro, porque son incapaces de estar de acuerdo en algo.

—Bueno, al menos estamos de acuerdo en que los dos te queremos mucho —dice mi hermano con una sonrisa cargada de significado.

Me da un vuelco el corazón al ver a los dos mirándome. Ni en un millón de años me habría imaginado que se fueran a llevar así de bien, que fueran a estar tan dispuestos a dejar a un lado sus diferencias para hacerme feliz.

Los dos pierden el juego al sumar un total de nueve puntos.

Por desgracia, no fueron capaces de decidir a quién le importo más. «Qué va, estoy bromeando». No estuvieron de acuerdo en quién se merecía más el título de campeón del mundo: Noah levantó la carta roja y mi hermano la azul.

Sí, eso pasó. Puede que Jax y Liam hayan ganado el juego, pero estos dos se han ganado el uno al otro, algo que parecía imposible. Y, si eso no se merece un trofeo del Campeonato de Constructores, no sé qué otra cosa puede merecerlo.

40

Noah

Suena mi teléfono en la mesita de noche. Menos mal que Maya se ha marchado hace diez minutos, porque cada uno de los los improperios que salen de mi boca son abominables.

No sé qué me lleva a responder la llamada. Puede que sea por la mezcla de emociones que albergo en mi interior, o porque tengo un lado masoquista. El caso es que deslizo el dedo por la pantalla con la cabeza latiéndome al ritmo de mi corazón.

—Madre, ¿qué puedo hacer por ti?

¿Para qué me voy a molestar en ser amable con ella si tiene la inteligencia emocional de una pared de papel tapiz? Cero, vaya.

—Hijo mío.

Lo típico. Nada como recordarme quién firmó mi certificado de nacimiento para poder manipularme.

—Estoy ocupado, tengo que ir pronto a la clasificación. ¿Qué necesitas?

—Tienes que cuidar un poco más las formas, Noah —dice con voz melodiosa. Como una sirena que atrae a hombres con las carteras llenas y fondos de inversión para después romperles el corazón.

Contesto con un gruñido, incapaz de pronunciar palabra.

—Bueno, estoy en Dubái unos días con Clarissa y Jennifer, y se nos había ocurrido que podríamos ir al Gran Premio, ya que estamos tan cerca. ¿Podrías conseguirnos entradas? De ser posible en la zona VIP bonita, no la de la tribuna.

Eso, no vaya a ser que pueda ver la línea de meta. En los asientos de tribuna no sirven champaña gratis, y no sirven para foto de Instagram.

Cada vez que mi madre me pide entradas se las consigo. Nunca se me ha ocurrido decirle que no, porque no me costaba nada. Lo más fácil era satisfacer los deseos de mis padres tóxicos, no quería causar problemas, como mi padre, a pesar de que me hacía sentir fatal que se aprovecharan de mí una y otra vez.

Pero, como hice con mi padre, le doy una última oportunidad. Desde que estoy con Maya soy más indulgente.

—Puedo escribir a mi asistente. ¿Cómo estás? —digo al teléfono, sin ningún interés en pedir entradas para nadie.

—¿Al tipo ese que no se calla ni debajo del agua? —se mofa.

Si se refiere a Steven, a quien le gusta preguntarle a la gente cómo va el día, entonces sí.

—Sí, el mismo que he tenido desde que empecé con Bandini. ¿Puedes creer que ya han pasado siete años desde que comencé a competir para ellos? —«Apuesto una semana en mi yate a que no se da cuenta del error».

—No. Pero que se esté acabando la temporada significa que pronto será tu cumpleaños. ¿Cómo vas a celebrar los veintinueve?

Diría que se pasó todo el embarazo borracha o algo parecido, solo que no podía beber. Sorprendentemente, eso sí, se acuerda del mes en el que nací; imagino que solo porque mi padre le deja una enorme suma de dinero en el banco como regalo de agradecimiento por dar a luz a su hijo.

—De hecho, voy a cumplir treinta y uno. Pero es normal confundir los números después de tantos años —contesto poniendo los ojos en blanco.

—Eso. Error mío. —Su risa suena como cuando alguien araña un pizarrón.

Odio cada segundo de esta llamada, de mi lucha interna para no colgar el teléfono. Pero quiero demostrarme por qué necesito deshacerme de todo esto. Darme cuenta de que no puedo volver a la relación tan dañina que tenía con mis padres porque su amor es condicional. Y si algo he aprendido en terapia, además de que llorar me pone la cara como un tomate, es que el amor no tiene condiciones. No tiene peros. Debería hacerte mejor persona, pero no porque tengas que serlo, sino porque quieres serlo. Yo quiero ser la mejor persona que pueda ser, por Maya y por mí. Hay que quererse a uno mismo y todo eso.

—Sí. Error tuyo. ¿Sabías que he conocido a alguien este año?

—Ah, qué bien —dice, pero enseguida se distrae hablando con alguien a quien no oigo.

«Ah, qué bien». Sin duda es mejor que los comentarios de mi padre sobre Maya, pero ¿no tiene nada más que decir?

—Clarissa me pregunta si podrías conseguir también pases VIP para la fiesta. Los que más nos gustan son los que te da la marca esa de champaña, pero sirven cualquiera.

Vaya, pero si es capaz de pronunciar frases de más de tres palabras. Lo que pasa es que, como las máquinas expendedoras, solo funciona cuando le das dinero.

—¿Sabes? Creo que esto no va a funcionar.

Ya es hora de arrancar el curita. ¿Qué más da? Si ya toda la familia Slade se ha ido a la mierda.

—¿Qué quieres decir? —dice ella con un suspiro.

—Tú, yo, tu examante Nicholas. Nada funciona. No puedo seguir haciéndome esto, tratar de ser el hijo que creía que querían que fuera. Solo me hablas cuando te conviene, y, sorprendentemente, no has hecho uso de tus privilegios ilimitados en todo el año hasta ahora. Por si no lo sabías, sufrí el peor accidente de toda mi carrera hace tan solo dos semanas. ¿Cuántas veces me has llamado para preguntarme cómo estoy? Ninguna. ¿Qué carajos?, ¿cuántas veces me has llamado durante la temporada entera, aparte de una por error?

Su silencio no hace sino animarme a seguir.

—Te agradezco que me hayas parido, que hayas sido lo que sea que hayas intentado ser para mí. Pero se acabó. Deberías haberme protegido de él. La primera vez que me pegó te hiciste de la vista gorda porque no querías perder el dinero que te daba. Me has decepcionado una vez tras otra. Así que ya va siendo mi turno. No puedo conseguirte entradas. Ni ahora, ni el año que viene ni nunca. Si tienes algún interés en llamarme para conocerme como persona, házmelo saber. Si no, que te vaya bien.

Me quedo esperando, con el celular en la oreja, deseando que diga algo. El concepto de cierre es algo extraño. Todo el mundo habla de lo catártico que es, pero nadie dice nada del dolor que sientes justo antes, del valor que se necesita para aceptar algo tan difícil, de cómo te destroza saber que tienes que pasar página, no porque quieras, sino porque no te queda otra.

Toda mi vida me he esforzado por conseguir el único premio inalcanzable para mí: el amor de mis padres. Me he comportado en mi vida como en la pista, yendo a toda velocidad, deseando que se pase rápido; pero ahora quiero ir despacio. Disfrutar de los momentos con las personas que realmente importan, las que quieren acordarse de mi cumpleaños o que saben al menos cinco cosas sobre mí que no se encuentran buscando en internet.

Oigo el tono que indica que ha colgado.

Agarro con fuerza el celular y respiro el aire fresco. Por una vez, no le guardo rencor, solo le deseo lo mejor. Todo se pone poco a poco en su lugar. Mi terapeuta me dijo que tenía que enfrentarme al pasado para poder abrazar el futuro. Bueno, pues la he pasado de la mierda, pero ahora me espera el amor de mi vida.

41
Maya

—A ver si lo he entendido bien. ¿Invitaste a mis padres al último Gran Premio hace dos días? ¿Y aceptaron? —Me cuesta hasta pronunciar las palabras.

Noah me ha soltado la bomba mientras veíamos una peli en nuestra habitación de hotel. Ha mencionado como si nada que mis padres tomaron un vuelo anoche para venir a visitarnos, como si lo hubiéramos planeado entre todos.

—Sí. ¿Lo puedes creer? Quieren ver a sus dos hijos después de meses separados de ellos —bromea con un destello en los ojos.

—Pero ¿por qué los has invitado?

—¿Por qué no? —repone, con las comisuras de los labios levantadas.

—No deberías contestar una pregunta con otra pregunta —digo ladeando la cabeza.

—¿Puedo responder con un beso?

Noah me pone en su regazo y el sofá se hunde bajo

nuestro peso. Aprieta los labios contra los míos y un cosquilleo me recorre la espalda cuando nuestras lenguas se acarician, juguetonas. No hemos dejado de sentir esta electricidad ni un segundo. Es como una corriente constante que se activa cuando nuestras manos o nuestros labios se tocan.

—Te haces el malo, pero tienes un corazón de oro —digo.

—Shhh, que nadie se entere. Es un secreto entre nosotros.

Noah me besa hasta que no puedo pensar en nada más, mostrándome todo lo que siente por mí. Me encanta este hombre, me gusta todo de él. No para de sorprenderme en cuanto tiene oportunidad.

Sus labios pasan de mi boca a mi cuello y de ahí al escote en V de mi camiseta.

—Por mucho que quiera continuar, hemos quedado para cenar con tu familia esta noche —comenta.

—¿Ya están aquí? —Me pongo en pie de inmediato, dejando a Noah con ganas de más en el sofá.

—Deberíamos darnos prisa, la cena es a las siete —comenta con una sonrisa deslumbrante que se refleja en sus ojos, haciendo que se le marquen unas arruguitas a los lados.

Suelto un gritito y lo abrazo antes de ir corriendo a arreglarme. Noah se mantiene en su lado del baño, gracias al cielo, porque le suele gustar distraerme.

—Todavía no termino de creer que los hayas traído. Santi quería hacerlo, pero nuestros padres le dijeron que no cuando se los preguntó. ¿Cómo has hecho para convencerlos?

—¿Qué, te interesa aprender de mis tácticas? —dice bromeando.

Yo hago un gesto desestimador con la mano.

—Llevo mucho de tiempo siendo víctima de tus estrategias. ¿Para qué vas a seguir ocultándomelas?

—Les pedí que lo hicieran por mí —replica cruzándose de brazos y apoyándose en el tocador.

Mi cara debe de reflejar la confusión que siento, porque Noah suspira y sigue:

—Les conté que mis padres no van a venir y les dije que me encantaría tener a la familia de mi novia aquí, con independencia de quién gane. En parte porque me gustaría conocerlos antes de que te secuestre dos semanas para irnos de vacaciones, pero, sobre todo, porque te haría feliz, con lo cual a mí también me haría feliz.

«Guau, de acuerdo, no me esperaba esto».

Voy hacia él y le rodeo el cuello con los brazos. Al parecer hoy me toca a mí ser el elemento de distracción, porque la sinceridad y la bondad de Noah se merecen el mejor premio del mundo.

Llegamos a la cena solo diez minutos tarde. Lo considero todo un éxito, porque, si alguien hubiera visto cómo tenía el pelo después del revolcón en el baño, habría dicho que era un caso perdido.

Santi pasa de ser el que sobra y opta por ser el centro de la conversación en lugar de mantenerse al margen.

—El caso es que cuando le puse reglas a Maya para nuestro viaje juntos no me esperaba que Noah fuera a ser un problema —dice mientras ojea la carta.

—Creía que la primera regla era no subestimar nunca al enemigo —repone Noah conteniendo una sonrisa.

—Pues ahí me has tomado por sorpresa. Pensaba que eras demasiado imbécil para Maya. Ella suele fijarse en tipos más frikis.

—Qué mentira. Dime un friki con el que haya salido —contesto con los brazos cruzados.

Dado que Noah se ha acostado con un número de mujeres similar a la población de una isla pequeña, seguro que puede lidiar con esta conversación. Sobre todo porque no creo ni una palabra de lo que dice mi hermano.

—Xavi, por ejemplo.

—¿Qué tenía de friki, si se puede saber?

—Bueno, es cierto que le gustaba reparar computadoras y esas cosas —interviene mi padre.

«Genial, así que ¿todo el mundo pensaba que Xavi era un friki?».

—Y le encantaba ver *Los expedientes secretos X* con mamá. Decía que incluso participaba en foros sobre la serie y todo eso —añade Santi, que se gira hacia Noah con una mirada cómplice.

Ya veo por dónde van.

—Era un chico encantador. Se ofrecía a leer la Biblia conmigo —comenta mi madre sonriendo al acordarse de él.

Santi vuelve la cabeza de inmediato hacia mí. «De acuerdo, lo del grupo de estudio de la Biblia sí era un poco raro».

—Y no olviden a Felipe —prosigue mi padre, que no quiere que se acabe la diversión.

—¿Qué pasa ahora con él? ¿Se ponen a chismear a mis espaldas o qué?

—Bueno, para ser justos, Felipe no era friki, es que era gay —salta mi hermano con un secreto familiar del que no tenía la menor idea.

Noah se atraganta con el vino.

—¿Saliste con un chico sin saber que era gay?

—¿Tú qué crees, si me acabo de enterar? —me defiendo frunciendo el ceño.

—Lo siento, tenemos que sacar a la luz todos tus trapos sucios, por si Noah quiere salir corriendo —dice Santi antes de dar un sorbo a su copa de vino.

—Noah no se va a ir a ninguna parte —replica mi madre, con lo que pone fin al juego de Santi—. Le gusta Maya desde que estuvimos en Barcelona.

Noah y yo nos quedamos mirando a mi madre boquiabiertos.

—Ay, no pongan esa cara. Mirabas a mi hija igual que mi marido me miraba a mí. Solo que los dos eran demasiado tontos para admitirlo.

Mi padre farfulla algo en voz baja.

—¿Qué dices, cariño? —le pregunta mi madre risueña.

Y entonces mi padre mira a Noah a los ojos.

—Júrame por lo que más quieras que no le vas a romper el corazón.

—Ella es lo que más quiero —responde Noah con una sonrisa enorme que decido guardarme para el recuerdo.

42

Maya

Noah se prepara para la última carrera sonriendo y haciendo bromas con los trabajadores en el *garage* a pesar del accidente de hace dos semanas. Es un campeón. Saldrá tercero en la parrilla de salida después de una clasificación bastante buena.

Los mecánicos y los ingenieros se esfuerzan por reparar todos los daños del coche de Noah y consiguen que parezca nuevo, ni una muesca a la vista. Noah da las gracias al equipo mientras acaricia la carrocería roja.

Yo no puedo dejar de pensar en lo peor mientras paso el tiempo con Santi antes de su última carrera. Jugueteo con los dedos y doy pataditas al suelo de concreto. Abu Dabi. El último Gran Premio, donde tuvo lugar el famoso choque entre Noah y mi hermano. El campeonato está muy igualado entre los pilotos de Bandini y los de McCoy, todo se decide en esta carrera.

Noah se pasa una mano intranquila por el pelo mientras habla con los ingenieros. Le he preguntado si está nervioso, pero él finge indiferencia. Me da un besito rápido antes de subirse al coche.

Mi hermano me jala para darme un abrazo de buena suerte.

—Intenta no estrellarte contra mi novio esta vez —murmuro en su pecho.

—La verdad es que estaba pensando en dejar fuera a Liam. Me parece mejor opción, porque él es incapaz de guardarle rencor a nadie, aunque pongas su vida en peligro.

Soltamos una carcajada. Nos separamos y Santi se mete a su monoplaza y me dice adiós con la mano mientras los mecánicos lo empujan.

En esta ocasión me quedo en el *garage*, prefiero estar cerca de la pista en lugar de en medio del público. Noah reservó asientos VIP en la tribuna para que mis padres pudieran vivir el Gran Premio como auténticos fans. Casi se me derrite el corazón al ver el agradecimiento en la cara de mis padres cuando se los dijo, no eran conscientes de cuánto significa para Noah tener a gente apoyando a la escudería. Noah, un hombre al que se le negó todo tipo de amor y afecto, desea que mi familia lo acepte más que nada en el mundo.

Ver esos bólidos recorriendo la pista a toda velocidad no me calma demasiado. El coche de Noah pasa por delante del *pit lane* como un borrón rojo y el ruido del motor retumba en las paredes del *garage*, siguiendo de cerca a los chicos de McCoy y creando un vórtice de sonido y aire sucio.

Noah se merece el título de campeón del mundo y, si soy sincera, quiero que lo gane él. Con suerte así podremos dejar a un lado los miedos por el accidente.

«Lo siento, Santi, ahora también voy con mi novio».

Algunos coches quedan descalificados a medida que van pasando las vueltas. Uno de los pilotos de Albrecht no gana para disgustos esta temporada, y estrella el coche una vez más después de la tercera curva.

Los comentaristas deportivos hablan de la pronta recuperación de Noah después de la tragedia de São Paulo, y de cómo demuestra con su conducción las ganas que tiene de ganar. El corazón me martillea contra el pecho durante las primeras vueltas. Ningún problema por ahora. Consigo respirar con normalidad cuando Noah pasa las diez primeras vueltas sin sobresaltos.

Los coches dan vueltas y vueltas, recorriendo el trazado una y otra vez a una velocidad de escándalo. La vuelta rápida está en menos de dos minutos. Las posiciones en la tabla están muy ajustadas, con Bandini a un par de segundos de McCoy: Liam va a la cabeza, con Noah siguiéndole y Santi detrás. El motor de Noah ruge cuando hace su parada en boxes para cambiar los neumáticos. La última parada en boxes de la temporada. Sale zumbando de nuevo y se incorpora enseguida a la pista, sin perder ni un segundo.

Noah completa la vuelta número cuarenta y siete; solo lo separan once de las vacaciones de invierno. Está por detrás de Liam, en la segunda posición. Si queda segundo, no se lleva el título.

Su coche da una especie de sacudida, un movimiento extraño. Como si dudara. La famosa sed de ganar de Noah brilla por su ausencia, no parece que se atreva a intentar rebasarlo.

—Maya, ven aquí un momento —me pide el padre de Sophie haciéndome señas con la mano.

No oculto mi sorpresa cuando me pasa los audífonos con los que se comunica con Noah. Silencia el micrófono y respira hondo mientras se frota las sienes. Luego clava sus ojos verdes en los míos.

—Noah quiere hablar contigo. Le están ganando los nervios, y cree que tú podrías conseguir que se calme. Ayúdalo, por favor. Su puesto en la tabla de clasificación depende de ti. Si no logra superar esto, es posible que no vuelva a competir, porque este tipo de miedos pueden arruinarte la carrera.

Es muchísima presión, pero no tengo tiempo para pensar en eso. Agarró los audífonos, me coloco el micrófono delante de la boca y activo el sonido.

—Hola, aquí Maya. ¿Me escuchas? —Intento imitar los videos que he visto con Noah de las comunicaciones por radio.

Oigo la risa de Noah por los audífonos.

—Hola, aquí Noah. Te escucho.

—Bueno, creo que voy a ser muy mala en esto, pero a ver... Hay un coche rojo detrás de ti moviéndose bastante deprisa. También tienes un coche delante yendo a una velocidad pasmosa. A unos tres clics de distancia.

—Lo estás haciendo muy bien. Sigue así. No estoy muy seguro de qué es eso de los clics, pero...

Me gana la risa. Qué ganas de que los comentaristas deportivos sintonicen las comunicaciones por radio y opinen sobre nuestra conversación.

Como quiero algo de privacidad, voy hacia el barandal que da al *pit lane*. Una pantalla colgando del techo me ofrece una vista aérea de la pista. Oigo los coches que rechinan a lo lejos y veo luces que parpadean inútilmente en la pantalla de la computadora y no me aportan más que confusión.

—Hummm... Y veo que hay un piloto increíble con el número veintiocho en el coche. Lo que pasa es que no parece tener ganas de rebasar al piloto que tiene adelante. ¿Qué ocurre?

Noah termina otra vuelta. Sigue conteniéndose, no conduce con la agresividad suficiente para ganar.

—Dime más cosas de ese piloto tan increíble. No sé si lo veo desde aquí —pide con la voz entrecortada.

Se me cae el alma al suelo al imaginármelo entrando en pánico a mitad de la carrera.

—Pues básicamente todo el mundo dice que Noah Slade es el mejor. Le gusta romper récords, tanto en la pista como en la cama. Hay que tener cuidado con él.

Noah suelta una risa ronca.

—Esto va a acabar en YouTube seguro. Qué horror —digo—. Lo siento, mami, papi. Ignoren esto, por favor.

Noah aumenta la velocidad después de girar. «Bien».

—A ver, deja de distraerme. Y deja de reírte de una forma tan sexy. ¿Por dónde iba...? Ah, sí —sigo—. ¿Sabías que el chico ese accedió a ayudar a una chica con su *vlog* para que su canal tuviera éxito? Puede que en parte sea gracias a él que tenga más de un millón de suscriptores. Pero lo que creo que él no sabe es que ya no se va a librar de ella. Va a estar pegada a él como una lapa, porque ha firmado un contrato con la escudería para venir a todas las carreras del año que viene. Se ve que quieren que grabe más cosas entre bastidores para dar publicidad a la marca. Qué lata.

—No me habías dicho nada. —Oigo la sorpresa en su voz—. Felicidades, Maya. Estoy orgullosísimo de ti, sabía que lo conseguirías. Bandini tiene suerte de contar contigo para sus redes sociales.

—Shhh. Esta historia no se trata de mí. —Me río por su lapsus antes de continuar—: Bastante loco, sí. Pues imagínate la sorpresa de la chica cuando el tipo del número veintiocho no quiere ir más deprisa, arriesgarse más. Se aventó al vacío cuando le pidió salir a la chica, y todo salió bien. Me pregunto si sería capaz de volver a hacerlo hoy... —Me imagino a los fans comentando en el video que soy un cliché cualquiera. «Bueno, no voy a perder el sueño, al menos no por eso».

Se oyen por la radio las respiraciones profundas de Noah y los cambios de velocidad. El rugido del motor me excita. Por fin acelera el coche, acercándose al de Liam, reduciendo así la distancia entre McCoy y Bandini.

—Estoy bastante segura de que la chica le dijo al chico ese que ella no sale con perdedores —prosigo—, pero no puedo saberlo, no le he preguntado. Lo que pasa es que los aficionados del motor no olvidan nunca nada. Todo es maravilloso hasta que su ídolo no queda primero o no llega al podio. Y además a las chicas les fascinan los trofeos y los trajes de carreras... La combinación perfecta.

Noah suelta una risita. Solo le quedan unas pocas vueltas para rebasar a Liam, el campeonato empieza a escapársele de las manos.

—Es broma. La chica quiere con locura al tipo este. Es un amor al estilo de «juntos para siempre». Un amor de dejar a los niños jugando afuera mientras los padres cogen rapidito en el piso de arriba. ¿Sabes a qué me refiero?

Él se queda callado. Su respiración rítmica y el zumbido del motor me animan a seguir.

—Es una locura. ¿Puedes imaginarte un amor así? Yo sí, porque lo he vivido. El cuento no acaba con un «vivieron felices y comieron perdices», porque empieza con él. Porque tienen el resto de su vida para ver cómo termina su cuento. Qué locura, ¿no?

Noah acelera en una curva, lleva el coche al límite y veo por la pantalla que salen chispas de la parte de atrás. Rebasa a Liam en uno de los últimos giros.

—¡Muy bien, cariño! ¡Eso es! —exclamo—. Ha sido increíble. Sabía que podías hacerlo.

—¿Maya? —me llama con la voz rasposa.

—¿Sí?

—Sigue hablando. Me encanta oír tu voz.

«No hace falta que me lo pidas dos veces».

43

Noah

Agito la bandera estadounidense en el aire. Soy campeón del mundo. Otra vez.

No sé cómo darle las gracias a Maya por haberme ayudado así al final. Estaba perdiendo la cabeza, no paraba de temblar hasta que ha empezado a hablarme. Su voz y sus palabras me han infundido valor y fuerzas.

El público salta como loco en las gradas. Le hago un gesto a Maya desde la zona acordonada para que venga. Los guardias de seguridad la dejan pasar y sonríen mientras niegan con la cabeza cuando ella sube corriendo las escaleras que dan al escenario y se lanza a mis brazos. El mejor saludo, coronado con un beso. La levanto del suelo y le doy vueltas mientras se ríe, rodeándome el cuello con los brazos, al tiempo que su adictivo aroma floral me invade las fosas nasales. Alguien me pasa el trofeo y, cuando me veo con ella y con el trofeo en los brazos, siento que es uno de los días más felices de mi vida.

Nuestros amigos nos riegan con champaña. Maya grita cuando el frío líquido nos salpica y nos baja por el cuerpo. Yo echo la cabeza para atrás, me río y después bebo directo de mi botella. Los fans gritan cuando le doy a Maya un beso apasionado que sabe a champaña y a felicidad.

Es alucinante lo rápido que cambia la vida.

Creía que ganar el Campeonato Mundial de Fórmula 1 era el mejor sentimiento del mundo, y fue mi única meta durante mucho tiempo. Pero vaya si me equivocaba. Hoy me doy cuenta de que el mejor sentimiento del mundo es ganar rodeado de tus seres queridos.

No con mi padre de mierda, sino con Maya, con mi escudería y con mis amigos. No hay nada mejor.

Bueno, al menos por ahora.

44
Maya

Si alguien me hubiera dicho hace un año que estaría en el escenario de la ceremonia de premios de la Fórmula 1 abrazando a Noah Slade y a mi hermano con un brazo a cada uno, me habría muerto de la risa. Santi está a mi lado con una sonrisa enorme en la cara tras haber quedado tercero en el Campeonato Mundial. Noah y él se rocían con champaña el uno al otro por haber ganado el Campeonato de Constructores juntos. Los antiguos rivales ahora se abrazan como buenos amigos.

Qué manera tan curiosa tiene la vida de poner las cosas en su lugar. Decidí unirme al itinerario de la Fórmula 1 porque no tenía nada mejor que hacer, era una recién graduada con varios intentos de trabajos fallidos que vivía irremediablemente a la sombra de su hermano.

No puedo evitar lanzar un vistazo al hombre que me echó el ojo hace ya tantos meses, el del pelo oscuro ondulado y los ojos azules que me hipnotizan. Un campeón del mundo con un corazón de platino a juego con el trofeo que levanta por encima de su cabeza. El mismo hombre que me dice «te quiero» en lugar de «buenos días» todas las mañanas. Un autoproclamado «cursi empedernido» que me suplicó que me pusiera hoy la gorra con el número de su coche porque necesita hacerme suya en todos los sentidos. Un huracán que llegó a mi vida sin avisar y arrasó con todas mis expectativas, dejando solo polvo, escombros y la posibilidad de un nuevo comienzo.

Noah Slade, el amor de mi vida.

Epílogo

Maya

Un año después

Noah y yo nos relajamos en su terraza con vistas a la costa Amalfitana, a unas aguas azules que relucen bajo el sol matinal. Él está con la láptop mientras yo disfruto del paisaje. Me encanta oír el sonido del agua rompiendo contra las rocas. Seguimos en pijama, tomándonos el café. Nuestro ritual de todas las mañanas mientras estamos de vacaciones.

Ha pasado un año desde que Noah ganó su cuarto Campeonato Mundial. El video de nuestra conversación por radio en el Gran Premio de Abu Dabi se hizo viral, y los aficionados apoyaron nuestra relación de inmediato. Mis padres han acogido a Noah como uno más de la familia y no van a permitir que vuelva a pasar solo ningún día familiar importante: Navidades, cumpleaños..., todo eso.

La Fórmula 1 sigue teniendo un papel importante en nuestra vida. Yo viajo por todo el mundo con Noah y voy a verlo a las carreras. Mi *vlog* sigue siendo muy popular entre los fans del deporte. La FIA me ha propuesto trabajar también para otras competencias, como la Fórmula 2 y la Fórmula 3, pero Noah dice que ya no puede ganar sin su amuleto de la suerte y ha amenazado con secuestrarme si empiezo a saltarme carreras suyas.

El viento trae el olor salado del mar y me agita el pelo ondulado.

¿He dicho ya cuánto me gusta la casa de Italia de Noah? Es como de película.

Miro las noticias en el celular cuando de repente me llega una notificación. «Qué extraño».

—¿Has cambiado la fecha en la que se iba a subir mi siguiente video? —le pregunto a Noah mirándolo a los ojos—. Me acaba de llegar una notificación de que ya se ha publicado.

—No, no me suena. Qué cosa más rara —contesta, y se encoge de hombros.

«Eso digo yo». Noah agarra su láptop y la pone en la mesa. Delante de nosotros aparece una pantalla en negro con un título que no reconozco. No se parece en nada al video que tenía programado...

—No es ese, tenía una miniatura distinta. Igual me han hackeado la cuenta. ¿Y qué se supone que significa «Pronto, más y mejor?». Procuro poner títulos divertidos, jamás se me ocurriría algo así.

—Sí, ya lo sé —replica riéndose—. Antes de denunciarlo, vamos a verlo.

Noah, siempre tan listo. Por eso Bandini le paga una millonada.

El video comienza con un fragmento de la primera carrera de Santi con Bandini, en Australia. Alguien me grabó justo cuando estaba fulminando con la mirada a Noah. Qué vergüenza, pero no tenía muy buena opinión de él por aquel entonces.

—Ay, madre —digo apurada—. Pero ¿quién ha subido esto? Mira la cara que te pongo... ¿Y tú por qué te reías a mis espaldas?

Qué interesante, Noah se fijó en mí el primer día. «Qué canallita».

La escena cambia antes de que Noah pueda responderme. Esta vez es un fragmento de una rueda de prensa. Noah me sonríe mientras yo niego con la cabeza, riéndome de uno de los periodistas. Cuando pongo los ojos en blanco, suelta una carcajada. Liam y Santiago se giran hacia él y los reporteros miran a su alrededor, preguntándose qué lo ha hecho reaccionar así.

Qué adorable, se fijaba mucho en mí. No tenía ni idea de que estuviera tan atento a las tonterías que hago. Me produce vergüenza y ternura al mismo tiempo.

La siguiente escena es un fragmento del *vlog* que hice con Noah y su coche. Está apoyado en el monoplaza mientras le formulo varias preguntas. Se ve claramente cómo me mira con cara de enamorado. «O con cara de querer quitarme la ropa. No está del todo claro». Nunca había visto este video así, fijándome en si Noah daba alguna señal de que yo le gustaba. Cuando me río y me dirijo a la cámara, él sonríe de oreja a oreja sin dejar de mirarme. Apenas presta atención a la cámara, sus ojos no se apartan de mí.

Siento mariposas en el estómago al verlo. Me siento como mareada con este aluvión de emociones. Una mezcla de felicidad y nostalgia.

Creo que ya tengo una idea de quién ha podido hacer este video de «Pronto, más y mejor». El hombre que tengo a mi lado guarda silencio, no dice ni pío. «Sospechoso...». Pero no detengo el video porque no quiero arruinar el momento.

La siguiente escena es del podio, cuando Santi ganó el Gran Premio de España. Noah ignora todo lo que ocurre en el escenario. Tiene los ojos fijos en un lateral, y la cámara abre el plano y revela a qué le está sonriendo. En la dirección de su mirada estoy yo, de espaldas al escenario, abrazando a mis padres envuelta en una bandera de España y dando saltitos.

El corazón me late desbocado, tengo un nudo en la garganta y no soy capaz de pronunciar palabra. Se me llenan los ojos con lágrimas de felicidad. Siempre le he gustado, incluso cuando pensaba que solo le interesaba llevarme a la cama. Sus ojos delatan sus verdaderos sentimientos. Y me toma totalmente por sorpresa.

Se suceden diversos fragmentos de videos, entre los que se incluye uno en el que yo suelto un silbido cuando Noah sale a la pasarela de Mónaco y grito de forma bochornosa que me gustaría quitarle el esmoquin. Él me guiña un ojo, pero yo me lo pierdo porque Sophie me distrae tapándome la boca con las manos. Me moriría de la vergüenza si Noah no me diera un apretón en la mano para decirme sin palabras que sigo pareciéndole linda. No tengo claro de dónde ha sacado este video Noah. Se las sabe todas.

En el siguiente, salgo bailando en el podio después de la carrera de karts que organizó Noah. Mi grito hace que se distorsione el sonido que sale por las bocinas de la láptop cuando Noah me rocía con champaña, como hacen los pilotos de verdad, e incluso me anima a beber directo de la botella. La presión de grupo existe, puedo asegurarlo. Hago un bailecito en el podio en miniatura con los brazos en el aire, y Noah me mira y se ríe antes de guiñar el ojo a cámara. «Ovarios, les presento a su dueño».

Es un video increíble, que haya diseñado esto hace que me den ganas de aferrarme él y no soltarlo nunca. De poner un cartelito de «No molestar» en la puerta y aislarnos de todo el mundo durante un tiempo indefinido.

La cámara lo filma sonriendo de oreja a oreja cuando me lleva a cuestas a la limusina. Un aplauso para el camarógrafo, porque ha hecho un zoom perfecto en el momento exacto en el que Noah me da una nalgada. «Puro cine».

Maldito y adorable Noah. Tengo la garganta como si me hubiera tragado una piedra, no puedo apenas pronunciar palabra mientras veo todos nuestros recuerdos. «¿Por qué tiene que ser tan cursi y tan atractivo al mismo tiempo?».

Se me salen las lágrimas. De vez en cuando Noah las seca con el pulgar, y la piel se me calienta donde me toca.

Él no dice nada. Todo esto es casi demasiado. Pero *casi* es la palabra clave, porque me encanta este detalle tan romántico y disfruto de cada segundo, obvio. Voy a poner este video una y mil veces. Se lo voy a hacer ver a mis hijos, a mis nietos, a la vecina de al lado... A cualquiera que tenga cerca.

Veo un video en el que salgo gritando como una loca mientras conduce el horrible coche verde aquel de Bandini. Él me mira y se ríe mientras gira el volante con una mano para hacer que el vehículo derrape y yo me agarro a él como si fuera un salvavidas. Me debió de dar un algo, porque no me acuerdo de eso.

Después, una escena del episodio de Charlas con Tequila. Noah contesta a la pregunta sobre la chica de sus sueños, pero me mira intensamente mientras responde. Yo tengo la vista clavada en la botella de tequila y no paro de intentar quitarle la etiqueta para no mirarlo a los ojos.

Creo que el corazón nunca me había latido tan fuerte, y de nuevo me da miedo estar a punto de sufrir un paro cardiaco. Un torbellino de emociones se arremolina en mi interior: felicidad, emoción, gratitud... El espectro completo.

En la pantalla se ve ahora una grabación de un fan brasileño, a juzgar por la terrible calidad de la imagen y por el lugar. Me muero de la risa mientras subo las escaleras de la estatua del Cristo. Noah va justo detrás de mí, mirándome el culo para después levantar la vista el cielo como esperando una respuesta a sus plegarias. No hubo suerte, porque aquí estamos.

Estoy demasiado sensible, no paro de llorar. Ahora suena *Die a Happy Man* de fondo mientras Noah me carga y me da vueltas en el aire después de ganar el Campeonato Mundial, ambos sonriendo de oreja a oreja. A nuestro alrededor, todo el escenario es un caos de champaña y confeti. Es precioso.

Quiero muchísimo a este hombre engreído y seguro de sí mismo pero también tierno y generoso. Jamás voy a encontrar a nadie como él. No pensaba que fuera posible querer así a alguien. Con una pasión insaciable y un agradecimiento infinito. Noah nunca deja que pase un día sin decirme o demostrarme cuánto me quiere. Es un hombre precioso y herido que ya no se define por su pasado.

La música se termina y la pantalla se queda en negro. Me enjugo las lágrimas de la cara y me giro para mirar a Noah.

Solo que ya no está sentado en la silla.

Está con una rodilla hincada en el suelo, mirándome con esa sonrisa que tanto adoro, sosteniendo una cajita con un anillo.

FIN

Epílogo extendido

Noah

Un año después

Jamás me imaginé que le pediría matrimonio a nadie.

Maldición. Lo cierto es que ni siquiera me imaginaba que podría tener novia, así que mucho menos estar con alguien con quien quiero pasar el resto de mi vida. Pero aquí estoy, a punto de casarme con la hermana de mi rival. He acabado domesticado como un perro, con cenas familiares semanales y viajes en yate con mi futura familia política.

Bueno, puede que mi idea de estar domesticado sea un poco distinta de la de los demás. Nunca he tenido gente con la que compartir mi riqueza, así que, ahora que se me ha presentado la oportunidad, no lo cambiaría por nada del mundo.

Quiero compartir todo con Maya. A la mierda la separación de bienes y todas esas historias en las que solo importa el potencial de fracaso de las relaciones. Si mi matrimonio termina en divorcio, pues que Maya se vaya con la mitad de mi patrimonio. ¿Por qué no? Mi corazón es lo más valioso que se llevaría con ella.

Muy cursi, ya lo sé, pero es cierto.

Toco a la puerta de nuestra habitación con los nudillos.

Nuestra habitación. La que hemos diseñado a medida, como el resto de nuestra casa. La misma casa en la que planeamos criar a nuestros hijos, con suerte con Liam y Sophie como vecinos. A Maya la haría muy feliz tener a su mejor amiga cerca, así que a mí también.

Sophie abre la puerta un par de centímetros, sin dejarme ver el interior. Me repasa de pies a cabeza con una mirada escéptica.

—Tú no deberías estar aquí.

—¿Y eso por qué?

—Ya conoces la tradición —repone, y procede a cerrar la puerta, pero yo soy más rápido y se lo impido metiendo el mocasín. El mocasín con el que estoy a punto de ir al altar.

¿He mencionado ya que me caso hoy?

—Yo no creo en la mala suerte —me mofo.

—Ah, ¿no? Pues es una pena, porque tu futura esposa sí —replica, y me da una patada con una de sus relucientes zapatillas.

No muevo el pie, así que suelta un gruñido de frustración. Yo sonrío con superioridad.

—Pensaba que si crees en Dios no puedes creer en la suerte.

—Noah, vete —dice Sophie con el mayor suspiro de su vida.

—Pero quiero ser el primero que la vea.

—Pues lo siento, amiguito, porque yo la he visto antes. Ahora, largo de aquí.

—Bueno —suelto un bufido de enojo—, quiero verla antes que todos menos tú. La dama de honor tiene privilegios exclusivos sobre lo que es mío. Al fin y al cabo, compartir es vivir.

Sophie se me queda mirando durante medio minuto entero.

—Bien, deja que le pregunte. Pero ni se te ocurra entrar sin permiso.

—Perfecto —contesto con una sonrisa amplia, y aparto el pie para que pueda cerrar la puerta.

—Estos hombres... se creen con derecho a todo —refunfuña con el ceño fruncido mientras cierra la puerta.

Doy golpecitos con el pie al ritmo de los latidos de mi corazón mientras espero a que Sophie hable con Maya. A la mierda las tradiciones, nada en mi relación con Maya ha sido ni remotamente tradicional.

Lo que le he dicho a Sophie es cierto, quiero ver a Maya antes que nadie. No por posesividad, sino porque tengo un deseo genuino de disfrutar de cada momento con ella. Quiero verla en privado antes que cualquier otro imbécil, claro que sí. Soy un cabrón egoísta, no es ninguna novedad, pero Maya me acepta tal y como soy, así que perfecto.

La puerta de nuestra habitación se abre. Intento asomarme, pero lo único que veo es a Sophie saliendo del cuarto por una rendija antes de cerrarla de nuevo. Niega con la cabeza y dice:

—No sé qué clase de magia negra tiene tu pene, pero Maya ha aceptado que entres. No le arruines el peinado, no le arruines el maquillaje y, por el amor de Dios, no tengan sexo antes de pronunciar sus votos —me amenaza con un dedo—. Vuelvo dentro de veinte minutos para llevarte a tu lugar. Ya sabes, afuera, con todos los demás. —Me fulmina con la mirada una última vez, se da la vuelta y se marcha, y oigo los pasos resonando por las paredes del pasillo.

Agarro la manija con una mano temblorosa. Solo imaginarme un futuro con Maya hace que me ponga tenso. Pero de buena forma. Es un sentimiento que quiero seguir teniendo el resto de mi vida junto a ella.

Quiero ser todo lo que necesita en una pareja. He crecido con los peores ejemplos, y no quiero que mi familia sienta una decepción así. Es horrible sentir que no te quieren y que solo te usan por tus títulos y tu talento.

Lo he conseguido prácticamente todo en los otros aspectos de mi vida, así que no es ninguna novedad que aspiro a ser el mejor marido y el mejor padre cuando llegue el momento. Quiero ser la persona en la que Maya y mis futuros hijos puedan confiar para todo, quiero protegerlos y ayudarlos como necesiten. Y amarlos de manera incondicional, pero no porque tenga que hacerlo, sino porque es lo que quiero.

Respiro hondo y abro la puerta. Maya está mirando por la ventana de nuestro nuevo jardín trasero, dándome la oportunidad de contemplarla. Y vaya si lo hago. La observo con tal intensidad que es posible que necesite lentes cuando termine.

La tela de su vestido blanco se ciñe a su cuerpo realzando esas curvas que tanto me gustan. Siento la tentación de jalar ese pelo oscuro y ondulado que le cae por la espalda. Cuando se gira, me mira con la que sin duda es la cara más bonita con la que me ha mirado jamás. Más increíble incluso que cuando me dijo que me quería por primera vez.

Porque esta cara encierra la promesa de que me va a querer para siempre.

La repaso de arriba abajo, guardando cada detalle para el recuerdo. Una felicidad que nunca había sentido me empaña los ojos y hace que me tiemblen los dedos.

Noah Slade, el mayor cabrón que ha visto el mundo, lloriqueando como un niño por su prometida. Me paso una mano por el pelo.

—Te ves jodidamente preciosa —murmuro.

Maya echa la cabeza para atrás y se ríe, un sonido que es como música celestial. Me acerco a ella y le tomo la mano izquierda. Jugueteo con su anillo de compromiso porque me calma, me recuerda que es toda mía.

Pase lo que pase.

En la riqueza y en la pobreza.

En la salud y en la enfermedad.

Con orgasmos todos los días de nuestra vida.

Bueno, la última parte es de nuestros votos privados. A Santiago le daría algo si mencionara cualquier cosa con su hermana y nuestra cama. Los creyentes y sus manías.

—Tú tampoco te ves nada mal, Slade —contesta risueña. Me arregla el moño con su mano libre y luego la deja apoyada en mi pecho—. No podías respetar ni esta tradición tan sencilla, ¿eh? ¿Por qué no me sorprende?

Me llevo su mano a los labios y le beso el anillo.

—Pretendo empezar nuevas tradiciones contigo.

—¿Como cuáles?

—Como esta. —La jalo hacia mí, le rodeo el cuello con un brazo y acerco sus labios a los míos.

La beso con todo el amor que siento por ella. Con este beso prometo amarla cada maldito día del resto de nuestra vida. Ser la persona con la que siempre pueda contar, por muy difícil que se pongan las cosas. Ofrecerle años y años de felicidad.

El beso me hace sentir fuerzas renovadas. Porque Maya es la única mujer a la que quiero en mi vida. Hoy. Mañana. Siempre.

Me aparto mucho antes de lo que me gustaría, pero no quiero arruinarle el maquillaje.

—Me gustan tus tradiciones —comenta con una sonrisa que me llega al corazón.

—Ah, pues tengo una más.

Ella ladea la cabeza y yo me río al ver su cara de curiosidad.

—Tengo un regalito para la futura señora Slade.

Maya alza la ceja.

—Creo que no me voy a acostumbrar nunca a ese apellido.

—Tienes décadas para acostumbrarte —contesto, y la tomo de la mano para llevarla a la cama.

Ella se detiene y dice:

—¡Oye! No hagas nada raro antes de la boda, ¿eh?

—¿No quieres ver la sorpresa?

—Ya he visto todo lo que hay que ver de tu cuerpo. Te lo prometo.

Niego con la cabeza y la jalo nuevamente hacia la cama.

—Cierra los ojos —le pido.

Maya obedece. Yo la tomo de la cintura y la siento en la cama para que esté cómoda.

Hace el intento de abrir los ojos.

—Mantenlos cerrados o te quedas sin sorpresa.

Suelta un suspiro de resignación. Me arrodillo en el suelo y saco el regalo del bolsillo. Le levanto la falda del vestido y se le pone la piel de gallina.

Le sostengo la pierna izquierda y le pongo el liguero hecho a mano que he encargado para ella. Ya que me he vuelto un sensible, pues voy con todo. Parece que me gusta castigarme, porque dejo un reguero de besos por su muslo hasta que llego al liguero. Ella protesta cuando me aparto y me pongo de pie.

—Listo.

Maya se agacha y mira su nuevo regalo.

—¡Vaya! Bueno, explícamelo.

—Está hecho con la tela de la bandera a cuadros del Gran Premio de Barcelona —respondo mientras paso el dedo por la prenda—. Ese fue el momento en el que ya no hubo remedio para mí: preferí hacerte sonreír en lugar de ganar.

—¡Lo sabía! —exclama Maya con una sonrisa radiante.

—Si se lo dices a Santi, negaré todo. Por aquel entonces no lo sabía, pero estaba loco por ti.

Una lagrimita le recorre la mejilla mientras contempla su regalo.

—Mierda, no deberías llorar —farfullo, y se la seco deprisa, confiando en no haberle arruinado el maquillaje.

—No puedo evitarlo. Te quiero tanto que duele —dice mirándome con una sonrisa trémula.

—¿En un sentido bueno al menos? —Me acerco a ella y le sostengo la barbilla con la mano.

—En el mejor de los sentidos —contesta, y pasa las manos por las solapas de mi traje.

Le doy un beso tierno en los labios.

—Te quiero muchísimo. Disfruta de tus últimos treinta minutos como Maya Alatorre, porque después serás toda mía.

—Solo es un apellido —replica poniendo los ojos en blanco.

—No. Es el principio del resto de la eternidad.

Agradecimientos

Gracias por haber leído mi primera novela. Estoy muy agradecida con los blogueros y los lectores que le dieron una oportunidad a mi obra. Se merecen un baño de champaña.

Señor Smith: Gracias por tu apoyo infinito, en el que incluyo las veces que me has obligado a salir de casa para comer y socializar. Tu paciencia, tu ayuda y tus palabras de ánimo me han hecho creer en mí y atreverme a perseguir este sueño.

Julie: Me has acogido en el mundo editorial con cariño y bondad, y no hay palabras para expresar lo agradecida que estoy. Eres una persona fantástica que ha sido vital en todo este proceso. ¡Gracias!

A mis lectores beta: Gracias por dar una oportunidad a esta historia de Fórmula 1. Sin sus comentarios, *Amor a toda velocidad* no sería lo que es. ¡Eternamente agradecida!

Al resto de las personas que me ayudaron durante este proceso: Gracias de corazón. Sin ustedes, nada de esto habría sido posible.

Agradecimientos